U0501027

想象另一种可能

理
想
国

imaginist

田曉菲

—著

秋水堂論金瓶梅

上海三聯書店

爱读《金瓶梅》，不是因为作者给我们看到人生的黑暗——要想看人生的黑暗，生活就是了，何必读小说呢——而是为了被包容进作者的慈悲。慈悲不是怜悯：怜悯来自优越感，慈悲是看到了书中人物的人性，由此产生的广大的同情。

——田晓菲

宇文所安原版序

在十六世纪的世界文学里，没有哪一部小说像《金瓶梅》。它的质量可以与塞万提斯的《堂吉诃德》或者紫式部的《源氏物语》相比，但那些小说没有一部像《金瓶梅》这样具有现代意义上的人情味。在不同版本所带来的巨大差异方面，《金瓶梅》也极为独特：虽然绣像本和词话本的差异在很大程度上是已经进入现代的明清中国出版市场所造成的，但这种差异对于我们思考文本本身却产生了重大的影响。也许，我们只有在一个后现代的文化语境里，才能充分了解这种差异。作者已经死了，我们不能够、也没有必要追寻"原本"。正因为这部小说如此强有力，如此令人不安，它才会被引入不同的方向。

我们现有的材料，不足以使我们断定到底哪个才是"原本"：到底是词话本，是绣像本，还是已经佚失的手抄本。学者们可以为此进行争论，但是没有一种论点可以说服所有的人。这种不确定性其实是可以给人带来自由的：它使得我们可以停止追问哪一个版本才是真正的《金瓶梅》，而开始询问到底是什么因素形成了我们现有的两个版本。显而易见，这是一部令人不安的小说，它经历了种种变化，是为了追寻一个可以包容它的真理。词话本诉诸"共同价值"，在不断重复的对于道德判断的肯定里面找到了它的真理。绣像本一方面基本上接受了一般社会道德价值判断的框架，另一方面却还在追求更多的东西：它的叙事结构指向一种佛教的精神，而这种佛教精神成为书中所有欲望、所有小小的钩心斗角，以及随之而来的所有痛苦挣扎的大背景。西方文化传统中所常说的"七宗罪"，在《金瓶梅》中样样俱全，但是归根结底它们是可哀的罪孽，从来没有达到绝对邪恶的辉煌高度，只不过是富有激情的，充满痴迷的。

秋水的论《金瓶梅》，要我们读者看到绣像本的慈悲。与其说这是一种属于道德教诲的慈悲，毋宁说这是一种属于文学的慈悲。即使是那些最堕落的角色，也被赋予了一种诗意的人情；没有一个角色具备非人的完美，给我们提供绝对判断的标准。我们还是会对书中的人物做出道德判断——这部小说要求我们做出判断——但是我们的无情判断常常会被人性的单纯闪现而软化，这些人性闪现的瞬间迫使我们超越了判断，走向一种处于慈悲之边缘的同情。

关于"长篇小说"（novel）是什么，有很多可能的答案，我不希望下面的答案排除了所有其他的诠释。不过，我要说，在《金瓶梅》里，我们会看到对于俄国批评家巴赫汀声称长篇小说乃"众声喧哗"这一理论的宗教变奏（同时，《金瓶梅》的叙事也具有巴赫汀本来意义上的"众声喧哗"性质）。小说内部存在着说教式的道德评判，这样的价值观念从来没有被抛弃过，但是巴赫汀的"众声喧哗"理论意味着不同的话语、不同的价值可以同时并存，最终也不相互调和。这部小说以太多不同的话语诱惑我们，使得我们很难只采取一种道德判断的观点。只有迂腐的道学先生，在读到书中一些最精彩的性爱描写时，才会感到纯粹合乎道德的厌恶。在一个更深刻的层次，小说对人物的刻画是如此细致入微，使读者往往情不自禁地产生单纯的道德判断所无法容纳的同情。

秋水常常强调说，《金瓶梅》里面的人物是"成年人"，和《红楼梦》的世界十分不同：在红楼世界里，"好"的角色都还不是成人，而成年不是意味着腐败堕落，就是意味着像元春那样近乎非人和超人的权力。《红楼梦》尽管有很多半好半坏、明暗相间的人物，但是它自有一个清楚的道德秩序，把毫不含糊的善良与毫不含糊的邪恶一分为二。也许因为《金瓶梅》里没有一个人是百分之百的善良或天真的，作者要求我们理解和欣赏一个处在某个特定时刻的人，即使在我们批评的时候，也能够感到同情。《金瓶梅》所给予我们的，是《红楼梦》所拒绝给予我们的宽容的人性。如果读者偏爱《红楼梦》，那么也许是出于对纯洁的无情的追求，而这种对纯洁干净的欲望最终是缺乏慈悲的。服饰华美的贾宝玉尽可以披着一领大红猩猩毡斗篷，潇洒地告别人世间；但是我们也尽可以在一百二十回之外多想象几回——也许会有一位高僧嘱咐宝玉回首往事，让他看清楚：他的永远和女孩子们相关的敏感对于任何度过了少年期的人都缺乏真正的同情。

把《金瓶梅》称为一部宗教文本听起来大概有些奇怪。不过，绣像本《金瓶梅》的确是一部具有宗教精神的著作。与《红楼梦》无情的自信相比，《金瓶梅》永远地诱惑着我们，却又永远地失败着。我们既置身于这个世界，又感到十分疏远，直到最后我们能够在不赞成的同时原谅和宽容。我们可以痛快地原谅，正因为我们变成了同谋，被充满乐趣的前景和小小的、聪明的胜利所引诱着。

我们可以把《金瓶梅》视为这样的一部书：它是对于所有使得一个文化感到不安的因素所作的解读。

我们可以把《红楼梦》视为这样的一部书：它是对于《金瓶梅》的重写，用可以被普遍接受的价值观念，解决那些令人不安的问题。西门庆和贾宝玉，到底相距有多远？

"不肖子"的寓言总是在这儿的：我们往往倾向于原谅一个大罪人，而不肯原谅一个小罪人。这里有一个缘故。我们和西门庆、潘金莲，比起和贾宝玉、林黛玉，其实离得更近——如果不是在行为上，那么就是在心理上。绣像本《金瓶梅》给我们这些有缺陷的凡夫俗子提供了深通世情的宽容。但这样的慈悲是不够的：它必须被那些几乎毫无瑕疵的、只在少年时代才可信的角色所代替，于是，在《金瓶梅》之后，我们有了《红楼梦》。

是为序。

目　录

附赠：《金瓶梅》主要人物关系图

原版前言

一　源起

八岁那一年，我第一次读《红楼梦》。后来，几乎每隔一两年就会重读一遍，每一遍都发现一些新的东西。十九岁那年，由于个人生活经历与阅读之间某种奇妙的接轨，我成为彻底的"红迷"。在这期间，我曾经尝试了数次，却始终没有耐心阅读《金瓶梅》。对《金瓶梅》最完整的一次通读，还是我二十三岁那年，在哈佛念书的时候，为了准备博士资格考试而勉强为之的。

直到五年之后，两年之前。

前年夏天，十分偶然地，我开始重读这部奇书。当读到最后一页、掩卷而起的时候，竟觉得《金瓶梅》实在比《红楼梦》更好。此话出口，不知将得到多少爱红者的白眼（无论多少，我都心甘情愿地领受，因为这两部杰作都值得）。至于这种念头从何而起，却恐怕不是一朝一夕便可说尽的——因此，才会有现在的这本书。简单讲来，便是第一，《金瓶梅》看社会各阶层的各色人等更加全面而深刻，更严厉，也更慈悲。《红楼梦》对赵姨娘、贾琏、贾芹这样的人物已经没有什么耐心与同情，就更无论等而下之的，比如那些常惹得宝玉恨恨的老婆子们，晴雯的嫂子，或者善姐与秋桐。《红楼梦》所最为用心的地方，只是宝玉和他眼中的一班"头一等"女孩儿。她们代表了作者完美主义的理想（"兼美"），也代表了理想不能实现的悲哀。

第二，人们都注意到《金瓶梅》十分巧妙地利用了戏剧、歌曲、小说等原始材料，但《金瓶梅》（绣像本）利用得最好的，其实还是古典诗词。简而言之，《金瓶梅》通过把古典诗歌的世界进行"写实"而对之加以颠覆。我们会看到，《金瓶梅》自始至终都在把古典诗词中因为已经写得太滥而显得陈腐空虚的意象，比如打秋千、闺房相思，填入了具体的内容，而这种具体内容以其现实性、复杂性，颠覆了古典诗歌优美而单纯的境界。这其实是明清白话小说的一种典型作法。比如说冯梦龙的《蒋兴哥重会珍珠衫》：兴哥远行经商，他的妻子三巧儿在一个春日登楼望夫。她临窗远眺的形象，岂不就是古诗词里描写了千百遍的"谁家红袖凭江楼"？岂不就是那"春日凝妆上翠楼，悔教夫婿觅封侯"的"闺中少妇"？然而古诗词里到此为止，从不往下发展，好像歌剧里面的一段独唱，只是为了抒情、为了揭示人物的内心世界。明清白话小说则负起了叙述情节、发展故事的责任。

在上述的例子里，凭楼远眺的思妇因为望错了对象而招致了一系列的麻烦：三巧误把别的男子看成自己的丈夫，这个男子则开始想方设法对她进行勾挑，二人最终居然变成了值得读者怜悯的情人。这都是古诗词限于文体和篇幅的制约所不能描写的，然而这样的故事却可以和古诗词相互参照。我们才能既在小说里面发现抒情诗的美，也能看到与诗歌之美纠葛在一起的，那个更加复杂、更加"现实"的人生世界。

《红楼梦》还是应该算一部诗意小说。这里的"诗意"，就像"诗学"这个词汇一样，应该被广义地理解。《红楼梦》写所谓"意淫"，也就是纤细微妙的感情纠葛：比如宝玉对平儿"尽心"，并不包含任何肉体上的要求，只是"怜香惜玉"，同情她受苦，但其实是在心理上和感情上"占有"平儿的要求，用"意淫"描述再合适不过。宝玉去探望临死的晴雯，一方面在这对少年男女之间我们听到"枉担了虚名"的表白，一方面宝玉对情欲旺盛的中年妇女比如晴雯的嫂子又怕又厌恶：晴雯的嫂子属于那个灰暗腐化的贾琏们的天地。

这幕场景有很强的象征意义：感情和肉体被一分为二了，而且是水火不相容的。

《金瓶梅》所写的，却正是《红楼梦》里常常一带而过的、而且总是以厌恶的笔调描写的中年男子与妇女的世界，是贾琏、贾政、晴雯嫂子、鲍二家的和赵姨娘的世界。这个"中年"，当然不是完全依照现代的标准，而是依照古时的标准：二十四五岁以上，又嫁了人的，就应该算是"中年妇人"了，无论是从年龄上、还是从心态上来说。其实"中年"这个词并不妥，因为所谓中年，不过是说"成人"而已——既是成年的人，也是成熟的人。成人要为衣食奔忙，要盘算经济，要养家糊口，而成人的情爱总是与性爱密不可分。宝玉等等都是少男少女，生活在一个被保护的世界。宝玉当然也有性爱，但是他的性爱是朦胧的，游戏的，袭人似乎是他唯一有肉体亲近的少女（对黛玉限于闻她的香气、对宝钗限于羡慕"雪白的膀子"），就是他的同性恋爱，也充满了赠送汗巾子这样"森提门答儿"（sentimental，感伤）的手势。对大观园里的女孩子，更是几乎完全不描写她们的情欲要求（不是说她们没有），最多不过是"每日家，情思睡昏昏"而已，不像《金瓶梅》，常常从女人的角度来写女人的欲望。成人世界在宝玉与《红楼梦》作者的眼中，都是可怕、可厌、可恼的，没有什么容忍与同情。作者写贾琏和多姑娘做爱，用了"丑态毕露"四字，大概可以概括《红楼梦》对于成人世界的态度了：没有什么层次感，只是一味地批判。

但《红楼梦》里"丑态毕露"的成人世界，正是《金瓶梅》作者所着力刻画的，而且远远不像"丑态毕露"那么漫画性的简单。

归根结底，《红楼梦》才是真正意义上的"通俗小说"，而《金瓶梅》才是属于文人的。早在《金瓶梅》刚刚问世的时候，宝爱与传抄《金瓶梅》的读者们不都是明末的著名文人吗？袁宏道在 1596 年写给董其昌的信里，称《金瓶梅》"云霞满纸，胜于枚生《七发》多矣"。无论"云霞满纸"四个字是何等腴丽，以铺张扬厉、豪奢华美、愉目悦耳、终归讽谏的汉赋，尤其枚乘极声色之娱的《七发》，来比喻《金瓶梅》，实在是最恰当不过的了。到了二十世纪四十年代，作家张爱玲曾发问："何以《红楼梦》比较通俗得多，只听见有熟读《红楼梦》的，而不大有熟读《金瓶梅》的？"（《论写作》）当然我们不能排除一种可能，就是有人尽管熟读《金瓶梅》，可是不好意思说，怕被目为荒淫鄙俗；此外，《金瓶梅》一直被目为淫书，所以印刷、发行都受到局限。但是，有一个重要的因素注定了《金瓶梅》不能成为家喻户晓、有口皆碑的"通俗小说"：大众读者喜欢的，并非我们想象的那样一定是"色情与暴力"——我疑心这只是知识分子的"大众神话"而已——而是小布尔乔亚式的伤感与浪漫，张爱玲所谓的"温婉、感伤、小市民道德的爱情故事"。《红楼梦》是贾府的肥皂剧，它既响应了一般人对富贵豪华生活的幻想，也以宝哥哥林妹妹的精神恋爱满足了人们对罗曼斯（romance）的永恒的渴望。在我们现有的《红楼梦》里面，没有任何极端的东西，甚至没有真正的破败。我有时简直会怀疑，如果原作者真的完成了《红楼梦》，为我们不加遮掩地展现贾府的灰暗与败落，而不是像现在的续四十回那样为现实加上一层"兰桂齐芳"的糖衣（就连出家的宝玉也还是披着一袭豪奢的大红猩猩毡斗篷），《红楼梦》的读者是否会厌恶地退缩，就像很多读者不能忍受《金瓶梅》的后二十回那样。

与就连不更世事的少男少女也能够爱不释手的《红楼梦》相反，《金瓶梅》是完全意义上的"成人小说"：一个读者必须有健壮的脾胃，健全的精神，成熟的头脑，才能够真正欣赏与理解《金瓶梅》，能够直面其中因为极端写实而格外惊心动魄的暴力——无论是语言的，是身体的，还是感情的。《红楼梦》充满优裕的诗意，宝玉的"现实"是真正现实人生里面人们梦想的境界：试问有几个读者曾经享受过宝玉的大观园生活？《红楼梦》摹写的是少年的恋爱与悲欢——别忘了宝玉们都只有十来岁而已；而宝玉、黛玉这对男女主角，虽有性格的缺陷与弱点，总的来说还是优美的，充满诗情画意。《金瓶梅》里面的生与旦，却往往充满惊心动魄的明与暗，他们需要的，不是一般读者所习惯给予的泾渭分明的价值判断，甚至不是同情，而是强有力的理解与慈悲。《金瓶梅》直接进入人性深不可测的部分，揭示人心的复杂而毫无伤感与滥情，虽然它描写的物质生活并没有代表性，但是这部书所呈现的感情真实却常常因为太真切与深刻，而令许多心软的、善良的或者纯一浪漫的读者难以卒读。

　　其实，众看官尽可以不理会我耸人听闻的广告词，因为《金瓶梅》和《红楼梦》，各有各的好处。在某种意义上，这两部奇书是相辅相成的。《红楼梦》已经得到那么多赞美了，所以，暂时把我们的注意力转向一部因为坦白的性爱描写而被指斥为淫书、导致了许多偏见与误解的小说，也好。

二　《金瓶梅词话》与《绣像金瓶梅》①

　　《金瓶梅》的两大主要版本，一个被通称为词话本，另一个被称为绣像本（因为有二百幅绣像插图）或崇祯本。后者不仅是明末一位无名评论者据以评点的底本，也是清初文人张竹坡据以评点的底本。而自从张评本出现以来，绣像本一直是最为流行的《金瓶梅》版本，以至于词话本《金瓶梅》竟至逐渐湮没无闻了。直到 1932 年，《金瓶梅词话》在山西发现，郑振铎以郭源新的笔名在 1933 年 7 月的《文学》杂志上发表文章《谈〈金瓶梅词话〉》，从此开始了《金瓶梅》研究的一个崭新阶段。施蛰存为 1935 年印行的《金瓶梅词话》所写的跋，对词话本和绣像本所作的一番比较，赞美"鄙俚""拖沓"的词话本，贬低"文雅""简净"的绣像本，这一方面反映了当时人们对词话本之重新发现感到的惊喜，另一方面也可以说代表了"五四"时期一代知识分子对于"雅与俗""民间文学与文人文学"的一种典型态度。

这种态度直接或间接地影响了欧美汉学界对《金瓶梅》两个版本的评价：自从哈佛大学东亚系教授韩南（Patrick Hanan）在二十世纪六十年代发表的力作《金瓶梅版本考》（"The Text of the Chin Ping Mei"）中推断《金瓶梅》绣像本是出于商业目的而从词话本简化的版本以来，时至今日，很多美国学者仍然认为词话本在艺术价值上较绣像本为优。普林斯顿大学的浦安迪教授（Andrew Plaks）曾经在其专著《明代小说四大奇书》（*The Four Masterworks of the Ming Novel*）中总结道："研究者们几乎无一例外地认为，无论在研究还是翻译方面，词话本都是最优秀的对象。在这种观念影响下，崇祯本被当作了商业目的而简化的版本加以摒弃，被视为《金瓶梅》从原始形态发展到张竹坡评点本之间的某种脚注而已。"② 正在进行《金瓶梅词话》全本重译工作的芝加哥大学芮效卫教授（David Roy），也在译本第一卷的前言中，对于绣像本进行抨击："不幸的是，B 系统版本③ 是小说版本中的次品，在作者去世几十年之后出于一个改写者之手。他不仅完全重写了第一回较好的一部分，来适应他自己对于小说应该如何开头的个人见解，而且对全书所有其他的章节都作出了改变，每一页上都有他所作的增删。很明显，这位改写者不了解原作者叙事技巧中某些重要特点，特别是在引用的材料方面，因为原版中包含的许多诗词都或是被删去，或是换成了新的诗词，这些新诗词往往和上下文不甚相干。但是，原作者含蓄地使用诗歌、曲子、戏文对话以及其他类型的借用材料以构成对书中人物和情节的反讽型评论，正是这一点使得这部小说如此独特。对于应用材料进行改动，其无可避免的结果自然是严重地扭曲了作者的意图，并使得对他的作品进行阐释变得更加困难。"④

当然也存在不同的声音。与上述意见相反，《金瓶梅》的当代研究者之一刘辉在《金瓶梅版本考》一文中说："（在绣像本中）浓厚的词话说唱气息大大地减弱了，冲淡了；无关紧要的人物也略去了；不必要的枝蔓亦砍掉了。使故事情节发展更为紧凑，行文愈加整洁，更加符合小说的美学要求。同时，对词话本的明显破绽作了修补，结构上也作了变动，特别是开头部分，变词话本依傍《水浒》而为独立成篇。"⑤另一位当代研究者黄霖在《关于〈金瓶梅〉崇祯本的若干问题》里面提出："崇祯本的改定者并非是等闲之辈，今就其修改的回目、诗词、楔子的情况看来，当有相当高的文学修养。"并举第四回西门庆、潘金莲被王婆倒关在屋里一段描写为例，认为："崇祯本则改变了叙述的角度……使故事更加曲折生动，并大大丰富了对潘金莲的神情心理的描绘。"⑥

两个截然不同的意见，代表了两种不同的审美观点。但是，第一，它们都建立在两种版本有先有后的基本假定上，一般认为词话本在先、绣像本在后；而我认为，既然在这两大版本系统中，无论词话本还是绣像本的初刻本都已不存在了，更不用提最原始的手抄本，词话本系统版本和绣像本系统版本以及原始手抄本之间的相互关系，似乎还不是可以截然下定论的。⑦第二，虽然在两大版本的差异问题上存在着一些精彩的见解，但是，无论美国、欧洲还是中国本土的《金瓶梅》研究者，往往都把主要精力集中在对作者的追寻、对写作年代的推算以及对两个版本孰为先后的考证方面，而极少对两大版本做出详细具体的文本分析、比较和评判。正如中华书局出版的《金瓶梅会评会校本》整理者秦修容在前言中所说："人们往往把目光散落在浩繁的明代史料之中，去探幽寻秘，却常常对《金瓶梅》的本身关注不够，研究不足。"⑧

　　在《金瓶梅》两大版本的阅读过程中，我觉得我们唯一可以明确无疑做出判断的，就是这两个版本在其思想背景上，在其人物形象塑造上，在其叙事风格上，都具有微妙然而显著的差别。介入纷繁的版本产生年代及其相互关系之争不是本书的目的，我的愿望是通过我们能够确实把握的东西——文本自身——来分析这部中国小说史上的奇书。其实，到底两个版本的先后次序如何并非最重要的，最重要的是这两个版本的差异体现了一个事实，也即它们不同的写定者具有极为不同的意识形态和美学原则，以至于我们甚至可以说我们不是有一部《金瓶梅》，而是有两部《金瓶梅》。我认为，绣像本绝非简单的"商业删节本"，而是一部富有艺术自觉的、思考周密的构造物，是一部各种意义上的文人小说。

　　因此，贯穿本书的重大主题之一，将是我对《金瓶梅》两大版本的文本差异所作的比较和分析。我以为，比较绣像本和词话本，可以说它们之间最突出的差异是：词话本偏向于儒家"文以载道"的教化思想，在这一思想框架中，《金瓶梅》的故事被当作一个典型的道德寓言，警告世人贪淫与贪财的恶果；而绣像本所强调的，则是尘世万物之痛苦与空虚，并在这种富有佛教精神的思想背景之下，唤醒读者对生命——生与死本身的反省，从而对自己、对自己的同类，产生同情与慈悲。假如我们对比一下词话本和绣像本开头第一回中的卷首诗词，已经可以清楚地看出这种倾向。词话本的卷首词，"单说着情色二字"如何能够消磨英雄志气，折损豪杰精神：

> 丈夫只手把吴钩，欲斩万人头。
> 如何铁石打成心性，却为花柔！

> 请看项籍并刘季，一似使人愁。
> 只因撞着虞姬、戚氏，豪杰都休。

随即引用刘邦、项羽故事，为英雄屈志于妇人说法。下面则进一步宣称，无论男子妇人，倘为情色所迷，同样会招致杀身之祸：

> 说话的，如今只爱说这情色二字做甚？故士矜才则德薄，女衒色则情放，若乃持盈慎满，则为端士淑女，岂有杀身之祸？今古皆然，贵贱一般。如今这一本书，乃虎中美女，后引出一个风

情故事来。一个好色的妇女，因与了破落户相通，日日追欢，朝朝迷恋，后不免尸横刀下，命染黄泉，永不得著绮穿罗，再不能施朱傅粉。静而思之，著甚来由！况这妇人，他死有甚事，贪他的，断送了堂堂六尺之躯，爱他的，丢了泼天哄产业，惊了东平府，大闹了清河县。⑨

"虎中美女"这个狂暴娇媚的意象，是词话本一书的关键：它向读者暗示，书中所有的情色描写，不过是噬人之虎狼的变相而已。而上面这一段话，从男子之丧志，写到妇人之丧身，最终又从丧身的妇人，回到断送了性命家业的男子，已经隐括全书情节，无怪乎"欣欣子"在《金瓶梅词话序》里面赞美道："无非明人伦，戒淫奔，分淑慝，化善恶，知盛衰消长之机，取报应轮回之事，如在目前。"

绣像本第一回的卷首诗，则采录了唐朝女诗人程长文的乐府诗《铜雀台》⑩。铜雀台为曹操在公元210年建筑于邺城，曹操临终时，曾遗命他的姬妾住在台上，每逢初一、十五，便面向他的灵帐歌舞奏乐。这从五世纪开始，成为一个常见的题材，南朝诗人江淹、谢朓、何逊等人有同题诗作，程长文的作品便可清晰地见到江淹的影响。它描绘了一幅今昔对比的兴亡盛衰图。按照绣像本无名评点者的说法，可谓"一部炎凉景况，尽此数语中"：

> 豪华去后行人绝，箫筝不响歌喉咽。
>
> 雄剑无威光彩沉，宝琴零落金星灭。
>
> 玉阶寂寞坠秋露，月照当时歌舞处。
>
> 当时歌舞人不回，化为今日西陵灰。

这里重要的是注意到曹操的遗命与西门庆的遗命有相似之处（希望姬妾不要分散）。但是无论这样的临终遗言是否得到实现，它只是一个空虚的愿望而已，因为最终就连那些姬妾，也难免化为过眼云烟。绣像本作者紧接着在下面引述"二八佳人体似酥，腰间仗剑斩愚夫"一诗以儆色，但是在综述人生几样大的诱惑尤其是财与色之后，作者的笔锋一转，进入一个新的方向，鲜明地揭示红尘世界的虚空本质：

> 说便如此说，这财色两字，从来只没有看得破的。若有那看得破的，便见得堆金积玉，是棺材内带不去的瓦砾泥沙；贯朽粟红，是皮囊内装不尽的臭污粪土。高堂广厦，是坟山上起不得的享堂；锦衣绣袄，狐服貂裘，是骷髅上裹不了的败絮。即如那妖姬艳女，献媚工妍，看得破的，却如交锋阵上，将军叱咤献威风；朱唇皓齿，掩

袖回眸，懂得来时，便是阎罗殿前，鬼判夜叉增
恶态。罗袜一弯，金莲三寸，是砌坟时破土的锹
锄；枕上绸缪，被中恩爱，是五殿下油锅中生活。
只有《金刚经》上说得好，他说道：如梦幻泡影，
如电复如露。见得人生在世，一件也少不得；到
了那结果时，一件也用不着。随着你举鼎荡舟的
神力，到头来少不得骨软筋麻；赚着你铜山金谷
的奢华，正好时却又要冰消雪散；假饶你闭月羞
花的容貌，一到了垂肩落眼，人皆掩鼻而过之；
比如你陆贾隋何的机锋，若遇着齿冷唇寒，吾未
如之何也已。到不如削去六根清净，披上一领袈裟，
参透了空色世界，打磨穿生灭机关，直超无上乘，
不落是非窠，倒得个清闲自在，不向火坑中翻筋
斗也。

　　虽然这一段话的前半，表面看来不过是"粪土富
贵"的劝戒老套，但是随着对《金刚经》的引用，作
者很快便把议论转到人生短暂、无奈死亡之何的万古
深悲，而作者为读者建议的出路——削去六根清净、
参透空色世界——也因为它的极端性而显得相当惊人，
因为这样的出路，远非词话本之"持盈慎满"为可比：
"持盈慎满"是建立在社会关系之上，针对社会中人发
出的劝告，剃度修行却已是超越了社会与社会关系的

方外之言。换句话说，如果"持盈慎满"是镶嵌在儒家思想框架之中的概念，那么"参透空色世界"则是佛教的精义；如果"持盈慎满"的教训只适用于深深沉溺于这个红尘世界的读者，那么，绣像本则从小说一开始，就对读者进行当头棒喝，向读者展示人生有尽，死亡无情。紧接着上面引述的那一段话，作者感叹道：

> 正是：
> 三寸气在千般用，一日无常万事休。

"一日无常万事休"，这是绣像本作者最深切的隐痛。词话本谆谆告诫读者如何应付生命中的"万事"，绣像本却意在唤醒读者对生命本体的自觉，给读者看到包围了、环绕着人生万事的"无常"。绣像本不同的开头，就这样为全书奠定了一种十分不同于词话本的基调。在这一基调下，《金瓶梅》中常常出现的尼僧所念诵的经书、宝卷，以及道士做法事时宣讲的符诰，无不被赋予了多重丰富的意义：一方面，它们与尼僧贪婪荒淫的行为构成讽刺性对比；一方面，它们衬托出书中人物的沉迷不悟、愚昧无知；另一方面，它们也成为作者借以点醒读者的契机。

等到我们通读全书，我们更会意识到：作者在此处对佛经的引用和他看似激切的意见，无不有助于小说的叙事结构。对比绣像本的第一回和最后一回，我们会发现，第一百回中普静和尚对冤魂的超度以及西门庆遗腹子孝哥的出家，不仅早已在第一回中"伏脉"，体现出结构上首尾照应的对称和谐之美，而且在小说的主题思想上成为一个严肃的、精心安排的结局。普静和尚"幻度"孝哥，不仅仅化他出家而已，而且竟至"化阵清风不见了"，这样的收场，实在达到了空而又空的极致。于是，《金瓶梅》贯穿全书的豪华闹热，"人生在世一件也少不得"的衣食住行，被放在一个首尾皆"空"（"一件也用不着"）的框架之中，仿佛现代的京剧舞台上，在空白背景的映衬下，演出的一幕色彩浓艳华丽的人生悲剧。就这样，小说开始处作者重笔点出的"空色世界"，在小说的结构中得到了最好的体现。换句话说，绣像本《金瓶梅》的叙事结构本身，就是它的主题思想的完美实现。

　　两大版本在题旨命意方面的差别，当然不仅仅表现于第一回的不同和首尾结构之相异。从小的方面来说，词话本与绣像本的卷首诗词也体现出了这种思想倾向的区别。简而言之，词话本的卷首诗词往往是直白的劝戒警世之言，绣像本的卷首诗词则往往从曲处落笔，或者对本回内容的某一方面做出正面的评价感叹，或者对本回内容进行反讽，因此在卷首诗词与回目正文之间形成复杂的张力。但无论何种取向，鲜有如词话本那样发出"酒色多能误国邦，由来美色丧忠良"（第四回卷首诗）这种道德说教之陈腐旧套者；而且，这样的诗句只是陈规老套的"世俗智慧"，与故事文本并不契合，因为西门庆固非"忠良"，而西门庆与王婆联手勾引金莲，最终导致金莲死于武松刀下，则"美色"实为"忠良"所丧耳。就是在故事正文中，词话本的叙述者也往往喜欢采取"看官听说"的插话方式，向读者谆谆讲述某段叙事之中的道德寓意，似乎唯恐读者粗心错过。

再从较大的方面来看，西门庆的九个酒肉朋友，在词话本中不过只是酒肉朋友而已，但是在绣像本中，朋友更进一步，成了结义兄弟：绣像本的第一回，便正是以"西门庆热结十弟兄"为开始的。结义兄弟之热络，与武大武二亲兄弟之"冷遇"固然形成对照，而结义兄弟之假热真冷却又直照最后一回中十兄弟之一云理守对西门庆的背叛，以及书中另一对亲兄弟（韩大、韩二——武大、武二之镜像）之间的复杂关系。如果我们记得《金瓶梅》的诞生，乃在《三国演义》《水浒传》之后，我们会注意到西门庆等人的兄弟结义，实在是对《三国演义》《水浒传》所全力歌颂的男子之间金兰情谊的讽刺摹拟。这种男子之间的情谊，可以称之为"社会性的'同性恋爱'关系"，它既是一个父权社会中最重要的社会关系之一（朋友和君臣、父子、兄弟、夫妻关系一起构成了儒教之"五伦"），而当朋友演化为"兄弟"，其社会关系的层面又被这种伪家庭关系所进一步丰富和充实。因此，当一个男人被他的结义兄弟所出卖和背叛，其悲剧性和讽刺意味要远远大于被一个朋友所出卖和背叛。在这个意义上，绣像本《金瓶梅》开宗明义对西门庆热结十兄弟的强调，等于是在已经建立起来的古典白话长篇小说的传统中，对《三国演义》《水浒传》这种几乎完全建立在男性之间相互关系上的历史与英雄传奇作出的有力反讽，也是对作为基本儒家概念的"五伦"进行的更为全面的颠覆。而在儒家思想赖以生存的几乎所有主要社会关系——君臣、父子（如西门庆拜太师蔡京为义父、王三官又拜西门庆为义父）、兄弟、朋友、夫妻——都被一一揭破之后，这个物欲横流的红尘世界也就变得更加破败和空虚了。

与充满欺诈背叛的结义兄弟关系形成讽刺性对照的，则是潘金莲与庞春梅主仆之间宛如姐妹一般的亲密相知：这种发生于不同社会阶层的人士之间的"知与报"的关系，我们可以在战国时代业经形成的养士风俗中看到原型。与战国时的豫让相似，春梅也曾历经二主：先服侍西门庆的正妻吴月娘，后服侍潘金莲。然而"彼以众人待我，我以众人报之；彼以国士待我，我以国士报之"：于是豫让之报答知伯，事其死一如事其生；而春梅之报答金莲也如是。纵观《金瓶梅》全书，几乎没有任何一对男子之间的关系，其感情强度可以与之相提并论，只有武松待武大差似之。然而一来武松于武大是亲兄弟，不比春梅于金莲毫无血缘关系；二来武松后来的报仇已经掺杂了很多个人的成分，不再是纯粹的兄弟感情起作用；何况武松弃武大唯一的遗孤于不顾，于情于理都有所未安。因此，金莲、春梅之间的关系就显得更加特殊。这种关系虽然在两大版本中都得到同等的表现，但是，正因为绣像本把朋友写成结义兄弟，一再调侃、讽刺这些义结金兰的弟兄对彼此的虚伪冷酷，则女人之间无论是争风吃醋、相互陷害，还是对彼此表现出来的同情与体谅（金莲与春梅、瓶儿与西门大姐、金莲与玉楼、小玉与春梅），也就或者正面烘托，或者反面映衬，从而更加强有力地成为书中男性世界的反照。

在人物刻画方面，绣像本的风格也十分一贯，较词话本更为含蓄和复杂。潘金莲的形象塑造即是一例。因为书中自有详写，这里就不赘述了。又如第九十四回中，做了守备夫人的春梅，在软屏后面看到周守备拷打她的旧情人、西门庆原来的女婿陈敬济，本待要假称姑表姐弟和陈敬济相认，忽然沉吟想了一想，吩咐权把陈敬济放走，以后慢慢再叫他相见不迟。词话本行文至此，随即向读者解释春梅的动机：西门庆的第四个妾孙雪娥流落在周府中做厨娘，倘若收留了陈敬济，雪娥势必把他们的真实关系道破，传入周守备耳中。所以只有想法子先撵走孙雪娥，才能把陈敬济招进守备府。在绣像本里，这段心事直到第九十七回，春梅与敬济终于会面时，才由春梅自己亲口向敬济道出。叙述者不费一字一句向读者解释而读者自然明白了春梅的用心。这样的地方，虽然只是细节，却很有代表性，使我们更加清楚地看到词话本喜欢解释与说教的特点。

　　但是也确实有很多华美的物质细节为词话本所有而绣像本所无。此外，书中凡有唱曲之处，词话本多存唱词，而绣像本仅仅点出曲牌和歌词的第一句而已。这自然是对明末说唱文学极感兴趣的学者最觉得不满的地方，而且，很多《金瓶梅》的研究者都觉得这是绣像本写作者不了解这些词曲在小说叙事中的作用，纯粹为了节省篇幅而妄加删削的表现。我则以为，我们应该想到，虽然对于现代的读者和研究者来说，书中保留全部曲词固然至关重要，但是，对明末的读者来说，这些曲子都是当时广为流传的"通俗歌曲"，一个浸润于其中的读者只消看到曲牌和第一句曲词，就完全可能提头知尾，那么，如果把全部曲词都存录下来，倒未免有蛇足之嫌了。而绣像本之不录曲词，从另一方面说，也和它一贯省净含蓄的风格相一致。

谈到绣像本的省净，我们当然可以怀疑书商为了减低出版费用而删削简省，但问题是在看到《金瓶梅》一书的畅销程度之后，扩充增改现有的书稿，称之为真正原本在市场上发行，同样是书商有效的牟利手段。就连词话本错杂不工的回目对仗，我们都可以争辩乃出自书商或书商雇佣的"陋儒"之手。提出这一点来，不是因为我定然相信这种假设，而是希望借此提醒读者，在版本的先后问题上有很多可能性。也许，《金瓶梅》的作者和写作年代将是一个永远无解的悬案，但在我看来，这丝毫不影响我们欣赏这部奇书本身。从具体的文本比较中，我们可以清楚地看到绣像本和词话本的差异。研究这些差异到底意味着什么，我以为是一件更加有意义，也因为建立在踏实的基础上而更加可能产生实际效果的工作。如果这本书能够在这方面做出抛砖引玉的工作，就是我最高兴的。

最后还要提到的一点，也是十分重要的一点，是我们应该从《金瓶梅》两个版本的读者接受方面，看出我们对一部文学作品的观点、评判，总是于不知不觉间受到本时代之意识形态大方向的制约；唯有意识到这一制约，才不至于完全被其辖制。譬如说词话本的发现，恰逢"五四"时代，人们扬俗抑雅，扬平民而抑贵族，并认为一切之文学，无不源自民间，于是施蛰存氏才会作出这样的论断："旧本未尝不好，只是与《词话》一比，便觉得处处都是粗枝大叶……鄙俚之处，改得文雅，拖沓之处，改得简净，反而把好处改掉了也。"[11] 文雅、简净本是赞语，这里被用作贬语；鄙俚、拖沓，本是贬语，这里被用作赞语。前面已经谈到这是典型的"五四"论调，但问题在于，正是这样的观点，即民间文学是万物之源，才会导致写过一部《中国俗文学史》的郑振铎氏在其评论《金瓶梅词话》的开山之作中认为文雅之绣像本出于鄙俚之词话本。此语一出，遂成定论，竟至半个多世纪以来，海内外之研究者均无异言。但假如我们设想张竹坡或其他清朝文人看到词话本，他们是否反而会认为鄙俚拖沓之词话本是文雅简净之原本的大众化和庸俗化？既然 1634 年（崇祯七年）已经出现了《金瓶梅》改编而成的戏剧（事见明末文人张岱《陶庵梦忆》卷四《不系园》条记载），那么在词话本、绣像本之刊刻年代尚未分明，其原刻本渺不可见的情况下，我们又从何可以断定那时没有由《金瓶梅》改编的说唱文学——一部《金瓶梅词话》？在这里，我不是说张竹坡一定就会那么想，也不是说张竹坡如果那么想，他的观点就一定正确，我只是想指出，我们的很多观点与结论都受制于我们时代的主导意识形态，而某一时代的主导意识形态，到了另一时代未必就行得通。我们只有心里存了这个念头，才不至完全受制于我们自己的时代局限性。

三 底本、体例、插图及其他

本书所用小说底本有三：一，北京大学出版社根据北大图书馆藏本于 1988 年影印的《新刻绣像批评金瓶梅》，有无名评论者的批点，东吴弄珠客序（此序无日期）。二，文学古籍刊行社 1988 年重新影印的《金瓶梅词话》，即 1932 年在山西发现者，当时曾以古佚小说刊行会名义影印，1957 年由文学古籍刊行社重印，有欣欣子序、廿公跋、东吴弄珠客序（落款时标有字样"万历丁巳"也即 1617 年）。三，张竹坡评点本，题为《皋鹤堂批评第一奇书金瓶梅》，卷首有署名"谢颐"的序（1695 年）。

本书采取的三部现代版本分别是：一，1990 年由齐烟、（王）汝梅校点，香港三联书店、山东齐鲁书社联合出版的《新刻绣像批评金瓶梅》会校本。这个本子校点精细，并附校记，没有删节，对于绣像本《金瓶梅》的研究十分重要。二，1986 年由戴鸿森校，香港三联书店出版的《新校点本金瓶梅词话》。三，1998 年由秦修容整理，北京中华书局出版的《金瓶梅会评会校本》。只可惜后两个版本都是所谓洁本，"会评本"

甚至将小说中做爱段落的绣像本评点、张竹坡评点也一并删落，虽然可能是迫于现实的压力，但这样的做法未免破坏了小说的艺术完整性（那些做爱描写是作者刻画人物、传达意旨的重要组成部分，不是可有可无的点缀之笔），而且对于研究者来说实在大为不便。

在提到《水浒传》时，我参考的底本是 1954 年人民文学出版社出版的《水浒全传》。这个本子是郑振铎、王利器、吴晓玲三位学者在《水浒传》各个不同版本（如最早的武定侯残本、1589 年天都外臣序刻本、120 回袁无涯刻本等）的基础上校勘整理的，附有较为详细精审的校勘记。

本书的形式，是依照原书回目，逐回进行评论。每回评论中首先出现的章回标题是绣像本回目，其次出现的是词话本回目。这里一个有趣的问题是：无论绣像本还是词话本，其全书目录与其正文回目往往有歧异之处。比如，绣像本第三回在目录中作"定挨光虔婆受贿"，在正文回目中作"定挨光王婆受贿"；词话本第十回在目录中作"妻妾玩赏芙蓉亭"，在正文回目中作"妻妾宴赏芙蓉亭"。词话本目录与正文回目的差距有时相当大，比如词话本第六十三回之"亲朋祭奠开筵宴"，在正文回目中变成了"亲朋宿伴玉箫记"。有时，些微的差异可以导致叙事重心的转移。比如第七十八回，词话本目录作"吴月娘玩灯请蓝氏"，正文回目作"请黄氏"。无论黄氏还是蓝氏,都是西门庆心中的"下一个勾引目标",区别在于蓝氏接受了西门庆妻子吴月娘的邀请,而黄氏却未赴宴。"请蓝氏"固然浓墨重彩写出西门庆初见蓝氏的神魂飘荡,"请黄氏"则突出了西门庆的失望,为即将发生的风流云散埋下了伏笔。有时,词话本正文回目与其目录抵牾,却与绣像本重合。比如,第六十一回"李瓶儿带病宴重阳",词话本目录、绣像本目录及正文回目都相同,而词话本正文回目却作"李瓶儿苦痛宴重阳"。与绣像本不同,词话本现存版本除上述的山西本之外只有两部,其一还是残本,皆存于日本,不知它们的目录和正文回目是否与山西本又有所不同。因手头无书,无从进一步比较了。本书的回目,姑且一律遵从词话本、绣像本的正文。

本书的插图,除了一两幅是《金瓶梅》绣像本的插图之外,都选自历代名画,以及近、现代的照片。因我以为《金瓶梅》里面的男男女女是存在于任何时代的,不必一定穿着明朝或者宋朝的衣服。若依照外子的意思,索性都用现代的黑白照片,但是时间与精力所限,也只能如此了,虽然这个愿望,也许将来可以实现。——如果莎士比亚的戏剧,常常以现代装束、现代背景、现代语言重现于世界银幕,我们怎么不可以有一部现代的《金瓶梅》呢?我们的生活中,原不缺少西门庆、蔡太师、应伯爵、李瓶儿、庞春梅、潘金莲。他们鲜衣亮衫地活跃在中国的土地上，出没于香港与纽约的豪华酒店。我曾经亲眼见到过他们。

本书的写作，初稿始于 2001 年 1 月 16 日，终于 4 月 25 日，前后共历百日，足成百回之数；又在同年夏冬之间做了大量修改、润色与补充。古人称词为诗之余，曲为词之余；既然我的专业研究范畴是魏晋南北朝文学，这番对《金瓶梅》的议论，可以算是业之余。无他，只是对这部横空出世的奇书爱之不足，溢于言表，就像父母喜欢谈论自己的孩子，热恋中的人喜欢谈论自己的爱人，如斯而已。正是：

夜寒薄醉摇柔翰，语不惊人也便休。

注释

① 本节之内阐述的观点，已进一步拓展为一篇英文论文，题为《金瓶梅两个版本的初步比较研究》（"A Preliminary Comparison of the Two Recensions of 'Jinpingmei'"），发表于《哈佛亚洲研究学刊》（*Harvard Journal of Asiatic Studies*）2002 年 12 月号（总第 62 卷第 2 期）。

② Andrew Plaks, *The Four Masterworks of the Ming Novel*. Ch. 2. New Jersey: Princeton University Press, 1987. p. 66.

③ 按，即绣像本。

④ David Roy, trans. *The Plum in the Golden Vase. Vol. I,"The Gathering"*. New Jersey: Princeton University Press, 1993. 此前言的中文翻译见乐黛云、陈珏编选：《北美中国古典文学研究名家十年文选》，南京，江苏人民出版社 1996 年版，第 569—606 页。

⑤ 刘辉：《〈金瓶梅〉版本考》，徐朔方、刘辉编：《金瓶梅论集》，北京，人民文学出版社 1986 年版，第 237—238 页。

⑥ 黄霖：《关于〈金瓶梅〉崇祯本的若干问题》，中国金瓶梅学会编：《金瓶梅研究》第一辑，南京，江苏古籍出版社 1990 年版，第 80 页。

⑦ 在两大版本系统的先后以及相互关系方面，有许多问题还没有解决，而且，在更多的证据出现之前，虽然可以多方揣测。但是无法"盖棺定论"。许多研究者各执一端，曲为之说，但细察其论据，未免不能完全服人。此外，我对于"从俗到雅、从繁到简"（因此一定是从词话本到绣像本）的指导思想也有一些不同的看法，盖人们往往倾向于认为大众文学一定都是被文人加工和雅化，民间文学一定都是被士大夫阶层拿去改造，却忽略了文学史上许多的相反事例也。

⑧ 秦修容整理：《金瓶梅会评会校本》，北京，中华书局 1998 年版，第 1 页。

⑨ 本书在论析过程中，大量引用《金瓶梅》文本原文，其文字均出于早期版本。为保持其原有风貌，引文照录原版文字，不以现行汉语文字规范为准，特此说明。

⑩ 按，此诗原题《咏铜雀台》，继承了一个从六朝开始的"咏曹操铜雀台伎"的诗歌传统。言不仅君王长已矣，就连哀悼他的姬妾也都烟消云散了。《文苑英华》、郭茂倩《乐府诗集》均有收录。第一行原作"君王去后行人绝"，此处应为绣像本作者根据小说内容改为"豪华去后"。

⑪ 施蛰存：《金瓶梅词话跋》，朱一玄编：《金瓶梅资料汇编》，天津，南开大学出版社 1985 年版，第 173 页。

第一回

西门庆热结十弟兄　武二郎冷遇亲哥嫂

（景阳冈武松打虎　潘金莲嫌夫卖风月）

一　秋天的书

《金瓶梅》是一部秋天的书。它起于秋天：西门
庆在小说里面说的第一句话，就是"如今是九月廿五
日了"。它结束于秋天：永福寺肃杀的"金风"之中。
秋天是万物凋零的季节，死亡的阴影笼罩着整个第一
回，无论热的世界还是冷的天地。秋属金，而第一回
中的众多伏笔就好像埋伏下的许多金戈铁马，过后都
要一一杀将出来，不能浪费。

第一回中，新近死掉的有一头猛虎，一个男子卜
志道，还有一个将死未死的女人卓丢儿——且不提那
些"早逝"的西门庆父母西门达、夏氏，先妻陈氏，
张大户，王招宣，以及一个颇有意思的配角白玉莲。

西门庆第三个妾卓丢儿从病重到病死，从广义上说，预兆着西门庆的女人们一个一个或死亡、或分散的结局，从狭义上说，预兆着瓶儿的命运。卓丢儿与瓶儿的映衬，既是平行式的，也是对比式的：只要我们对比一下西门庆对卓氏的病是什么反应，就可以见出后来他对瓶儿的感情有多深。在西门庆的一班朋友里，一开场就死了的卜志道（"不知道"）则预兆着书中诸男子的结局：一帮酒肉兄弟的死亡与分散，花子虚与西门庆的早亡（二人都是"不好得没多日子，就这等死了"）。西门庆、应伯爵、谢希大三人对卜志道之死的反应（叹息了两声之后，立刻转移了话题，而且其死亡被夹在品评青楼雏妓李桂姐与谈论结拜那天"吃酒玩耍"之间道出），一来揭示了十兄弟的"热"实际乃是"冷"，二来也预现了花子虚、西门庆甚至武大死后的情形。张竹坡评："既云兄弟，乃于生死时只如此，冷淡煞人。写十兄弟身分，如此一笔，直照西门死后也。"只不过映照花子虚、西门庆之死是从正面（结拜兄弟的翻脸无情），映照武大之死是从反面（亲兄弟武松的"放声大哭"也）。

至于白玉莲，这个配角有趣之处在于她和全书毫不相干：本回提到的其他那些早逝的人物至少有情节上的重要性，比如张大户后来有侄子张二官，王招宣有遗孀林太太，写西门庆的父母是介绍这个主角的根

西门庆热结十弟兄

基来历，写西门庆的先妻陈氏是为了出西门大姐，更是为了带出陈敬济，不像我们这个玉莲无根无叶，与本书的情节发展没有任何关系。白玉莲的出现，其作用完全是"文本"的，也就是说它向我们显示的完全是文字的花巧、文字的乐趣；换句话说，如果我们以古典诗词或者散文的思维和美学方式来想《金瓶梅》，我们就会发现，白玉莲这个人物根本是潘金莲的对偶。玉莲和金莲当初是张大户一起买进家门的使女，两人同房歇卧，金莲学琵琶而玉莲学筝，后来玉莲死了，剩下金莲一个。安插一个白玉莲者，一来是平行映衬与对比，比如特别写其"生得白净小巧"，与肤色较黑的金莲恰成反照；二来"白玉莲"的名字有其寓意：莲本是出污泥而不染的花卉，何况是玉莲，何况是白玉莲，她的早死使她免除了许多的玷污，隐隐写出金莲越陷越深、一往不返的沉沦；三来玉莲的"白净小巧"与以肤色白皙为特点的瓶儿遥遥呼应，玉莲的早死笼罩了瓶儿的命运；四来玉莲的名字兼顾玉楼（玉楼也是金莲之外，西门庆的六个妻妾中唯一会乐器的女子），后文中，玉楼每每以金莲的配角出场，也是中国古典文学中"对偶"之美学和哲学观念的具体表现也。

在死亡方面，武松是以死亡施予者或曰死神使者的形象出现的："只为要来寻他哥子，不意中打死了这个猛虎。"他坐在马上，"身穿着一领血腥衲袄，披着一方红锦"。这个形象蕴涵着无穷的暴力与残忍。武松一出场，便和红色的鲜血联系在一起。金莲与西门庆二人，通过一头死去的猛虎和他们对于武松的共同反应——"有千百斤气力"——联结在一起；而金莲的结局，在这里已经可以见出端倪了。

二 兄弟与乱伦

回目里面以"冷热"二字对比。冷热即炎凉。在第一回里，一方面是结义弟兄之热，一方面是嫡亲哥嫂之冷。当然在小说最后，我们知道"热结"的弟兄因为西门之死而翻脸变冷，"冷遇"的哥嫂却因死去的大郎而变得更加情热——情热以致杀嫂的程度；但是酒肉之交的结义兄弟尽可以讽刺性地以"热结"来描写（这种势利之热，其实是热中有冷），嫡亲哥嫂却何故以"冷遇"出之哉（尤其金莲之对待武松，其实是冷中之热）？我们固然可以解释说，作者要照顾回目的对仗工整，所以"热结"必对以"冷遇"。不过事情恐怕也没那么简单。何以然？我们且看看武氏兄弟对彼此的反应，就会觉得他们的关系不像是单纯的"悌"。武松本来是回家探兄长，无意间打死了老虎，无意间做了都头，但是探兄的意思似乎也就淡了，宁肯在街上"闲行"，也不回家看哥哥，兄弟是偶然"撞见"的。那么武大呢，每日在街上卖炊饼，明明听说自己的兄弟打死了老虎、做了都头，也不见去清河县找寻兄弟。再看哥哥带着弟弟回家，要武松搬到一起来住，完全是金莲提出的主张。金莲当然是有私心的，但是武大何以对这件事自始至终一言不发呢？两口子送武松下楼，金莲再次谆谆叮嘱："是必上心搬来家里住。"武松回答说："既是嫂嫂厚意，今晚有行李便取来。"金莲劝说武松搬来的话里，口口声声还是以"俺两口儿""我们"为本位，但是武松的答话却只承认"嫂嫂厚意"而已，这样的回答又置武大于何地哉？而"今晚"便搬来，也无乃太急乎？听到这句回答，无怪金莲大概也因为惊喜而忘记了保持一个冠冕堂皇的"俺两口儿"的身份，说出一句："奴这里等候哩！"

对比《水浒传》在此处的描写，虽然只有数语不同，便越发可以见出《金瓶梅》作者曲笔深心。在《水浒传》里，武大初见武二，便唠叨说有武二在时没人敢欺负他多么好，后来武二临走时，武大附和着金莲的话道："大嫂说得是。二哥，你便搬来，也教我争口气。"武松道："既是哥哥嫂嫂怎地说时，今晚有些行李，便取了来。"我们注意到：在《水浒传》中，搬来同住的邀请来自武大、金莲两个人，而武松在答应的时候，认可的也是哥哥和嫂嫂两个人，完全不像在《金瓶梅》中。武大对于武松搬来同住一直沉默不语，而他在《水浒传》中所说的话"也教我争口气"在《金瓶梅》中被挪到金莲的嘴里："亲兄弟难比别人，与我们争口气，也是好处。"武大对于武松搬来同住的暧昧态度，固然是为了表现金莲的热情和武大的无用，另一方面也使得两兄弟的关系微妙和复杂起来。

词话本第一回开头一段长长的"入话"，借用刘邦和戚夫人、项羽和虞姬，说明"当世之英雄，不免为二妇人以屈其志气"，"妾妇之道以事其丈夫，而欲保全首领于牖下，难矣"。又道："故士矜才则德薄，女衍色则情放。若乃持盈慎满，则为端士淑女，岂有杀身之祸。"这段道德论述，似乎暗示了"尤物祸水""女色害人也自害"的陈词。比起词话本第一回，绣像本的第一回不仅自身结构十分严谨，而且在小说的总体结构上也与第一百回形成更好的照应：开始对于酒色财气的评述，归结到"色即是空"，所以"到不如削去六根清净……参透了空色世界，落得清闲自在，不向火坑中翻筋斗"，伏下最后孝哥的出家；西门庆在玉皇庙由吴道士主持结拜兄弟，对比第一百回中永福寺由普静和尚解脱冤魂；玉皇庙里面应伯爵讲的关于"曾与温元帅搔胞"，预兆了后来陈敬济在晏公庙做道士时成为师兄内宠的命运；应伯爵开玩笑把其他的结拜兄弟比作"吃"西门庆的老虎，也是具有预言性质的黑色幽默。不过。第一回与第一百回的真正照应，还在于对"兄弟"关系的反复对比参照：在第一百回，西门庆十弟兄之一的云理守背弃结拜的恩义，乘人之危，企图非礼月娘，月娘坚执不从，映照此回潘金莲对武松的想入非非和武松的不为所动，瓶儿对于结拜一事暧昧的"欢喜"和西门庆对结拜兄弟的妻子同样暧昧的夸奖："好个伶俐标致娘子儿！"

　　然而作者对于兄弟关系所下的最暧昧的一笔，在于武大一家的镜像韩道国一家的遭遇。王六儿与小叔旧有奸情，后来不但没有受到报应，反而得以在韩道国死后小叔配嫂，继承了六儿的另一情夫何官人的家产，安稳度过余生。无论绣像本评点者还是张竹坡，到此处都沉默不语，没有对王六儿、韩二的结果发出任何评论。想来也是因为难以开口吧。按照"天网恢恢，疏而不漏"的善恶报应说，怎么也难解释王六儿和韩二的结局。仅仅从这一点来看，《金瓶梅》——尤其是绣像本《金瓶梅》——就不是一部简单的因果报应小说。浦安迪也注意到六儿、韩二结局的奇特："小说中描写的扭曲婚姻关系之另一面，也是更加令人困惑的一面，在于韩道国、王六儿在合伙勾引西门庆、骗他的钱财时表现出来的温暖的相互理解——这种暧昧一直持续到本书的结尾，六儿嫁给小叔，并且比西门庆生命中那些不如她这么毫不掩饰的女人都活得更长久。"① 在探讨《金瓶梅》这一章节的结尾处，作者提出："也许……读者希望在玉楼还算不错的结局当中，或者甚至像王六儿和韩二这样表面上看去根本没有什么希望的角色之美满结果当中，读出另外一种救赎的信息。"② 浦安迪本人并不完全认同这处解释，但他也没有对王六儿和韩二的结局进一步提出更多的分析。我想，他的迟疑和假设更说明六儿、韩二结局的特殊性和暧昧性。

兄弟的关系被夹在他们之间的女人变得极为复杂而充满张力，但有一点我们可以看得十分清楚：那就是《金瓶梅》是一部对于"乱伦"的演义。这个"乱伦"是事实上的，更是象征意义上的。书中实际的乱伦（虽然还不是血亲之间的乱伦），有韩二和嫂嫂王六儿，敬济和金莲，金莲对武松得不到满足的情欲，一笔带过的配角陶扒灰。但是更多的是名义上的乱伦：西门庆的表子桂姐是西门庆的妾李娇儿的侄女，则西门庆实际是桂姐的姑夫；桂姐又认月娘为干娘，则西门庆又成了她的干爹；桂姐的情人王三官拜西门庆为义父，则桂姐、三官便是名分上的兄妹；西门庆娶了结拜兄弟的遗孀瓶儿。性爱之乱伦引申为名分的错乱：西门庆与蔡太师的管家以亲家相称而无亲家之实，西门庆拜蔡京为干爹，原来无姓的小伙玳安最后改名西门安而承继了西门庆的家业，被称为"西门小员外"，俨然西门庆之假子，但是当初玳安又曾与西门庆分享伙计贲四的妻子。虽然绣像本《金瓶梅》以道庙开始、以佛寺结束，但是儒家"必也正名乎"的呼吁、对名实不副感到的道德焦虑，在《金瓶梅》的世界中获得了极为切实的意义。

三　异同

绣像本第一回回目的对仗比起词话本要工整很多自不待言，就第一回的内容来说，分述西门庆、吴月娘、十兄弟与武大、潘金莲、武二的上下两段（以看打虎英雄为转折点）也形成了对偶句的关系。潘金莲对于嫡亲小叔武松的暧昧的殷勤，与吴月娘对于西门庆结拜兄弟的不屑一顾恰好形成了对比："哪一个是那有良心的行货？"月娘并以讽刺的口气说："结拜兄弟也好，只怕后日还是别个靠你的多哩。"月娘和金莲这一对相反相成的人物之间，还夹着一个未现其身、只闻其声的瓶儿，使得第一回在本身结构上更加复杂，其中的伏笔也更加繁复：西门庆邀花子虚加入结拜，派玳安去隔壁花家说知，"你二爹若不在家，就对你二娘说罢"。"金瓶梅"者，未见花枝（金莲、春梅），先出"花瓶"（虽然是虚写的"花瓶"）。玳安回来禀告西门庆：果然花子虚不在，"俺对他二娘说来，二娘听了，好不欢喜，说道：'既是你西门爹携带你二爹做兄弟，哪有个不来的。等米家我与他说，至期以定撺掇他来，多拜上爹。'又与了小的两件茶食来了。"瓶儿之为人，在此透露一斑。瓶儿对结拜兄弟的欢喜态度，对西门庆的"多拜上"，隐隐预示了她将来携带财物嫁给丈夫的结拜兄弟（她的"大伯子"）这一名义上的乱伦行为。

除了在结构安排上十分不同之外，词话本和绣像本最突出的差异便表现在对西门庆和潘金莲二人形象的塑造上。对西门庆的介绍，《金瓶梅》比《水浒传》细致不少。《水浒传》中"从小也是一个奸诈的人"，词话本却作"从小也是个好浮浪子弟，使得些好拳棒，又会赌博，双陆象棋，抹牌道字，无不通晓"。绣像本则作："有一个风流子弟，生得状貌魁梧，性情萧洒……这人不甚读书，终日闲游浪荡……学得些好拳棒（下同词话本）。"《水浒传》中称西门庆为"破落户财主"，词话本同，绣像本则完全看不见"破落户"三字，反称西门家中"呼奴使婢，骡马成群，虽算不得十分富贵，却也是清河县中一个殷实的人家"。后文又写西门庆"生来秉性刚强，做事机深诡谲"。词话本中，称其"调占良人妇女，娶到家中，稍不中意，就令媒人卖了，一个月倒在媒人家去二十余遍"。这段几近漫画式的丑化描写，绣像本全然没有。综观《水浒传》、词话本和绣像本，我们一来看到西门庆的相貌、本事在《金瓶梅》中得到了更加具体实在的描写，二来也看到绣像本的描写比词话本中那个比较常见的、比较漫画化的浪荡子形象更加复杂和全面。

至于金莲，很多评论者注意到《金瓶梅》改写了《水浒传》中她的出身来历。《水浒传》写她是大户人家使女，"因为那个大户要缠她，这女使只是去告诉主人婆，意下不肯依从，那个大户以此记恨于心，却倒贴些房奁，不要武大一文钱，白白地嫁与他。自从武大娶得这个妇人之后，清河县里有几个奸诈的浮浪子弟们，却来他家辱恼。原来这妇人，见武大身材短矮，人物猥獕，不会风流，她倒无般不好，为头的爱偷汉子。……却说那潘金莲过门之后，那武大是个懦弱本分的人，被这一班人不时间在门前叫道：'好一块羊肉，倒落在狗口里。'因此武大在清河县住不牢……"

这段描写，徐朔方认为"《水浒》写得极差，亏得在《金瓶梅》中得到补救"，因为这个拒绝屈从于大户的贞烈姑娘形象和后文不吻合。③《金瓶梅》改为金莲先被母亲卖在王招宣府，十五岁时，王招宣死了，潘妈妈以三十两银子转卖给六旬以上的张大户，大户于金莲十八岁时收用了她，遭家主婆嫉妒，于是大户把金莲嫁给武大，"这武大自从娶了金莲，大户甚是看顾他，若武大没本钱做炊饼，大户私与他银两"。大户仍然与金莲私通，"武大虽一时撞见，原是他的行货，不敢声言"（此段绣像本与词话本大同小异，加点字是绣像本多出来的）。这段改写十分重要：一，大户变得有名有姓，与后来张二官的出现遥遥呼应；二，张大户死于"阴寒病症"，隐隐指向与金莲的偷情，但是实在是自找的也；三，武大明知大户与金莲私通而不敢声言，绣像本"原是他的行货"六字是神来之笔，否则武大何以不敢声言大户，却定要去捉西门庆、金莲的奸乎；四，当然武大还受了许多张大户的物质恩惠（不要房租的房子，白娶的老婆，卖炊饼的本钱），所以也是不敢声言的原因之一。物质恩惠能够买到妻子的身体，武大品格比《水浒传》降低了不少，同时更加突出了和下文韩道国的对应。

关于浮浪子弟来找麻烦一节，《金瓶梅》的描写详细得多。先说词话本：

> 妇人在家别无事干，一日三餐吃了饭，打扮光鲜，只在门前帘儿下站着，常把眉目嘲人，双睛传意。左右街坊有几个奸诈浮浪子弟，瞅见了武大这个老婆，打扮油样，沾风惹草，被这干人在街上撒谜语，往来嘲戏，唱叫：这一块好羊肉，如何落在狗口里！人人自知武大是个懦弱之人，却不知他娶得这个婆娘在屋里，风流伶俐，诸般都好，为头的一件，好偷汉子。有诗为证：

金莲容貌更堪题，笑靥春山八字眉。

若遇风流清子弟，等闲云雨便偷期。

这妇人每日打发武大出门，只在帘子下嗑瓜子儿，一径把那一对小金莲故露出来，勾引得这伙人日逐在门前弹胡博词，扠儿难，口里油似滑言语，无般不说出来。因此武大在紫石街住不牢，又要往别处搬移，与老婆商议。妇人道："贼混沌，不晓事的，你赁人家房住，浅房浅屋，可知有小人啰唣。不如凑几两银子，看相应的典上他两间住，却也气概些，免受人欺负。你是个男子汉，倒摆布不开，常交老娘受气。"武大道："我那里有钱典房。"妇人道："呸，浊才料。把奴的钗梳凑办了去，有何难处。过后有了，再治不迟。"

这段描写，在绣像本里作：

那妇人每日打发武大出门，只在帘子下嗑瓜子，一径把那一对小金莲故露出来，勾引浮浪子弟日逐在门前弹胡博词，撒谜语，叫唱：一块好羊肉，如何落在狗口里！油似滑言语，无般不说出来。（下同）

这样看来，绣像本此处比词话本干净简省很多，但是词话本和绣像本比起《水浒传》都多了一个关键的细节：金莲当掉自己的钗环供武大典房。这样一来，绣像本的叙述者不说金莲"好偷汉子"便有了重要的意义：一来绣像本往往让人物以行动说话而较少评论判断，二来好偷汉子的评语与下文金莲主动出钱帮武大搬家根本不合。试想如果金莲那么喜欢勾引男子，她又何必典卖自己的钗环以供搬家之需呢。④《水浒传》全无此等描写，金莲遂成彻头彻尾的恶妇。绣像本中的金莲在初次出现的时候，有着各种可能。她最终的沉沦与惨死，有无数的偶然机会在作祟，不完全是她自己的性格所决定的。

绣像本第一回与词话本还有一处值得注意的不同：那就是各色重要人物的上场次序被提前。比如应伯爵和花子虚以及女主角之一的李瓶儿，在词话本中都是直到第十回才出场；此外还有一个重要人物玳安，在词话本直到第三回才出场，而且十分不显眼，只是西门庆派去给王婆送衣料的"贴身答应的小厮"而已。在绣像本，玳安于第一回即出现（十分合适，因为他毕竟是第一百回中的"西门小员外"），作者描写他"生得眉清目秀，伶俐乖觉，原是西门庆贴身服侍的"，形象比词话本突出得多了。

注释

① Andrew Plaks, *The Four Masterworks of the Ming Novel*. Ch. 2. pp. 169-170.

② 按，这种解读，可以在一般人们对于《红楼梦》的世界坍塌后刘姥姥的幸存所作出的阐释之中找到对应。但刘姥姥的幸存并不能视为王六儿之幸存的对等：刘姥姥是一个本性朴实的农家妇女，其狡猾处无不是农民式的狡猾，为人知道感恩图报，也具有同情心；王六儿却是一个完全不同的城市妇女，既贪财，又充满情欲，是典型的"小市民"。

③ 徐朔方：《〈金瓶梅〉的成书以及对它的评价》，徐朔方、刘辉编：《金瓶梅论集》，第 65 页。

④ 按，金莲的大度，非很多女人小气、爱惜首饰之可比。而在古典文学里面，往往以一个女人是否能献出自己的首饰供丈夫花用或者供家用来判断她的贤惠，若依照这个标准，则金莲实在是贤惠有志气的妇人，而且她也并不留恋被浮浪子弟搅扰的生活。又可见她好的只是有男子汉气概的男人而已，并不是金钱。

第二回

俏潘娘帘下勾情　老王婆茶坊说技

（西门庆帘下遇金莲　王婆子贪贿说风情）

一　叔嫂之间的张力

　　虽然一喜一惊，但金莲对武松的本能反应和西门庆居然不谋而合：那便是这人必然有"千百斤气力"。金莲和西门庆两个人物，其实乃是一枚硬币的正反两面耳。这一点，毋庸不佞多说，读者自可领略。但是如果我说：金莲和武松，其实也是一枚硬币的两面，不知又有多少读者会首肯呢？

　　金莲在第一回中以"真金子""金砖"自许，叙述者也说"买金偏撞不着卖金的"，同情金莲、武大之不般配。而在第二回中，武松搬来同住，金莲"强如拾得金宝一般欢喜"。后来，武大说武松劝他的话乃是"金石之语"——再次以金许武松。武松不好财（把五十两打虎的赏银分散给猎户），金莲亦不重财（典当自己的钗环供武大赁房）。武松自称"顶天立地男子汉"，金莲自称"不带头巾的男子汉"。武松能杀虎而金莲能杀人。金莲与武松，真是棋逢对手，遥相呼应，两两匹敌。二人但凡相遇，总是眼中只有彼此，根本容不下旁人。武大其人，完全只是二人之间传电的媒介而已。兄弟二人之间，亦完全只是靠一个女人维系其充满张力的关系。

写金莲挑逗武松，又何尝不是武松挑逗金莲？比如大雪诱叔一段，金莲问武松为何没有回家吃早饭。武松答以早间有一朋友相请。这也罢了，却又补上一句："却才又有作杯，我不耐烦，一直走到家来。"则难道回家来便"耐烦"么？金莲请他"向火"，《水浒传》里武松只简单地答道："好。"而在《金瓶梅》里他却答说："正好。"虽然只多得一个"正"字，味道却似不同。武松又问："哥哥那里去了？"这话问得也是稀奇：武大每天出去卖炊饼，难道还有别处好去不成。这也该算是没话找话罢。后来被金莲让了两杯酒，他也就"却筛一杯酒，递与妇人"。金莲"欲心如火"（别忘了两人都在烤火也），"武松也知了八九分，自己只把头来低了，却不来兜揽"（《水浒传》仅作"知了四五分"而已）。这已是第三次写武松在金莲面前低头也。第一、第二次在第一回初见时："武松见妇人十分妖娆，只把头来低着。"可见武松眼里心中都有一个妖娆的妇人在，不止是一个嫂嫂也。后来一起吃饭，金莲一直注目于武松，"武松吃他看不过，只得倒低了头"。武松在金莲面前每每低头，也正像后文中金莲在西门庆前每每低头一般。武松的这种低头，也许有的读者会觉得是"老实"，我却觉得正好说明武松不是天真未泯的淳朴之人。只要想想在《水浒传》中武松是如何诱骗与打倒孙二娘的，就知道武松是个"坏小子"，与其他水浒好汉比，如林冲、鲁智深、李逵，都截然不同。

　　武松的行为言语，处处与金莲对称和呼应。金莲以自己喝剩下的半盏残酒递给武松，武松"夺过来泼在地下"就已经说明态度了，又何必"把手只一推，争些儿把妇人推了一交"？"嫂溺，援之以手"，还只是"权也"（从权之谓），又如何禁得"把手只一推"乎。而"把手只一推"者，想必推的是妇人的肩，与上文金莲"一只手便去武松肩上只一捏"，恰好两两映衬。金莲匹手就来夺武松的火箸，也映照武松匹手夺过来金莲的酒杯。就连后来武松临行时吩咐金莲好好做人，告诫金莲"心口相应，却不要心头不似口头"（绣像本无后半句），也仿佛是在引用金莲挑逗他的话："只怕叔叔口头不似心头。"武二对嫂嫂的话印象何其深乎。金圣叹唯恐读者错过此处的呼应关系，特意评论说："恰与前言相照得好。"

武松去而复来，又带来酒食，武大一句问话都没有，还是金莲来问武松："叔叔没事坏钞做什么？"武松对金莲说："武二有句话，特来要与哥哥说知。"（《水浒传》作"和哥哥嫂嫂说知则个"）随后又是金莲说："既如此，请楼上坐。"这一段话，写武大一言不发，真是虽生犹死，也是为了再次衬托武松与金莲之间的针锋相对。

二　命运的偶然性

武松临出差前，叮嘱武大"归到家里，便下了帘子，早闭上门，省了多少是非口舌"。最后又特地嘱咐一句"在家仔细门户"（此句不见于《水浒传》，只见于《金瓶梅》）。然而金莲与西门庆的姻缘却正由于金莲拿着叉竿放帘子、叉竿被风吹倒而打在西门庆头上而起。最终杀武大者，王婆也，西门庆也，金莲也，亦是武松也。设使武松如韩二一般与嫂子通奸，又设使武大如韩道国一般置之不理，武大、金莲、王婆、李外传都未必死，然而武松是豪杰，"不是那等败坏风俗伤人伦的猪狗"，于是乎武大死也，李外传死也，金莲死也，王婆死也，西门庆亦死也。人之生死，的确是由性格决定：不仅由自己的性格，也由他人的性

俏潘娘帘下勾情

格。《金瓶梅》作者设置韩道国一家作为武大一家镜像的用意，部分便是要向读者展示：可怕的结果不必一定来自乱伦的恶行，也来自不肯乱伦的道德行为。其实，没有人可以责怪金莲之不爱武大、不满足于武大，连叙述者也叹息说"自古佳人才子相配着的少，买金偏撞不着卖金的"；没有人可以责怪金莲之爱上"身材凛凛、相貌堂堂"的武松；但同样也没有人可以责怪武松不屈从于金莲的魅力——唯有绣像本评点者直言不讳地说："吾正怪其不近人情"——然而在情欲方面表现得不近人情处，正是在兄弟伦理上近人情的表现（人不仅仅只有动物本能耳）。《金瓶梅》通过武松的叮嘱展示给我们的，一来是命运的偶然性（使得武松的好意叮嘱反而成了把西门庆与金莲带到一起的契机）；二来是一系列极为无奈的情境，是人性与人情所不能避免、不能压抑、不能控制的情境。正因为无奈，所以读者需要的不是判断、谴责、仇恨、愤怒，而是慈悲。

三　红、绿、白、金掩映下的死亡阴影

第二回，先从金莲眼中，看出了西门庆的容貌与打扮，然后又从西门庆眼中，写出金莲的相貌。我们至此才看到"这妇人"原来有一双"清冷冷杏子眼儿"。

而金莲身上穿的那件"毛青布大袖衫"，也许是她在书中最寒素的一次打扮了。饶是如此，还是引得西门庆回了七八次头，可见秀色天然。至于第一回中，武松穿红，暗示着他的暴烈与金莲的血腥结局；第二回大雪诱叔一段，世界一片茫茫白色，二人暖身的火炉既象征金莲旺盛的情欲，也象征了武松的愤怒与暴力，而武松偏偏穿一领鹦哥绿纻丝衲袄，则暗示其人的生冷无情。红绿前后辉映，文字极为妩媚。

武松踏雪回来一段文字，与第八十七回武松流放回来假称娶金莲一段文字遥遥相对。此回写金莲，"独自冷冷清清立在帘儿下，望见武松正在雪里，踏着乱琼碎玉归来，那妇人推起帘子，迎着笑道：'叔叔寒冷。'"（而叔叔也确实"寒冷"）后来又令迎儿"把前门上了闩，后门也关了"，以便引诱武松。第八十七回中，金莲已离开西门府，在王婆家里待嫁。这时的金莲，已经与昔日的金莲，判若两人，然而，就好像一切都没有发生过似的，她再次站在"帘下"，远远地看到武松走来。这情景是如此熟悉，几乎要使得我们也忘记了一部大书横亘于两幅帘子之间，只有金莲慌忙的躲避，使我们骤然记起武大之死、武二之流放这一系列黑暗事件。然而，的确有一样东西，是一直没有改变的：那就是金莲对打虎英雄不自觉的迷恋（以及她对自己美貌的自信、对武大的全然忘怀）。这迷恋与自信与忘怀，使得她盲目于武松心中的仇恨，听说武松要娶她，居然不等王婆叫她，便从里间"自己出来"，为武松献茶。而武松在杀金莲、王婆之前，也"分付迎儿把前门上了闩，后门也顶了"——正是金莲在大雪天引诱武松时的情境。在似曾相识的恍惚迷离中，金莲的生命走到了尽头。

　　本书起自秋天，下一个重要的日子，便是十一月的冬雪（这是书中第一次写雪），再下一个重要的季节，便已经是三月"春光明媚时分"了。雪的寒冷洁白，映出武松的冰冷无情，反衬金莲如火般灼热的情欲和武松怒火之暴烈；春光明媚，则映出金莲、西门庆春心的摇荡。然而，即使是在春天的明媚光景里，依然有着死亡的冷冷阴影：西门庆在街上游逛，被归于"只因第三房妾卓二姐死了，发送了当，心中不乐，出来街上闲走，要寻应伯爵，到那里散心耍子，却从这武大门首经过，不想撞了这一下子在头上"；而西门庆的行头打扮，引人注目的是他手中一柄"洒金川扇儿"，试问扇子何所从来？乃头年九月那死去的朋友卜志道所赠也（第一回中西门庆提到"前日承他送我一把真金川扇儿"正是）。打死山中猛虎的那个人虽然去了，第一回中交代的两个新死鬼魂，却在西门庆与金莲头上萦绕不去。诚如孙述宇所言："写死亡是《金瓶梅》的特色。一般人道听途说，以为这本书的特色是床笫间事，不知床笫是晚明文学的家常，死亡才是《金瓶梅》作者独特关心的事。"①

注释

① 孙述宇著：《金瓶梅的艺术》，台北，时报文化出版事业有限公司 1978 年版，第 69 页。

第三回

定挨光王婆受贿　设圈套浪子私挑

（王婆定十件挨光计　西门庆茶房戏金莲）

　　这一回基本来自《水浒传》，所以注意其中的改写部分十分重要。最关键的改写发生在金莲与西门庆两人的身上，虽然只是小作增删，二人却形象大变，尤其是金莲。

　　西门庆比《水浒传》中，少了几分无赖的气质，而多了几分骄傲与沉雄。比如《水浒传》中他央求王婆，情急而下跪，在《金瓶梅》里"下跪"二字被删去。又比如王婆激他说若不肯使钱，事成不得，在《水浒传》中，西门庆答说："这个容易医治。"似乎承认悭吝是自己的毛病。而在《金瓶梅》里，他只是简单地答说："这个容易。"见其不肯嘴软，亦表示不真的把钱财放在眼里。王婆讲罢她的锦囊妙计，原作"西门庆听了大笑"，此作"听了大喜"，虽然一字之差，人物的心胸气派便不同，盖一浅一深也。再看下文，王婆叮嘱他快使人送那充当诱饵的衣料来，"休要忘了"。王婆之急切，只是为了自己贪便宜要衣料，当然不是替西门庆着急，这一点西门庆看得十分清楚。在原作中，西门庆回答："得干娘完成得这件事，如何敢失信。"似乎认为衣料只是给王婆的报酬而已，所以"不敢失信"，这话便说得糊涂而无力。但在《金瓶梅》绣像本里，西门庆答："干娘，这是我的事，如何敢失信！"五个字斩截有力，不仅毫不糊涂，而且甚至微微对王婆的急切流露出讽刺之意。此处词话本未改，仍作"干娘如完成得这件事，如何敢失信"。

金莲之变化尤其显著。《水浒传》把她写成一个极为放肆的妇人，偷情的惯家，而《金瓶梅》绣像本中的金莲，虽然在武大面前泼辣，在武松面前热烈，但唯独初次在西门庆面前出现时，有许多的妩媚羞涩，似乎被还原成她的本来面目：一个青年女子，不是妻，也不是嫂嫂。

《水浒传》原作中，西门庆进得王婆的房间，初见妇人，便唱个喏，而妇人"慌忙放下生活，还了万福"。我们且不论古时男女社交生活是怎样的，但一个"慌忙"，殊无风度。《金瓶梅》在这里作："西门庆睁眼看着那妇人：云鬟叠翠，粉面生春，上穿白布衫儿，桃红裙子，蓝比甲，正在房里做衣服。见西门庆过来，便把头低了。这西门庆连忙向前屈身唱喏，那妇人随即放下生活，还了万福。"西门庆"睁眼"凝视，极写他的饥渴、专注、大胆。"忙"字从金莲转用到西门庆身上方才合适，因为毕竟是西门庆盼望这个时辰盼望了这许久。但就是西门庆也不是"慌忙"而只是"连忙"。

绣像本的金莲在此回中，自从见到西门庆，前后凡七次低头（我们想到武松在金莲面前的三次低头）。在《水浒传》和词话本中，她问西门庆"没了大娘子得几年了"，情见乎外；然而在绣像本里，她所有的说话都只是回答，没有一句主动，多半是在听王婆与西门庆对话。三人共饮，《水浒传》中作西门庆劝酒而"妇人笑道：'多谢官人厚意。'"这一笑，分明是把金莲写成极为放肆泼辣、对男人见惯不怪的样子。而在《金瓶梅》中，却作了"妇人谢道：'奴家量浅，吃不得。'"当王婆帮着相劝，她才"接酒在手"，却又在饮酒吃菜之前，"向二人各道了万福"。每读到此，我都不由得想到汉成帝对赵飞燕的那句非常出人意料的评价："谦畏礼义人也。"

词话本与绣像本的不同，也正在于描写金莲初见西门庆时，词话本并无那许多妩媚的低头。西门庆拿起金莲手中的活计看了，对金莲的针线大加赞美，词话本作"那妇人笑道：'官人休笑话。'"绣像本作"那妇人低头笑道：'官人休笑话。'"说起那天被叉竿打到头，词话本作"妇人笑道：'那日奴误冲撞，官人休怪。'"绣像本作"妇人分外把头低了一低，笑道……"绣像本评点者在这里眉批："妖情欲绝。"可见低头的魅力（以《红楼梦》《金瓶梅》为一切之源头的张爱玲，其《倾城之恋》的女主角白流苏便正是"善于低头"）。后来三人吃酒，西门庆问金莲青春多少，词话本作"妇人应道：'奴家虚度二十五岁，属龙的，正月初九日丑时生。'"问一句，答了一串，倒好像在把自己的八字交付给媒人，忒大方热烈了。绣像本作了"妇人低头应道：'二十五岁。'西门庆道：'娘子到与家下贱内同庚，也是庚辰，属龙的，他是八月十五日子时。'妇人又回应道：'将天比地，折杀奴家。'"①西门庆张口就把月娘生辰八字倒出，称金莲与贱内同庚，在礼节上极为唐突，但正符合西门庆的性格身份，既是攀话，也是挑逗。金莲的反应则保守很多，符合其初次与陌生男子吃酒经历，且应答得大方礼貌，显得越发动人。金莲虽然后来变成一个十二分泼辣的妇人，但此时毕竟是第一次偷情，与西门庆只是第二次见面，西门庆又是一个十分主动、十分有经验的浪子，不比武松是小叔，又是在自己家里，可以借着"长嫂"的身份，对面嫩的小叔子问长问短，加以勾引。如果对武松之时是金莲采取主动，那么和西门庆在一起，便

设圈套浪子私挑

是金莲被动。这场好像社交舞蹈一般的调情，采取的是"你进我退"的形式。金莲对西门庆的反应不仅合乎情理，而且使得她的形象更加丰满、生动、复杂。

《水浒传》与词话本有许多西门庆、王婆假意称赞武大郎的文字，以及金莲的谦辞，在绣像本中都没有，直接续入王婆一番对西门庆的褒扬。盖为了绣像本下一回中更改添加的有关西门庆与金莲调情之细腻描写做准备也。

一个小小的、预言性的细节，是王婆诡称请金莲帮忙裁剪西门庆布施给自己的送终衣料。后来，王婆、金莲一同丧命武松之手。王婆为西门庆定下了十件挨光计，适足以送了自己的终，则西门庆、金莲共同完成其送终之寿衣者，岂虚言哉。

注释

① 按，《水浒传》未提到月娘，只作西门庆道自己"痴长五岁"，金莲回答"将天比地"，然而《金瓶梅》此处是为写出金莲生肖属龙也，后又特改西门庆生肖属虎，只比金莲大两岁，则龙虎斗固不待言，也为后来写瓶儿羊落虎口张本。

第四回

赴巫山潘氏幽欢　闹茶坊郓哥义愤

（淫妇背武大偷奸　郓哥不愤闹茶肆）

一　巫山上的旖旎风光

　　此回书上半，刻画金莲与西门庆初次偷情。《水浒传》主要写武松，"奸夫淫妇"不是作者用笔用心的所在，更为了刻画武松的英雄形象而尽量把金莲写得放肆、放荡、无情，西门庆也不过一个区区破落户兼好色之徒。在《水浒传》中，初次偷情一场写得极为简略，很像许多文言笔记小说之写男女相悦，没说三两句话就宽衣解带了，比现代好莱坞电影的情节进展还迅速，缺少细节描写与铺垫。《金瓶梅》之词话本、绣像本在此处却不仅写出一个好看的故事，而且深入描绘人物性格，尤其刻画金莲的风致，向读者呈现出她的性情在小说前后的微妙变化。

词话本在王婆假作买酒离开房间之后、西门庆拂落双箸之前增加一段："却说西门庆在房里，把眼看那妇人，云鬓半弹，酥胸微露，粉面上显出红白来，一径把壶来斟酒，劝那妇人酒，一回推害热，脱了身上绿纱褶子：'央烦娘子，替我搭在干娘护炕上。'那妇人连忙用手接了过去，搭放停当。"随即便是拂箸、捏脚、云雨。

且看绣像本中如何描写：金莲自王婆走后，"倒把椅儿扯开，一边坐着，却只偷眼看。西门庆坐在对面，一径把那双涎瞪瞪的眼睛看着他。便又问道：'却才到忘了问得娘子尊姓？'妇人便低着头，带笑的回道：'姓武。'西门庆故作不听得，说道：'姓堵？'那妇人却把头又别转着笑着，低声说道：'你耳朵又不聋。'西门庆笑道：'呸，忘了，只是俺清河县姓武的却少，只有县前一个卖炊饼的三寸丁姓武，叫做武大郎，敢是娘子一族么？'妇人听得此言，便把脸通红了，一面低着头，微笑道：'便是奴的丈夫。'西门庆听了，半日不作声，假意失声道屈。妇人一面笑着，又斜瞅他一眼，低声说道：'你又没冤枉事，怎的叫屈？'西门庆道：'我替娘子叫屈哩。'却说西门庆口里娘子长，娘子短，只顾白嘈。这妇人一面低着头弄裙子，又一回咬着衫袖口儿，咬得袖口儿格格驳驳的响，要便斜溜他一眼儿。"但看这里金莲低头、别转头、低声、微笑、斜瞅、斜溜，多少柔媚妖俏，完全不是《水浒传》中的金莲放荡大胆乃至鲁莽粗悍的做派。至此，我们也更明白何以绣像本作者把《水浒传》中西门庆、王婆称赞武大老实的一段文字删去，正写了此节的借锅下面，借助于武大来挑逗金莲也。

词话本中，西门庆假意嫌热脱下外衣，请金莲帮忙搭起来，金莲便"连忙用手接了过去"，此节文字，实是为了映衬前文武松踏雪回来，金莲"将手去接"武松的毡笠，武松道："不劳嫂嫂生受。"随即"自把雪来拂了，挂在壁子上"。我们要注意连西门庆穿的外衣也与武松当日穿的绉丝衲袄同色。然而绿色在雪天里、火炉旁便是冷色，在三月明媚春光里，金莲的桃红比甲映衬下，便是与季节相应的生命之色也。不过，金莲接过西门庆外衣搭放停当，再加一个"连忙"，便未免显得过于老实迟滞，绣像本作："这妇人只顾咬着袖儿别转着，不接他的，低声笑道：'自手又不折，怎的支使人？'西门庆笑着道：'娘子不与小人安放，小人偏要自己安放。'一面伸手隔桌子搭到床炕上去，却故意把桌上一拂，拂落一支箸来。"须知金莲肯与西门庆搭衣服，反是客气正经处；不肯与西门庆搭衣服，倒正是与西门庆调情处。西门庆的厚皮纠缠，也尽在"偏要"二字中画出，又与拂落筷子衔接，毫无一丝做作痕迹。

《水浒传》和词话本中，都写西门庆拂落了一双箸，绣像本偏要写只拂落了一支箸而已。于是紧接下面一段花团锦簇文字："西门庆一面斟酒劝那妇人，妇人笑着不理他，他却又待拿箸子起来，让他吃菜儿，寻来寻去，不见了一支。这金莲一面低着头，把脚尖儿踢着，笑道：'这不是你的箸儿？'西门庆听说，走过金莲这边来，道：'原来在此。'蹲下身去，且不拾箸，便去他绣花鞋头上只一捏。"拂落了一支箸者，是为了写金莲的低头、踢箸、笑言耳。正因为金莲一直低着头，所以早就看见西门庆拂落的箸；以脚尖踢之者，极画金莲此时情不自禁之处；"走过金莲这边来"补写出两个相对而坐的位置，是极端写实的手法；而"只一捏"者，又反照前文金莲在武松肩上的"只一捏"也。西门庆调金莲，正如金莲之调武松；金莲的低头，宛似武松的低头。是金莲既与武松相应，也是西门庆的镜像也。

《水浒传》在此写道："那妇人便笑将起来，说道：'官人休要啰唣，你有心，奴亦有意。你真个要勾搭我？'西门庆便跪下道：'只是娘子作成小人。'那妇人便把西门庆搂将起来。"金圣叹在此处评道："反是妇人搂起西门庆来，春秋笔法。"词话本增加一句："那妇人便把西门庆搂将起来道：'只怕干娘来撞见。'西门庆道：'不妨，干娘知道。'"则金莲主动搂起西门

赴巫山潘氏幽欢

庆来这一情节未改，并任由金莲直接说出情怀。

且看绣像本此处的处理："那妇人笑将起来，说道：'怎这的啰唆！我要叫起来哩。'西门庆便双膝跪下，说道：'娘子，可怜小人则个。'一面说着，一面便摸他裤子。妇人叉开手道：'你这厮歪缠人，我却要大耳刮子打的呢。'西门庆笑道：'娘子打死了小人，也得个好处。'于是不由分说，抱到王婆床炕上，脱衣解带，共枕同欢。"

金莲"要"叫起来、"要"大耳刮子打，写得比原先的"你真个要勾搭我"俏皮百倍。西门庆不说"作成"而说"可怜"，是浪子惯技；"打死也得好处"是套话，也与后来王婆紧追不放要西门庆报酬而说出的"不要交老身棺材出了讨挽歌郎钱"相映，与金莲当日回家骗武大说要给王婆做送终鞋脚相映，可见死亡之阴影无时不笼罩这段奸情。至于"摸裤子""抱到王婆床炕上"，终于改成西门庆采取最后的主动，而不是金莲。

后来，王婆专等二人云雨已毕，撞进门来（王婆已是在门外一一偷听了也，否则哪里有这等巧乎）。《水浒传》作："只见王婆推开房门入来，怒道：'你两个做得好事！'"词话本作："只见王婆推开房门入来，大惊小怪，拍手打掌说道：'你两个做得好事！'"多了"大惊小怪，拍手打掌"八字，少了一个"怒"字，王婆的虚伪栩栩如生。然而绣像本此处的描写仍是魁首："只见王婆推开房门入来，大惊小怪，拍手打掌，低低说道：'你两个做得好事！'"一个"低低"，讽刺至极。

下面一幕，《水浒传》作："那妇人扯住裙儿道：'干娘饶恕则个。'"词话本作："那妇人慌的扯住他裙子，便双膝跪下说道：'干娘饶恕。'"多一慌，多一双膝跪下，自是《金瓶梅》中的金莲，不是《水浒传》中那似乎已经"久惯牢成"的金莲，却又未免与前文西门庆说"干娘知道"不合，故知绣像本无"干娘知道"四字之妙。《水浒传》且多"西门庆道：'干娘低声。'"然而绣像本的王婆不劳吩咐便已低声了，将老奸王婆讽刺入骨。绣像本写王婆闯入之后："那妇人慌的扯住他裙子，红着脸，低了头，只说得一声：'干娘饶恕。'"金莲的红脸、低头，都描画其初次偷情，廉耻尚存，不是所谓久惯牢成的淫妇。后来王婆提条件："休要失了大官人的意，早叫你早来，晚叫你晚来，我便罢休。若是一日不来，我便就对武大说。"金莲又"羞得要不的，再说不出来"，被王婆催逼不过，才"藏转着头，低声道：'来便是了。'"这与《水浒传》以及词话本里面，金莲不仅不慌不羞，而且一口答应、毫不作难，简直大相径庭。词话本、绣像本比《水浒传》又多出一个小小波折，以尽力描写王婆的老奸，那便是王婆要二人各以信物为凭。西门庆拔下头上簪子给了金莲。至于金莲，词话本中作"一面亦将袖中巾帕递与西门庆收了"。然而在绣像本中，"妇人便不肯拿甚的出来，却被王婆扯着袖子一掏，掏出一条杭州白绢纱汗巾，掠与西门庆收了"。金莲初次偷情的羞耻、王婆惯家的奸滑，尽情写出。而金莲到此地步，竟是万万不能回头了。

《水浒传》中，三人又吃酒到下午时分，金莲道："武大那厮也是归来时分，奴回家去罢。"词话本同。一个"那厮"，绝无恩义，是《水浒传》写狠毒无情淫妇的笔法。绣像本删去此句，只保留一句"奴回家去罢"，便含蓄很多，也使得金莲的形象与前面改写处保持了一致性：一个初次和西门庆——一个第二次见面而已的陌生男子——偷情的妇人。

二　郓哥的"义愤"

郓哥何尝有什么"义"愤？回目中的"义愤"，适足以衬托出实际上的义少愤多。西门庆固然不是，但西门庆本人对于郓哥却无怨有恩，盖郓哥"时常得西门庆赍发他些盘缠"，西门庆是他的施主。然而为了王婆的一口气、武大的三杯酒，郓哥便把他告发了，且帮武大定计捉奸——武大于郓哥何有哉？所以回目说他是出于"义愤",这个"义"字实在是春秋笔法,读者须明察。郓哥激武大,是为了不愤西门庆、潘金莲之外那个全不相干的王婆,然王婆打郓哥,也是不能忍气之故(郓哥也着实气人)。王婆之愤,牵动了郓哥之愤,郓哥之愤,又牵动了武大之愤,以致武大忘记了武松临行前的吩咐,不仅与人吃酒,而且不等武松回来,便去自行捉奸,以致事败身亡。此回书的下半截,描写的都是一个"气"。绣像本第一回中,提出世人难免"酒色财气",至此,酒、色、财、气已全部呈现端倪。

第五回

捉奸情郓哥定计　饮鸩药武大遭殃

（郓哥帮捉骂王婆　淫妇药鸩武大郎）

　　这一回，前一半以武大、郓哥吃酒捉奸为主，是一出闹剧。后一半则以夜半三更一老一少两个妇人下毒杀人为主，阴气森森，是令人发指的悲剧。写闹剧，最显出作者幽默的地方在武大请郓哥吃酒，听说老婆有情夫，开始不信，后来便说，怪不得她"这两日有些精神错乱，见了我，不做欢喜，我自也有些疑忌在心里"。"这两日"一句，《水浒传》没有，是《金瓶梅》所加，而对照下文，金莲"往常时只是骂武大，百般的欺负他，近日来也自知无礼，只得窝盘他些则个"。则武大把老婆平时的凶悍泼辣视为常态，近日对自己好一些，反称之为"不做欢喜"而心中"疑忌"。前后对照，堪称绝倒。

　　张竹坡在回首评语中说："拿砒霜来，是西门罪案；后文用药，是金莲罪案；前用刁唆，结末收拾，总云是王婆罪案。"武大之死，确是王婆、西门庆、金莲联手造成，但是除了这三个明显的罪魁之外，还有三个人于武大之死有力焉，那便是郓哥，武大自己，和我们的打虎英雄武松。

郓哥用激将法，使得平实懦弱的武大也愤怒起来，忘记了兄弟武松临走前谆谆告诫的言语："不要和人吃酒……若是有人欺负你，不要和他争闹，等我回来，自和他理论。"武大不仅买酒请郓哥吃，而且顺从了一个十五六岁小孩子的言语去捉奸。武大听武松话处，成为金莲、西门庆相识的契机（下帘子）；其不听武松话处，成为自己惨死的契机。武松嘱咐大哥时，又何尝预料及此？这里，我们再次清楚地看到《金瓶梅》全书着意刻画的命运之偶然性。

武大被踢卧床之后，西门庆与金莲还"只指望武大自死"而已，则武大如果能够耐到武松回来，则也未必就死于砒霜，西门庆、金莲也不至于犯杀人罪案。但武大"几遍只是气得发昏"（注意不是病得发昏，乃是气得发昏），终究忍不住把武松这张王牌拿出来："我兄弟武二，你须知他性格，倘或早晚归来，他肯干休？"金莲将此话告诉西门庆、王婆，这才引发了毒药之谋。我们都知道恨王婆的出谋划策，但是西门庆和金莲已经走到这个地步，眼下的解决方法，就是或

捉奸情郓哥定计

者中断他们的私情，或者横下心接受武松的惩罚，二者都是他们万万不能够接受的，于是只好听从王婆的主意而毒死武大——我们知道这是下下策，然而在当时，似乎也是二人唯一的出路。假如武大像韩道国，武二像韩二，那么武大何至于凶死哉？则郓哥性格、武大性格、武松性格，在王婆、金莲、西门庆这三个同谋之处，都成为武大之死（以及后文金莲、王婆之死）的原因。

此回改写《水浒传》段落，最醒目处在于对西门庆的刻画：一，武大警告金莲，西门庆听说之后叫苦说："我须知景阳冈上打虎的武都头，他是清河县第一个好汉。"绣像本删去"他是清河县第一个好汉"字样，因其重点不在写武松，而在写西门，故不肯再借西门庆之口点染武松。二，毒死武大，由王婆出谋划策，《水浒传》中西门庆说："干娘，只怕罪过。罢罢罢，一不做，二不休。"《金瓶梅》作："干娘此计甚妙。自古道：欲求生快活，须下死工夫。罢罢罢，一不做，二不休。"不"怕罪过"，只赞妙计，《金瓶梅》中的西门庆果然"秉性刚强"。

第六回

何九受贿瞒天　王婆帮闲遇雨

（西门庆买嘱何九　王婆打酒遇大雨）

一　端午节的落雨飞云

　　理解和欣赏这一回的关键，在如何解读王婆遇雨。
王婆为西门庆和金莲打酒买菜，回来的路上遇到大雨，
衣服淋得精湿。其实写王婆不遇雨又何妨？本书帮闲
多矣，遇雨又何必王婆？最令人迷惑的是为什么王婆
遇雨被写入本回回目？回目通常是一回书之重要事件
的总结撮要。第六回的上半，关键情节是何九受贿，
所以绣像本回目上半句是"何九受贿瞒天"，固其宜也。
然而看看此回下半，中心人物是西门庆与金莲，尤以
金莲弹琵琶唱曲、曲中两唤梅香（张竹坡认为是为春
梅而作的伏笔）、西门庆饮"鞋杯"为二人"殢雨尤云"
一幕中的高潮。何以回目的编排专门看中"王婆遇雨"

这一"帮闲"之笔哉?

张竹坡也敏锐地注意到遇雨这一情节的潜在多余性,因此在总评、行评中特意指出:一,写王婆,实际上是在预写下一回为玉楼说媒的薛嫂:"何处写薛嫂?其写王婆遇雨处是也。见得此辈止知受钱,全不怕天雷,不怕鬼捉,昧着良心在外胡作,风雨晦明都不阻他的恶行。益知媒人之恶,没一个肯在家安坐不害人者也。则下文薛嫂,已留一影子在王婆身上。不然王婆必写其遇雨,又是写王婆子甚么事也。"二,"为武二来迟作证。武二来迟,以便未娶金莲又先娶玉楼,文字腾挪,固有如此。"盖下文第八回中,写武松去而复来,"路上雨水连绵,迟了日限"。张氏旁评:"方知王婆遇雨之妙。"

张氏的评语,有其道理,但是其重要性不仅在于解释了王婆遇雨,还在于我们由此更注意到王婆遇雨这一情节表面上的"多余性"。"遇雨"与"瞒天"的确形成绝妙好对:人命关天,人却皆不畏抽象无形的天,而畏具体有形的从天上落下来的雨,在这种对比之中,有着作者微妙的感慨与讽刺。

不过,"遇雨"在文本中所起的作用远不止此。如果先从小处说起,就是这个小小细节为这部小说增添了仿佛在"写实"的那种真实感。端午节只靠这一场雨,这场雨又只靠王婆淋湿衣服、在人家屋檐下避雨、

王婆帮闲遇雨

用手帕裹头，才格外神采四溢。然而遇雨不仅是现实性的，更是抒情性的，一部小说里，尤其是一部长篇小说里，不能没有这种所谓的闲笔，不能没有这种抒情性的细节。一方面如上文所说，这是紧锣密鼓之间的中场休息，使得一部长篇小说保持节奏上快慢、松紧的平衡；另一方面，在散文性的叙事之间忽然作抒情笔墨，同样是为了造成交叉穿梭的节奏美感。本书至此回是一结。上一回后半，专写武大之谋杀，整个事件发生在三更半夜，极其残酷和凄惨。这一回上半，以何九受贿收束这场谋杀的余波，下半则陡然一转，写端午节（书中描写的第一个节日，别忘了也是韩爱姐的生日也），写潘妈妈来看望金莲（潘妈妈第一次直接出现），写西门庆从岳庙回来给金莲买了首饰，写王婆为二人买酒食回来的路上遇到大雨，写金莲第一次为西门庆弹琵琶唱曲，写西门庆用金莲的鞋子作酒杯。到了这一回，西门庆、潘金莲两个主要人物已经得到充分详细的描写介绍，而金莲从九岁被卖以来，这是初次获得完全的人身自由，可以尽情享受和西门庆代价高昂的私情。下一回西门庆娶玉楼、收雪娥、嫁大姐，一连串重要事件发生，而西门庆遂置金莲于不顾达两个多月之久，则在西门庆辜负金莲、给她造成前所未有的伤心之前，有这么一段短暂的时间，是西门庆与金莲二人最为恩情美满的日子。因此，此回颇似戏剧演出的中场休息，或者一场交响乐中间的插曲，又好似明朝长达数十出的传奇剧，往往在紧锣密鼓的重大戏剧化事件之间穿插一点插科打诨或者轻松的过场。

不过，作者借以抒情的工具十分有趣，因为偏偏是这个怙恶不悛的角色王婆。且看她"慌忙躲在人家屋檐下，用手帕裹着头，把衣服都淋湿了。等了一歇，那雨脚慢了些，大步云飞来家"。这最后的一句话是作者的神来之笔，完全是诗的语言，更是律诗里面的对偶句：试看这句话里面，有云，有雨，有雨之脚，有王婆之步子，雨脚慢而王婆之步子大，写得何等优美而灵动哉。而邪恶无耻如王婆居然也被写得如此富有诗意，我们一方面从道德层面厌恶王婆的狠毒奸诈贪婪，一方面却又不得不从美学的层面赞叹这个人物的优美动人。而邪恶无耻之王婆，也写其避雨、湿衣，不知怎的这个人物便一下子很有人情味儿，这是因为作者把她也作为人来对待，不是像黑白分明的宣传性作品中刻画的妖魔鬼怪或者卡通人物那样单薄虚假。这是《金瓶梅》一书格外令人心回的地方。

端午节是注重节日描写的《金瓶梅》所描写的第一个节日。端午节这场大雨，象征性地衬托了西门庆与潘金莲稍后的"骤雨尤云"。西门庆与潘金莲常常被比作肇始了"云雨"这一比喻的楚襄王与巫山神女。

这个自《高唐赋》《神女赋》以来已经被用滥了的意象，随着我们阅读《金瓶梅》的深入而取得了十分切实的意义，因为在西门庆生命的尽头处，出现了一个从未现身的扬州女子"楚云"（第七十七回、八十一回）。这个女子是苗青为了感谢西门庆的救命之恩而买给西门庆的"礼物"，据说不仅生得美丽动人，而且擅长唱曲，如果真的来到西门府，可以想象将是众妇人新的嫉妒对象。然而，这片"楚云"始终只是虚幻：就在西门庆生病前后，她也在扬州生起了病，因此从未被西门庆的伙计们带回来过。就像《红楼梦》里的湘云，所谓"云散高唐，水涸湘江"，楚云的得病与缺席，象征着西门庆云雨生涯的消散。则第六回的漫天黑云，一场大雨，也象征着西门庆鼎盛时期的临近，小说"正文"之序幕的揭开。

"云飞"二字，先前写武大捉奸时用过。他来得太早，西门庆还没到，郓哥嘱他先去卖一会儿炊饼再回来，《水浒传》中作"武大飞云也似去卖了一遭"，然而"飞云"二字，不及"云飞"多矣。"飞云"是散文式的语言——飞翔的云，飞翔由动词变成了形容词，于是二字显得凝滞而固定；"云飞"则是云彩之飞，在句子里面二字又合作动词用，富有动感。如宇文所安之言：这是"花红"和"红花"的分别也。

二　命运的琵琶

　　此回中金莲弹琵琶，是书中第一次。第一回写金莲自叹命薄嫁给武大，"无人处"便唱《山坡羊》抒发幽怨。五回之后，才见金莲再次唱歌，不过不是"无人处"，而是唱给西门庆听。唱的内容是烧夜香。烧夜香意味着许愿，而曲子里面的人既然"冠儿不带懒梳妆"，则许愿的内容应可不得而知——不外乎思念情郎。金莲选择这首曲子是自喻，与现状有关（西门庆有好几天没有来看她），然而也预兆了她的将来：一，被西门庆娶回家之后常常独守空房；二，将来在守西门庆孝时（应了曲中的"穿一套素缟衣裳"）与陈敬济私通，便正是以烧香为名，而陈敬济"弄一得双"，也正是在"烧香"那次幽会得到了金莲的"梅香"春梅；三，又映照第二十一回月娘与西门庆反目后的烧夜香，祈祷西门庆早日回心转意。

　　然而，尽管有激情的做爱，聪明柔情的暗示，甚至为了情夫而下毒手的谋杀，还是不能拴住西门庆的心。下一回，西门庆便娶了孟玉楼。则此回一开始时的曲牌《懒画眉》——"别后谁知珠玉分剖，忘海誓山盟天共久"——可以说是西门庆为了金莲而抛闪的妻妾（"把家中大小丢得七颠八倒，都不欢喜"），也可以说是在预兆西门庆为了玉楼而置之不理的金莲。

三　从九叔到老九

《水浒传》里，西门庆对仵作何九一路叫"九叔"，此处一路只叫"老九"。原文何九叔并不知道二人的奸情，所以对西门庆请他饮酒、赠银感到疑惑，直到见了金莲以及中毒而死的武大尸首之后才化解心中怀疑；绣像本改为"何九接了银子，自忖道：其中缘故，那却是不须提起的了"，何九其人显得乖觉了很多。比起《水浒传》和词话本，绣像本多了何九的一段心理描写，言其本来打算留着银子等武二回家做见证，转念又想"落得用了再说"。下面何九见机行事，葫芦提装殓了武大，情节至此与《水浒传》分化。一旦得到自由，作者的笔墨也越发灵活飞动了。

第七回

薛媒婆说娶孟三儿　杨姑娘气骂张四舅

（薛嫂儿说娶孟玉楼　杨姑娘气骂张四舅）

　　《金瓶梅》一部书，虽然活色生香，沉迷于物质世界，然而死亡之阴影，何尝一刻骤离？在第七回中，孟玉楼的前夫、布商杨宗锡留下的痕迹处处见在。玉楼手中的财物自不必说是他挣来的，就是西门庆到玉楼家中相亲，"台基上靛缸一溜，打布凳两条"，格外写出染布作坊的风光。媒婆薛嫂嘀嘀咕咕在西门庆耳边告诉："当日有过世的官人在铺子里……毛青鞋面布，俺每问他买，定要三分一尺。"一个精打细算的商人，在"定要三分一尺"六个字中跃然而出。不过，而今薛嫂为他的孀妻做媒，却正是用他精打细算赚来的钱吸引了求婚对象——提亲时先说玉楼手中的东西，后言及玉楼的人。薛嫂回忆当年在伊手中买鞋面布、伊坚决不肯还价的情景，口气中是否有一分得意在呢？

这一回的传神之处，在几个次要人物的描写上：薛媒婆，杨姑娘，张四舅。玉楼是个聪慧的美人，但她的出场只是那么淡淡的，就此奠定了她全书中的基调：一个好女子，好归好，却没有甚么戏，只能充当配角，虽然是一个必不可少的配角。后来第三次嫁人，才终得其所，然而美满生活刚刚开始，其不绝如缕的一点点戏剧性也就结束了——就像生活中的许多人一样。

一般来说，绣像本比词话本简洁得多。词话本中叙述者的插入，尤其是以"看官听说"为开头的道德说教，绣像本中往往没有，只凭借微言大义的春秋笔法，让读者自去回味。比如本回中薛嫂说媒，词话本比绣像本多出"世上这媒人们只一味图赚钱，不顾人死活，无官的说做有官，把偏房说做正房，一味瞒天大谎，全无半点儿真实"五十字。其实薛嫂"误导"玉楼，使她一直以为嫁给西门庆是做正头娘子，全没想到是做妾，而且还是第三房妾，在绣像本中已经全用白描手法写出：玉楼在见过西门庆之后，问薛嫂"不知房里有人没有人"，薛嫂答以"就房里有人，哪个是成头脑的"。这句回答，不是陈述句，而是反问句，既不说有房里人，也不说没有房里人，妙在含含混混，模棱两可，将来玉楼嫁过去，还不能指责薛嫂骗了她，因为当初并未答以"房里没人"也。薛嫂诚然是好口

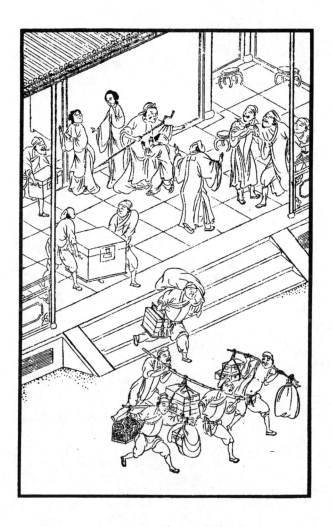

杨姑娘气骂张四舅

才，无愧于她的职业。

　　绣像本和词话本对西门庆在这场骗局中的处理也十分不同而耐人寻味。在相亲时，绣像本中的西门庆说："小人妻亡已久，欲娶娘子入门，管理家事。"把丧妻与娶玉楼连在一起说出，又云"管理家事"，的确造成娶玉楼为正的印象，然而细细推究，西门庆又的确一句谎话也没说，因为妻亡已久是真，欲娶是真，管理家事也是真——吴月娘身体不好，不管家事，玉楼过门后，家事一直都是玉楼管理，直到西门庆死前不久，才把账本等交给金莲。这里的关键在于西门庆没有明确说出娶玉楼为正，而偏房也未尝不可管理家事也。薛嫂作为媒婆，固然是故意含糊其词，但西门庆到底是有心行骗呢，还是无意的含混？我们很难辨别。与此对照，词话本中的西门庆说道："小人妻亡已久，欲娶娘子入门为正，管理家事。"多了"为正"二字，西门庆之有意行骗便罪责难逃了。绣像本写骗娶，妙在含含糊糊，似有意似无意；词话本不给读者留下遐想余地，道德判断黑白分明、直截了当，此处异文便是一个明显的例证。

　　偶尔绣像本也有比词话本更为丰满之处，比如玉楼出来见西门庆，绣像本多出"偷眼看西门庆，见他人物风流，心下已十分中意，遂转过脸来，问薛婆道：'官人贵庚？没了娘子多少时了？'"词话本只作"那妇人问道"而已。绣像本写女人，每每写得婉转而旖旎，玉楼不直接问西门庆而转脸问薛嫂，更得男女初次见面交言的神理。

本回有一段诗词形容玉楼的相貌。词话本中写实的"长挑身材"，绣像本作空灵清淡的"月画烟描"；词话本的"但行动，胸前摇响玉玲珑；坐下时，一阵麝兰香喷鼻"，绣像本作"行过时花香细生，坐下时淹然百媚"。"花香细生"之含蓄温柔，远过"麝兰香喷鼻"多矣。总之是把玉楼写成一个淡雅端淑的佳人，与金莲容貌性情的艳丽形成对比。此外，绣像本把"嫦娥、神女"字样一概删去，大佳。因为神女、嫦娥的意象已经用得太滥了，毫无生动新鲜的魅力。

写杨姑娘和张四舅相骂，传神处在其越骂越没有逻辑，完全变成了难听的脏话，相互侮辱以出气，得一切相骂之神理，因为骂架都是感情用事、无理可讲的也。

第八回

盼情郎佳人占鬼卦　烧夫灵和尚听淫声

（潘金莲永夜盼西门庆　烧夫灵和尚听淫声）

　　此回着力写金莲：金莲是一个合诗与散文于一身的人物，也是全书最有神采的中心人物。

　　金莲思念情郎，以红绣鞋占相思卦，又在夜里独自弹琵琶唱曲宣泄幽怨，饶有风致。如果我们只看这一段描写，则金莲宛然是古典诗词中描画的佳人。然而佳人的另一面，也是古典诗词里从不描写的一面，便是两次三番数饺子（本做了三十个，午觉睡醒后一查，发现只剩下二十九个）、打骂偷嘴的迎儿，宛然一个市井妇人，小气、苛刻而狠心（也是因西门庆不来，满腹不快，拿迎儿出气）。然而须知佳人与市井都是金莲，二者缺一不可。我们但看金莲脱下绣鞋打相思卦是"用纤手"，数饺子与掐迎儿的脸也是"用纤手"，两处"纤手"前后映照，便知作者意在写出一个立体的佳人，不是古典诗词里平面的佳人。《金瓶梅》之佳，正在于诗与散文、抒情与写实的穿插。这种穿插，是《金瓶梅》的创举，充满讽刺的张力，对于熟悉古典诗歌（包括词与散曲）的明代读者来说，应该既眼熟，又新鲜。

在这一回书中，金莲第二次哭。第一次是因为被武松拒绝和抢白，第二次便是因为得知西门庆负心、娶了孟玉楼。古今读者都认为金莲是薄情贪欢的淫妇，然而小说开始时的金莲何尝如此？她于西门庆，曾经可谓十分"痴心"，"十分热"。本回有一曲《山坡羊》描写金莲的相思，其中一句，词话本作"他不念咱，咱想念他……他辜负咱，咱念恋他"，绣像本则作"他不念咱，咱何曾不念他……他辜负咱，咱何曾辜负他"，更清楚地说明了二人此时的关系，乃是西门庆对不起金莲，而金莲并未对不起西门庆。从端午节一别，直到七月二十八日他的生辰，西门庆有将近三个月没有来看望金莲，其间娶了孟玉楼做第三房，收了孙雪娥做第四房。对比金莲后来在西门家与小厮琴童偷情，又与女婿陈敬济调笑，如今却以自由之身，相当忠诚地等了西门庆两个多月，"每日门儿倚遍，眼儿望穿"。我们不由要问：为什么此时明明有人身自由倒能够忍住寂寞，后来已经过门，却要冒着风险与小厮和女婿偷情？这恐怕不仅仅是因为偷情别有一番滋味，而是

盼情郎佳人占鬼卦

说明金莲自身起了变化。盖西门庆一而再、再而三地移情别恋，从娶玉楼、收雪娥开始辜负金莲，后来梳笼桂姐、外遇瓶儿、勾搭蕙莲，使得金莲终于看破西门庆的浪子情性，从此不再痴心相待了也。

将近三个月的时间，金莲曾先叫王婆去请西门庆，再叫迎儿请，再叫玳安请，最后又叫王婆请。（这一切都与后来李瓶儿一次又一次央冯妈妈与玳安请西门庆相映。）及至"妇人听见他来，就像天上吊下来的一般"，对比第四回中两人第二次私会，西门庆"见妇人来了，如天上落下来一般"，两人关系有翻天覆地的掉转。那一回，二人一见便"并肩叠股而坐"；这一回，西门庆"摇着扇儿进来，带酒半酣，与妇人唱喏"，西门庆态度变化极为明显，已经不再把金莲当成罕物了。

七月二十九日西门庆与金莲久别重会，次日早晨接到武松家书，于是定下八月初六烧灵床、八月初八娶金莲。事件连续发生，急转直下。至于烧灵、做爱，以及和尚听壁、出丑，都是小型闹剧，陪衬场景，不在话下。

又词话本一段对和尚的议论，盛言和尚乃"色中饿鬼"，又引诗为证，道此辈"不堪引入画堂中"云云，共二百三十二字，绣像本无。一来绣像本很少长篇大论的道德说教，二来对这些无道和尚的谴责态度已经通过他们见到金莲时的癫狂写得相当淋漓尽致，三来绣像本在谴责和尚、尼姑时总是只批判具体人物，并不批判尼僧的抽象本体，因为尼僧固然有像报恩寺和尚、后来的王薛二尼这样的不法之辈，也有像普静那样的得道高僧也。

第九回

西门庆偷娶潘金莲　武都头误打李皂隶

（西门庆计娶潘金莲　武都头误打李外传）

　　金莲被迎娶和李外传被打死，安排在同一回，预兆了第八十七回中婚礼与死亡的交织。绣像本对李外传被打死的过程，描写比词话本详细，像此等地方，都可以打破"绣像本出于商业原因比词话本简略"这样的神话，显示出绣像本是《金瓶梅》的一个艺术上十分完整而有独立整体构思的版本。

　　绣像本此回的标题远胜词话本：一，娶金莲，是得知武松将回，仓促行事，前后全是王婆撺掇帮衬，无所谓"计"娶，只是悄悄冥冥的偷娶。一顶轿子，四只灯笼，王婆送亲，玳安跟轿，可谓十分冷落低调了。然而，西门庆、金莲、王婆都道是偷娶，自以为得计，作者偏又加一句"那条街上远近人家无一人不知此事"，含蓄地道出"若要人不知，除非己不为"，与标题对照，堪称绝倒。二，以潘金莲对李外传，固然也是合乎骈体规矩的人名对，但是以金莲对皂隶，不仅是以人名对官名，而且中间镶嵌着色彩的对偶，即"金"与"皂"便是。皂色便是黑色，黑地飞金，奠定了这一回的基调：上半风光旖旎，下半阴森血腥。按此回上下两半各有一篇韵语，也正对应了这种叙事结构的安排：盖上一篇写金莲美貌，下一篇写武大鬼魂。写金莲美貌，是描画月娘眼中的金莲，"玉貌妖娆花解语，芳容窈窕玉生香"。这篇韵语原是《水浒传》第二十四回武松初次见到金莲时所用，被挪到此处，因《水浒传》中的武松是个铁石心肠的硬汉，看不出什么"眉似初春柳叶，脸如三月桃花"也。《红楼梦》第十九回的回目"情切切良宵花解语，意绵绵静日玉生香"正与此处诗句暗合。

金莲入门，作者特提一句"住着深宅大院，衣服头面又相趁"。张竹坡评道："映在武大家。"恰好反照绣像本第一回中，金莲把自己的钗环拿去让武大当掉以便典房，搬离"浅房浅屋"的旧家，并说将来有了钱，再制新首饰也不迟。后来，是西门庆从岳庙为金莲带回"首饰珠翠衣服"，如今又住进了深宅大院，和西门庆"女貌郎才，凡事如胶似漆，百依百随，淫欲之事，无日无之"。昔日金莲想要的，如今都得到了，但是，终究有什么东西似乎不对劲。神把人要的东西

西门庆偷娶潘金莲

赐给人，但总是不按照人所设想的方式，这句话似乎
可以用在金莲身上。

　　全书共写西门庆三次娶妾，三次各有不同。瓶儿
本来兴兴头头，入门时却冷落而耻辱，但后来又很快
与西门庆言归于好，吃会亲酒时大宴宾客，被应伯爵
等帮闲烘托得格外热闹，可以说经历了数次起伏。玉
楼的过门最为郑重，圆满，一切都是该当的，但也没
有什么意趣和故事，正仿佛其为人。玉楼的乖巧、平
淡与家常，是她的福气所在，不像金莲、瓶儿的不得
令终。此外，她的小叔堂堂正正为她送亲，金莲则生
怕小叔报复，嫁得仓皇而寒素，不仅全无自己的丫头
小厮，就连自己的母亲也没有照影，似乎完全不知此
事一般。三人之中，玉楼和瓶儿每人为西门庆带来丰
厚的嫁妆。唯独金莲一无所有，西门庆反而贴补了钱
为她置办家具，可见她本人的吸引力。金莲家世寒酸，
全凭才貌得宠，是作者着意所在，读者也当留意，因
为后来许多风波，都起因于此。作者还偏要从月娘眼
中再次描画金莲一番，显出金莲的美色就连女人也不
得不低首。月娘之暗想"怪不得俺那贼强人爱他"，宛
然"我见犹怜，何况老奴"的口气。而西门庆的四房
妻妾一一从金莲眼中、心里描画出来，既不放过玉楼
脸上的几点微麻，也注意到她裙下的一双小脚与金莲
无大小之分，既可见金莲留心处只在于此，也可见她

的机灵。

此回写武松祭武大，从闻讯到盘问王婆，到换孝衣，到买祭品，到安设灵位，武松没有一点眼泪，直至最后祭奠时，才放声大哭，"终是一路上来的人，哭得那两边邻舍无不恓惶"。前一句的"终是"二字绝有含蓄，好像在说，虽然本来并不……但是毕竟一母同胞也。

词话本在回首回末诗词里面，都强调武松是"英雄好汉"，将来必然报仇，道德意味浓厚，对西门庆和金莲大加谴责。绣像本没有回末绝句，回首诗是一首五律，"感郎耽凤爱，着意守香奁。……细数从前意，时时屈指尖"云云。按绣像本与词话本在回首诗词上的不同，可以基本归纳为两点：一，如美国学者韩南在《金瓶梅版本考》中所指出的，词话本多为诗而绣像本多为词（其实还有很多是曲）。二，词话本多是道德劝戒，绣像本则倾向于抒情：绣像本的回首诗词，有时因其浓厚的抒情意味恰好与回中所叙之事（不那么美、不那么抒情的事件）形成反讽；有时则采取暗示手法，一方面含蓄地影写回中的人物情感，一方面对全书的情节发展作出预言。比如上一回开头的词中写道：

> 红曙卷窗纱，睡起半拖罗袂。
>
> 何似等闲睡起，到日高还未。

催花阵阵玉楼风，楼上人难睡。

有了人儿一个，在眼前心里。

　　"玉楼"契合孟玉楼的名字，而"楼上人难睡"既可以指西门庆初娶玉楼，两人新婚燕尔，相互心中眼中只有彼此，但同时也可以暗指潘金莲因为害相思而不能入睡，"人儿一个"便是指她的情郎西门庆。词的上半阕描写两种情景：一者彻夜难眠，是金莲相思苦状；一者日高未起，是西门庆、玉楼新婚情态。玉楼之风催花，暗喻不久的将来，在西门庆的花园里众女毕集，有如群芳吐艳，尤以金莲、春梅为最。这也是下一回卷首词《踏莎行》中"折得花枝，宝瓶随后"采取的比喻：盖以花枝喻金莲、春梅（本回西门庆"收用"春梅），以宝瓶喻瓶儿也（本回瓶儿遣人送"新摘下来鲜玉簪花"给西门庆妻妾）。这些手法，后来都被《红楼梦》作者一一学去。

第十回

义士充配孟州道　妻妾玩赏芙蓉亭

（武二充配孟州道　妻妾宴赏芙蓉亭）

　　这一回与上一回犹如对偶句。上一回前半风光旖旎，后半则阴惨血腥。这一回正好相反：前半描写暴力，行贿，贪赃枉法，尽是世俗恶事；后半却群芳荟萃，特别是金莲的全盛时期，绣像本卷首词《踏莎行》所谓"芙蓉却是花时候"，盖此时瓶儿还未来到，也还没有强劲的情敌出现也。此回之后半若没有前半，就没有力度，然而前半若没有后半，也就没有了厚度。

　　瓶儿虽然最迟露面，但她在书中的出现其实还在金莲之前：在第一回中是暗写，如今再次出现，还是没有露面，只是派两个下人来给西门庆的妻妾送花。花家娘子送花，语带双关，别有深意。绣像本此回开始的《踏莎行》有"折得花枝，宝瓶随后"语，预兆着春梅在本回中被"收用"。瓶儿未来，先插入春梅，花枝俱全，只待"宝瓶"了。瓶儿出场，有"千呼万唤始出来"之势。

西门庆在酒席上对吴月娘说花家娘子性情好，"不然房里怎生得这两个好丫头"，然而月娘或是不领会，或是领会了而故意装糊涂，回言时并不兜搭西门庆的暗示，只是顺着西门庆的口气夸赞李瓶儿的性格，说："生得五短身材，团面皮，细弯弯两道眉儿，且是白净，好个温克性儿。"酒席之后，西门庆往金莲房中歇夜，对金莲说："隔壁花二哥房里倒有两个好丫头，今日送花来的是小丫头，还有一个也有春梅年纪，也是花二哥收用过了。"两个"也"字，金莲立刻领会其意："你心里要收用这个丫头，收他便了，如何远打周折，指山说磨。"月娘、金莲，迟钝和聪明立判。西门庆对金莲说："你会这般解趣，怎教我不爱你！"从正面道出西门庆之不爱月娘的原因。而无怪乎西门庆把本来服侍月娘的春梅给了金莲，大概也就是春梅在月娘房中则不得方便之故。

词话本道德说教气息极浓，常常啰唆可厌。比如本回开始的诗：

> 朝看瑜伽经，暮诵消灾咒。
>
> 种瓜须得瓜，种豆须得豆。
>
> 经咒本无心，冤结如何救？

妻妾玩赏芙蓉亭

地狱与天堂，作者还自受。

比较绣像本的词《踏莎行》：

八月中秋，凉飙微逗，芙蓉却是花时候。
谁家姊妹闹新妆，园林散步频携手。

折得花枝，宝瓶随后，归来玩赏全凭酒。
三杯酩酊破愁肠，醒时愁绪应还又。

对金莲得宠、春梅被收用、妻妾开宴芙蓉亭、瓶儿意味深长的送花等情事都进行了若隐若显的抒写。末句"三杯酩酊破愁肠，醒时愁绪应还又"，含蓄不尽，引人遐想：这个醒时愁绪应还又的人到底是谁？是丈夫常常出外游荡、独守空房的瓶儿，是眼见西门庆风流成性而无法可施的金莲，是西门庆其他被冷落的妻妾如新婚的孟玉楼，还是象征性地指西门庆得陇望蜀的性情？

《金瓶梅》的英译者芮效卫教授不喜欢绣像本，在英译本前言中，称词话本引用诗词常被删去或被"与文本不甚相关的新材料代替"，殊不知这正是绣像本引人入胜的地方，因为不做道德教科书，也不把读者当成傻子。此外，每细读词话本、绣像本不同的地方，往往发现绣像本精细得多，比如县令贪赃枉法，不肯听武松对西门庆的指控，对于武松打死李外传一事，词话本作"想必别有缘故"，绣像本作"定别有缘故"，"想必"还比较朦胧，"定"则已断言武松有罪矣，令人百口莫辩。县里的办事人员"多"受了西门庆贿赂，绣像本作"都"受了贿赂。武松提到东平府监中，"人都知道他是屈官司，因此押牢、禁子都不要他一文钱，倒把酒肉与他吃"。"屈官司"在绣像本中作"一条好汉"——自然应该是如此，否则"屈官司"多得是，哪里能够"不要一文钱"还倒贴酒肉？瓶儿送花，玳安禀说"隔壁花太监家送花儿来与娘戴"，绣像本作"隔壁花家"，因为此时花太监已死，花子虚是太监的侄子，自己又不是太监，没有道理以"花太监家"称之。这样的小地方虽然乍看不起眼，但是积累得多了，会全然改变作品的面貌。

此回称叙瓶儿身世，她当初是梁中书的妾，梁中书死后，她去东京投亲，带了"一百颗西洋大珠，二两重一对鸦青宝石"。这百颗大珠，十九回、一百回中分别再次出现。瓶儿之财，从西门庆夫妻充满艳羡的酒宴闲谈中初次道出，在后文将占据显要的位置。

第十一回

潘金莲激打孙雪娥　西门庆梳笼李桂姐

（潘金莲激打孙雪娥　西门庆梳笼李桂姐）

一　佳人的另一面

　　金莲、玉楼与西门庆下棋一段，极写金莲灵动而娇媚的美：输了棋，便把棋子扑撒乱了，是杨贵妃见唐玄宗输棋便纵猫上棋局的情景（《开元天宝遗事》，王仁裕撰）。走到瑞香花下，见西门庆追来，"睨笑不止，说道：'怪行货子！孟三儿输了，你不敢禁他，却来缠我！'将手中花撮成瓣儿，洒西门庆一身"。是"美人发娇嗔，碎挼花打人"的情景。金莲的举止，往往与古典诗词中的佳人形象吻合无间，也就是绣像本评点者所谓的"事事俱堪入画"。张竹坡虽然文才横溢，但是思想似比这位无名评点者迂阔得多，在此评道："此色的圈子也！"然而《金瓶梅》的好处，在于把佳人的另一面呈现给读者——比如激打孙雪娥，而这是古典诗词绝对不会触及的。中国古典诗词，包括曲在内，往往专注于时空的一个断片，一个瞬间，一种心境，但当它与小说叙事放在一起，就会以相互映照或反衬的方式呈现出更为复杂的意义层次。

二　玉楼

　　玉楼在众女子当中，是最明智的一个，《红楼梦》中的宝钗颇有她的影子。玉楼的聪明胜过月娘、瓶儿，与金莲堪称对手，但是玉楼缺少金莲的热情，所以在西门庆处不像金莲那样受宠；然而玉楼的心机，实在比金莲更深，正因为玉楼隐藏不露之故。试看她每每有意无意地在金莲如火的激情上暗暗添加一些小小的干柴或者给一些小小的刺激，就像此回春梅在厨房和雪娥吵架之后，回来向金莲学舌，引得金莲心中不快。午睡起来，走到亭子上，"只见玉楼摇飐的走来，笑嘻嘻道：'姐姐如何闷闷地不言语？'金莲道：'不要说起，今早倦的了不得。三姐，你往哪里去来？'玉楼道：'才在后面厨房里走了走来。'金莲道：'他与你说些什么？'玉楼道：'姐姐没言语。'"玉楼此言，不知有心还是无意，然而观后文，我们会发现玉楼的大丫头兰香往往在厨房里听到闲言碎语便走来告诉玉楼，比如第二十一回中，玉楼是第一个从兰香处听说西门庆闹了妓院、回家与月娘言归于好的，清晨在金莲、瓶儿都没有起床的时候她已经走来报信了。二十六回中，宋蕙莲对着丫鬟媳妇，辞色之间流露出西门庆对她的许诺，又是"孟玉楼早已知道"，走来报告给金莲，而且于二十五、二十六回中，两次旁敲侧击地怂恿金莲，挑动得金莲"忿气满怀无处着，双腮红上更添红"。玉楼既不是崇祯本评点者所说的"没心人"，也不完全是张竹坡极力推举的完人。玉楼和金莲在一起，不是"仙子鬼怪之分"，而是一冷一热、一静一动之别。玉楼自然也有感情，自然也吃醋，否则不会先看上西门庆、后爱上李衙内，不会在此回正与金莲下棋，看到西门庆来"抽身就往后走"，不会在七十五回中"抱恙含酸"。但是，玉楼从来不让激情把自己卷走，一切都是静悄悄地、含蓄地进行，这一点，恰似《红楼梦》中的宝钗。再看玉楼在众妻妾之中，是唯一一个没有与任何人闹过矛盾的，而且往往充当和事人、润滑剂。其处世精明（不像瓶儿那样在钱财上被人所骗），善于理财持家，为人圆转、识时务，同时待人又有基本的善意与同情心（周济磨镜子的老人、与自己前夫的姑姑一直保持良好的关系），漂亮（双足与金莲无大小之分，满足了明清时代评判美人的一大标准），聪明风流（会弹月琴，而且是唯一一个在打牌时能赢金莲的），确实强过西门庆众妻妾当中的任何一人。难怪张竹坡对她大赞特赞，甚至认为她是作者的自喻。但是，玉楼的好处，必须在金莲映衬下才能充分显示，而且，如果这世界只有玉楼，没有金莲这样的人物，就会少了很多戏剧、很多故事。中国古典文学传统格外喜欢映衬的写法，比如有了杨贵妃，人们还不满足，一定还要杜撰出一个梅妃，其清瘦、飘逸，正与丰满、娇艳而热闹的杨妃相对。如果梅妃是诗，那么杨妃就是小说，是戏剧，二者在相互映衬下更显出各自的特色。《金瓶梅》的整个叙事与审美结构，都建立在"映衬"和"对照"的基础上，比如其抒情因素与"散文"因素（也就是日常生活的琐细、烦难、小气）的结合，再比如写妓女李桂姐，便一定前有一个吴银儿、后有一个郑爱月与她相映成趣。

三人下棋，金莲输棋之后跑掉，西门庆追她到山子石下，二人戏谑作一处，可以想象玉楼一人被丢在棋盘旁边的冷落。是晚，西门庆又来到金莲房里，"吩咐春梅，预备澡盆备汤，准备晚间效鱼水之欢"。这段描写，遥遥与九十一回玉楼嫁给李衙内之后，二人备汤共浴的情节针锋相对：玉楼只有到那时才真正扬眉吐气了也。

三　雪娥

　　雪娥在月娘面前搬弄金莲是非，并不就事论事，只是从嫉妒出发，在金莲如何"霸拦汉子"上着眼，说金莲"比养汉老婆还浪"。这简直好似《离骚》中所谓的"众女嫉余之蛾眉兮，谣诼谓余以善淫"了！然而雪娥头脑蠢笨，不仅难讨西门庆欢喜，也不能取悦月娘。她在月娘面前告状，月娘说她：你何必骂她房里的丫头！雪娥回说道：当年春梅"在娘房里着紧不听手，俺没曾在灶上把刀背打他？娘尚且不言语。可今日轮到他手里，便骄贵的这等的了"。这话听在月娘耳朵里，难免心中不舒服。金莲何等聪明人，立刻抓住这个把柄，进房对孙雪娥说："论起春梅，又不是我的丫头，你气不愤，还教他服侍大娘就是了！"虽然月娘不明露偏向，但从她两次数说雪娥，又在雪、金吵架时使小玉拉雪娥到后头去，其不待见雪娥可知。

　　又西门庆早饭，使秋菊去厨房要荷花饼、银丝酢汤，等了很久不见拿来，使春梅去催，雪娥怒而发话一段，《红楼梦》第六十一回迎春的丫头司棋派小丫头莲花向厨娘柳嫂要鸡蛋羹一段与之神似。

122

四 桂姐

桂姐的名字，在第一回里，就在应伯爵的大力推荐中出现过。西门庆梳笼桂姐一段文字，绣像本与词话本相比之下，再次以绣像本为胜。比如西门庆带着应伯爵、谢希大，随酒席上供唱的李桂姐来到妓院，虔婆出来看到应、谢二人，问西门庆："这两位老爹贵姓？"绣像本作虔婆"向应、谢二人说道：'二位怎的也不来走走？'"词话本此处逻辑不通，因为应伯爵既然专在本司三院"帮嫖贴食"，如今又在酒席上向西门庆介绍桂姐是二条巷李三妈的女儿，应伯爵自然不应该不与李家相熟。这里作虔婆早就认得应、谢二人更加符合情理。此外，应、谢二人并不专吃西门庆，也常常追随花子虚，哄着他"在院中请表子"（第十回），他们都是李桂姐平时相熟的客人。又西门庆吩咐虔婆"快看酒来，俺们乐饮三杯"，绣像本让应伯爵说这句话，一方面显得他与虔婆熟悉，一方面也符合他帮闲的身份（他的活泼灵变正是西门庆喜欢他的原因），否则就是呆呆地跟着西门庆而已，有何意趣哉。

又桂姐与西门庆递酒攀话，称母亲半身不遂，姐姐被一个客人长期包着，"家中好不无人，只靠着我逐日出来供唱，答应这几个相熟的老爹，好不辛苦"，绣像本无"答应这几个相熟的老爹"一句。这句话没有

西门庆梳笼李桂姐

绝对的必要，因为她和几位老爹是显而易见的，而强调她与这几个老爹"相熟"，西门庆听在耳朵里难免不舒服（西门庆是那种很会吃醋的嫖客，所以后文才频起波澜），而桂姐是何等聪明伶俐之人，她强调的是自己多么孝顺养家（"好不辛苦"），暗示其实不喜供唱之事，这其实是一种自抬身份，正如她后来唱的曲子说自己是美玉落污泥云云。换句话说，人们的心理往往有一种奇特的走向，喜欢具有良家妇女之美德的妓女，但如果这个女人的身份本就是良家妇女，那么她的美德只会被视为理所当然，甚至可能令某些人觉得厌烦。张爱玲认为男人喜欢有德性的妓女，是因为她既然靠容貌谋生，一定是美的，有德而美，自然成为多数男子的理想。这话固然不错，但是需要修正的是，一来这里的美往往不仅仅是容貌的美，因为妓女，包括名妓，尽有长相中等的，看看民初上海的名妓，在褪色的老照片上显得不过尔尔；二来如果单单喜欢有德而美的女子，也不必非要找一个妓女不可。我想，人们对妓女感兴趣，很大一部分原因是觉得妓女的身份本身具有莫大的吸引力，因为嫖妓不是正经的、高尚的行为，是带有道德叛逆性的，与社会要求的道德规章相反的，而犯规的冲动却是人类所共通的。"美玉落污泥"这个比喻之有趣处（也是吸引了西门庆等男子之处），不仅仅在于桂姐之自比为美玉，而在于她乃是一块落在污泥中的美玉。污泥中的顽石，固然不能吸引西门庆的目光；美玉不落污泥，恐怕也难以唤起欲望吧。

桂姐与桂卿姐妹，本来刚刚已经"歌唱递酒"过，可是等到西门庆让她单独唱个曲，劝应、谢二人一杯酒，她看透西门庆想梳笼她，偏要自高身价，"坐着只是笑，半晌不动身"。词话本中，应伯爵说："我等不当起动，洗耳愿听佳音。"绣像本里，"我等"作"我又"，并加上一句"借大官人余光"，伯爵一来不肯替谢希大说话，只说自己不值得桂姐劳动，二来明说破借西门庆余光，越发显得谄媚。作者故意使他的一番自贬身份与桂姐自高身价相对，借以抬高西门庆，比谢希大显然更伶俐、更会拍马，也难怪西门庆在众人当中最喜伯爵。这时桂卿在旁边说："我家桂姐从小养得娇，自来生得腼腆，不肯对人胡乱便唱。"想着此女身份职业，她"逐日出来供唱"的自白，以及刚刚还在供唱的情境，这一番做作实在可笑，然而更知上面"美玉污泥"一说为不诬也。西门庆拿出五两银子，"桂姐连忙起身谢了。先令丫鬟收去，方才下席来唱"。简洁含蓄，比起词话本"那桂姐连忙起身相谢了，方才一面令丫鬟收下了，一面放下一张小桌儿，请桂姐下席来唱"之啰唆，实有天渊之别。"先"字有味，所谓春秋笔法便是。

第十二回

潘金莲私仆受辱　刘理星魇胜求财

（潘金莲私仆受辱　刘理星魇胜贪财）

这一回，西门庆迷恋桂姐，留宿青楼，长期不回家，金莲与玉楼的小厮琴童偷情，及至西门庆回家，李娇儿、孙雪娥把金莲的私情告诉了西门庆，西门庆打了金莲一顿马鞭子，赶走了琴童，然而终于又和金莲和好了。

绣像本此回卷首诗，是南朝王僧孺所写的《为人宠姬有怨》，收入《玉台新咏》卷六：

> 可怜独立树，枝轻根易摇。
> 已为露所沾，复为风所飘。
> 锦衾褺不开，端坐夜及朝。
> 是妾愁成瘦，非君重细腰。

宠姬指金莲。独立树根摇而枝轻,见得金莲一无娘家势力撑腰,二无丰厚的嫁妆,三无子以巩固其地位,孑然一身,形影相吊,除了西门庆的宠爱之外,一无可恃,而"宠"却又是最难倚恃的也。以宠姬的身份而日夜端坐,锦衾不开,比一向无宠更加难堪。

除了雪娥与来旺儿偷情之外,金莲在西门庆的几个妾里面是唯一和人有私情的——先是琴童,后是陈敬济。然而金莲也是唯一对西门庆有激情的。她和西门庆之间的关系,打闹归打闹,似乎相互之间有一种默契与平等,只有她一个人和西门庆亲密到开玩笑、斗口(不是吵架)的地步。时而骂他,时而哄他,时而羞他,时而刺他,西门庆也只在她面前才谈论与其他女人的风月事。她是西门庆的知己("唯有奴知道你的心,你知道奴的意"),论其聪明泼辣,也堪称西门庆真正的"另一半"——西门庆眠花宿柳,她怎能不如法炮制!

绣像本比起词话本来有诸般好处,前面已经饶舌了许多,这里还是要再次赞叹它一回,因为它的写法不容人不敛衽赞美也。

金莲被西门庆打了之后,次日晚上对西门庆哭诉,这一段话,最值得注意的是金莲以西门庆"心爱的人儿"自居,也就是说,从"我们俩"的角度出发,嘱咐他不要中"别人"(相对于"我们")的离间计。在

潘金莲私仆受辱

众妻妾当中，金莲的确是西门庆"心爱的人儿"（卷首诗所暗示的"宠妾"，也是她给西门庆写信时自称的"爱妾"），然而自认如此，自信如此，对西门庆以"我们二人"看承，以情人自居而不以一般的仆妾自居，有能令西门庆格外动心的地方在。

在词话本里，金莲叫了一声："我的傻冤家！"说："你想起甚么来，中了人的拖刀之计，把你心爱的人儿这等下无情折挫！"绣像本在这里作："我的俊冤家！""俊"与"傻"两个字形状十分相似，也许只是手民误镌，然而在这里，如果我们结合上下文，细细品味这一字之差，其味道不同处，却有云泥立判的感觉。

聪明的读者，这时会说：哪里有什么潘金莲、西门庆！都是小说家编出来的故事罢了！用俊还是用傻，都是作者心中的造作，又不是说用傻就不符合事实、用俊才符合事实，因为本来就没有事实也。这话说得诚是。那么我们就从小说艺术的本身来做一个价值判断，看哪一个字更给小说增光。

金莲所有的倾诉，都是在抱怨西门庆"傻"，听了别人挑拨离间的话。如此，则"傻"字根本用不着明确地说出来。且不说金莲是极聪明的人，她自然知道什么才能让西门庆回嗔作喜；另一方面，金莲其实心中仍然对西门庆有情耳，这个"俊"字也是自然的流露。小说每次写西门庆来和金莲同宿，金莲总是欢喜非常；但是其他人，除了瓶儿后来得子之后，基本上都是一笔带过，表示没有什么值得一书。本回中，作者强调西门庆不回家，别人犹可，唯有潘金莲难以忍受。词话本作金莲、玉楼两个人每天打扮得漂亮动人站在大门口盼望西门庆回家，绣像本作只有金莲一人如此（金莲对西门庆的感情虽然有变化、有杂质，但是始终存在，因此后来也是诸妾里面唯一辞灵痛哭的）。对于明清时期的论者，这自然是金莲"淫"的表现，但是对于现代读者，我们实在用不着再背负旧道德的十字架，能够不加批判地认可这只不过是一个激情强烈的表现而已。金莲的激情——对感情、欲望的要求——的确格外强烈，而她的整个存在，就是由一种原始的激情贯穿始终。一句情不自禁的"俊冤家"，似乎比较符合她以"情人"看待她和西门庆关系的态度。西门庆其他的女人，自视为妻子（如月娘、瓶儿），自视为妾（如安于命运的玉楼），或者是为了西门庆的财势（如那些家人媳妇、伙计娘子，包括桂姐和爱月儿两个妓者），或者是为了满足肉欲（如林太太），唯有金莲与西门庆的遇合是不期而然，以两相吸引和爱慕开始，而金莲常常以曲子、以书信抒发她的相思、她的怨恨，她对西门庆有一种平等的甚至浪漫的态度，也就是情人的态度。一个"俊"字，极为灵活飞动，其中无数娇媚婉转自不待言，而"傻冤家"却是连雪娥这样蠢笨的人都可以说得出来的、极为普通的埋怨话，虽然用了也无伤大雅，但是"俊"字显然是更好的选择。

西门庆其实的确是"傻"：只看这一回中，李娇儿、孙雪娥、孟玉楼、春梅、金莲、桂姐，个个能够影响与操纵他的感情，就知道他在和女人打交道这一方面全无自己的主意。最可笑的是受了桂姐的激将法，为显示自己在家何等地有权威，回家来剪金莲的头发交给桂姐，却又自知无理，于是拿腔作势，连哄带骗。次日到了妓院，却又相当老实地对桂姐和盘托出昨日为剪这绺子头发如何"好不烦恼"，于是反而被桂姐讪笑一顿。西门庆这个角色，往往有他"傻乎乎"的可笑之处，给了他很多的人情味儿，使得读者不能完全地厌恶这个人物，因为他不是一个简单的丑角，而具有立体感和层次感。这一点很像《红楼梦》中的薛蟠：有其凶狠豪恶的"霸王"的一面，也有其"呆"而好笑的一面，总之是一个活生生的复杂的人，不是舞台上黑白分明的脸谱人物。

《金瓶梅》是一部大书，在这部鸿篇巨制之中，一个字似乎算不了什么。然而，全书是大厦，细节是砖石，细节是区别巨擘与俗匠的关键。无数的细节都用全副精力全神贯注地对付，整部小说才会有神采。

西谚说："细节之中有神在。"

第十三回

李瓶姐墙头密约　迎春儿隙底私窥

（李瓶儿隔墙密约　迎春女窥隙偷光）

一　瓶儿

词话本与绣像本都在此回开头处点出：距离上回已经又过了一年。六月西门庆在花家撞见瓶儿，九月重阳节二人初次偷情得手，离小说开始时的九月二十五日，已经过去将近三年了。瓶儿经过两番周折（第一回、第十回），至此才终于现出宝相。

瓶儿和金莲，仿佛一道铁轨的两根枕木，是平等对比的关系。其经历之相似处，更可见出其为人的不同。

绣像本的无名评点者说得很清楚：瓶儿勾引西门庆，处处是以请西门庆照顾自己丈夫的名义，求西门庆劝花子虚早些来家，"奴恩有重报，不敢有忘"。两次三番，至为恳切，对西门庆的一片依赖信托，格外有一种"弱女子"的妩媚。就是到了两个人偷情之夜，还"作酬酢语"，说些"奴一向感谢官人，蒙官人又费心酬答，使奴家心下不安"的话，虽则"迂而可笑"，然而"正隐隐画出瓶儿之为人，不然则又一金莲矣"。

瓶儿在枕席之畔，还惦记着问西门庆"他大娘贵庚""他五娘贵庚"，思量着要准备礼物去看望结交这两个女人。瓶儿善于以送礼收买人心，讨人欢喜，然而又有几个做人情妇的女子，肯屈就交结情夫的妻妾呢——除非她已经打定了主意要嫁给他做偏房？无名评点者说：这不是枕席闲话，"自是一片结识深情"，诚然。可是瓶儿、西门庆这才只是第一度幽欢，无论如何不能料到她的丈夫花子虚会中途毙命，以瓶儿之为人，也不太可能像金莲那样骤然下狠手毒死丈夫，就是论与西门庆的交情，也还不是十分相熟的，一方面恐怕还不至于就想到嫁给他这样的"长远之计"，一方面第一次幽会，似乎应当只是两情缱绻，根本不考虑到其他。她深心结纳西门庆的妻妾只能说明她的天然本性：瓶儿虽然也和金莲一样偷情，但她是社会的人、家庭的人、喜欢"过日子"的人、细水长流的人，不像金莲，是社会规范以外的人、是情人、是干柴烈火，是难以终朝的暴雨飘风。瓶儿与金莲的内战，从象征的层次上说，竟是人类的文明与人类的原始激情之间的内战了。

李瓶姐墙头密约

西门庆爬墙赴约一段，与唐朝皇甫枚《三水小牍》里面的传奇故事《步飞烟》很相似。步飞烟是武公业的爱妾，容颜美丽，她隔壁的邻居名赵象者在墙头窥见其容貌，开始竭力追求。经过一番书信往返，赵象终于在一天黄昏后"逾梯而登，烟已令重榻于下。既下，见烟靓妆盛服，立于花下，拜讫，俱以喜极不能言，遂相携自后门入堂中"。我们试比较《金瓶梅》中描写："这西门庆就掇过一张桌凳来踏着，暗暗扒过墙来，这边已安下梯子。李瓶儿打发子虚去了，已是摘了冠儿，乱挽乌云，素体浓妆，立在穿廊下。看见西门庆过来，欢喜无尽，忙迎接进房中，妇人双手高擎玉臂，亲递与西门庆，深深道个万福。"

比起深受丈夫宠爱的步飞烟，瓶儿其实有更多的理由与外人私通：飞烟只是嫌恶丈夫粗鲁无文，而且"公务繁伙，或数夜一直，或竟日不归"，因此和文雅风流的小生赵象相互赠答诗篇、书信来往，目成心许，非止一日；至于瓶儿丈夫，其整天不归不是因为公务，却是因为眠花宿柳，在外面包着妓女吴银儿，而且对瓶儿全无任何爱意。然而何以赵象和飞烟的私情就被歌颂为才子佳人可歌可泣的相怜相爱，而不是受人唾骂的奸夫淫妇呢？当然了，飞烟因为鞭打女仆而被女仆告密（又好似金莲之于女奴秋菊了），于是被丈夫拷打而死；而瓶儿却是这场私情中的最终胜利者，把家私寄托给西门庆，又间接导致了子虚的死，于是不如飞烟之得人同情。但是，飞烟和赵象的被歌颂，恐怕很大程度上也是因为赵象是个读过书的世家子弟、士大夫阶层人物，对飞烟的诱惑手段是写诗，飞烟的丈夫又碰巧是个不解文雅的武将，而整个叙事都是用文言写作；西门庆却只是个"不甚读书"的市井商人而已。

二 "迎春"

西门庆和瓶儿做爱时，迎春的窥视和偷听，是这部充满偷窥乐趣的小说所描写的第一次窥视和偷听。以"迎春"命名这个丫鬟，固其宜也。读者必须记得这一幕情景，因为小说的最后一次偷窥在第一百回，彼时，月娘的小丫鬟小玉在永福寺里，偷看到的却已不是香艳的云雨场景，而是普静和尚在凄凄的金风中超度血腥的亡魂。

三 簪

玉楼、金莲和瓶儿，每人都曾给西门庆一支簪子（此即《红楼梦》十二钗的原型），三支簪各各不同：金莲最早送给西门庆的簪子，在西门庆娶玉楼后代之以玉楼的簪子，是一根一点油金簪，上面刻着两行诗：

"金勒马嘶芳草地，玉楼人醉杏花天。"这根簪子曾害得金莲两次吃醋，直到玉楼嫁给李衙内，还引起过一场风波；金莲后来再次送给西门庆的是一根并头莲瓣簪，上面刻着一首五言诗："奴有并头莲，赠与君关髻。凡事同头上，切勿轻相弃。"金莲、玉楼的簪子，各自暗含着两人的名字，唯有瓶儿送给西门庆的簪子是两根，而立刻被西门庆转送给了金莲以安抚她的怨妒，并诡称是瓶儿"今日教我捎了这一对寿字簪儿送你"。这是西门庆于簪子上第二次弄谎（第一次是说因喝醉而丢失了金莲的簪子）。从金莲的眼中看到的簪子，是"两根番石青填地、金玲珑寿字簪儿，乃御前所制、宫里出来的，甚是奇巧"。瓶儿的簪子，比玉楼、金莲二人的簪子都更富丽，因此后来才引起月娘的垂涎。这簪子既是宫里打造，自然是她过世的公公花太监给她的。后文瓶儿又有一幅春宫画，居然也是"他老公公从内府画出来的"，则瓶儿与过世老公公的暧昧关系不言可知矣。

第十四回

花子虚因气丧身　李瓶儿迎奸赴会

（花子虚因气丧身　李瓶儿迎奸赴会）

一　月娘

　　张竹坡把月娘斥为恶人，其实月娘也不一定是恶人，月娘只是一个贪财自私、俗笨粗鲁、缺乏魅力的女人耳。

　　西门庆与十兄弟聚会时，东京开封府因告家财事而差人把花子虚拿走，西门庆一班儿人开始"吓了一惊"，后来知道就里，才放下心来。"好兄弟写尽"且不说，等他回家把此事告诉吴月娘，月娘居然对平时常常给她送礼的花二娘没有一点惦念，反而为此觉得庆幸，张口就说："这是正该的！你整日跟着这伙人，不着个家，只在外面胡撞，今日只当弄出事来才是个了手。"及至瓶儿来请西门庆过去帮忙商量事，月娘又说："明日没的教人讲你罢！"满心惧祸之意，何尝对他人——一个平时相处不错的邻居，一个丈夫被抓走的女子——有任何关怀？然而再及至瓶儿要把财物寄放在西门庆家，西门庆回来与月娘商议，月娘偏偏毫不作难，一口答应，而且还帮西门庆出主意说："银子便用食盒叫小厮抬来，那箱笼东西，若从大门里来，教两边街坊看着不惹眼？必须夜晚打墙上过来。"西门庆听言"大喜"，极写月娘与西门庆在聚财方面恰是一对，相互纵容为奸。财与色，作者在小说开始大书特书、世人个个难以逃避的恶德，在西门庆和月娘身上得到了最好的体现：西门庆与瓶儿偷情，是从墙上过去，如今瓶儿的箱笼又从墙上过来，作者特地点出这两件事"邻舍街坊都不知道"，以醒读者之目，明其二事为一。东西送过来时，西门庆这边"只是月娘、金莲、春梅，用梯子接着"，之后，"都送到月娘房中去了"。然而月娘对丈夫逾墙偷他人之妻便不闻不问，对他人财物逾墙入自家房中便积极参与；后来又怕花子虚怀疑自家受了银子，极力阻止西门庆买花子虚的房子，而花子虚的房子不卖，他的兄弟分不到钱，官府便不肯放他回家。月娘之冷酷、自私，一至于此。究其原因。都是贪财。

瓶儿丈夫去世刚刚一个月出头，就来给金莲庆生日。月娘此时已明知道她和西门庆的关系，心中既轻

李瓶儿迎奸赴会

视又嫉妒，然而贪心还是胜过一切，一见瓶儿送上她开口表示艳羡的金寿字簪，立刻便提出元宵节去瓶儿家看灯。作者盖处处以微言摹写月娘贪财小器也。

二　瓶儿

此回是绝好的关于"权力关系"的教科书：财与色构成错综复杂的关系网，其中心焦点是瓶儿。瓶儿以性与金钱作为施展权力控制他人的手段，但自身也被性与金钱所控制。瓶儿的春宫，为金莲所享用；瓶儿的箱笼，落入月娘手中。瓶儿虽然是一只容器，我们且看她如何被一点点地倒空。

瓶儿、金莲的经历何其相似而又何其不同乎！一个毒死丈夫，一个等丈夫自家病死。然究其病死的原因，还是怕请太医花钱，"只挨着"，耽误了治疗而一命呜呼，则仍是被瓶儿（以及他的一班真假兄弟——告家财的花氏兄弟和西门庆这个结义兄弟）间接害死的，只不过一个以金钱相害，一个以身体之暴力相害，一个用"软刀子"，而一个使毒药：二人的区别在此昭然若揭。如前文所说，瓶儿是社会的人，金莲是原始的力与激情耳。

花子虚其实不死于气，而死于财：死于遗产的争夺、瓶儿的私藏。瓶儿善于利用手中的财物取悦他人或辖制他人（二者实则一也）。当子虚因为兄弟告他吞没遗产而被抓，瓶儿便把金银财宝都寄存在西门庆家。子虚出狱，没了银两、房舍、庄田，"依着西门庆，还要找过几百两银子与他凑买房子，倒是李瓶儿不肯"。瓶儿心狠不下于金莲，只是表现不同。金莲心狠表现在身体的暴力上，瓶儿在这方面，甚至不曾打过自己的丫头，而且在子虚被抓后再三央求西门庆行贿，"只不教他吃凌逼便了"，因此子虚得以"一下儿也没打"，放回来家。但提到无血的杀人，瓶儿其实何减于金莲。要记得金莲曾主动卖掉自己的钗环首饰给武大典房子，而瓶儿吞没了丈夫名下的遗产不肯给他买房子：瓶儿与金莲何其不同哉！虽然二人都是相当可怕的妇人，但从某种意义上说，金莲比瓶儿、月娘、玉楼都更"天真"（也即月娘所说的"孩子气"），因只是喜欢装饰打扮，以及一点吃食上的小便宜，但从来不谋财耳。

三 花家的兄弟们

花子虚的三个和他争遗产的兄弟，在词话本中作"叔伯兄弟"，在绣像本中作花子虚的亲兄弟，则作者的谴责更深刻了一层。而过世的花太监与李瓶儿的暧昧关系，也同样更深厚了一层：既然四兄弟"都是老公公嫡亲的"侄儿，何以分遗产时如此厚薄不均乎。

《金瓶梅》的作者，绝非一味以道德正统自居的人。他对瓶儿与西门庆的私情，其实有很多同情。这种同情，表现在他对花子虚的批评上：虽然瓶儿对花子虚相当狠心，但是"若似花子虚落魄飘风，谩无纪律，而欲其内人不生他意，岂可得乎"。也就是说，花子虚一天到晚和狐朋狗友泡在妓院里流连忘返，实际上是自己导致了妻子生外心的结局。在十分陈腐的"自古男主外而女主内"等套话之后，作者给了读者一份相当朴素而清新的关于"爱情"的宣言："要之，在乎容德相感，缘分相投，夫唱妇随"，还要"男慕乎女，女慕乎男"。也就是说，只是单方面的忠贞顺从是不够的，男女双方都对婚姻的成功负有责任，而"容德相感"，男女之互相爱慕，还有那神秘的"缘分"的作用，都是一个"无咎"婚姻的必要条件。虽然没有鼓励私情的发生，《金瓶梅》的作者却也从不曾盲目地谴责"犯了淫行"的妇人：对金莲，他哀惋她"买金偏撞不着卖金的"；对瓶儿，他同情她嫁了一个"把着正经家事儿不理，只在外边胡行"的丈夫。不少海外学者，如芮效卫、柯丽德，喜欢把《金瓶梅》放在一个儒家的思想框架里面研究，但是，正统的儒家对社会风气道德首先讲教化，教化行不通，就要采取惩罚的措施来纠正错乱的道德名分。《金瓶梅》的作者——尤其是绣像本的作者——对人生百态更多的是同情，是慈悲，是理解，而不是简单的、黑白分明的褒扬或指责。

第十五回

佳人笑赏玩灯楼　狎客帮嫖丽春院

（佳人笑赏玩月楼　狎客帮嫖丽春院）

　　此回相当简短，主要是为了写此书中一个重要的
节日：元宵节。

　　欧阳修曾经写过一首著名的词《生查子》：

　　　　去年元夜时，花市灯如昼。月上柳梢头，人
　　约黄昏后。

　　　　今年元夜时，花市灯依旧。不见去年人，泪
　　满春衫袖。

　　瓶儿的生日正在元宵节。此回西门庆与瓶儿在元
夜偷期，与这首词上半阕的意境差相仿佛；瓶儿后来
夭亡，暗合下半阕的感伤之意。《金瓶梅》全书共写了
三次元宵节（此回，第二十四回，第四十二至四十六

回），每一次都写得不同，十分错落有致。第三次元宵节写得最详尽、热闹，因为那是西门庆的全盛时期，过去之后就全是下坡路了。

金莲站在楼上看灯，和玉楼两个嬉笑不止，引得楼下人纷纷看她。人们指手画脚地议论，妙在便有一人认出她是"卖炊饼武大郎的娘子"，把金莲的历史重新演说一番。其中夹杂着一句"他是阎罗大王的妻，五道将军的妾"——正应了第二回里，将近两年之前，西门庆向王婆打听金莲的身份，王婆回答："他是阎罗大王的妹子，五道将军的女儿。"如今旧话重提，只是妹子与女儿变成了妻与妾，而楼下的观者评论说："如今一二年不见出来，落的这等标致了。"金莲从年轻女子到丰艳少妇的动人变化，于此曲折地传达出来。

月娘、娇儿"见楼下人乱"，便回到席上吃酒，只有玉楼和金莲继续观望楼下的灯市，不待月娘叫她们，犹自不肯还席。这一情节已经伏下后来在杏花村酒楼上玉楼看见和被李衙内看见的情景。玉楼和金莲一样，也是心思灵动、感情丰富的女人，不像吴月娘和李娇儿蠢钝无情；但玉楼和金莲不同处，是毕竟比金莲更能约束自己；当月娘与李娇儿率先离开瓶儿家时嘱咐金莲、玉楼二人早些回去，只有玉楼一人"应诺"，金莲则恍若不闻。

西门庆与瓶儿情热，从许久没去丽春院看望桂姐

佳人笑赏玩灯楼

可见一斑，而桂姐却也没有像刚开始被西门庆梳笼时那样，西门庆几天没来就要撒娇撒痴地耍脾气或者粘着西门庆不放他走：桂姐接了别的客人而引得西门庆吃醋，再有后来因与另一个年轻的嫖客王三官儿要好而发生的风波，已经开始在此若隐若现了。

西门庆与瓶儿初次幽会，是在九月九日重阳节，至此已经四个月有余。六十一回的回目是"李瓶儿带病宴重阳"，其时瓶儿因思念亡儿，已经寿命不永，九月十七日便一命呜呼。瓶儿一死，譬如元宵节人散，一片华灯辉煌，至此渐渐烟消火灭。瓶儿死后四个月，是本书的第四个元宵节，然而其时西门庆已经抱病，且死于六天之后的正月二十一日也。本书于各个节日，特别着眼于重阳、元宵、清明，书的后半，西门庆死后，更是特别摹写清明，盖有深意在焉。一个是"重九"，谐音长"久"，又自古与祈求长生不老有关，所谓"世短意恒多，斯人乐久生。岁月依辰至，举俗爱其名。"（陶渊明《九日闲居》）一个是所有节日里最公众化、最繁华热闹，但也是最能象征好景不长的，因为放烟火、点灯，都是辉煌而不持久之物也。《红楼梦》便正是以甄士隐在元宵丢失女儿英莲开始全书十二钗的描写，而和尚道士对他说出的谶诗，最后两句也正是"好防佳节元宵后，便是烟消火灭时"。至于清明，是上坟的季节，却也是春回大地的季节：死亡与再生奇妙地交织在一起。玉楼也正是在给西门庆上坟时，爱上了李衙内。

第十六回

西门庆择吉佳期　应伯爵追欢喜庆

（西门庆谋财娶妇　应伯爵喜庆追欢）

　　瓶儿与金莲，处处对写，两两对照。西门庆娶金
莲时怕武二讨还血债，娶瓶儿则又怕花大告瓶儿孝服
不满（子虚曾因花大等人告遗产事被抓到东京下狱，
西门庆因此胆寒）。然而都是亲兄弟，武二为兄报仇，
花大则毫无兄弟情肠，二话不说便被金钱买通。西门
庆怕花大却还胜过怕武松者，是武松的社会地位不如
花大，影响不如花大，武松凭借的只是自身的气力、
武艺和胆量，正如金莲凭借的是自身的聪明、美貌；
花大、瓶儿，却都是深深地纠缠于社会经济关系网中
的人物。

　　瓶儿劝西门庆不用怕花大的那一席话（嫂叔不通
问、再嫁由身），处处回应第五、第六回中王婆之言。
金莲烧灵，瓶儿也烧灵，请的又都是报恩寺僧人——

西门庆花钱为金莲请了六个、瓶儿自己花钱便请了十二个，总写瓶儿手里有钱。金莲处处靠西门庆使钱，瓶儿则处处为西门庆垫钱：此回中，又拿出沉香、白蜡、水银、胡椒等值钱之物凑着给西门庆盖房子，笼络西门庆的心。

西门庆与瓶儿同宿，常有新奇的做爱器具，比如第十三回里他向金莲炫耀瓶儿的春宫手卷（"此是他老公公从内府画出来的"），此回则不小心从袖子里掉出一只勉铃（"南方缅甸国出来的"，"好的也值四五两银子"）。这些东西都不是寻常百姓家所有，故此西门庆可以神气地对金莲夸耀"这物件你就不知道了！"除了借此追求性爱之欢外，还有对社会上层才能享受到的奢侈与特权所深深感到的得意。瓶儿曾经是梁中书的妾，又是花太监的侄媳——论起来，玉楼手头何尝没有钱财？但是瓶儿不仅豪富，而且见识过"社会上流"的世面，与区区清河县的财主商人不可同日而语。西门庆出身于药材商人，但是他野心勃勃，不满足于只做一个地方土财主，所以在此书后来，才会有交结官员、附庸风雅等等的庸俗可笑情态。瓶儿对西门庆的吸引力长久不衰，而且越来越情热，既因瓶儿本身性格的魅力、她的钱财、她所生的儿子，也与西门庆的野心和他对"社会上流"的艳羡有关。

瓶儿与西门庆清晨做爱，小仆玳安来报有买卖人在家等候，隔着窗子，与西门庆就生意事一问一答，西门庆虽然不想走，终被瓶儿催促起身。若是金莲，想必不肯放。一个小小插曲，再次显示瓶儿是陷身于社会经济关系的人。

而吴月娘在社会关系意识里，分明是西门庆的绝好配偶：西门庆想娶瓶儿，只和金莲、月娘商量，因一个是宠妾，一个是正妻。两个女人的反应十分典型：金莲只从男女情爱方面考虑，"我不肯招他，当初那个怎么招我来？"明明心里嫉妒，勉强自宽自解。月娘最关心的东西完全不在于男女情爱方面，而在于经济与社会关系的利害，而她的担心和西门庆不谋而合：唯恐因为瓶儿孝服不满而招致花大那个"刁徒泼皮"惹是生非。然而月娘阻拦西门庆娶瓶儿的第三个理由是"你又和他老婆有联手，买了他房子，收着他寄放的许多东西"——正如张竹坡所言："然则不娶他，此东西将安然不题乎？"这个理由细细推究，便完全不成为理由：买了花家的房子是人人尽知的，似乎又买结义兄弟的房子又娶他的遗孀在舆论上有损名誉，那么收藏瓶儿寄存的东西一事却完全是背人耳目的，根本不用怕人议论，何必以这件事情作为一个理由阻挡西门庆娶瓶儿呢。月娘无意识地流露出了自己的私心，似乎她的确有意吞没瓶儿的东西为己有，不愿东西的原主进入自己家门，把寄存的东西再从自己的房里抬

160

出去也。

玳安在此回中初露头角。他对月娘、对应伯爵，便知道无论如何不能说出西门庆与瓶儿的私情，唯有对潘金莲却肯坦白，其聪明机灵可想而知。就生意事为西门庆传话，解说得清楚明白，不亚于《红楼梦》里在凤姐儿面前对答如流的小红，而玳安终于接管了西门庆的家产，于此初见端倪。

本回再次写到西门庆十兄弟：绣像本第一回中，卜志道死了，补入花子虚；这一回，花子虚已死，于是补入西门庆的主管贲四。"十个朋友，一个不少"这八个字，作者写得极是尖冷。应伯爵帮闲，也写得滑稽之中甚是讽刺：听出西门庆怕花大，又确知花大并不肯捣乱，便拍着胸脯说："火里火去、水里水去……他若敢道个不字，俺们就与他结下个大疙瘩！"当年西门庆偷娶金莲时，怎么没听伯爵拍着胸脯说帮西门庆对付武松呢。而十兄弟之一的花子虚被抓到京城，伯爵等人更是无人出头。亲兄弟如彼，而结义兄弟如此——在宣扬歌颂男子友谊、兄弟义气的《三国演义》《水浒传》甚至《西游记》之后，《金瓶梅》无情地刻画出现实人生中一班称兄道弟的男子是怎样背信弃义，对以往理想化了男子情谊的英雄传奇进行了有效的、系统的反讽。

本回瓶儿在元宵节的晚上等待西门庆，绣像本作

应伯爵追欢喜庆

"正倚帘栊盼望"，词话本作"正倚帘栊，口中磕瓜子儿"。然则瓶儿必不嗑瓜子儿者，一来嗑瓜子儿显得悠闲，而瓶儿盼望西门庆异常急切，哪里有心思嗑瓜子儿；二来嗑瓜子儿的形象与金莲相重，瓶儿和金莲是极为不同的两个妇人，瓶儿多了一些矜持，不似金莲的轻佻、热情而直露也。

第十七回

宇给事劾倒杨提督　　李瓶儿许嫁蒋竹山

（宇给事劾倒杨提督　　李瓶儿招赘蒋竹山）

西门庆亲家陈洪遭事在五月二十日，当日晚上，女儿西门大姐、女婿陈敬济从东京来避难，当时"把箱笼细软，都收拾月娘上房来"。西门庆自此闭门不出，耽误了六月初四与瓶儿的婚期。瓶儿等不着西门庆的消息，忧愁得病，被太医蒋竹山治好；六月十八日，瓶儿便嫁给了蒋竹山。从西门庆离开瓶儿到瓶儿嫁人，前后不到一个月。

这一回给人印象最深的，是瓶儿改变主意之快。瓶儿的急迫热切，花团锦簇地准备，转瞬之间化作乌有，是出乎意料的反高潮。金莲在过门前，曾被西门庆冷落过将近三个月，玉楼也曾被张三舅苦苦劝说不要嫁给西门庆，但是二人都不曾改变主意，相形之下，瓶儿似乎太容易动摇。然而真正吓倒瓶儿的，不是西门庆的冷淡，而是蒋竹山关于西门庆遇到祸事、家产会"入官抄没"的说法。当时瓶儿第一想到的便是"许多东西丢在他家"，悔之不及。但是也并不再去打听清楚或者徘徊观望一阵子，只凭着蒋竹山的一面之词，便当场与其敲定婚约。瓶儿是性格软弱的人，也缺少心计。

蒋竹山全作喜剧人物刻画。他入赘给瓶儿之后陡然变阔，"初时往人家看病只是走，后来买了一匹驴儿骑着，在街上往来，不在话下"。骑驴的细节韵而冷，好似国人陡阔便买起一部车子来开也。

瓶儿在此回，称西门庆"这般可奴之意，就是医奴的药一般"。这比喻颇为尖新有趣，一来是双关谐语，因西门庆本来正是以开生药铺发家的；二来是谶语，瓶儿因西门庆不来而生病，一个真正的太医蒋竹山治好了她，她很快便嫁给了蒋竹山，又给他本钱让他开起一家生药铺；三来伏下瓶儿病死的情节，最终西门庆不是医她的药，而是她的送死之人。

张爱玲小说《倾城之恋》里面，范柳原说白流苏是医他的药，来源于此。张爱玲自称《金瓶梅》和《红楼梦》对于她来说是一切的源头，然而一般人们都只注意《红楼梦》的影响，忽略了张氏作品中无数《金瓶梅》的痕迹。就比如白流苏爱低头，也来自《金瓶梅》，且来自《金瓶梅》之绣像本也。

李瓶儿许嫁蒋竹山

　　宇文虚中奏弹太师蔡京等人涉及军国大事的朝廷奏折，以及它所代表的时代风云，所预兆的朝代兴衰，夹在偷期做爱的色情描写与治病求亲的喜剧性描写里面，丰富了小说的覆盖面，增加了叙事的层次感。奏折里面对于国家得病（"元气内消"则"风邪外入"）的比喻，又与瓶儿得病、梦感"狐狸精"的描写恰相呼应，虽然没有深文内致，但是富有连环回应的美感。

第十八回

赂相府西门脱祸　见娇娘敬济销魂

（来保上东京干事　陈经济花园管工）

　　西门庆贿赂脱祸之后，"过了两日，门也不关了，花园照旧还盖，渐渐出来街上走动"。七月中旬的一日，在路上碰见应伯爵、谢希大，二人装作全然不知西门庆遇事的样子，还问西门庆娶了瓶儿没有。像西门庆家这样一件连蒋竹山都知道底里的新闻，应、谢二人岂有不知之理。作者处处讽刺结义兄弟和所谓的好朋友。不过西门庆对应、谢二人的凉薄也根本不着在意里，仍然和二人一起去妓院吃酒，其并不因此而看破世态炎凉者，只因为自己就是炎凉中人。

　　另一方面，小厮玳安告诉西门庆看见瓶儿家开了个生药铺，西门庆听了"半信不信"，却也不着人打听，想必刚刚脱祸，惊魂未定，还无心顾及迎娶瓶儿事。但竟不派人去瓶儿处问候、解释，则西门庆待瓶儿，也不过尔尔。又想必是把瓶儿视为飞不去的掌中物，直到听说瓶儿为蒋竹山所得，才大为吃醋着恼、悔恨万分。西门庆是从未被女人拒绝过的人，其气恼半是源于自尊心的受挫；而应伯爵怎么可能不知道瓶儿嫁了蒋竹山？故意问西门庆是否娶了瓶儿，回想起来，实在也是促狭得很。

西门庆从妓院吃酒归来，在街上碰见冯妈妈一节，极像当年吃酒已醉，在街上碰见王婆一节（第八回）。王婆来替金莲请西门庆；冯妈妈却充当了瓶儿嫁人的耳报神。

趁着西门庆不在家，月娘请陈敬济到后边吃饭，又引着他和玉楼打牌，陈敬济就此见到了金莲，并对金莲一见钟情。绣像本的无名评点者和张竹坡说得很是：如果这是正当在理的事情，月娘心里也不觉得有愧的话，何必听说西门庆回家，便"连忙撺掇小玉送姐夫打角门出去"？月娘的欲望与情感，每每用极为微妙的笔墨描写。

西门庆与金莲做爱，往往要仿效与瓶儿在一起时的样子，瓶儿的样范，西门庆在所难忘，往往与金莲共同重修一番。从春宫、勉铃，这已经是第三次了。西门庆对瓶儿的世界——不仅富贵，而且时髦——充满艳羡，从此可见一斑。

金莲见西门庆后悔没有早娶瓶儿，便埋怨他不该

见娇娘敬济销魂

听了吴月娘的话。"奴当初怎么说来？先下米儿先吃饭。你不听。只顾来问他姐姐。常信人调，丢了瓢。你做差了，你埋怨哪个？"西门庆被这两句话调唆得大怒，从此与吴月娘生气，见面不讲话。然而在第十六回，西门庆打算娶瓶儿时，明明是金莲两次对西门庆说："你还问声大姐姐去。"及至西门庆问了回来，金莲也附和月娘的意见道："大姐姐也说的是。"此时金莲颠倒黑白，西门庆却也毫不记得来龙去脉，糊涂之极。金莲从未说过月娘坏话，这是第一次，显然是因为两天前曾被月娘骂，又因为月娘讽刺寡妇不等孝服满就嫁人，恰好说中了金莲和玉楼两个人的心病。金莲、月娘结怨从此开始。

第十九回

草里蛇逻打蒋竹山　李瓶儿情感西门庆

（草里蛇逻打蒋竹山　李瓶儿情感西门庆）

　　此回上半，写蒋竹山挨打；下半，写瓶儿挨打。然而此回伊始，却大书特书西门庆的花园装修告成。花园中有楼台亭榭，赏玩四时景致，正是《红楼梦》中那座著名的大观园的前身。吴月娘率领众女眷在此饮酒，再次请来陈敬济。酒后，金莲扑蝶，而陈敬济趁势与之调情，被金莲推了一跤。当时唯有玉楼"在玩花楼远远瞧见"。若是金莲看见别人有这样的举动，一定拿来当作把柄；玉楼却若无其事。玉楼是善于化有事为无事的人。月娘则是金莲、陈敬济二人孽缘的"罪魁"：金莲终于为了陈敬济之故而被月娘赶出西门府，而陈敬济也是因此失去了月娘的欢心而终至贫困潦倒；二人最终都因此而丧失了性命。

　　金莲每每与众人的行为不同。其他人赏花、下棋，她偏去扑蝶。扑蝶，是诗词中常常刻画的美人举止，然而扑蝶之际，与陈敬济调情，美人便不是平面，而是立体了。

西门庆回来，金莲"纤手拈了一个鲜莲蓬子与他吃"，西门庆道："涩剌剌的，吃他做甚么！"绣像本评点者旁评："俗甚。"这一细节富有喜剧性，是文人弄笔，写西门庆俗子，不解诗词歌赋的风流趣味。莲子者，"怜子"之谓，从南朝"采莲曲"以来，就是情人之间互赠以表示相怜的爱物和诗词中的双关语。然而在同一回之内，作者却也极尽嘲笑"文墨人"之能事：太医蒋竹山显然是个文弱的人物，金莲称其为"文墨人儿"，"且是谦恭……可怜见儿的"。清河县的警察局长夏提刑却大喝道："看这厮咬文嚼字模样，就像个赖债的！"张竹坡批道："秀才听着！"

西门庆找来两个地痞流氓——张胜与鲁华——治蒋竹山为他出气，事成之后，张胜被推荐到周守备府做了亲随。张胜何人？即是后来提刀杀死陈敬济的人也。七十回之后的事件，此时已经一一种因。鲁华、张胜诬赖竹山欠债不还一段，鲁华出力而张胜动嘴，在中间做好做歹地两边相劝。竹山气得大喊大叫，张胜却一味冷幽默，说竹山："你又吃了早酒了！"话音未落，鲁华便又是一拳。虽然竹山是冤枉可怜，但不知怎的，只觉得两个地痞一唱一和，无赖得十分技术

草里蛇逻打蒋竹山

可喜，简直可谓"盗亦有道"，耍流氓也有耍流氓的艺术，读来忍不住要大发一笑。

写瓶儿，处处不离钱。其爱人也，以钱表示，其憎人也，又以钱表示。当初给蒋竹山本钱开药铺，及至床帏之间，嫌恶蒋竹山本事不济，便"不许他进房中来，每日咶聒着算账，查算本钱"。后来与蒋竹山离异，"但是妇人本钱置的货物都留下，把他原旧的药材、药碾、药筛、药箱之物，即时催他搬去，两个就开交了"。作者笔墨含蓄，并不提是谁"留下"瓶儿的本钱置办的货物，但从上下文语意看来，分明是瓶儿的作为。然而瓶儿当初寄存在西门庆家的东西又如何？

西门庆娶瓶儿之后，问瓶儿："说你叫他写状子，告我收着你许多东西？"瓶儿矢口否认。小说上下文中，除了写瓶儿后悔寄存东西在西门庆家之外，均无瓶儿叫蒋竹山告状的话，陡然写出，不知是西门庆心虚的猜想，还是真有此情，朦胧过去，耐人寻味。而西门庆随即说："就算有，我也不怕。你说你有钱，快转换汉子，我手里容你不得！""我也不怕"云云，明明是此地无银三百两。至于"瓶儿有钱"的事实，不仅处处提醒给读者看，显然也时时记在西门庆心中。

瓶儿夸西门庆远远胜过蒋竹山："休说你这等为人上之人，只你每日吃用稀奇之物，他在世几百年还没曾看见哩！"其赞美西门庆处，竟有很大程度是以社会阶层着眼——是否"见过世面",是否"人上之人"——瓶儿之爱与金莲之爱不同处便在于此。比如说,瓶儿恐怕是不会喜欢上武松的。

此回之中,瓶儿再次把西门庆比作医她的药。她赶走蒋竹山时,曾说:"只当奴害了汗病,把这三十两银子问你讨了药吃了。"瓶儿的比喻,处处不离药。后来病死,兆头早已伏下了。

写西门庆面对审问瓶儿终于回心转意的一段,我们旁观者分明看到两个人都有心病,都有辜负彼此的地方:瓶儿无论如何不能回答"如何慌忙就嫁了蒋太医那厮"的问题——因为瓶儿以为西门庆家里出了祸事也;西门庆则无以解说"收着瓶儿许多东西"的事实。二人之间的感情,虽然有单纯的男欢女爱的因素,但是掺杂了许多势利的成分,显得十分的芜杂和脆弱。瓶儿对西门庆称不上深情,一见西门庆有祸事便弃他而去,后来"打听得他家中没事,心中甚是懊悔";西门庆对瓶儿也称不上坦荡,否则如何收了人家寄存的东西而毫无交代?月娘生日,瓶儿送礼,月娘也不请她来赴宴——显然是要断绝交往,昧下东西,再也不要提起的意思。二人各自怀着心病,对答之中,心事隐显,让读者清楚地看到两个深深纠缠于社会经济关系之中的自私的男女。西门庆与金莲的关系,相比之下"单纯"很多,金莲纵有千般缺点,在感情上却不是一个势利之人——这也就是为什么她当初能够卖掉自己的钗环来帮武大典房子，而又能够爱上一个一无所有的打虎英雄。

第二十回

傻帮闲趋奉闹华筵　痴子弟争锋毁花院

（孟玉楼义劝吴月娘　西门庆大闹丽春院）

　　此回的结构框架是窥视：以玉楼、金莲、春梅偷听西门庆与瓶儿始，以西门庆偷觑桂姐与嫖客终。

　　西门庆每个月出二十两银子包着桂姐，一般来说，这意味着白天许她见客，晚上不许她留人。这一日西门庆来到丽春院，虔婆告以桂姐不在，"今日是他五姨妈生日，与他五姨妈做生日去了"（后文桂姐私下接客，每每以"做生日"为由，引得月娘在五十二回讽刺桂姐："原来你院中人家，一日害两样病，做三个生日"），没想却被西门庆发现躲在后院，陪着一个嫖客饮酒。西门庆大为吃醋，大打出手，大雪里上马回家。无名评点者说："此书妙在处处破败，写出世情之假。""破败"二字很有趣，令人想到被面破了，露出里头的破棉败絮，与花团锦簇的表面形成了鲜明的对比。明清的小说与戏剧，往往喜欢反映表面与内里的差异，写谎言覆盖下的空空世界，《金瓶梅》《红楼梦》，无不如此。

金莲、瓶儿挨打的场景，是针锋相对的映照：瓶儿挨了几马鞭子才肯脱衣服跪在地上，金莲则是脱衣下跪之后才挨鞭子。玉箫问玉楼："带着衣服打来，去了衣服打来？亏她那莹白的皮肉儿上，怎么挨得！"一方面从丫头口里再次描写了瓶儿肌肤之白，一方面隐隐又与金莲裸身受笞遥遥相映。

瓶儿、西门庆早晨起来后第一件事，就是开嫁妆箱子让西门庆过目她带来的金银细软：首先映入眼帘的便是她当年从梁中书府带出来的那一百颗西洋大珠。在第一百回，月娘逃难，又携带着这一百颗明珠，在她预言性的梦中送给了亲家云理守①。张竹坡对于这百颗明珠，有精彩的辨析。他把这百颗明珠视为一百回小说《金瓶梅》的写照："见得其一百回乃一线穿来，无一附会易安之笔。……又作者自言，皆我的妙文，非实有其事也。"又以百颗明珠象征人生无常，财物数易其主，珠子不知经过了多少人才落到梁中书手中，"梁中书手中之物又入瓶儿之手，瓶儿手中之物又入西门之手，且入月娘之手，而月娘梦中，又入云理守之手，焉知云理守手中之物，又不历千百人之手而始遇水遇火，土埋石压，而珠始同归于尽哉！"瓶儿拿出

痴子弟争锋毁花院

钱物，让西门庆帮她打首饰。金莲看到西门庆大早晨慌慌忙忙往外走，戏西门庆"鬼推磨"（暗含"有钱能使"四字），内中包着很多真实。金莲要西门庆用给瓶儿打首饰剩下的金子给自己打一件同样的九凤甸儿，说瓶儿所要的两件首饰，一共使六两左右金子就差不多了，"还落他二三两金子，够打个甸儿了"。瓶儿的钱与物，是众人觊觎嫉妒的对象，而瓶儿从最开始和西门庆相处，便每每在金钱上吃亏。瓶儿死后，仆人玳安回忆瓶儿好脾气、花钱大方，说她派仆人买东西，往往多给他们一些钱，还笑说：你们跑腿，不图落，图甚么！只要把东西给我买个值着就好。映照这里西门庆为她跑腿打首饰，金莲从中图落，则作者讽刺之意宛然：在瓶儿这个"富婆"面前，西门庆、金莲和那些仆人也没有什么本质上的区别。

　　瓶儿过门，月娘之吃醋与金莲之吃醋，其表现如一，其质地又有不同：在会亲酒宴上，月娘对自己的兄弟吴大舅抱怨西门庆："他有了他富贵的姐姐，把我这穷官儿丫头，只当亡故了的筭帐。"月娘觉得最刺心的，不在瓶儿之相貌之材，而在其有钱。西门庆在瓶儿处一连歇了数夜，"别人都罢了，只有潘金莲恼得要不的"。金莲最懊恼的不是瓶儿有钱，而是她夺去了自己的宠爱。

　　瓶儿过门，而前夫花子虚的大哥花大居然被西门庆请来吃会亲酒，且被尊称为花大舅，从此亲戚往来不绝。如果说《金瓶梅》——尤其是绣像本《金瓶梅》——有任何儒家思想，那么其最强烈的表现便在此等处，也就是"正名"。又比如几个歌妓在会亲酒宴上唱"永团圆，世世夫妻"的曲子，"知音"的金莲挑拨月娘说："小老婆，今日不该唱这一套。他做了一对鱼水团圆、世世夫妻，把姐姐放到那里？"虽然金莲的挑拨出于私心中对瓶儿的嫉妒，但是她说的话往往含有真实，所以能够刺痛月娘。正名者，就是要在一个等级社会里面，每个人都按照其地位行事，不可乱了名分。妻妾名分之区别，自然也属于"正名"的范围。歌妓为娶妾唱"世世夫妻"，花大被西门庆称为"大舅"，都是乱了名分的表现。

这一回里，第一次提到家人来旺有个多病的媳妇儿，为稍后来旺媳妇病死、续娶宋蕙莲伏笔；又第一次提到月娘给王姑子送香油白面。后来月娘越来越好佛，常常请来尼姑在家宣宝卷，王、薛二尼姑往来不绝，便是从此起头。张竹坡认为，此书以前从未写月娘好佛，偏偏于此初次提及者，是因为月娘与西门庆反目，王姑子出主意让她烧夜香，结果终于被西门庆撞见而深受感动，夫妻言归于好。王姑子的计谋生效，成为月娘好佛之始。张竹坡所言有理，而书中人物如金莲也觉得月娘烧香是有心的作为，可为一证。金莲聪明机灵，她对事件过程、人物心理的猜度往往奇中，小说里已经不止一次地写到过，那么她对月娘烧夜香的动机判断正确，原也没有什么奇怪。

注释

① 　按，云理守者，云里手也。乃帮闲之无形无影之手，只知道掠夺他人之物，同时也象征着命运的无形力量，使人的一世积蓄，包括人自己，都可以在转瞬之间便消逝得无影无踪。

第二十一回

吴月娘扫雪烹茶　应伯爵替花邀酒

（吴月娘扫雪烹茶　应伯爵替花勾使）

一　"低声问：向谁行宿？城上已三更"

　　书中第一次写十一月大雪，是第二回中金莲挑逗武松一幕，那已经是三年前的事情了。一片洁白的背景，就好像京剧舞台上的空白背景，最能够衬托出人与人之间各种欲望与矛盾的纠缠。这一回，背景又是漫天白雪，人物与情节却越发花团锦簇。从西门庆大闹妓院、月娘烧香、西门庆赔礼、夫妻言归于好，到次日众人摆酒庆贺、月娘扫雪烹茶，到次日雪晴，桂姐向西门庆赔礼、与西门庆和好（夫妻反目前后经历了四个月，和好如此之难，而嫖客与妓女反目不过两天，和好如此之易，作者妙笔春秋），到当晚玉楼生日酒宴，西门庆和六个妻妾一起行酒令，直到酒阑人散，瓶儿被雪滑倒，又到金莲房中二人夜话，一一写来，峰回路转，波澜迭起，而且情节往往两两对应：比如西门庆与月娘和好，后来又与桂姐和好；桂姐的叔叔乐工李铭劝解西门庆，应伯爵、谢希大次日又来为桂姐做说客；伯爵在丽春院说笑话帮衬西门庆和桂姐，王姑子则在西门庆家里说笑话给月娘、金莲众人解闷。虽然头绪纷繁，然而无不围绕着两次和好进行，所以细节虽多不乱，且有鸳鸯锦的效果——图案明暗相对，回环往复。全回且以雪夜开始，以雪夜结束。

西门庆在妓院里，偷觑到桂姐儿接客，故此大闹丽春院；回家来，又偷觑到月娘烧夜香，祈祷丈夫早日回心转意，"不拘妾等六人之中，早见嗣息，以为终身之计，妾之愿也"。故此深受感动，和月娘重归于好。张竹坡在《金瓶梅读法》中谈道："此书有节节露破绽处，如窗内淫声和尚偏听见；私琴童，雪娥偏知道……"黄卫总（Martin Huang）作品《中华帝国晚期的欲望与小说叙述》（*Desire and Fictional Narrative in Late Imperial China*）第四章《金瓶梅中欲望的物质性及其他》，也提到《金瓶梅》中偷听、偷觑行为的重复出现，"简直变成了书中的一个仪式"，并把这种行为与小说写作本身联系在一起，因为小说就和偷听、偷觑一样，也是使得读者视线侵入私人生活空间的方式之一。[①] 此外，阅读非圣贤经典的、消闲性质的小说，

吴月娘扫雪烹茶

尤其像《金瓶梅》这样具有"不道德内容"的小说，更是要在私下进行，颇有戳破窗户纸向里面偷看的况味，也（对于正统道德信条）具有潜在的颠覆性。

偷听与偷觑在第二十、二十一回里面的确具有结构上的重要性：二十回以春梅、金莲、玉楼窥视西门庆、瓶儿始，以西门庆窥视到桂姐接客终。紧接着就是西门庆打马回家，"只见仪门半掩半开，院内悄无人声。西门庆心内暗道：此必有蹊跷。于是潜身立于仪门内粉壁前，悄悄听觑"。西门庆的疑心简直就好像因为刚刚识破了一个骗局而被格外挑动起来的。然而他下面看到的一幕却没有使他愤怒，而使他感动：这种情节上的平行对照极为明显，不容忽视。而且，倘若没有识破桂姐的骗局、对青楼艳情感到短暂的幻灭，西门庆恐怕还不会充分地被月娘"祈佑儿夫早早回心，弃却繁华，齐心家事"这样的祝词所打动。不过这里的关键在于，窥视对于被窥视的两个人来说具有十分不同的利害关系：桂姐当然不想被西门庆识破，然而月娘焚香祈祷就很难说，就算不是存心想被识破，至少她知道被识破对她是有利无害的。

张竹坡认定月娘烧香是有心作为，暗自希冀被西门庆听到。在这里，绣像本再次比词话本含蓄很多，一来词话本中月娘的祝词有"瞒着儿夫祝赞三光"之语，自称"瞒着"，似乎大有"此地无银三百两"的嫌疑；二来关于月娘烧香有一首七言绝句，词话本中，这首绝句的最后两行是"拜天尽诉衷肠事，哪怕旁人隔院听"，绣像本则作"拜天尽诉衷肠事，无限徘徊独自惺"。词话本是已经明明把月娘烧香的有心造作透露给了读者，绣像本则绝对不肯直言。月娘的内心世界，在比较直截了当的词话本中得到更多明白直露的表现，绣像本却每每含蓄从事，这只是众多例子中的一例而已。

按说西门庆归家时，已是一更天气，时候不算很早；到家门口，"小厮叫开门"，动静也不可谓不大；然而正好在他进门之后，小玉方拿出香桌，月娘方出来拜斗，机缘实在不可谓不巧。而且须知月娘感动西门庆，最关键的不是烧香这一行为，而是她的祈祷词。西门庆既然能够每一句话都听得清清楚楚，可知月娘不是默默祈祷，而是说出声来。虽然夜深人静，她的声音也必须相当大——至少是正常的说话声音而不是低声细语——才能被仪门粉壁外的西门庆听得如此真切。金莲后来讽刺说："一个烧夜香，只该默默祷祝，谁家一径倡扬，使汉子知道了！"被绣像本的无名评点者称为"齿牙可畏如此"，又说"亦自有理"，更可见月娘此举之暧昧。

月娘与西门庆言归于好，同宿了两夜，心情转佳，对五位小妾，尤其是曾经特意劝说她与西门庆和好的孟玉楼，格外慷慨大方。大雪夜过后的第三天，正值十一月二十七日玉楼的生日，月娘开玉楼的玩笑说："今夜你该伴新郎宿歇。"又对众人说："吃罢酒，咱送他两个回房去。"其喜悦轻松口气，如闻其声。

绣像本此回的回首诗词，用的是北宋词人周邦彦的《少年游》：

> 并刀如水，吴盐胜雪，纤手破新橙。
> 锦幄初温，兽烟不断，相对坐调笙。
>
> 低声问："向谁行宿？城上已三更。
> 马滑霜浓，不如休去，直自少人行。"

张竹坡在此批道："黄绢幼妇。"意即"绝妙"也。这首词写的是一个寒冷的深夜，在温暖如春的青楼之中，客人与妓女对坐，她劝他今夜不要走。留宿在她家。那种温柔旖旎的风光，尤其是女子劝说男人的话语，充满了强烈的诱惑力。对照西门庆的遭遇，便造成了既直接又微妙的反讽。直接的反讽，是西门庆看到桂姐接客：对于那个客人来说，桂姐的怀抱固然是温柔乡，对于西门庆来说，却哪怕"马滑雪浓"，路上行人绝踪，都要"大雪里上马回家"也。微妙的反讽却发生在来家之后：西门庆被月娘感动，于是从粉壁后出来，"抱住月娘"，"把月娘一手拖进房来"。温言软语、赔礼道歉，然而月娘理也不理，一直作势要赶他走，说："大雪里，你错走了门儿了，敢不是这屋里？我是那'不贤良的淫妇'，和你有甚情节？……咱两个永世千年，休要见面！"又说："我这屋里也难安放你。趁早与我出去，我不着丫头撵你！"大雪之夜，西门庆既无纤手为之破橙，也无人对之调笙，更无人低声软语挽留。直到次日，众妾安排酒宴，请西门庆、月娘赏雪，"在后厅明间内，设锦帐围屏，放下梅花暖帘，炉安兽炭，摆列酒筵"，句句暗合词中描写，锦幄、兽烟、纤手，一时俱全。然而相隔不到一日，还在"大雪里"，西门庆又往院中去看李桂姐了——家里的妻妾，毕竟挽留不住他。

二 《南石榴花·佳期重会》

《金瓶梅》中的曲，往往意味深长，或映照书中情节，或渲染人物性格，或暗示感情的波澜，或预言事态的发展。书中人物点唱曲子，每每泄漏自己的心境或者是有意借曲传情。这一回里，金莲吩咐四个丫鬟在酒宴上演唱《南石榴花·佳期重会》，借此影射月娘，西门庆听曲而知音，就是一个明显的例子。

这支曲子不题撰人，收录在谢伯阳所编《全明散

曲》。其中唱道："佳期重会，约定在今宵。人静悄月
儿高，传情休把外门敲。轻轻的摆动花梢，见纱窗影
摇，那时节方信才郎到。又何须蝶使蜂媒，早成就凤
友鸾交。"②蝶使蜂媒者，意谓何须玉楼、金莲辈劝说
也。

　　金莲处处与别人不同，处处与西门庆彼此心意相
通。西门庆被应、谢二人劝回妓院，玉楼纳闷道："今
日他爹大雪里那里去了？"金莲一猜便中，说西门庆
一定是去了李桂姐家。玉楼却还不相信西门庆会这么
快就原谅桂姐，要和金莲赌誓。金莲不仅猜中，而且
连前因后果都忖度得八九不离十。同时，西门庆也是
金莲的"知音"：金莲吩咐家乐唱"佳期重会"，众人
都不理会，西门庆却立刻解悟了曲中深意，而且当时
"就猜是他干的营生"。得到证实之后，他便"看着潘
金莲，说道：'你这小淫妇，单管胡枝扯叶的。'"对
于现代读者以及不熟悉曲子的当代读者，这是一个谜，
直到次日晚上，西门庆才把谜底揭破。他对玉楼解释
说："他说吴家的不是正经相会，是私下相会。恰似烧
夜香有心等着我一般。"这时西门庆正在玉楼房里，他
听到瓶儿被雪滑倒而金莲大声嚷嚷着抱怨瓶儿弄脏了
她的鞋，便对玉楼说：一定是金莲先踩在泥里把人绊
了一跤，然后反而赖在别人身上。"恰是那一个儿，就
没些嘴抹儿"（意谓瓶儿老实、不辩解也不反驳）。西

门庆可谓知金莲至深，二人心意相通，旗鼓相当。西门庆爱金莲，便因为她这份聪明伶俐；爱瓶儿，便因为她"没些嘴抹儿"。然而西门庆独独对玉楼不甚着在意里，书中写西门庆在玉楼屋里两人讲话，到此已经是第三次了（十二回、十九回各一次），每次二人都在谈论别人——不是说金莲，就是说瓶儿。书名金、瓶、梅，固宜。

三 "得多少春风夜月销金帐"

玉楼生日宴会上，大家行酒令，各人所行的令若有若无地与各人身份、经历、未来遭遇暗合，被《红楼梦》作者学去。其中尤以西门庆的酒令最趣："虞美人，见楚汉争锋，伤了正马军，只听耳边金鼓连天震。"似乎是以楚汉争锋比喻月娘、金莲、瓶儿（推及书中其他妇人）之矛盾，而虞美人反而成为自喻。盖瓶儿死后，西门庆口口声声要随她而去，不久之后便真的一命呜呼也。金莲与陈敬济偷情，"坏了三纲五常，问他个非奸做贼拿"；瓶儿与西门庆偷期，曾经"搭梯望月……那时节隔墙儿险化做望夫山"。雪娥与来旺偷情，后来卖入守备府受春梅的折磨，恰似一只"折足雁——好教我两下里做人难"。李娇儿"因二士入桃源，惊散了花开蝶满枝，只做了落红满地胭脂冷"。娇儿名字暗喻春天的桃李，她是青楼出身，二土入桃源不是《桃花源记》的那个桃源，而是刘晨、阮肇遇见神女的桃源，预示着娇儿在西门庆死后，率先再嫁，彼时已开落红满地之冷局。玉楼完令，"得多少春风夜月销金帐"，预示着将来与李衙内的美满姻缘。

四　辞令妙品

应伯爵、谢希大受了李家的贿赂，来劝说西门庆与桂姐和好，其辞令相当可观。先是二人说："俺们甚是怪说他家：'从前已往，在你家使钱费物，虽故一时不来，休要改了腔儿才好。'"一方面告诉西门庆已经责备了李家替他出气，一方面又从侧面点出西门庆这一向都不曾去看桂姐，则暗示西门庆冷落桂姐在先也。虽然不能以这个辩护桂姐接客，至少让西门庆心里也回味到自己的不是。看西门庆仍然不肯回心，伯爵便施展其妙舌，特地提出桂姐根本不曾和那个客人沾身，"这个丁二官原先是他姐姐桂卿的孤老，也没说要请桂姐，只因他父亲货船搭在他乡里陈监生船上，才到了不多两日。这陈监生号两淮，乃是陈参政的儿子。丁二官拿了十二银子，在他家摆酒请陈监生"。平空出来一个号两淮的陈监生，又带出一个陈参政，于桂姐见客一事全然无谓，但是却一定要说，似言桂姐桂卿相交的也不是等闲之人,而伯爵深知西门庆会被势利打动也。最后一着,便是不看僧面看佛面,"显的我们请不得哥去,没些面情了"。帮闲以利口谋生,则其齿牙必有可观,不是随便什么人都做得来的。

注释

① Martin W. Huang, *Desire and Fictional Narrative in Late Imperial China*, Ch. 4. Cambridge: Harvard University Press, 2001, pp. 87-90.

② 谢伯阳编:《全明散曲》第四卷,济南,齐鲁书社 1994 年版,第 4981 页。

第二十二回

蕙莲儿偷期蒙爱　春梅姐正色闲邪

（西门庆私淫来旺妇　春梅正色骂李铭）

　　上一回工笔重墨，这一回既是短小的插曲，也是序曲，从此开始了长达五回的宋蕙莲小传，其中又为春梅画一小像。

　　蕙莲与春梅在这一回的题目里被作为对偶句来描写。她们有相同之处：都是丫鬟仆妇，又都因为"性明敏、善机变"而受到西门庆的特别宠爱。但是蕙莲利财，春梅尚气。蕙莲喜欢炫耀卖弄西门庆的小恩小惠，春梅则"圭角崖岸"，心高气傲。乐工李铭稍有不轨，春梅立即勃然大怒，开口骂了十六个"王八"。也不管李铭是李娇儿的兄弟，或者正因为李铭是李娇儿的兄弟。盖春梅与金莲心意相连，她对桂姐、娇儿、李铭这一家人，因为他们曾经害得金莲受辱，所以抱恨极深。"今乘桂姐破绽败露，而李铭又适逢其会"

（张竹坡语），春梅便抓住机会，发泄久蓄于心的怨恨。

李铭教弹唱，当时其他三个向李铭学习乐器的丫鬟都去西门大姐屋里玩耍去了，"只落下春梅一个，和李铭在这边教演琵琶。李铭也有酒了，春梅袖口子宽，把手兜住了，李铭把他手拿起，略按重了些，被春梅大叫起来。"李铭究竟是酒后胆大、调戏春梅呢，还是因为喝了酒，不能像清醒时那样控制手头的轻重，被伺机已久的春梅抓住了这个无意的纰漏？李铭的"不轨"，就和书中的许多其他情事一样，写得朦朦胧胧。

当时"金莲正和孟玉楼、李瓶儿并宋蕙莲在房里下棋，只听见春梅从外骂将来"。春梅便气愤愤地向金莲叙述方才的情景，顺便抱怨其他三个学弹唱的丫鬟："也有玉箫他们，你推我，我打你，顽成一块，对着王八，雌牙露嘴的，狂的有些褶儿也怎的！"然而"玉箫他们"便包括了玉楼的丫鬟兰香和瓶儿的丫鬟迎春。春梅在气头上，每每不管不顾，也是心气高傲，没把玉楼、瓶儿放在眼里使然，后来当着吴大妗子的面骂申二姐，也是一个道理。但是玉楼和瓶儿的反应便有意思：春梅和金莲一唱一和地骂李铭，只有蕙莲一个人在旁边附和，蕙莲此举，固然是为了讨好掌握着她的秘密的金莲，玉楼、瓶儿却始终不发一语，则是因为春梅对着她们的面骂了她们的丫鬟，未免脸上下不来、心中不悦。玉楼随即起身去叫自己的丫鬟，瓶儿

春梅姐正色闲邪

则等了"良久"才回房，"使绣春叫迎春去"。这又是
因为瓶儿正和金莲要好，不愿立刻离开以得罪金莲也。
虽然只是无关紧要的两句话，也写得逻辑井然。

金莲曾第一个知道西门庆与瓶儿的私情，这里又
第一个知道西门庆与蕙莲的私情，知道之后，装在心
里，"对玉楼亦不题起此事"。经过了玉楼、桂姐、瓶
儿，金莲早已经不再奢望西门庆能够在情感和色欲上
做到专一，她现在所要的，是知道西门庆的情事：掌
握信息，就意味着掌握控制权，信息是行使权力的前
提，也是行使权力的手段。

上半回，金莲撞破蕙莲与西门庆偷情，骂道："刚
才我打与那淫妇两个耳刮子才好。"下半回春梅对金莲
讲李铭："刚才打与贼王八两个耳刮子才好。"二人声
口前后呼应，如出一辙。春梅又道："教你这王八在我
手里弄鬼，我把王八脸打绿了！"金莲便道："怪小肉
儿，学不学没要紧，把脸儿气得黄黄的。"则"王八"
脸还未打绿而春梅脸已被气黄。绿是虚，而黄是实，
黄绿相接，虚实相映，是绝妙的骈俪写法。作者文字
之巧妙，往往呈现在这样小小的细节里。

本回开始，西门庆看见宋蕙莲穿了一件红袖对襟
袄、紫绢裙子，嫌"怪模怪样的不好看"，给她一匹
翠蓝兼四季团花喜相逢缎子做裙子。小时听过一句俗
语，叫作"红配紫，砢碜死"。红与紫配搭在一起不好

看，因为会把彼此衬托得昏暗不明。张爱玲在《童言无忌》中提到过这个细节，并且说了一句很知音的话："现代的中国人往往说从前的人不懂得配颜色。古人的对照不是绝对的，而是参差的对照。"这个"参差的对照"便是她的小说美学。其实现代人的衣服，颜色单调得可怜，样式又生硬，无论男女都是如此。男人更惨些，无论中外，凡是正式场合，似乎只有西装可穿，然而西装既不舒服，也不是各种身材的人穿了都好看。女人呢，是在传统的装束里似乎只能继承满族的旗袍，然而穿在身上就和西装一样拘束别扭，又曲线毕露，只适合所谓有"魔鬼身材"的女人，太高太矮也都没法子穿。想起影片《花样年华》里面的女人一件一件地换旗袍，好在还是张曼玉演的，为这个角色带来某种温暖与踏实，否则真的成了衣服架子。古时中上层社会的女人所穿的大袄，有繁复和谐的花纹与色彩，飘逸而妩媚，非常女性化，而且可以遮掩不标准的体形，无论太胖还是太瘦，但是当然不适合穿了做任何工作——除了制作更多的衣饰，又如绣花和描鞋样子之外。

第二十三回

赌棋枰瓶儿输钞　觑藏春潘氏潜踪

（玉箫观风赛月房　金莲窃听藏春坞）

一　美人与烧猪头

金莲、玉楼、瓶儿三人下棋，本是所谓韵事，然而金莲提议赌钱，输了的拿出五钱银子做东道，请众人吃烧猪头、喝金华酒。落后家人来兴儿不仅买来一副猪头，更兼四个猪蹄子，命蕙莲烧来吃。蕙莲用一根柴禾，一大碗油酱，并茴香大料，拌得停当，不消一个时辰，把个猪头烧得皮脱肉化，用大冰盘盛了，连姜蒜碟儿拿到瓶儿房里。美人而吃红烧猪头，便见得这是商人家庭的美人，不是士大夫家庭的美人；能写出美人着棋之后吃猪头，也正是《金瓶梅》的可爱之处。

二　蕙莲

蕙莲与西门庆第一次停眠整宿而不是零碎偷情，是在"山子下藏春坞雪洞里"。坞而藏春，春意盈然，但是洞而名雪，而且寒冷异常，"虽故地下笼着一盆炭火儿，还冷得打兢"。又在春意中透出冷局消息。

蕙莲依靠金莲的帮助才得以和西门庆在雪洞过夜，又因为金莲之保守秘密而不引起月娘怀疑，金莲是成就蕙莲者，可是蕙莲在雪洞里和西门庆偷情时，偏偏定要刻薄金莲："昨日我拿他的鞋略试了试，还套着我的鞋穿。倒也不在乎大小，只是鞋样子周正才好。"这真是只有女人才能够说得出的排揎话：意谓五娘不仅脚没有我的小，而且缠歪了。这在以周正瘦小的三寸金莲作为女性美衡量标准的时代，简直可谓最恶毒的人身攻击了。下面又挑剔金莲的再婚身份，称之为"露水夫妻"，这又是当时一般女人的一个大忌讳。然则蕙莲何以专门和金莲过不去？因为瓶儿生子之前，金莲一直最受宠，又兼掌握着蕙莲与西门庆二人的秘密，这就更令同样争强好胜的蕙莲感到不平。

春梅的争强好胜表现在不和一般的丫鬟小厮玩笑厮闹；蕙莲的争强好胜表现在她一心只要吸引所有男子的注意，也每每希图超越她自身所处的阶级的限制，和西门庆的几个妻妾并肩。她对自己的青春美貌有自

赌棋枰瓶儿输钞

信，不把自己当成一般的仆妇看承，比如"看见玉楼、金莲打扮"，她便也学样儿打扮——她怎么不模仿月娘、娇儿或者雪娥？因为她明眼慧心，知道哪个才是装束时髦的美人（至于瓶儿，则想必一直都保持低调，不好意思穿戴得强过众人）。月娘等人掷骰子，她站在旁边扬声指点，俨然又是一个帮着看牌的金莲（第十八回）。然而金莲缝衣服的老子潘裁不同于蕙莲卖棺材的老子宋仁，蕙莲终究又不是金莲：蕙莲教育程度既低，也许甚至不识字，性格也缺乏一点妩媚的韵味，只是一味的浅露轻浮。比如她看见西门庆独自在房中饮酒，便"走向前，一屁股就坐在他怀里"，调情一番后，怕人来看破，又"急伶俐两三步就扠出来"；晚上赴约时，趁人不见，便"一溜烟"走去。这一串词语，形容得蕙莲举止确实不雅。又处处表现蕙莲的小家气派：与西门庆在藏春坞偷情一夜，次日清早叫玳安替她买合汁，特意嘱咐"拿大碗"；西门庆给她的银子便"塞在腰里"；头上"黄烘烘的"插戴着首饰；与一班儿男仆"打牙犯嘴，全无忌惮"，小厮们逗弄她，她便"赶着打"。绣像本作者判她为"颠狂柳絮随风舞，轻薄桃花逐水流"。是柳絮不错，桃花便一定是逐水的桃花。

三　大娘，还是六娘？

金莲偶听到蕙莲在背后对着西门庆说她的坏话，次日清早便给蕙莲脸子看，并对蕙莲暗示：是西门庆把这些话告诉给自己的。"你爹虽故家里有这几个老婆，或是外边请人家的粉头，来家通不瞒我一些儿，一五一十就告诉我。"此话倒也不是夸张，颇有真实在内，从中我们更可以看出金莲的"知识"如何转化为"权力"。蕙莲在金莲面前不得不低首认输。金莲又说："你大娘当时和他一个鼻子眼儿里出气，甚么事儿来家不告诉我？你比他差些儿。"这是绣像本；词话本此处"大娘"作"六娘"。《金瓶梅会评会校本》从词话本，认为绣像本这里有错误。按照语意逻辑来说，"来家"似乎是指西门庆回到自己家中，则"与六娘一个鼻子眼出气"是回顾李瓶儿未进门时情景。但是，如果把"来家"解为来金莲处，则"大娘"也可以讲得通。如果说的是大娘，那么金莲的自高身份就更深一层，其讽刺蕙莲处也就更进一步，意谓连大老婆尚且矮我一头，你一个刚刚得手的家人媳妇，又在此争个什么哉。

第二十四回

敬济元夜戏娇姿　惠祥怒詈来旺妇

（经济元夜戏娇姿　惠祥怒詈来旺妇）

一　第二个元宵

　　此回是书中第二个元宵节。这个元宵节，彩灯偏照蕙莲。看她骂书童儿，挑逗陈敬济，为炫耀脚小而套着金莲的鞋穿，额角贴着飞金并面花儿与众妇人一起走百病儿，"月色之下，恍若仙娥"。这是蕙莲短暂一生中的高潮，是她最美、最得意、最辉煌的顶点。一切事情都如此平滑而顺利：在元宵家宴上，当着全家之面，她骂书童儿，西门庆便立刻随声附和；她明明看见金莲调戏陈敬济，偏要紧接着在走百病儿的时候，"左来右去，只和陈敬济嘲戏"。直到后来玉楼、金莲叫他送韩回子的老婆回家，陈敬济还"且顾和蕙莲两个嘲戏，不肯捎他去"。金莲心中不悦，不必待言，次日专门把此事提出来，埋怨陈敬济。其实何尝埋怨的是他不送韩嫂？埋怨的是陈敬济不听自己的话也。

蕙莲争强好胜的虚荣心，最表现在炫示自己的美貌，喜欢使男子拜倒在石榴裙下。在这个元宵之夜，她可谓实现了自己的"志向"：西门府的两个男主人——西门庆和陈敬济——都被她的青春美色所深深地诱惑。这两个人也是最受宠幸的潘金莲眼中的猎物，但是现在全都屈服于自己的魅力。在蕙莲心中，这双重的征服带来的喜悦满足，当不下于一个将军攻克了敌军的堡垒吧。然而，蕙莲的命运正好像这元宵节的灯火，特别的亮丽、十分的热闹之后不久，就要无声无息地灯消云散了。此回以蕙莲骂书童儿开始，以惠祥骂蕙莲结束，已经预示了她悲哀的结局。

词话本开始提到月娘等人在酒席上"都穿着锦绣衣裳，白绫袄，蓝裙子。惟有吴月娘穿着大红遍地通袖袍，貂鼠皮袄，下着百花裙，头上珠翠堆盈，凤钗半卸"。绣像本则只说"都穿着锦绣衣裳"而已。也许是借着淡化众人衣饰的区别，暗示西门庆家里尊卑上下的混淆。然而也正因为如此，后来写到众妇人去看灯的时候，蕙莲的一番特意装饰打扮，"换了一套绿闪红段子对襟衫儿，白挑线裙子，又用一方红销金汗巾子搭着头，额角上贴着飞金并面花儿，金灯笼坠子"，就显得格外突出。

敬济元夜戏娇姿

二　大妗子乎，大娘子乎

此回闲中提到月娘去佛堂烧香，稍后又讲到惠祥上灶，"又做大家伙里饭，又替大妗子炒素菜"。月娘之好佛，固然很可能正像张竹坡所说，是王姑子出谋划策起了作用，因烧夜香而和西门庆言归于好，然而王姑子也很可能是这个吃素的吴大妗子介绍引进的。有意思的地方是绣像本作"大妗子"而词话本作"大娘子"——大娘子者谁？月娘也。首次提到月娘好佛，是第二十回中，李瓶儿娶进门的次日，月娘差小厮去姑子庙送香油白米，是时月娘和西门庆为了娶瓶儿而反目；王姑子首次出现在西门庆家，是在第二十一回，月娘与西门庆和好的第三天。当时大妗子、杨姑娘和两个姑子都在月娘房里坐，王姑子讲了一个荤笑话，"公公六房里都串到"云云，以影射西门庆的六个妻妾。词话本作大娘子，则月娘不仅烧香拜佛，听宣宝卷，而且茹起素来，似乎虔诚太过。绣像本只写月娘好宝卷，施舍姑子庙，却断不写月娘茹素，讽刺更深。

家人来保的妻子惠祥误了给客人顿茶，西门庆怪罪下来，月娘便慌了（特别因为顿茶给客人是妻子所主的"内务"），叫惠祥跪在院里，本来要打，惠祥辩解说："因做饭，炒大妗子素菜，使着手，茶略冷了些。"月娘便只喝骂一通，饶她起来，因大妗子是月娘

222

的嫂子，所以不想深罪惠祥耳。但后来西门庆刚离开，惠祥便去找蕙莲吵架，月娘喝开二人时，惠祥答对月娘的话十分生硬狠霸，可见月娘驭下无方，下人对之毫无敬畏之心，也为西门庆死后来保与惠祥共同欺负吴月娘埋伏下了线索。

第二十五回

吴月娘春昼秋千　来旺儿醉中谤讪

（雪娥透露蜂蝶情　来旺醉谤西门庆）

一　"蹴罢秋千，起来慵整纤纤手"

　　绣像本和词话本，在美学原则上有着深刻的差异，其最大的表现之一就在于卷首诗词的运用。词话本明朗直白，喜欢借卷首诗作出道德的劝戒和说教；绣像本则比较含蓄，喜欢借助卷首诗词给予抒情性的暗示，或者对回中正文进行正面渲染，或者进行富于反讽性的对照。词话本这一回的卷首诗，以"名家台柳绽群芳，摇拽秋千斗艳妆"开始，以"堪笑家廉养家祸，闺门自此坏纲常"结束，一方面指女婿陈敬济混迹于西门庆妻妾之间，一方面指家人来旺与第四房孙雪娥的私通。绣像本这一回的卷首，则是一首秋千词：

> 蹴罢秋千，起来慵整纤纤手，
>
> 露浓花瘦，薄汗轻衣透。
>
> 见有人来，袜刬金钗溜。
>
> 和羞走，倚门回首，却把青梅嗅。

这首词，有说是苏轼作，有说是李清照作，也有索性说是无名氏作。通篇况味，写一个娇憨女郎——应该还是待字深闺的少女，试想若作少妇，"倚门回首"便太不堪了——何况薄汗湿轻衣，应了"露浓花瘦"的意象：花瘦固然是因为露浓，然而也正是少女的体态身段，不是少妇的娇艳丰满。"见有人来"下面两句，语意应该颠倒过来理解：见了生人，匆匆和羞而走，于是既来不及整理因为打秋千而散乱的鬓发和金钗，又因为行走匆忙而落下了鞋子。[①] 然而终于忍不住好奇，于是倚门而立，故作嗅梅，实则窥视来客也。就像所有的古典诗词，这首词刻画了生活中的一个短小的瞬间，宛如现下的电视小品，不给出人物的来龙去脉，只是描绘他们在一个片断时空中对一件事情的反应，又好似街头作剪纸肖像的艺人。小说《金瓶梅》却像填空一样，把古典诗词限于文体与篇幅而没有包括进来的东西提供给读者，而且，还往往加入一点小小的扭曲——比如在这一回里，我们看到的不是一个羞涩娇憨的少女，而是一群"久惯牢成"、经过暴风骤雨的少妇，而那个来客，是她们名义上的女婿。她们不仅没有"和羞走"，而且反而请求女婿帮忙推送秋千。如果她们也曾"袜刬金钗溜"的话，那么，根本不是因为走得匆忙，而是因为打秋千打得颠狂也。

春昼秋千，实在也是古典诗词中常常歌咏的美人举止。然而，众美人之中出现一个被叫作"姐夫"的陈敬济，似乎有些不伦不类。陈敬济奉了月娘之命推送秋千，不是"把金莲裙子带住"，就是"把李瓶儿裙子掀起，露着她大红底衣"——美人秋千会，顿时不那么雅相了。

然而最讽刺的是月娘对众人说打秋千不应该笑，因为笑多了一定会腿软，并举例说当年她做女儿时与邻居周台官的小姐打秋千，周小姐因为笑得太厉害而跌坐在秋千上，结果"把身上喜抓去了"，后来丈夫认为她不是黄花女儿而将其休逐回家。月娘的结论是："今后打秋千，先要忌笑。"月娘张口便说教，固然煞风景，而她所举的例子，不仅令人可笑地不恰当，甚至相当犯忌：在场岂止没有一个女子是黄花女儿，就说娇儿、瓶儿、金莲、玉楼，又哪个是以女儿身嫁给西门庆的？玉箫、春梅，已是西门庆的收房丫头；西门大姐也已嫁为人妻；蕙莲不仅是家人媳妇，更是再醮之女。月娘似乎时时不忘她是以女儿身嫁来的正头夫妻，然而她的陈腐说教，却愈发提醒了读者：在这里打秋千的大多数妇人，都是——就像惠祥说蕙莲的——"汉子有一拿小米数儿"，对照卷首词，我们意识到这中国第一部描写家庭生活的长篇小说，其实是对古典诗词之优美抒情世界的极大颠覆——这当然是指绣像本而言。

另一方面，月娘一番道德说教的有趣之处在于它代表了十分典型的对于享乐的恐惧：欢乐会导致放绽，导致堕落，导致破败。因此欢乐需要督促和鼓励："昼短苦夜长，何不秉烛游？为乐当及时，何能待来兹！愚者爱惜费，但为后世嗤。"（《古诗十九首》第十五）春宵一刻犹值千金，何况春昼乎。打秋千是乐事，月娘偏偏要大家莫笑，则正好违背了打秋千的本意了。

众人之中，蕙莲最会打秋千，并不要人推送，"那秋千飞起在半天云里，然后忽地飞将下来，端的却是飞仙一般，甚可人爱"。这里有两个妇人被描写为"飞仙"，一是金莲，一是蕙莲。秋千的起落，摹写出蕙莲与金莲起落的命运：从受宠而骄，到受辱而死，其间也只是"忽地"一瞬间而已。

词话本里，蕙莲打秋千被风吹起裙子，露出里面穿的"好五色纳纱护膝，银红线带儿"，"玉楼指与月娘瞧，月娘笑骂了一句'贼成精的！'就罢了"。此绣像本无。玉楼每每看不惯蕙莲的轻狂，而月娘却每每含忍之。月娘究竟是不是知道全家大小都已知道的蕙

吴月娘春昼秋千

莲与西门庆的私情呢？知道而假装不知道，这是作者
最怪罪吴月娘处。就比如雪娥与来旺有私情，是月娘
的丫头小玉发现的，"以此都知雪娥与来旺儿有首尾"。
这个"都"字，想必包括月娘在内。但身为主妇的月
娘居然也不闻不问。这件事最终还是潘金莲告诉给西
门庆的。作者褒贬之意都隐隐写在其中了。

二　来旺与蕙莲

一方面月娘率领着众姊妹打秋千，一方面来旺"出
差"回家，只见孙雪娥独自一人在屋里——雪娥并不
被包括在"众姊妹"之中，早已经是十分明显的；然
而雪娥与来旺的私情却被写得十分晦暗。来旺大骂西
门庆勾引他的老婆，全不想自己也在勾搭西门庆的小
老婆，而且从上下文看来，二人的私情似乎在来旺远
行之前就开始了，所以雪娥见到来旺，才会"满面微
笑"。一声"好呀，你回来了"，喜悦之情溢于言表。
来旺悄悄送给雪娥的汗巾、胭脂，也自然是他在杭州
专门为了这个情人而买来的。以前有些评论《金瓶梅》
的文章把来旺、蕙莲写成一对牺牲品、被压迫者，强
调他们含冤负屈的地方，然而事实何尝如此哉。

黑胖的来旺喝醉骂人一段，《红楼梦》中的仆人焦
大在马房醉骂贾府一段颇神似之。

蕙莲回护来旺，不肯把来旺往死里整治，只是要求西门庆派来旺远走他乡做买卖，这是蕙莲与金莲的不同处。然而蕙莲与金莲的根本性不同，在于蕙莲对西门庆从头到尾没有表现过任何情愫。她每次与西门庆在一起，总是在讨要东西。蕙莲是虚荣心的化身，是争强好胜之心越过爱欲的人。她后来因西门庆设计陷害来旺而伤心，固然也是对来旺旧情不忘，但很大程度上诚如绣像本评论者所言，是恨西门庆在处理这件事上一直瞒着她，不告诉她，不听她的话而听了金莲的话，显得"没些情分儿"。不管是金莲，还是玉楼、瓶儿，对于西门庆终究还是曾经发自内心的喜欢，作者却何尝描写过蕙莲喜欢西门庆或者对西门庆感到过任何吸引力呢。

三　又要提到玉楼

来兴儿向金莲告来旺的状，玉楼以此得知蕙莲与西门庆的私情，又听来兴儿说来旺如何痛詈西门庆、金莲，称金莲当初毒杀亲夫，亏他去东京打点，救了性命，如今反而恩将仇报，调唆他的老婆养汉；他打下刀子，要杀西门庆与金莲云云。"玉楼听了，如提在冷水盆内一般，吃了一惊"，然而玉楼撺掇金莲把这件事告诉西门庆——"大姐姐又不管，倘忽那厮真个安心，咱每不言语，他爹又不知道，一时遭了他手怎了？六姐你还该说说。"——然则玉楼何以自己不肯说哉？张竹坡一意贬斥月娘而抬举玉楼，认为玉楼是作者最推许的人物，甚至是作者自己的写照。他在这里评道："写玉楼真正好人。"玉楼是好人固然不假，但是玉楼是有心的好人。至于蕙莲和西门庆的私情，玉楼居然完全不知道，似乎也不太合理。因为玉楼的丫头常常从小厮处听到各种信息——比如月娘与西门庆言归于好，就是玉楼率先得知的——那么蕙莲一直在下人面前炫耀她和西门庆的关系，他们的私情就连西门大姐都一清二楚，何以玉楼在四个月后还懵然不知呢。窃谓玉楼有可能是在故作惊讶，之所以如此，是碍于金莲的脸面耳。当来兴在金莲、玉楼面前学舌，说金莲纵容蕙莲与西门庆通奸，玉楼若曰我早已都知道了，则金莲本已恼羞成怒，当此更该何堪。玉楼在处世方面，原是宝钗一流人物。下一回中，作者写得更加明显。

四　几个前后矛盾的情节

本回中，扬州盐商王四峰因事下狱，托西门庆的对门邻居乔大户来找西门庆，许银两千两，转托西门庆向东京蔡太师处说人情。西门庆落下一千两，命家人于三月二十八日起身，带一千两上京见太师。词话本中，说人情和给蔡京送生日礼物却被混作一谈。西门庆嘱咐来旺："你收拾衣服行李……往东京押送蔡太师生辰担去。"又命银匠在家打造捧寿银人等生日礼物，只少两匹玄色布和大红纱蟒衣，"一地里命银子寻不出来"。亏得李瓶儿找出四件金织边五彩蟒衣，"比杭州织来的，花样身份更强十倍"——自然又是瓶儿过世的老公公留下来的，再次摹写瓶儿身份远远超出市井富商家庭。金莲来找西门庆，只见陈敬济在封礼物，告诉金莲封的是"往东京蔡太师生辰担的尺头"。然而蔡京生日在六月十五，押送生辰担，明明是五月二十八日的事情，就是词话本的下一回开始，也写道："西门庆就把生辰担……交付与来保和吴主管，五月廿八日起身，往东京去了。"从时间上来说，二十五回、二十六回十分不符。到二十七回开始，来保从东京回来，报告西门庆说："蔡京把礼物收进去，吩咐不日写书，把山东沧州盐客王霄云等十二名寄监者尽行释放。"则扬州盐商，又变成了沧州盐商。又在二十七回卷首，写西门庆了毕宋蕙莲事，打点三百金银交给银匠打造上寿的银人，"打开来旺儿杭州织造的蟒衣，少两件蕉布纱蟒衣，拿银子教人到处寻，买不出好的来，将就买二件。一日打包，还着来保和吴主管，五月二十八日离清河县，上东京去了"。则词话本第二十五回和第二十七回明明有一处情节部分重复，而"将就买二件"五字极不对味：试想送蔡京的生日礼物对西门庆来说是何等重要大事，怎能将就哉。对比之下，还是瓶儿寻出四件上等织造的蟒衣较为合理。

绣像本的情节要前后相符得多：首先为盐商说人情与送生辰担被分成两回不同的东京之行。本回中，打造银人、寻蟒衣一段完全没有，金莲与陈敬济对话一概只说"往东京央蔡太师的礼"，而不是生日礼。下一回开始，写明来保和吴主管上路是"三月念八日"。张竹坡在此批注"回来即是六月"，误。回来时，是四月十八日李娇儿生日过后不久，因为蕙莲在李娇儿生日那天自杀，来保向西门庆报告东京之行，正值西门庆命贲四、来兴从化人场送蕙莲棺材火化回来也。随后便写西门庆了毕蕙莲之事，开始打造银人，寻蟒衣，瓶儿从楼上找出来四件云云。最后说："还着来保同吴主管五月二十八日离清河县上东京去了。"然而本回中提到的"扬州"盐商到了第二十七回第三十回，毕竟还是变成了"山东沧州"盐商。

注释

①　按，袜划者，不穿鞋子、只着袜也。

第二十六回

来旺儿递解徐州　宋蕙莲含羞自缢

（来旺儿递解徐州　宋蕙莲含羞自缢）

一　来旺被栽赃一节

　　来旺被栽赃陷害，在词话本与绣像本中的描写完全不同。词话本中，蕙莲听到抓贼的叫喊把来旺推醒，来旺便拿着哨棒冲出去捉贼。蕙莲劝他休去，他说："养军千日，用在一时。岂可听见家有贼，怎不行赶？"似乎颇为忠义。后来赶入仪门，玉箫大叫"有贼往花园里去了"，来旺跑到花园里，被众小厮擒住。绣像本作蕙莲打发来旺睡下之后，被玉箫叫到了后边，来旺在酒醉之中，隐隐听到窗外有人叫他起来捉奸，睁眼看到蕙莲不在屋里，以为是雪娥来报信，不觉心中大怒，径入花园捉拿西门庆与蕙莲，结果被当贼拿住云云，而其时蕙莲一直在后面同玉箫说话，全不知情。

比较二本，可以看出来旺的形象在词话本中更值得同情，而西门庆的圈套也更传统化（《水浒传》里高俅陷害林冲、张都监陷害武松，都是如此做的），玉箫则被写成公开的同谋。绣像本里，来旺醉睡之中听到有人隔着窗子叫他"来旺哥！你的媳妇子又被那没廉耻的勾引到花园后边干那营生去了"，颇有梦寐与现实模糊难辨的感觉，又写其"只认是雪娥看见甚动静来递信与他"，笔法颇为讽刺，盖与主人的妾通奸便不觉得惭愧，只恨主人偷自己的妻也。

绣像本如此写，却似乎在逻辑上有些不连贯：因为根据上下文，来旺似已知道了蕙莲的奸情。蕙莲早在西门庆派来旺带着一千两银子去东京干事之前，便已经从西门庆处讨得消息，"走到屋里，一五一十对来旺儿说了"，可见"此时已明做矣"（绣像本评论者语）。"明做"的前提条件，是从西门庆那里得到经济的好处：前此，西门庆许诺派来旺去东京干事，回来后去杭州做买卖，来旺"大喜"，直到后来西门庆变卦，才又"大怒"，吃酒醉了，"怒起宋蕙莲来，要杀西门庆"。可见其喜怒与西门庆是否给他钱财上的甜头直接相关：有了钱，也说不定就真像金莲说的那样，可以携款潜逃，"破着把老婆丢给西门庆"。然而这一天，西门庆给了他六百两银子，让他在家门首开酒店做买卖，他刚刚欢天喜地地接受了这六百两银子，却又要去捉奸，似乎不太符合上下文所暗示的"明做"情境。唯一的解释，便是来旺喝醉了，虽然已经明明知道蕙莲与西门庆偷情，但事到临头还是忍不住心头一点恶气——"我在面前就弄鬼儿！"至于窗外叫他捉奸的女人（既然来旺以为是雪娥，必定是个女人的声音），既不是玉箫（因玉箫在与蕙莲讲话），也不是雪娥（雪娥不会去陷害他），反倒成了疑案。或曰是金莲否？是个年轻小厮的声音而来旺在醉梦中错认为女人否？这等梦中说梦，则非我等所知了。

西门庆送来旺到官，吴月娘向前劝阻，又显得月娘愚笨。如果月娘知道来旺冤枉，那么既然西门庆已经做成圈套陷害他，又怎能半路退回？如果确实相信来旺半夜闯入花园、持刀杀主，那么如此重大的罪名，又怎能"家中处分他便了"？难道不怕他真的对西门庆下手不成？结果被西门庆喝退，满面羞惭，固其宜也。

二　蕙莲的自缢

蕙莲在此回自缢身亡，是因为羞，也是因为气。所羞者何？当然不是羞与西门庆通奸，而是羞尽管通奸一场，却没有能在西门庆面前说得上话，西门庆没有给自己面子而已。来旺被当贼抓起来，蕙莲当着来旺与众小厮之面替他求情，口口声声说"不看僧面看佛面"，"我恁说着，你就不依依儿！"这已经是明明把自己与西门庆的私情揭挑出来，以之央告和要挟西门庆。虽然也是情急之故，但已根本没有什么羞恶之心可言。但同时蕙莲之所为，也等于完全不给自己留退步：在人前把话说得那么清楚决绝，如果西门庆答允了还好，如果西门庆不答允她的请求，岂不是丢尽了脸面。这是蕙莲之所以"含羞"自杀的第一大原因。

后来，西门庆被蕙莲说活了心思，许诺要把来旺放出来，寻上个买卖，另娶一房妻子，又要把街对门乔大户的房子买下来，拨三间给蕙莲住。蕙莲"得了西门庆此话，到后边对众丫鬟媳妇，词色之间未免轻露"。这个"轻露"，既是蕙莲这个人最大的性格特点，也是她最终含羞自杀的第二大原因。试想在众人面前说了满话，又显示西门庆对她言听计从，何等体面风光；但是一旦落空，又是何等的羞耻！更何况来旺递解徐州，蕙莲被蒙在鼓里丝毫不知，是从小厮嘴里得到的消息。平时夸耀西门庆与自己同心同德，如今才知道自己一直被瞒着，则不仅西门庆没有听自己的话，而且甚至什么都不肯告诉自己。"你若递解他，也和我说声儿。"蕙莲喜欢炫耀，坏事在此，自杀也在此。

蕙莲第一次自杀没有成功，第二次自杀的直接导火索，则是气不过孙雪娥对她的羞辱。作者明言蕙莲"忍气不过……自缢身死"。雪娥来找茬，倒不光是因

宋惠莲含羞自缢

为金莲的挑拨离间，也是气蕙莲与西门庆通奸间接导致了来旺的递解耳。

金莲屡次挑拨西门庆斩草除根，是恨来旺把她过去的事情揭出来骂她，也是嫉妒蕙莲受宠，也是别着一口气要让西门庆听自己的话。控制的欲望是来旺递解、蕙莲自杀的关键：金莲与蕙莲都想控制西门庆，最后还是金莲赢了这场权力之争。

玉楼在来旺递解、蕙莲之死中所起的作用也不容忽视：上一回，她劝金莲把来旺骂主的事情告诉西门庆；这一回，蕙莲向丫头媳妇炫耀西门庆的承诺，"孟玉楼早已知道，转来告诉潘金莲"。试问玉楼何以知道得如此之快乎？再试问既然连丫头媳妇群中这样的闲言碎语都知道，何以蕙莲与西门庆的私情倒反而不知乎？玉楼比金莲更是大有心计的人，且看她在一旁只是冷冷地敲边鼓，说蕙莲将要"和你我辈一般，甚么张致？大姐姐也就不管管儿"。"和你我辈一般"这样的话，最能刺激金莲。又说："大姐姐又不管，咱每能走不能飞，到的那些儿？"金莲是要强赌气的人，玉楼越如此说，越激发了她的争强好胜之心，于是宣称宁肯和西门庆拼命，决不能让蕙莲称心如意。玉楼听罢笑道："我是小胆儿，不敢惹他，看你有本领和他缠。"这一笑，是称心之笑，放心之笑。玉楼向来不喜欢蕙莲的轻狂张扬，比如嫌蕙莲在她们打牌时指手画脚，元宵夜与陈敬济调情，套着金莲的鞋穿，每每见到她又"意意思思，待起不起的"，等等。于是玉楼的种种言行难免挑拨之嫌，则来旺之逐、蕙莲之死，不能不说玉楼也有力焉。

蕙莲当然不是一个完人，甚至难说她是一个好人。来旺也是如此。而且二人都不完全是被动受压迫的牺牲品。来旺的祸事，与他自己的言行有关系（与雪娥通奸、酗酒、贪利）。蕙莲的自杀也是一样。追究这些灾祸的根源，都难以推在一个人身上，而是众多人物协力造成这样的结果，包括那个嫉妒来旺的家人来兴。后来，蕙莲之父宋仁拦着不许烧化蕙莲的尸体，声言"西门庆因倚强奸他，我家女儿贞节不从，威逼身死"，对比联想蕙莲当初何等夸耀西门庆之宠爱，要这要那，贪小便宜无度，宋仁此话未免大是荒唐可笑，而宋仁被西门庆反告"打纲诈财，倚尸图赖"，送到县里打了二十板，也不能算极端的不公平。不过，虽然蕙莲、来旺、宋仁只是几个自私、贪婪、虚荣的小人物，蕙莲之自杀，来旺之系狱以及宋仁之被打致死，还是令人恻然。《金瓶梅》写世相，其复杂之处，立体之处，深邃之处，正在于此。

第二十七回

李瓶儿私语翡翠轩　潘金莲醉闹葡萄架

（李瓶儿私语翡翠轩　潘金莲醉闹葡萄架）

　　这一回里描写的情事，发生在六月初一，暑热最盛的时刻。此回书的旖旎情色，从翡翠轩到葡萄架，仿佛一幅浓艳的工笔画。然而这幅画有一个严酷的黑色框架：它以权力与暴力的滥用开始（来保从东京见太师蔡京回来，具言行贿成功；宋仁被打了二十板，就此一命呜呼）；以家人来昭的儿子小铁棍儿向春梅要果子，春梅对他说西门庆醉了，"只怕他看见打你"的警告结束。在下一回，西门庆便真的把小铁棍儿打得口鼻流血，警告就此变成了预言。身体的暴力，包括西门庆对潘金莲所行使的性暴力，与本回结束时语言的暴力纠结在一起，中间却又花团锦簇，风流旖旎，文笔周到微妙，丝丝不苟，乃文学作品中的上乘。

　　本回"正文"甫一开始，便写西门庆看来安浇花；

随后便带出玉楼在后面帮月娘穿珠花；翡翠轩前面栽着一株"开得甚是烂漫"的瑞香花，众妻妾每人分得一朵，金莲一人争得两朵；后来，玉楼、瓶儿又都一起去穿珠花；待得众人离去，金莲折了一枝带雨盛开的石榴花簪在鬓上；及至金莲喝醉"桃花上脸"，躺在葡萄架下的凉席上，脱去了红绣花鞋；西门庆以玉黄李子投壶打中金莲的"花心"，险些（如刚才的暴风骤雨一般）摧折了金莲的"含苞花蕊"。直到二人回房就寝之后，小铁棍儿却又"从花架下钻出来"，问春梅要果子吃。一路上花枝掩映，花的意象贯穿始终。

本回另一个回环往复的意象是唱曲，唱曲则以玉楼的月琴贯穿始终：金莲、瓶儿来找西门庆，西门庆叫来玉楼弹月琴。金莲、玉楼唱曲，金莲定要瓶儿代板（绣像本评点者说：这是相如要秦王击缶之意，极是——意谓不要我唱你听，我不是你的伶人也），西门庆则点名要听"赤帝当权耀太虚"。张竹坡说："凡各回内清曲小调，皆有深意，切合一回之意。唯此回内'赤帝当权'，则关系全部，言其炎热无多。"饮酒之间，来了一场夏日的雷阵雨，宛然令人想起第六回王婆打酒遇雨的片断：当时自然的风雨也和情人的云雨相应。临行，众人齐唱《梁州序》，歌咏的正是即时的情景："向晚来，雨过南轩，见池面红妆零乱，渐轻雷隐隐，雨收云散。"当时众人且行且唱，恰好唱到

"节节高"一段，便到了角门首，于是玉楼乃把月琴递给春梅，和瓶儿两人一起离开。当时大家齐唱的最后两句恰是："只恐西风又惊秋，暗中不觉流年换。"在欢悦行乐之中，已经隐隐预兆着时光流转带来的人生变化。玉楼和瓶儿离开后，只剩下西门庆与金莲，二人向葡萄架一路行来，金莲弹着玉楼留下的月琴，把《梁州序》的后半唱完："【节节高】……神仙眷，开玳筵，重欢宴，任教玉漏催银箭，水晶宫里笙歌按。【尾声】光阴迅速如飞电。好良宵，可惜渐阑，拼取欢娱歌笑喧。"曲词里，时光的流逝不再仅仅是一种担忧，更是事实：良宵应在唱曲的当儿已经渐阑，那么就更要及时行乐，因为三伏盛暑过后，便是秋天了。然而试问秋天又何如？秋天不但花枝凋零，而且万物沦丧，瓶儿在一年后的秋季去世，西门庆旋即身亡，众佳人也便纷然四散了。《金瓶梅》是一部秋天的书：始于秋天，终于秋天，秋凉无时无刻不在威胁着盛夏的繁华。

　　自从瓶儿进入西门庆家，就极少再描写二人做爱情景，往往以含蓄的笔墨出之。比如说第二十四回，元宵节的晚上，西门庆在瓶儿房里歇宿，"起来得迟"。四字而已，却暗示了夜来的风狂雨骤。仅有的两次直接描写二人做爱即是本回与第五十回，都写瓶儿身体不适，不能尽情享受，只是随顺西门庆而已，完全不是嫁来前沉湎情欲的样子。而每一次只因为瓶儿告以身体不舒服，西门庆都对之相当体谅。比较西门庆在本回对待金莲，既恼恨金莲言语之间嘲戏瓶儿，又情不自禁地爱其口角锋利、聪明娇媚，故与金莲做爱时近乎"虐待狂"。这里可以看出瓶儿与金莲的不同性格，也可以看出西门庆与二人的不同关系：私语与醉闹，柔情与激情，既画出二人小像，也是西门庆与二人关系的剪影。

瓶儿怀孕已经临产，西门庆居然不知：要在此次做爱时由瓶儿亲口告诉他。这一细节大为稀奇。也无怪乎张竹坡称之为鬼胎也。其实西门庆对瓶儿临产固在梦中，后文月娘小产，西门庆也懵然无闻。或戏解曰："古时妇人衣裳宽大，穿衣时固然看不出怀孕，而解衣之后，瓶儿又最喜'倒插花'，因此西门庆从来都不得见其正面、也无从知其怀孕也。"

第二十八回

陈敬济侥幸得金莲　西门庆糊涂打铁棍

（陈经济因鞋戏金莲　西门庆怒打铁棍儿）

　　金莲与西门庆在葡萄架下狂欢，次日金莲不见了一只鞋。从一只鞋子，生发出金莲骂秋菊、秋菊与春梅在花园找鞋、在藏春坞发现了蕙莲的一双鞋、惩罚秋菊、吃蕙莲的寒醋、铁棍拾鞋、敬济得鞋、敬济还鞋、西门庆打铁棍、铁棍的娘一丈青大骂潘金莲与陈敬济、来昭与一丈青因此被发去狮子街看房子等一系列事件。

　　家人来昭的儿子铁棍儿此时已是第三次出现，作者文心深密，于此可见一斑。小铁棍儿的第一次出现在第二十四回：元宵夜，敬济与金莲二人调情，小铁棍儿"笑嘻嘻在跟前，舞旋旋的且拉着敬济要炮仗放"。敬济嫌他碍眼，给了他几只炮仗把他支走了。这时，铁棍儿已经与敬济、金莲的暧昧关系隐隐联系在了一

起，正仿佛埋伏下来的一只炮仗。第二次出现在上一
回卷末，春梅因给瓶儿开角门忘了关，放进了小铁棍
儿，小铁棍儿从花丛中钻出来向春梅要果子吃，春梅
给了他果子，告诫他说西门庆醉了，"只怕他看见打
你"，已经伏下铁棍挨打的线索。

　　金莲试穿蕙莲留在藏春坞雪洞里的鞋，"比旧鞋略
紧些，才知是来旺媳妇子的鞋"。既回应二十三回里面
蕙莲与西门庆在藏春坞偷情、西门庆爱她脚小；又回
应二十四回众人走百病儿，蕙莲把金莲的鞋套在自己
的鞋上穿。人死鞋在，又生发一场小小吃醋风波。金
莲不仅嫉妒西门庆爱蕙莲，更嫉妒蕙莲与敬济在元宵
夜走百病儿时的调情，故敬济来还鞋的时候，居然凭
空一口把醋意道破："来旺儿媳妇子死了，没了想头
了，却怎么还认的老娘！"吃醋妙，然而更妙处在于
吃得横空出世，"哪儿也不挨着哪儿"，却又神情、口
吻毕肖。敬济说金莲只会拿西门庆来吓唬他，金莲立
刻接一句："你好小胆儿！明知道和来旺儿媳妇子七个
八个，你还调戏她，你几时有些忌惮儿的！"句句不
放过，声声不饶人，金莲醋意可谓深矣，对蕙莲记仇
可谓久矣；又妙在敬济任她骂，决不就蕙莲回言，决
不接这个下茬。一方面是不好回答，另一方面也等于
是默认，索性由着金莲出气的意思。

　　就这样不知不觉地，蕙莲、鞋、元宵夜、小铁棍

陈敬济侥幸得金莲

儿和陈敬济，被作者的巧妙结构若有若无、若隐若现地联系在了一起。读此书，犹如春水波澜，一环接一环，一浪推一浪，往往牵一发而动全局，藕断丝连，绝有韵致。想人生本来就是如此纵横相关、前后相映，有许多剪不断、理还乱的因果关系，许多毫无逻辑可言的事件，许多没有意义的细节，杂乱无章而缺乏"秩序"。《金瓶梅》的文字一方面摹拟生活的众多家常细节，使读者恍然有"偷窥"之乐；一方面竭尽文心之妙，安排出春水碧波的连环纹漪，细节虽多而不乱，仿佛万水一源而又终归于海也。

　　金莲与春梅欺负秋菊可谓至矣。明明是春梅开角门放进了人，春梅又明明看见了小铁棍儿从花架下钻出来，但是金莲偏爱春梅，春梅恃宠而坚不认范，无辜的秋菊终于不得不为此顶石头、罚跪和挨打。此回初次直接描写金莲打秋菊，也是在此回，陈敬济拿着金莲的鞋走上玩花楼，向金莲索要了一方汗巾子换鞋，这方汗巾子，遂成为两人关系进展的一个小小里程碑。而就在他走上玩花楼之前，陈敬济嘲弄了罚跪顶石头的秋菊。试问玩花楼是何等样的地方？玩花楼是第八十五回中，怀恨已久的秋菊向月娘告密、月娘撞破金莲与敬济奸情的地方也。月娘撞破奸情，遂导致春梅被卖，金莲被逐，终死武松之手。五十余回之后的文字，却在这里发端。金莲、春梅、敬济、秋菊，个个俱在，情景却已天地翻覆；秋菊一口恶气，也直到彼时方出。

陈敬济向金莲索汗巾，不肯要别的，只要金莲袖子里面的那一方，金莲笑道："我也没气力和你两个缠。"于是向袖中取出一方细撮穗白绫挑线莺莺烧夜香汗巾儿，上面连银三字儿都掠与他。又嘱咐不要让西门大姐看见。试对比第四回中，王婆硬逼着金莲把袖子里面的汗巾子送给西门庆做定情物、金莲百般不肯的一幕，金莲的变化可谓触目惊心。

第二十九回

吴神仙冰鉴定终身　潘金莲兰汤邀午战

（吴神仙贵贱相人　潘金莲兰汤午战）

　　一双鞋子，上一回花枝招展，这一回仍作余波：西门庆为了鞋打了小铁棍儿，被月娘知道后，甚是埋怨金莲，玉楼又借着做鞋，把来昭妻子的一顿大骂学给金莲听，金莲又告诉给西门庆，虽然有月娘劝说，没有把来昭一家三口撵走，终于还是把他们赶到狮子街看房子才罢。月娘为此，更与金莲不睦了。

　　那时候，缠足的女人大概从来不露出赤足，因为缠了的足原本难看得很。于是晚上睡觉时穿平底的睡鞋，白天则或穿平底鞋，或穿高底鞋。高底子一般用木头做，但是木底子大概又像如今的高跟鞋那样，走起路来会咯噔咯噔响，所以有时也不用木底而用毡子底。西门庆很注意女人的衣饰，曾经嫌蕙莲穿红袄配紫裙子"怪模怪样"；上一回又嫌金莲穿一双大红提根儿的绿绸子睡鞋"怪怪的不好看",告诉金莲他喜欢女人穿红鞋。于是金莲开始做一双大红素缎子白绫平底睡鞋,鞋头上绣的花样是鹦鹉摘桃。瓶儿和她一起做鞋,准备做一双大红大样锦缎子高底鞋平时穿。唯有玉楼自称"我老人家了,比不得你们小后生,花花黎黎",做的是一双玄色缎子高底鞋,"羊皮金绲的云头子",纱绿线锁边。玉楼嫁给西门庆很不得意,她既手头有钱,又不像孙雪娥、李娇儿那样缺乏姿色或者笨口拙腮,是相貌与聪明足以与金莲、瓶儿抗衡的美人,但是西门庆对她并不特别重视,所以绣像本的评论者在她改嫁给李衙内后评说道:玉楼终于遇到了赏识她的知音。这里玉楼径以"老人家"自许,半是灰心,半是看出头势,索性不与金莲争竞。也正因为如此,玉楼得以与金莲和睦相处。然而玉楼也可谓善于学舌者:近来几次赶逐仆人(来旺与来昭),都与玉楼给金莲通风报信有关。玉楼也何尝不嫉妒、不吃醋、不多事,只是善于处世,比较隐晦含蓄,与金莲动辄发恼、"粉面通红"表现得不同罢了。

金莲早起,惦记着西门庆喜欢红鞋,找来李瓶儿、孟玉楼和她一起搭伴做鞋。当时月娘在上房穿廊下坐着,见金莲、玉楼手拉手往外走,便问:"你每那去?"金莲撒谎说:"李大姐使我替他叫孟三儿去,与他描鞋。"明明金莲叫瓶儿与她描鞋,明明金莲自己来找玉楼，偏偏都推到瓶儿头上。另一方面，如果我们还记得金莲刚来时的情景——每天早起，便到月娘房里，一口一声叫着"大娘"，奉承月娘，不拿强拿，不动强动；如今的金莲，得宠志骄，完全不把月娘放在眼里了。月娘愚拙，也自难进入众位心灵手巧的美人之群。看她坐在穿廊下，显得颇为孤独。

这一回中的关键是下半回中群芳会聚，由吴神仙相面，预言其结果收成。一则把西门庆与众女子的相貌神态再从一个外人眼中一一描写一番；二则暗示众人的结局与小说的结局，提醒读者即将来临的喜事和荣幸背后隐隐潜伏着的灾祸。吴神仙者，无神仙也。作者在提醒读者何尝有神仙，又何尝有楼、月、雪、莲一干女子，尽是作者文心弄巧，在全书的第一个三分之一处特地设一场梁山泊小聚义。因为从小说结构来说，这是全书的第一阶段告一段落，就要峰回路转了也。全书的第二个三分之一，却不是按照回数与页数计算，而必须从此回开始，到第七十九回西门庆之死为止。其中第五十九回的官哥儿之死则正好是中间的一个小休止符。

我们在此第一次看到孙雪娥、西门大姐和春梅的容貌。在丫鬟群中，春梅是唯一被相的，可见西门庆对她的宠爱。而西门庆对春梅的宠爱，也和对金莲的宠爱息息相关。吴神仙走后，月娘对西门庆说有三个人"相不着"——除了不相信西门大姐会"受磨折"，从侧面写出月娘多么信赖陈敬济，其他两件事都和"生子"有关，又从侧面写出生子是月娘最关心的事情：吴神仙说西门庆有二子送终，又称瓶儿和春梅都会"生贵子"，月娘心中由不得不嘀咕。但是月娘最信不过的是春梅会"戴珠冠"做夫人。西门庆可谓善于替妻子排解，说吴神仙一定是错把春梅当成了我们的女儿，才相她有夫人之分。西门庆与月娘的推测都是逻辑性的，但是相面一节所揭示出来的，不过只是"命运不讲逻辑"耳。

春梅是"金、瓶、梅"之一，是全书最后一个三分之一部分的中心人物，因此在这全书第一个三分之一部分的结尾处特意把她提出来，而且周守备和身体不好的周守备娘子都隐隐出现在背景里，无一不是在为春梅的龙飞作铺垫。此回之相面，独有她地位最低微而独有她相得最好，相面之后，她明知月娘不信她有"戴珠冠"之分，却并不放在心上，相当自信自负。春梅从不以奴才自视，也不以一辈子做奴才自期。从她身上，我们可以瞥见《红楼梦》里那个"心比天高"的晴雯的影子（此回她给西门庆吃冰湃梅汤，也应了《红楼梦》第三十一回中晴雯要给宝玉吃冰湃的果子）。在这一回里，我们唯一的一次看到她的长相："五官端正，骨格清奇，发细眉浓，声响神清"，左口角下与右

吴神仙冰鉴定终身

腮上，各有一点妩媚的黑痣，行步轻盈，口若涂朱。

　　金莲所睡的床，是一张螺钿床，紫纱帐幔，锦带银钩。是因为瓶儿有一张同样的床，金莲才教西门庆特为她花了六十两银子买的，后来人死床空，玉楼再嫁时陪送给了玉楼。第九十六回春梅游旧家池馆，玉楼带来的那张南京描金彩漆八步床（于第八回中陪嫁给了西门大姐的），还有瓶儿与金莲的这两张螺钿床，都再出现在春梅与月娘的对话里：玉楼的八步床在大姐死后抬回来，卖了八两银子；瓶儿的床卖了三十五两银子，只得到原价的一半。春梅将来成为周守备夫人，回西门庆家来探望旧居，此回的算命不但已经预示，而且那张她怀旧不忘的螺钿床也早已从此出之。吴神仙本是来为周守备的娘子治疗目疾的，被周守备推荐到西门庆处相面。春梅的下半生，与全书的最后三十回，在这一回里已经跃然欲出了。

　　这一回以做鞋开始，到了卷末，金莲在床上午睡，则已经穿着"新做的两只大红睡鞋"矣。而这才与她的"红绡抹胸儿"相配。"兰汤午战"一节，似乎只是为了带出这只大红睡鞋与金莲所睡的那张床而已。从葡萄架到兰汤午战，又写出金莲受宠，至此已经相当登峰造极，正因如此，才衬托出下文瓶儿生子之后西门庆对她冷落的不堪。

第三十回

蔡太师擅恩赐爵　西门庆生子加官

（来保押送生辰担　西门庆生子喜加官）

　　本回开始，写西门庆、潘金莲兰汤午战之后，在
房内体倦而寝，春梅便坐在穿廊下纳鞋；上文写金莲、
瓶儿、玉楼纳鞋，此回必然又写春梅纳鞋，以见得春
梅和众美人是同一层次，同时在春梅手里收束鞋（金
莲）的余波。

　　此回都是埋伏笔墨，为后来作铺垫：西门庆买下
家坟旁边赵寡妇的庄子，"里面一眼井，四个井圈打
水"云云，预伏将来西门庆取号"四泉"和王三官儿
改名的事，也预伏次年清明节西门庆带领全家上坟，
金莲与陈敬济调情的事，更伏下再次年清明节月娘、
玉楼两个寡妇为西门庆上坟的事；金莲打秋菊，瓶儿
走来说情，金莲便住了手，预伏将来瓶儿生子后，金
莲打人打狗惊吓孩子，瓶儿越劝越打得凶的情景；李

娇儿买了一个十五岁的丫头叫夏花儿，后来夏花儿在四十三、四十四回里面偷金惹气；蔡太师管家翟谦托西门庆买妾，伏后面的王六儿、韩爱姐一段情事；为瓶儿的孩子找到一个奶妈，名叫如意儿，"生的干净"，埋伏下她在瓶儿死后受到西门庆宠爱。瓶儿生子，月娘关心而金莲嫉妒，热辣辣地发泄心中怒火，为后来"怀嫉惊儿"的开头。

西门庆生子加官，双喜临门，对月娘说："吴神仙相我不少纱帽戴，有平地登云之喜，今日果然。不上半月，两桩喜事都应验了。"西门庆固然是在高兴头上只想好事，庆幸吴神仙的预言应验，但是对于读者来说应该是侧面的冷笔提醒：既然吴神仙算命如此之灵，那么他所预言的灾祸，自然也是要应验的。

瓶儿生子之前，全家大小都在聚景堂上赏玩荷花，避暑饮酒，四个家乐弹唱。妻妾饮酒中间，座中不见了李瓶儿。绣春说她肚子疼，在屋里躺着。月娘对玉楼道：怕她是临产阵痛。金莲偏说是"八月里孩子，还早哩"，西门庆便立刻说："既是早哩，使丫头请你六娘来听唱。"西门庆是糊涂极了的，自己的孩子，却完全不晓得瓶儿应该哪个月临产；不听月娘的话而听金莲的话，更显得偏爱偏听；月娘不对别人、独独对玉楼说想必是临产，则见出月娘与玉楼的默契（后来月娘小产，唯独玉楼表示关心）。瓶儿被请来，月娘

西门庆生子加官

让她喝热酒。瓶儿却只是皱着眉头，不一会儿又回房去了。这一段描写，与第六十一回"李瓶儿痛宴重阳"几乎完全相同，彼时也是在大花园聚景堂内，安放桌席，合家宅眷饮酒，后来因为瓶儿身体不适而中断了酒宴。只是此时的瓶儿是临产，重阳节的瓶儿已经是病入膏肓了。

在这一回，西门庆吩咐家乐唱的曲子是"人皆畏夏日，我爱炎天暑气嘉"——这是一个所谓的"套数"，《全明散曲》有载，作者无名氏，歌咏夏日良辰美景，"云耸奇峰千万朵，榴簇红巾三四花。……心无事，谁似我？……得高歌处且高歌"①。此回西门庆生子加官，这是西门庆的运势即将到达顶峰的暗示。对比第六十一回，瓶儿病重，众人却强着要她点唱，她点了一首"紫陌红尘"，唱的全是从春到夏又转入秋日的凄凉景色，其中有"榴如火、簇红巾，有焰无烟烧碎我心"的句子：同样是一个石榴花，情景与心境却已经全然不同了。然而这一枝石榴花，却在此回最炎热的情形之下已经种下了根也。盖全书一百回，至二十九回吴神仙冰鉴，是第一个阶段的完成。此回便标志着西门庆生涯的转折点：从此权势陡起，炙手可热，而热到极处，就要败落了。

作者在此回借着官哥儿的出生，特地标明年月日"时宣和四年戊申六月廿三日也"（词话本作廿一日），以醒读者之目。然而《金瓶梅》是小说，不是历史，甚至不是所谓的历史小说。如果我们按照历史的标准来要求它的精确度，那么宣和四年是壬寅年（1122年），何尝是戊申年哉！也许作者只是随意写来，也许作者是有意借此提醒读者：这是虚构的小说家言而已。后文官哥儿生日数次错乱颠倒，政和、宣和纠缠不清，也可以说正是为了造成虚幻的效果而已。

一个小小细节值得注意：赐予西门庆官爵的太师固然姓蔡，而官哥儿的接生婆也姓蔡，称蔡老娘。后文西门庆认蔡京作义父，则一个蔡老爹、一个蔡老娘，正形成讽刺性的对照，以见生子与加官的紧密相连，二者接踵而至，都标志着西门庆运势的顶峰，所以官哥儿一死，西门庆的生涯就要下坡了。

注释

① 谢伯阳编：《全明散曲》第四卷，第 4951 页。

第三十一回

琴童儿藏壶构衅　西门庆开宴为欢

（琴童藏壶觑玉箫　西门庆开宴吃喜酒）

西门庆自从做官，便添出许多势利的描写：交游比前更广，"家中收礼接帖子，一日不断"，真个是"何等荣耀施为"。而人来求他办事的也更多。主管吴典恩（"无点恩"）因给蔡太师送生辰纲，讨得一员小官儿做。为了打点上任，来向西门庆借钱，多亏应伯爵帮衬，然而后来却忘恩负义，不仅从未还钱，而且在西门庆死后欺负孤儿寡母。在此回作者特地预先点破他后来的恩将仇报，也是热闹势头上以冷笔反衬世态炎凉的意思。然而吴典恩也是结义十兄弟中之一人也，是西门庆誓共生死者也。不过来借一百两银子，便需要许多的周折，还亏了应伯爵花言巧语才得成事，说明西门庆待"兄弟"不过尔尔，再对比他以前对待花子虚的行径，则忘恩负义实自西门庆始，大哥领头，何愁兄弟们不效尤呢。从这一点来说，结义十兄弟倒还是好兄弟。

两位老太监来赴西门庆生日宴会，吩咐乐工唱曲，三次点的曲子都不对景：开始点"叹浮生有如一梦里"，被周守备阻拦说："今日西门大官人喜事，又是华诞，唱不的。"后又点"虽不是八位中紫绶臣，管领的六宫中金钗女"。周守备道："此是《陈琳抱妆盒》① 杂记，今日庆贺，唱不的。"最后薛太监自告奋勇地点了一支《普天乐·想人生最苦是离别》，结果夏提刑哈哈大笑，说道："老太监，此是离别之词，越发使不得！"最后还是夏提刑点了一段"三十腔"才罢。这一段描写表面在写两个太监平日处于深宫、不识人之常情的可笑（比如薛太监不懂得什么是"弄璋之喜"，一方面也许只是"不学无术"，另一方面太监辈没有家庭，没有子女，从小就在宫廷里答应，自然没有机会晓得弄璋之喜的意义），但是他们所点三段词曲的关键，是在大喜之日预兆了未来的不祥。西门庆在庆祝过这个生日之后，又只过了一个生日便一命呜呼了，端的是"人生如梦"；官哥儿是西门庆家的"太子"，从金莲吃醋的言语里已经明明写出"自从养了这种子，恰似生了太子一般"，然而官哥儿一岁零两个月便夭折，金莲的"怀嫉惊儿"与《陈琳抱妆盒》里面刘后对太子的嫉妒谋害成了遥相呼应；瓶儿在官哥儿死后不到两个月便

琴童儿藏壶构衅

也去世，西门庆思念不已而无可奈何，尝尽了"人生最苦是离别"的滋味。借着点戏唱曲暗示繁华不久，又令人想起《红楼梦》第二十九回，贾母烧香，在神前拈了三出戏：《白蛇记》[②]《满床笏》和《南柯梦》，恰好影出贾氏家庭的历程。

此后西门庆家增加了一个小厮书童，专门充当西门庆的秘书兼男宠，又得了一个小厮棋童，至此而琴、棋、书、画四童俱全矣。月娘的丫头玉箫很快与书童有了私情。有时，写玉箫也就是写春梅：春梅本来和玉箫一样是服侍月娘的，后来才拨给金莲使唤。春梅、玉箫、迎春、兰香又都曾跟着乐工李铭学弹唱，四人的身份极相近。但是春梅不仅从不和其他的丫头一起打闹，而且像和小厮嘲戏偷情、私自送去一壶酒这样的事情，在春梅身上便绝对不会发生。

玉箫偷酒给书童喝，又被瓶儿的小厮琴童半路偷去，央迎春藏在瓶儿屋里。后来瓶儿回来得知后，才催促迎春把壶送去。然而瓶儿生子后地位变化，正享受盛宠，西门庆道："既有了（壶），丢开手就是了，只顾乱什么！"于是终究无人从琴童那里追查这把壶到底是怎么样才跑到瓶儿屋里去的。西门庆治家不严，书童与玉箫的私情也就无从揭露，以致后来给了金莲可乘之机，以二人的关系作为要挟玉箫的把柄，从此派生出一系列的事件。

此回词话本多"王勃笑乐院本"一段，是酒宴上演出的类似当今相声小品的节目。绣像本无，简净很多，因这段"笑乐院本"不如老太监点的三段唱那样具有深意。又词话本在西门庆为丢壶事骂了金莲之后，"被陈敬济来请，说有管砖厂刘太监差人送礼来，往前去看了"。下文穿插金莲向玉楼抱怨西门庆一段话，中间说"只见西门庆坐了一回，往前边去了"。春梅来说"爹往六娘房里去了"。下文又道"且说西门庆走到前边，薛太监差了家人，送了一坛内酒"云云。绣像本此处作："西门庆就有陈敬济进来说话……只见西门庆与陈敬济说了一回话，就往前边去了……春梅道：爹往六娘房里去了。……且说西门庆走到前边，薛太监差了家人，送了一坛内酒"云云。比词话本文意连贯。

注释

① 按，《陈琳抱妆盒》全名《金水桥陈琳抱妆盒》，讲的是宋真宗李美人生太子后被刘后嫉妒陷害，太监陈琳把初生的太子放在妆盒里偷运出宫交给八大王寄养——也就是"狸猫换太子"的故事。刘太监点的这段唱词明显出自主角陈琳之口，陈琳是内监中的忠义之人，点这段唱词当然很切合刘太监自己的身份，然而西门庆刚刚生子，这段唱词的不合适显而易见。

② 按，汉高祖斩白蛇起家的故事，非白蛇与许仙也。

第三十二回

李桂姐趋炎认女　潘金莲怀嫉惊儿

（李桂姐拜娘认女　应伯爵打诨趋时）

此回标题词话本作"应伯爵打诨趋时"，绣像本则把重心转移到了金莲身上。金莲抱官哥儿来找瓶儿，一径把孩子举得高高的，结果吓着了孩子。瓶儿、月娘都怕事，没有一个人告诉西门庆真正的原因，以致后来被金莲养的狮子猫惊儿至死。金莲固然有责任，瓶儿和月娘也都有责任也。

桂姐明明是西门庆梳笼的妓女，当初西门庆贪恋她的姿色，在院中流连不肯来家，后来又因接了丁二官儿而被西门庆大打出手，可是如今居然认月娘作干娘，一份礼物、几句好听的话、一点小殷勤就把月娘"哄的满心欢喜"。月娘为人糊涂自不待言，而且几乎完全没有嫉妒心，否则不会如此喜欢桂姐。没有嫉妒心并不意味着贤惠，只能意味着对西门庆没有什么情爱眷恋之心。

　　桂姐在众妓中最为趋炎附势、善于来事，在这一点上与应伯爵极相匹敌，所以词话本把桂姐儿和应伯爵在回目里并列也是有其道理的。桂姐自从认了干女儿，顿时高出其他妓女一头，处处仗势压人，不肯像其他几人那样出来供唱，应伯爵却一定要把她从后边叫出来佐酒，倒颇让人觉得出气。应伯爵也最喜欢半真半假地挖苦桂姐，比如说："他如今不做表子了，见大人做了官，情愿认做干女儿！"又说："还是哥做了官好，自古不怕官，只怕管，这回子连干女儿也有了。到明日洒上些水，扭出汁儿来。"然而这些调笑话又处处是在提醒众人西门庆的权势。因此，这种玩笑其实是凑趣，西门庆自然爱听。应伯爵是趣人，没有这样的人，富贵也显得不那么热闹。比较十兄弟中的白赉光就知道，应伯爵深谙帮闲的艺术，无怪乎作者为他取名"应伯爵"——应该白嚼，因为在众帮闲里面，他最有白吃的资本也。

　　桂姐对月娘抱怨："两个太监里面，刘公公还好，那薛公公惯顽，把人掐拧得魂也没了。"月娘说："左右是个内官家，又没什么，随他摆弄一回子就是了。"桂姐说："娘且是说得好，乞他奈何得人慌！"这段对话，表面看来似乎没有什么意义，充其量只是显示桂姐儿刚刚拜了月娘做干娘，在其他妓女面前炫耀她的

李桂姐趋炎认女

新身份，对月娘撒娇撒痴，但是实际上也从侧面暗示了李瓶儿的公公花太监与瓶儿的关系。花太监有四个亲侄子，子虚并非长房，却得到了大部分遗产。其实更确切地说，花太监的东西留给了瓶儿。瓶儿曾明说："老公公在时，和他 ① 另在一间房睡着，我还把他骂得狗血喷了头，好不好，对老公公说了，要打偢棍儿。"（第十七回）老公公在时，何以瓶儿与子虚分房而睡呢？作者处处暗示瓶儿与花太监关系暧昧，《红楼梦》也曾如是写秦可卿与贾珍。

　　几个妓女——桂姐、银儿、郑爱香、韩玉钏——在月娘屋里聊天，郑爱香开始夸耀自己的妹妹郑爱月，为后来西门庆迷恋爱月伏线；同时言谈之中，初次提到张小二官儿：张小二官儿者，最初收用金莲之张大户的侄子也，又是后来在西门庆死后接替了西门庆做提刑并买下李娇儿的人也。此时西门庆刚刚加官而张小二官儿已出现了。爱香又当着月娘的面故意揭破桂姐："昨日我在门外会见周肖儿，多上覆你：说前日同聂钺儿到你家，你不在。"桂姐又忙着使眼色遮掩。也就是愚钝如月娘者才会自称"你每说了这一日，我不懂"罢了。

　　西门庆摆酒请亲戚与会中十兄弟，玳安说："会中十位一个儿也不少。"及至写到座位中人，却发现吴典恩不在，换成了傅伙计。吴典恩何在？新做了官，自然忙于置酒请人，打点关系。然而十兄弟随时可以着人替换，永远"一个儿不少"，讽刺极矣。

注释

① 按，指花子虚。

第三十三回

陈敬济失钥罚唱　韩道国纵妇争锋

（陈经济失钥罚唱　韩道国纵妇争锋）

一　韩道国一家

西门庆并不附庸风雅，做官不忘经商，是他的精明之处。此回一开始，就大书湖州有个何官人，要出脱他的五百两丝线，于是西门庆把狮子街瓶儿的房子打开门面两间做绒线铺子，一个重要人物——伙计韩道国——便应运而出了。

本回后半对绒线铺伙计韩道国的一段白描，颇有《儒林外史》的风范。而本回开始时，先以十六个字画出一幅栩栩如生的小像，道是"五短身材，三十年纪，言谈滚滚，满面春风"。词话本此作"五短身材，三十年纪，言谈滚滚，相貌堂堂，满面春风，一团和气"——多了相貌堂堂，便不如绣像本讽刺为甚，读者细玩可知；而如果作言谈滚滚、一团和气，则又不如满面春风讽刺为甚也。韩道国名字的谐音是韩捣鬼，家住牛皮小巷，弟弟韩二捣鬼与嫂子王六儿旧有私情，被一班地方上的泼皮无赖捉奸拿住，威胁着要去送官。此时韩道国还对此一无所知，正在街上大吹牛皮，说西门庆多么依赖于他，"通没我一时儿也成不得"。又吹嘘自己如何品行端方，受到信任，"就是他背地里房中话儿，也常和学生计较"。可笑的是此语倒正好预兆了西门庆与他的妻子王六儿的通奸。韩道国兄弟与王六儿，俨然与武大兄弟与金莲（也称潘六儿）形成平行对比之势。韩家与武家互为镜像，互为映照，是此书极着意之处。

何以这么说？在第一回的评论里，笔者已经指出："作者对于兄弟关系所下的最暧昧的一笔，在于武大一家的镜像韩道国一家的遭遇。王六儿与小叔旧有奸情，后来不但没有受到报应，反而得以在韩道国死后小叔配嫂，继承了六儿的另一情夫何官人的家产，安稳度过余生。无论绣像本评点者还是张竹坡，到此处都沉默不语，没有对王六儿、韩二的结果发出任何评论。想来也是因为难以开口吧。按照'天网恢恢，疏而不漏'的'善恶报应'说，怎么也难解释王六儿和韩二的结局。仅仅从这一点来看，《金瓶梅》——尤其是绣像本《金瓶梅》——就不是一部简单的因果报应小说。"

如果《金瓶梅》，尤其是绣像本《金瓶梅》不是一部简单的因果报应小说，那么它的思想原则是什么呢？我想，通过武大一家与韩道国一家的相似经历和不同遭遇，我们可以说，在人的命运里，是人的性格，而不是天道的报应起到了决定性的作用；与人的性格同样重要的，便是人力所不能控制、不能干预的"偶然"。

试想如果武大好似韩大，那么潘六儿恐怕也不会那么厌恶他，至少和他会有些夫妻情分；如果韩二好似武二，那么哪怕王六儿与潘六儿如出一辙，也还是不会发生嫂子、小叔通奸的情景。然而韩二与王六儿通奸，被人拿住要送官，韩道国却为之奔走求救。张竹坡在卷首评语中道："王六儿与二捣鬼奸情，乃云道国纵之，细观方知作者之阳秋。盖王六儿打扮作倚门妆，引惹游蜂，一也；叔嫂不同席，古礼也，道国有弟而不问，二也；自己浮夸，不守本分，以致妻与弟得以容其奸，三也；败露后，不能出之于王屠家，且百计全之，四也。此所以作者不罪王六儿与二捣鬼，而大书韩道国纵妇争风。"张竹坡也可谓"见哪家人，说哪家话"，因为当日金莲也曾作倚门妆勾引蜂蝶，武松也曾与金莲饮酒；尽有没有遵循"古礼"而没有闹出丑事来者，因为同席不同席的形式并不重要，一切后果都只看个中人的性情与操守罢了。

后来，韩道国舍着妻子与西门庆通奸，视之为

"赚钱的道路",而王六儿虽与西门庆通奸,也并不就视丈夫为陌路,两口子最终还是一心一意、一家一计地只要过好自己的小日子,他们简直是共同把西门庆当成一份报酬丰厚的工作而已,夫妻之间有一种亲厚的、相当平等的谅解与默契。这种谅解与默契,是武大和金莲之间所没有的,也是来旺对蕙莲所欠缺的。而他们和女儿爱姐"嫡亲三口儿度日",相互之间有一种天然的亲情,包括韩二和韩爱姐叔侄之间也是如此,则更是武大、金莲与迎儿之间所没有的,也是武松对侄女所从来不曾表现过的。虽然韩道国一家是道德上极有瑕疵的人物,但是他们具备的这一种温暖的感情(不是像武松、金莲那样暴风骤雨的激情),他们挣扎求生的欲望,却是非常富有人情味的。也许,这正是他们最终幸存下来的原因。《金瓶梅》作者写这样的一家人,又终于安排给他们一个平安度过余生的结局,说明《金瓶梅》不是一部只知道斤斤计较天道报应的迂腐小说,而是一部能够以其慈悲和智慧包容万象的著作。

王六儿"是宰牲口王屠妹子","生的长挑身材,瓜子面皮,紫膛色,约二十八九年纪"。金莲是裁缝之女,蕙莲是棺材商人之女,及至到了王六儿,便已是宰牲口王屠的妹子:西门庆固然越来越不堪,而这些女人的来历也越来越具有暗示性了。

二 月娘与玉楼的小算盘

玉楼撺掇月娘带领众人去对门看新买下的乔大户家房子，结果月娘在楼梯上失足，又听了刘婆子的话，打下一个已经成形的男胎。张竹坡在卷首评语里面，批评"妇人私行妄动，毫无家教"，然而鼓动月娘去看房子的始作俑者却是玉楼。张竹坡一向盛赞玉楼，这时却也没的说了，只道"此处却是玉楼作引，或者天道报应不爽也"。也不知天道报应之为何谓。其实玉楼是一个相当重要的人物，她和行尸走肉的李娇儿、偶露峥嵘的孙雪娥不同，在书中很多情节里，她都是引发事件的契机。

月娘因看乔大户房子而引起半夜堕胎，作者明言："幸得那日西门庆在玉楼房中歇了。"玉楼何不告诉西门庆乎？再看次日一早，玉楼就来探望月娘，问月娘："他爹不知道？"月娘答："他爹吃酒来家，到我屋里，才待脱衣裳，我说你往他们屋里去罢，我心里不自在。他才往你这边来了。我没对他说。"两个女人，各有心机：一个不肯告诉西门庆实话，免得引火烧身，使西门庆怪罪自己，又有些个做贼心虚，所以次日早上特意来问月娘身子如何，又问他爹是否知道，唯恐月娘在西门庆前告状连累自己也；另一个则愚钝而又要面子，一定要遮说男人乃先到自己屋里脱衣服（打算在此就寝安置之意），又是自己把男人送进了玉楼房中。月娘之所以不告诉西门庆者，也是怕西门庆埋怨自己擅去乔大户家看房子也。二人各有各的小算盘，心口如画。读者必须仔细体会揣摩，庶不辜负作者用心。

三　其他

官哥儿受惊，请了刘婆子来看，西门庆听说道："既好些了，罢；若不好，拿到衙门里去拶与老淫妇一拶子。"刚刚有一点权力，便满心要滥用，要炫耀。权势之感染力与腐蚀力可谓深矣。

瓶儿一片苦心，要讨金莲的好，因为自她生子得宠以来，金莲是最脸酸的。此回是瓶儿第一次推西门庆去金莲房里歇宿，金莲见西门庆进她的房，"如同拾了金宝一般"。此语正是第二回中金莲见武松搬回家来住时用过的。又可见自从瓶儿生子，西门庆和瓶儿越来越"一夫一妻"起来，很少来找金莲了。

金莲、春梅合伙戏弄陈敬济一场，虽然是调情，倒使人想起《红楼梦》众人戏弄刘姥姥：也是故意用大杯（茶瓯子）为之盛酒，而且又不给下酒菜，只给他两个硬核桃，后来又一定磨他唱曲。至于外面铺子等着敬济做买卖，金莲偏不肯放他去，则隐然与十六回中，瓶儿催促西门庆动身回去料理买卖相对照。

陈敬济失钥罚唱

　　陈敬济失落了钥匙，金莲扣住不给，说："你的钥匙，怎落在我手里？"与二十八回中陈敬济拿着金莲的鞋，说你的鞋子怎到得我手里针锋相对。陈敬济则戏称金莲是"弄人的刽子手"——与二十六回中蕙莲骂西门庆的话一模一样。

　　金莲惯会说谎，每次说谎，都把罪名推到瓶儿头上：二十九回做鞋是一例，这一回又谎说是瓶儿置酒请潘姥姥。一来见得不请也正在西门庆家做客的吴大妗子而独请潘姥姥，是厚金莲而薄月娘；二来陈敬济同席吃酒，金莲也晓得不妥当也。《红楼梦》中宝钗偷听到丫鬟小红和坠儿的私房话，却推到黛玉头上，便是同样道理。

　　西门庆要买乔大户的房子，在第二十六回中第一次写出，当时西门庆对蕙莲说，将来买了乔家房，就分给她三间房居住。如今房子已经买下，又从陈敬济口中说出西门庆正在对门看人收拾。又说乔大户搬到东大街上，花了一千二百银子，买了所好不大的房子，门面七间，到底五层，"与咱家房子差不多儿"。乔大户搬入大房子，必是因为得了一注横财。横财何由而得？窃谓还是盐商王四峰的贿赂。试想：第二十五回中，西门庆陪着乔大户说话，就是在谈王四峰事，王四峰托乔大户拿了二千两银子来求西门庆，西门庆拿了一千两银子求蔡太师，西门庆从中赚了一千两银子使，则乔大户乃始作俑者，又焉可不落下一笔好处费乎！二十五回刚刚写乔大户来找西门庆求人情，二十六回就插入西门庆要买乔大户的房子，其间的前因后果，无丝有线，读者可以慢慢琢磨。

第三十四回

献芳樽内室乞恩　受私贿后庭说事

（书童儿因宠揽事　平安儿含愤截舌）

　　此回全写权力的滥用。细读这一回，我们最终会发现，权力到底意味着什么。

　　韩道国随着应伯爵，来找西门庆为兄弟和妻子求情，西门庆不在书房，书童打发画童到"后边"请去。画童首先来到金莲处，被春梅一口骂走："爹在间壁六娘房里不是，巴巴儿地跑到这里来问！"可见西门庆先前在金莲房里何等之多，近来才改了腔儿，常在瓶儿处，也可见画童不够灵变。春梅一声唾骂："贼见鬼小奴才儿！"传达了许多的醋意与不悦。再相比瓶儿屋里，瓶儿在炕上铺着大红毡条，为官哥儿裁小衣服，奶子抱着哥儿，迎春执着熨斗，西门庆在旁边看着——这种温馨的家庭情景，在西门庆真是何尝有过！金莲那边，不写其冷落，而冷落如见。其实金莲受宠时，娇儿、玉楼、瓶儿、月娘屋里又何尝不冷落，但是这些人没有一个有金莲热，热人一旦冷落下来，凄凉况味不免更胜他人十倍。

西门庆如今身为千户，相当于警察局副局长，几句话便轻而易举地解决了韩道国的问题。绣像本评点者眉批："有权有势，想起来官真要做！"这已是西门庆第二次滥用手中权势为自己的亲信朋友办事：第一次用影写，虽然事情发生在韩道国之前，反而在韩道国告辞之后才由西门庆自家对应伯爵道出：是把刘太监兄弟盗用皇木盖房子的事情轻轻断开。有趣的是，关于刘太监的案子，西门庆的同僚夏提刑"饶受他一百两银子，还要动本参送，申行省院"。刘太监慌了，又拿着一百两银子来求西门庆。从西门庆嘴里，我们得知一百两毕竟还是小数目，"咱家做着些薄生意，料也过得日子，那里稀罕他这样钱！……教我丝毫没受他的"，夏提刑恐怕还是嫌钱少才如此发狠。这件事，终于被西门庆主张着从轻发落。"事毕，刘太监感情不过，宰了一口猪，送我一坛自造荷花酒，两包糟鲥鱼，重四十斤，又两匹妆花织锦缎子，亲自来谢"。这次西门庆倒没有不肯受——何则？鲥鱼者，美味也，用应伯爵拍马的话来说，拿着银子也难寻的东西也。正因如此，伯爵才极力形容得到西门庆分惠的两条鲥鱼之后，视为罕物儿的情形，以满足西门庆的虚荣心："送了一尾与家兄去，剩下一尾，对房下说：拿刀儿劈开，送了一段与小女，余者打成窄窄的块儿，拿他原旧红糟儿培着，再搅些香油，安放在一个磁坛内，留着我一早一晚吃饭儿，或遇有个人客儿来，蒸恁一碟儿上去，也不枉辜负了哥的盛情。"

讽刺的是，西门庆随后告诉应伯爵说，夏提刑"别的倒也罢了，只吃了他贪滥蹹婪，有事不问青红皂白，得了钱在手里就放了，成什么道理！我便再三扭着不肯：你我虽是个武职官儿，掌着这刑条，还放些体面才好"。这话倒真亏他说得出口。再想第二十六回中整治来旺儿，西门庆曾差玳安送了一百石白米与夏提刑、贺千户。则夏提刑受贿，由来久矣。第十九回，指使地痞流氓整治蒋竹山，也是夏提刑把蒋竹山痛责了三十大板。这两次，西门庆都委实亏他"不问青红皂白"也。

我读此书，每每赞叹应伯爵之为人：他的绝妙辞令固然不用说了，但绝妙辞令不是凭空来自一张嘴，而源于体贴人情之入微——也就是说，知道说什么样的话令人快意或者不犯忌讳也。比如他为夏提刑开脱说："哥，你是稀罕这个钱的？夏大人他出身行伍，起根立地上没有，他不捯些儿，拿甚过日？"既对夏提刑表达了体谅，实际上又是奉承了西门庆的家财丰厚有根基，"境界"比夏提刑高，不稀罕一百两银子这样的小钱，所以西门庆听在耳朵里面自然受用。

那些捉奸的小流氓本想敲诈韩道国一家，结果韩家有西门庆出来为之作主，于是几个光棍儿反而被倒告一状，只好集资四十两银子，也来贿赂应伯爵。应伯爵来找西门庆的男宠书童，只说"四家处了这十五两银子"，于是书童让他们"再拿五两来"，随后从这二十两银子里，抽出一两五钱买了金华酒、烧鸭子等美食来转求瓶儿。当瓶儿问他受了多少钱，书童告诉道："不瞒娘说，他送了小的五两银子。"四十两贿赂，一层一层使下去，平白便宜了这些中间人。尤其是应伯爵，先为韩道国说情，再接受对立面的贿赂，可谓鹬蚌相争，渔翁得利。作者写世情，写腐败，真是生动极了。从这里我们也可以联想到前次的盐商王四峰，他下在监狱里，托了认识的乔大户，乔大户来找西门庆，西门庆又去求蔡太师，与几个光棍托伯爵、伯爵托书童、书童托瓶儿、瓶儿以花大舅的名义求西门庆，层层转托，层层受贿，有何二致哉！

西门庆不接受刘太监的一百两银子，因为他哪里稀罕这个钱，只为了"彼此有光，见个情"，而那四十斤鲥鱼，远远比银子本身令他觉得"有光"。所以必分给应伯爵者，不是多么关爱伯爵，而是就算鲥鱼这样的美食，在家里面独吃有何趣味？必得有一溜须拍马的人赞叹一番，享受起来才更有意思也。写到这里，

我们要问权力究竟意味着什么？权力绝不仅仅意味着
钱财或者更多的钱财。从一方面说，权力意味着四十
斤糟鲥鱼——有银子也不一定买得到的稀罕东西；意
味着上等的物质享受而不仅是干巴巴的银子。从另一
方面来说，权力意味着"有光"——一种不关钱财、
也不关物质享受的虚荣心的满足。比如书童送给瓶儿
的鸭子与金华酒，只不过是花了一两五钱银子买来的
吃食而已，瓶儿手头何等有钱，哪里会是在乎一只烧
鸭子和一坛子金华酒的人？瓶儿重视的分明不是美食，
而是书童的奉承："小的不孝顺娘，再孝顺谁？！"重
视的是感受到自己生子后在家里的地位和权势。自从
瓶儿来西门庆家，总是想方设法讨别人欢心，还没有
人如此来讨自己的欢心，瓶儿的欢喜之情，从一口一
声叫书童"贼囚"就可看出。

　　再到瓶儿对西门庆说情，就只以"花大舅"（到底
不知是西门庆哪门子的"大舅"！）为借口，不消贿赂
矣，西门庆却也立刻一口应承下来。这里作者再三强
调"前日吴大舅来说"而西门庆未依，再次从侧面写
出瓶儿之得宠。瓶儿又劝西门庆少要打人，为孩子积
福，西门庆回言道："公事可惜不的情儿。"俨然是秉
公执法官员口气，讽笔可笑。

　　春梅抱怨西门庆只顾和瓶儿喝酒，不想着多派个
小厮去接从娘家回来的金莲，一方面写西门庆宠爱瓶

儿；一方面写春梅护主（也是护自己、醋瓶儿）；一方面又极写春梅心高气傲的神态：瓶儿给她酒，她不喝，说刚刚睡醒起来，懒得喝；瓶儿说金莲不在，你喝点酒怕什么，春梅立刻答说："就是娘在家，遇着我心里不耐烦，他让我，我也不吃。"意谓我哪里是怕我的主人，我只是自己不稀罕喝而已；瓶儿不能识人，才说出那样的话，难怪被抢白。于是西门庆便把自己手里的一盏木樨芝麻薰笋泡茶递给春梅，春梅也只是"似有如无，接在手里，只呷了一口就放下了"。西门庆喜爱春梅，春梅没有小家子气，都在这个细节里写出来了。

金莲在回家路上，见到平安来接她的轿子，立刻问："是你爹使你来接我？谁使你来？"评论者眉批："随处关心，是妒处，也是爱处。"是极。试问金莲若不关心西门庆，何必关心他是否关心自己也？而平安正因为书童以送瓶儿剩下的酒食请众人却唯独忘记请他吃而生气，这里趁机学舌告状，挑拨离间，回说："是爹使我来倒好！是姐使了小的来接娘来了。"金莲还存一线希望，问："你爹想必衙门里没来家？"活活写出痴心。然而旋即被平安把痴心打破，告以西门庆在和瓶儿喝酒。金莲又问："你来时，你爹在哪里？"等到平安答说还在瓶儿房里喝酒，金莲的醋意、恨意终于一发不可收拾地倾泻出来了。只因听说书童贿赂

献芳樽内室乞恩

瓶儿，在瓶儿屋里喝了两盅酒，就诬瓶儿与书童有奸：
"卖了儿子招女婿，彼此腾倒着做！"

平安只为书童忘记请他吃瓶儿剩下的那些酒食，便对书童兼对瓶儿都恨怨交心，一路上对金莲学舌，读者可以分明看出他挑拨之处、夸张之处、微微篡改事实以讨好金莲之处。比如明明是春梅看他年纪大些才叫他去接金莲，他却说是自己看见来安一人跟轿，怕不方便，才来的。然而先挑起金莲的怨怒，再说书童的坏话，便有孔可入：金莲怒瓶儿，便连带着怒贿赂瓶儿的书童也。平安也不可不谓慧黠了，但流言既害人，也可反过来害自己，于是下回终于被西门庆痛打了。

这一回所写的那一伙整治韩二与韩道国老婆的人，都是地方上的荡子无赖、流氓阿飞之流。因为勾引韩道国老婆得不到手，才来借着捉奸报私仇。这帮人被作者起名"车淡、管世宽、游守、郝贤"——也就是扯淡、管事宽、游手好闲也。我们看这部书，虽然韩二与嫂子通奸伤风败俗，但作者也并不就歌颂捉奸者；虽然深深讽刺西门庆、夏提刑贪赃枉法，但也并不就把那些告状的人写作正面人；西门庆审问案子，虽说是受了贿赂，要宽宥韩二，但是他的逻辑也自有其道理："他既是小叔，王氏也是有服之亲，莫不许上门行走？相你这起光棍，你是他什么人，如何敢越墙进去？"又说："想必王氏有些姿色，这光棍来调戏他不成，捏成这个圈套！"只看字面的话，还偏偏都说到点子上。然而，虽然这些捉奸者是吃不到葡萄说葡萄酸的扯淡无聊之辈，但被西门庆痛责一番，打得鲜血淋漓，每家又花了大笔钱求上告下，出狱之后见到父兄家属抱头大哭，"每人去了百十两银子，落了两腿疮，再也不敢来生事了"，则虽可恨可笑，而又复可怜。这些复杂而立体的描写，正是《金瓶梅》这部小说耐读之处。

此回又反复写兄弟：韩道国有兄弟，刘太监也有兄弟，几个惹事的光棍流氓也有父兄，每人都在为自己的子弟奔忙，就连应伯爵也给自己的大哥送去一尾鲥鱼。唯有西门庆（还有陈敬济）就好像《论语·颜渊》里面孔子的弟子司马牛所忧虑感叹的那样："人皆有兄弟，我独无。"孔子的另一个弟子子夏为之排解道："君子敬而无失，与人恭而有礼，四海之内，皆兄弟也。君子何患乎无兄弟也！"人们一般来说都知道"四海之内皆兄弟"这句话，却没有想到这是断章取义：四海之内皆兄弟是有条件的，就是自己必须首先是个君子。要"敬而无失，恭而有礼"，否则亲兄弟恐怕都会反目成仇，还痴心想要四海之内皆兄弟，焉可得哉。

词话本中，西门庆与李瓶儿闲话衙门公事一段，提到一个新近审判的案子，乃地藏庵薛姑子为陈参政小姐和一个叫阮三的青年搭桥牵线在庵里私会、结果阮三身亡一段故事。这个故事与明嘉靖年间洪楩编辑的《清平山堂话本》中《戒指儿记》、冯梦龙于大约十七世纪初期出版的《古今小说》（又名《喻世明言》）中第四篇小说《闲云庵阮三偿冤债》相似，唯参政作太常而姑子姓王。然据谭正璧《三言二拍资料·上》考：南宋洪迈《夷坚支志景卷》第三《西湖庵尼》条记载的故事也与此极为相类。传说《金瓶梅》是嘉靖年间作品[①]，则到底是词话本作者受到当时流行的短篇话本小说影响，还是短篇话本小说的作者受到《金瓶梅》影响，似乎还很难言。最有意思的还在于比较冯梦龙在《情史》一书卷三用文言文对这个故事的重写：阮三与陈小姐吟诗作词，俨然才子佳人，与白话小说里面的形象又有了区别矣。文言爱情故事比起白话爱情故事，明显是作家炫耀自家诗词写作的媒介，故事反而成了次要的载体，男女主角所作的诗词才是聚光所在。所以故事本身固然重要，记载故事的文体更从一定程度上决定了故事如何被讲述，比如白居易的《长恨歌》与陈鸿的《长恨歌传》的着重点、主题思想不同就是一例。而故事被讲述的方式最终也决定故事的内容（比如说人物形象的刻画），不应总觉得一定是内容决定形式也。

绣像本虽然没有这个故事，但是第五十一回中，西门庆见到薛姑子出现在自己家里时，简要地把她的来历向月娘讲述了一遍，则二本相同。

又，绣像本此回标题"后庭说事"乃一语双关：后庭者，言男宠也，但瓶儿内眷，也是"后庭"之人，而瓶儿也喜欢"倒插花"也。

注释

① 按，沈德符《万历野获编》卷二十五记载《金瓶梅》抄本时云"闻此为嘉靖间大名士手笔"，则距《金瓶梅》成书最近的沈德符也不确知也。

第三十五回

西门庆为男宠报仇　书童儿作女妆媚客

（西门庆挟恨责平安　书童儿妆旦劝狎客）

一　食

　　此回的聚光灯打在西门庆的男宠书童身上，极写书童的如日中天。绣像本的卷首诗讥刺娈童得势，词话本则长篇大套进行了一番道德说教，劝诫父兄自幼拘束子弟，莫要像车淡等光棍那样去招惹是非。同时，情节围绕着"吃"展开，有两对人物相映相照：第一对是平安与来安；第二对是十兄弟之一的白赉光（词话本为"白来创"）和应伯爵。

　　书童给来安吃糖，来安便把平安向金莲告书童一状的事情尽情讲给书童知道。平安没吃到书童的请才怨恨，而来安是书童让他吃东西便感激。都不过是为了一点口腹小利而已。一前一后，相互映照。

平安守大门，见白赉光来到，便哄骗他说西门庆不在家了。何以骗？因为西门庆嘱咐他说："但有人来，只说还没来家。"但是另一方面，也因为来人是白赉光，因为平安眼中见到白赉光身上穿一套破衣服也。不过作者偏偏不说这身破衣服是从平安眼中看出来的，偏偏说是从西门庆眼中看出来的。这正是有其主必有其仆，不明说平安势利，而平安势利已经可知了。但是又何以不说平安看见白赉光穿了破衣服、而偏说西门庆看见他穿了一身破衣服乎？因为一定要刺入十兄弟之大哥西门庆的骨髓也。

白赉光涎皮赖脸闯进来坐着不走，却正好碰见西门庆从里面出来，"坐下，也不叫茶"。西门庆随即诉说近日如何如何忙，炫耀他交结的上层官吏之多，也是暗示白赉光可该走了罢。"说了半日话，来安儿才拿上茶来"。又偏偏正在这时，玳安报夏提刑来访。这次不但不说主人不在，反而"只见玳安拿着大红帖儿往里飞跑"。夏提刑进来坐下，"不一时，棋童儿拿了两盏茶来吃了"。说毕话，"又吃了一道茶"，才起身去了。世态人情，历历可见。词话本更写得讽刺："棋童儿云南玛瑙雕漆方盘拿了两盏茶来，银镶竹丝茶盅，金杏叶茶匙，木犀青豆泡茶吃了。"把"云南玛瑙雕漆方盘"放在"拿茶"之前作副词使用，虽是口语中常见，但写在此，句势妙绝。

我们读此回，才愈发知道应伯爵实在"理应白嚼"。无他，只因为伯爵"有眼力架儿"也。他有眼色，识头势，知道该在什么时候说什么话、做什么事，洞晓人的心理，所以能够处处投合主人的欢心。这是一桩本事，就算拼着脸与廉耻不要，也不是人人都可以做得来的。像白赉光这样的人，便大大落了帮闲的下乘：明明看见主人不欢迎，偏死乞白赖地赖着不走；明明主人来了重要的客人，却还不知趣离开，只是"躲在西厢房里面，打帘里望外张看"。及至客人去了，他"还不去，走到厅上又坐上了"。这样的客，恐怕任是谁也会厌烦的。又没话找话对西门庆说："自从哥这两个月没往会里去，把会来就散了……昨日七月内，玉皇庙打中元醮，连我只三四个人到，没个人拿出钱来，都打撒儿。……不久还要请哥上会去。"被西门庆一句话便顶了回去，道："你没的说，散便散了罢，哪里得工夫干此事！……随你们会不会，不消来对我说。"白赉光的话，从侧面写出西门庆自加官之后，由身份变化而来的生活变化：小说开始如此热闹的十兄弟会，如今已经风流云散了，因为成何"官体"乎。只有应伯爵、谢希大，因为会凑趣、会说话，还是照常来吃白食，像白赉光这样没眼色的，便已经指望不上西门庆这个大哥的提携了矣。

西门庆如此抢白，已经是相当明显的表示，殊不知这位白老兄居然还是"不去",于是西门庆只好唤琴童上饭:拿了"四碟小菜,牵荤带素,一碟煎面筋,一碟烧肉"。绣像本评点者眉批:"只吃物数种写出炎凉世态,使人欲涕欲哭。"诚然。不过绣像本评点者以为白赉光讲话无趣,是"落运人语言无味者如此",毕竟还是颠倒了因果关系:是因为语言无味才落运,是因为缺乏眼色才受到如此冷遇也。直到吃喝完毕,"白赉光才起身"。一个"才"字,写出主人厌烦欲绝、满肚子不快的情状。

与此相对照的情景,是两天之后,西门庆把韩道国送来的酒食"添买了许多菜蔬",请应伯爵、谢希大与韩道国三人在翡翠轩开宴。喝的是金华酒,吃的是醃螃蟹:比起招待白赉光的饭食,可谓天壤之别。然而应伯爵之识趣会帮闲,也表现得淋漓尽致:他先是要求书童唱曲,又一定要他化成女妆,唱罢极口称赞:"你看他这喉音,就是一管箫!"书童是西门庆的新宠,这样的要求与赞美正好可在西门庆的心上,所以虽然笑骂伯爵"专一歪厮缠人",而心中喜悦正不待言。后来伯爵又要求掷骰子行酒令,制定了一个复杂的令儿,西门庆虽然又骂他"韶刀",然而又是虽骂而心喜也。

西门庆为男宠报仇

二　衣

除了"食"，此回另一贯穿始终的意象是"衣"。

书童化女妆，向春梅借衣服，被春梅一口回绝，春梅自然如此。金莲赴宴回来，知道书童化了妆，特意问春梅："书童那奴才，穿的是谁的衣服？"并嘱咐春梅休要借给他。春梅又何消金莲吩咐？这是春梅和金莲能够契合之处，也是春梅与众丫头不同处。最后书童终究向玉箫借了一套衣服：四根银簪子，一个梳背儿，一双金镶假青石头坠子，大红对襟绢衫儿，绿重绢裙子，紫销金箍儿。

金莲对玉楼夸口：瓶儿怕金莲讲出和书童喝酒一节情事（金莲甚至暗示瓶儿和书童有私情），定要拿出一套衣服——织金云绢的大红衫儿，蓝裙——随金莲挑选，做吴大舅儿子娶亲的贺礼。其实瓶儿手头大方，而且又一直有意讨好金莲（也是信了金莲的话，感激金莲当年劝西门庆娶她），未必是为了堵金莲的嘴才给她衣服，但是金莲以己度人，再加上心高气傲，自然死也不肯承认受了情敌的恩惠，还要说得好像帮了人家一个忙似的。与应伯爵的一番施为有异曲同工之妙：原来应伯爵当初推荐了贲四来做西门庆的管家，觉得贲四赚了钱，就不再把他这个推荐人放在眼里了，于是在酒席上揪住贲四说错话的小辫子，把贲四吓唬得

"脸通红了"。次日一早贲四就送礼给伯爵，求他在西门庆前美言。伯爵对妻子夸口："老儿不发狠，婆儿没布裙。……我昨日在酒席上，拿言语错了他错儿，他慌了，不怕他今日不来求我。送了我三两银子，我且买几匹布，勾孩子们冬衣了。"伯爵的话，与金莲对玉楼所说的："如今年世，只怕睁着眼儿的金刚，不怕闭着眼儿的佛。"恰好构成对照。虽然如此，"勾孩子们冬衣了"一语，令人觉得伯爵也只是可怜。

三 月黑、灯笼及其他

作者特从月娘诸人去吴大舅家庆贺吴大舅儿子娶亲，写出"八月二十四日，月黑时分"。特意提出这个日子，是因为要在情节结构上与第二十回形成对应。盖瓶儿自去年八月二十日娶来，已经整整一年了。当时西门庆"奈何"了她三天，才进她的房，则二人洞房花烛夜正是八月二十三日的晚上也。第二十回一开始，就写玉楼、金莲站在瓶儿屋外偷听，"此时正是八月二十头，月色才上来，两个站立在黑头里一处说话"，此情此景，与这一回里面玉楼和金莲偷觑西门庆等人开宴、书童唱曲儿一段情节也正好形成对应关系。又由于"月黑"，便引出金莲斤斤计较打几个灯笼一段文字，作者文思实在巧夺天工极矣。顺带写玳安机灵，见瓶儿得宠，便献殷勤亲自去接瓶儿回家——当时众妇人都在吴大舅家吃酒，瓶儿因孩子哭闹而率先回来——瓶儿一顶轿子打着两个灯笼，落后月娘等人四顶轿子打着一个灯笼，金莲眼尖嘴尖，立刻趁机搬弄唇舌。这一段又正好和上一回接金莲回家的冷落形成对照。瓶儿盛宠、仆人势利、其他妇人遭受冷落，从小小灯笼尽情一写，然则也正无怪众人嫉妒也。

玉楼、金莲隔着窗子偷看西门庆、应伯爵、谢希大吃酒一节，乃《红楼梦》第七十五回尤氏偷觑贾珍、薛蟠、傻大舅开宴，几个小幺儿"打扮得粉妆锦饰"云云。

第三十六回

翟管家寄书寻女子　蔡状元留饮借盘缠

（翟谦寄书寻女子　西门庆结交蔡状元）

　　这一回，西门庆结交上了新科状元。蔡状元是蔡太师的干儿子，送给西门庆的见面礼包括"一部书"，未知是何书。此回讽刺官场的污秽，然而最趣的还是嘲讽西门庆初次与状元读书人来往，大家彼此之间使用的官场客套斯文言语与这些人淫秽无耻行为这两层意义切面之间的反差，以及这种反差带来的谐趣。在绣像本此回卷首，有一首五言诗，最后两句是："人生重意气，黄金何足论！"又以重诺言、讲义气的季布、侯嬴比喻。西门庆、蔡状元、安进士诸人何以当此，尤其是西门庆，受太师府翟管家委托，寻一个人材出众的女子做妾，但是西门庆只顾忙着自己的事，转眼之间，"就把这事忘死了"。五言诗的内容与这些人物行事的不协调给予小说叙事一种强烈的讽刺色彩。再看西门庆和状元进士们说话，忽然文雅许多，诸如"不弃蜗居，伏乞暂驻文旆；少留一饭，以尽芹献之情"之类，对比一贯的"小淫妇儿、怪狗材"之言语，颇让人觉得不习惯。然而最可笑的是三人见面，彼此请教"仙乡、尊号"，蔡状元便号"一泉"，安进士便号"凤山"，等到问西门庆，"询之再三"而不肯说，最后才道："贱号四泉。"西门庆何尝有号哉！第三十回里，拿二百五十两银子买了赵寡妇家的庄子，里面有"一眼井，四个井圈打水"，便是四泉的来历。也是做了官之后为了官场上来往称呼而现取现卖的，第三十一回中，西门庆甫做官，就有夏提刑派人来"讨问字号"一说。第五十一回中，西门庆又和黄主事交换称号，黄主事"号泰宇，取'履泰定而发天光'之意"，西门庆道："学生贱号四泉——取小庄有四眼井之说。"两相对比之下，两种文字——雅驯与通俗——的参差创造出极为滑稽的效果。

翟管家来信讨要女子，西门庆情急，要把瓶儿房里的绣春送去充数，被月娘以绣春曾被西门庆收用过为理由劝阻。这个细节，预兆了后文翟管家在西门庆死后讨要四个家乐的情节，月娘终究送去了玉箫和迎春。又，西门庆托媒婆四处打听好人家女子，找了"老冯、薛嫂儿并别的媒人"，未提王婆、文嫂，是为后来二人复出做准备，也显示金莲疏远王婆（不愿想起在

翟管家寄书寻女子

武大家的一段过去)、陈家败落后西门疏远文嫂(文嫂为西门大姐、陈敬济做媒者)。又媒婆名字专门点出"冯、薛",也是为了在热闹头上透露风雪寒意也,下回开始时西门庆叫冯妈妈为"风妈妈子"即可知。

第三十七回

冯妈妈说嫁韩爱姐　西门庆包占王六儿

（冯妈妈说嫁韩氏女　西门庆包占王六儿）

　　冯妈妈为东京的翟管家找到韩道国的女儿爱姐做二房，西门庆相看爱姐时，顺便看上了道国之妻王六儿，从此结下私情。然而还在相亲之前，道国似已和老婆有了默契，只看"妇人与他商议已定，早起往高井上叫了一担甜水，买了些好细果仁放在家中，还往铺子里做买卖去了，丢下老婆在家，浓妆艳抹，打扮得乔模乔样，洗手剔甲"等语，便已露出端倪。都说西门庆贪财好色，仗势欺人，但是人如韩道国及其妻，何尝是被动挨欺负者？明明是俗语所谓周瑜打黄盖是也。

　　西门庆来相看爱姐，却"且不看他女儿，不转睛只看妇人"。口中不说，心中暗道："原来韩道国有这一个妇人在家，怪不得前日那些人鬼混他。"正应了西门庆在三十四回中判案时的断语："想必王氏有些姿色,这光棍调戏他不遂,捏成这个圈套。"他的猜度居然一语中的,可见西门庆也是熟悉此道者。西门庆临走,道:"我去罢。"妇人道:"再坐坐。"西门庆道:"不坐了。"评点者看在眼里,眉批"我去罢""不坐了"二语写出西门庆"留恋不肯出门之意"。其实何止如此,就是六儿的挽留,也显得口角低徊、情色暧昧:本来是主人与伙计娘子、相亲者与被相者的家长在谈话,这几句微妙的对白却把二人的身份变成了客与主、男人与女人的关系。

王六儿我们早已知道是王屠夫的妹子,如今又添加上"属蛇的,二十九岁了"。是屠夫的妹子,所以才如此善于"张致骂人";属蛇,又似乎与她的"纤腰拘束、乔模乔样"相应。描写六儿时,作者除了说她"把水鬓描写得长长的",还说她"淹淹润润,不施脂粉,袅袅娉娉,懒染铅华"。不施脂粉而本色装束,与她的女儿爱姐正好形成对比:冯妈妈口中所述的"好不笔管儿般直缕的身子,缠得两只脚儿一些些,搽得浓浓的脸儿,又一点小小嘴儿";以及西门庆眼中所见的"乌云叠鬓,粉黛盈腮,意态幽花闲丽,肌肤嫩玉生香"。两个女人,两种描写:盖六儿是饶有风情的妇人,爱姐却是还很稚嫩的十五六岁少女。这里有趣的是,我们大概以为成年妇人才需要涂脂抹粉、少女

冯妈妈说嫁韩爱姐

才有资本天然装束，没想做母亲的铅华不御、做女儿的反倒粉黛盈腮。何以然？正因为母亲是成熟的女人，有风情、有自信而善于打扮，知道如何才能显露自己的优点、遮掩自己的缺点；王六儿的"紫膛色脸"本不适宜涂脂抹粉，何况成熟妇人自有其不依靠脂粉的特殊魅力，脂粉太浓艳反会掩盖本色，使得自己在年少的女儿旁边更显憔悴。女儿一方面是稚嫩少女，仅有"意态"而没有风韵，另一方面西门庆来相看的是女儿，而太师府对韩道国一家来说宛如天上，哪怕女儿只是嫁给太师的管家做妾，也强似嫁给一个普通人家为妻，所以爱姐是这一天的主角，自然必须打扮起来，不能被母亲夺了聚光灯也。

读到此处，总是不由得想起托尔斯泰小说里面的两个女子：安娜·卡列尼娜和吉提。吉提是待嫁的青春少女，安娜是成熟的妇人，吉提对安娜的穿着打扮和风采总是混合着羡慕与嫉妒。一次盛大的宴会，吉提绞尽脑汁要把自己打扮为晚宴上最漂亮的女郎，尤其她知道安娜会来参加晚宴，就更是在衣饰装扮上费尽心机。那天晚上，她打扮得花枝招展，等她在宴会上见到安娜，却不由得还是要甘拜下风：安娜没有穿任何鲜艳的衣服，只是穿了一件黑色天鹅绒的晚礼服，戴了一根珍珠项圈而已。然而这身打扮艳光四射，越发衬托出她的丰姿。——从王六儿想到安娜，似乎离得太远了，然而魅力的原则却是古今中外都相同的。

西门庆坐下以后，爱姐在一旁侍立，冯妈妈倒茶来，"妇人用手抹去盏上水渍"，令爱姐递上。这个细节看似琐屑，然而与第七回中西门庆相看玉楼时的情节暗合："小丫头拿出三盏蜜饯金橙子泡茶来，妇人起身，先取头一盏，用纤手抹去盏边水渍，递与西门庆。"绣像本评点者在"抹去水渍"下评道："举止俏甚。"我们不知道这是不是《金瓶梅》作者生活时代的惯例，但我怀疑如果是惯例，比之稍后的绣像本评点者就不会赞美举止俏甚了。无论如何，爱姐不解抹去水渍，或者王六儿怕其不懂得抹去水渍，都显示了六儿是成熟妇人而爱姐是娇憨少女。六儿抹水渍与玉楼遥遥呼应，又暗示了六儿以自己被西门庆本人相看自居也。

在描写王六儿装束时，词话本比绣像本多了"穿着老鸦段子羊皮金云头鞋儿"，这双鞋的款式颜色，与第二十九回玉楼所做的鞋子（玄色缎子羊皮金云头）一模一样。当时玉楼曾对金莲说："我比不得你们小后生，花花黎黎，我老人家了，使羊皮金缉的云头子罢。"从穿鞋的颜色花样上，除了写出西门庆好色，"可可看人家老婆的脚"（十九回西门庆骂蒋竹山语），再次侧面摹写六儿已经年纪不轻：二十九岁是中国旧时计算年龄的方法，按照现代人的计算方式，王六儿只有二十八岁而已。二十八岁在现下固然不算什么，但是在以十五岁为女子成年期的古中国，可真要算是半老徐娘了。且看即使在二十世纪四十年代，张爱玲在小说《倾城之恋》里面把少妇白流苏写成二十八岁已经怕读者大众不能接受，虽然依着她，流苏应该更老些（《我看苏青》），则我真佩服《金瓶梅》作者的魄力——在那样一个年代，写一班"久惯牢成"的"中年"妇人，又如此能够写出她们的美，她们的魅力。

又，描述王六儿与西门庆偷情的词用了战争的比喻，虽然也是艳情小说所惯用的手法，但是用在王六儿身上，一来见得二人本无情愫，一个好色、一个贪利而已，所以二人做爱毫无温柔情款可言；二来写王六儿"勇猛"，也是为了给西门庆终于死在这个六儿和家里的潘六儿手上做铺垫（对比金莲、瓶儿初次与西门庆偷情的描写即可知）。金莲属龙，王六儿属蛇，俗称小龙，西门庆则被派属虎，作者有意写龙虎斗也。

作者特地描写王六儿家里摆设，虽则小家子气，但是拥挤热闹，很有低中产阶级三口之家过日子的气氛。前此，金莲、瓶儿都是有夫之妇，但作者从不写金莲、瓶儿家里的摆设，因为金莲、瓶儿对她们的丈夫憎厌还来不及，哪里会一心一计与之过日子呢。六儿虽然和小叔有染，和西门庆通奸，但是二者都是在韩道国的默许甚至鼓励之下明做（焉知不是因为韩二太穷娶不起妻子，故韩道国甘心分惠），而且六儿疼爱女儿之情如见（"似这般远离家乡去了，你教我这心怎么放的下来？急切要见他见，也不能够！"）也毫不憎厌韩道国，下一回有更明显的刻画。

第三十八回

王六儿棒槌打捣鬼　潘金莲雪夜弄琵琶

（西门庆夹打二捣鬼　潘金莲雪夜弄琵琶）

　　此回上下两半分写两个六姐：王六儿与潘六儿。绣像本的回目把六儿与金莲对写就是此意。

一　王六儿

　　王六儿自从被光棍痞子捉奸之后，似乎一向对韩二冷落了许多。西门庆上门前，适逢韩二吃醉了酒来捣乱，于是六儿一支棒槌把他打将出去。二人抬杠一段，令人想起第二回中金莲雪中戏叔：金莲见武松来家，欢喜无限，烫了酒，要"和叔叔自吃三杯"，武松道："一发等哥来家吃也不迟。"金莲道："那里等的他！"此回中韩二要钱输了，走来哥家问六儿讨酒，张口就说："嫂，我哥还没来哩，我和你吃壶烧酒。"

被六儿拒绝后，又看见桌底下放着一坛白泥头酒，要吃，妇人道："你趁早儿休动……你哥还没见哩，等他来家，有便倒一瓯子与你吃。"韩二道："等什么哥！就是皇帝爷的，我也吃一盅儿！"在第二回，金莲以半盏残酒挑逗武松，武二"劈手夺过来，泼在地下"，又"把手只一推，争些儿把妇人推了一交"；此回中，却是韩二"才待搬泥头，被妇人劈手一推，夺过酒来，提到屋里去了，把二捣鬼仰八叉推了一交"。

张竹坡说得对："棒打捣鬼者，盖欲撇开捣鬼、以便与西门往来也。……此时不一撇去，岂韩二竟忽然抛去旧情，不一旁视乎？故用王六儿以棒槌一闹，西门庆一打，庶可且收起捣鬼。至拐财远遁，用他著时，再令其来可也。"同时，我们要注意到描写六儿打捣鬼一段文字，全与金莲戏武松一段文字遥遥呼应，相映成趣，武松是英雄，韩二则是泼皮，韩道国一家既是武大一家的镜像，也形成了尖锐的对比。

这一回中，王六儿见丈夫送亲回家，"满心欢喜，一面接了行李，与他拂了尘土，问他长短，孩子到那里好么"。可见不仅惦念着女儿，对丈夫也还是有情，与金莲对武大、瓶儿对子虚甚至蕙莲对来旺都不同。六儿又"如此这般，把西门庆勾搭之事告诉一遍"，又说："第二的不知高低，气不愤走来这里放水，被他撞见了，拿到衙门里，打了个臭死，至今再不敢来了。"

又说："他到明日，一定与咱多添几两银子，看所好房儿，也是我输身一场，且落他些好供给穿戴。"韩道国则嘱咐六儿："休要怠慢了他。凡事奉承他些儿。如今好容易赚钱？怎么赶的这个道路！"六儿笑道："你倒会吃自在饭儿！你还不知老娘怎样受苦哩！"然后"两个又笑了一回，打发他吃了晚饭，夫妻收拾歇下"。这里，夫妻不仅相互庆幸，好似六儿中了彩票或者得了一份高薪工作，而且居然能够对此事保持"幽默感"，夫妻之间拿来开玩笑，可见他们对彼此有一种理解与共鸣，这种共鸣是西门庆和王六儿之间永远不会有的。道德家就会骂没廉耻，但是《金瓶梅》的作者不是道德家而是菩萨。

西门庆与六儿吃酒，嫌她家里的酒不好，特意带来一坛子"内臣送我的竹叶青，里头有许多药味，甚是峻利"。六儿借机提出住的地段不方便，没有好酒店，引得西门庆许诺，给他们寻新房子。此回中间，西门庆送给夏提刑一匹马，又炫耀他和翟管家的"亲戚"关系，夏提刑一方面谢他送马，一方面因为翟管家的缘故对西门庆另眼相看，所以摆酒单请西门庆，吃他家自造的菊花酒。西门庆回家后对瓶儿说："还有那葡萄酒，你筛来我吃。今日他家吃的是造的菊花酒，我嫌它馣香馣气的，没好生吃。"一回前后，有品酒之细节贯穿始终，既显得西门庆口味挑剔，也映出《金瓶

328

梅》喜用对应细节或意象的审美趣味。

二 潘六儿

西门庆与瓶儿自从有了官哥儿，越来越像是一夫一妻过日子。看他从夏提刑家赴宴回家，径直到瓶儿房里，瓶儿接过外衣，拂去雪霰，西门庆就问："哥儿睡了不曾？"听说哥儿睡了，词话本中多一句："叫孩儿睡罢，休要沉动着，只怕唬醒他。"写得家常琐碎，颇为生动。

金莲"在那边屋里冷清清，独自一个儿坐在床上，怀抱着琵琶，桌上灯昏烛暗……又是那肫困，又是寒冷"。与瓶儿与西门庆二人在房里吃酒，"桌下放着一架小火盆儿"相对比，煞是凄凉难为情。金莲弹琵琶唱曲抒发相思，听到房檐上铁马丁当，便以为是西门庆敲的门环儿响，灯昏香尽，懒得去剔，也是古典诗词中常常描写的佳人深闺相思举止。然而正如本书序言里所说，《金瓶梅》的好处在于赋予抒情的诗词曲以叙事的语境，把诗词曲中短暂的瞬间镶嵌在一个流动的上下文里，这些诗词曲或者协助书中的人物抒发情感，或者与书中的情事形成富有反讽的对照，或者埋伏下预言和暗示。总的说来，这些诗词曲因为与一个或几个具体的、活生生的人物结合在一起而显得格外

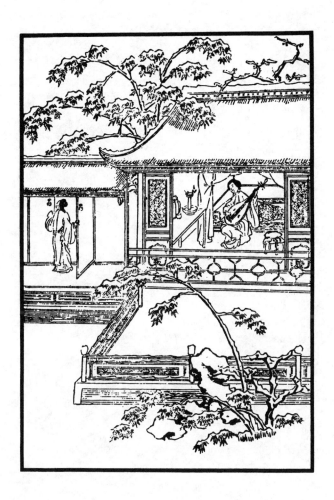

潘金莲雪夜弄琵琶

生动活泼。尤其是词曲，就好像如今的流行歌曲一样，都只歌咏具有普遍性的、类型化的情感和事件（比如相思，比如爱而不得的悲哀），缺乏个性，缺乏面目，这也是文体加给它的限制，因为倘不如此，就不能赢得广大的唱者与听者了。但是小说的好处在于为之添加一个叙事的框架（就好像文言的才子佳人小说尤其喜欢让才子佳人赋诗相赠一样），读者便会觉得这些诗词曲分外亲切。另外，可以想象当时的读者在这部小说里看到这些曲子，都是他们平时极为熟悉的"流行歌曲"，却又被镶嵌在书中具体的情境里，那种感觉，是我们这些几百年后的人所难体会的。

词话本里，金莲弹弄琵琶所唱的曲子比绣像本为长，也更为深情。比如唱词中穿插"好教我题起来，又是那疼他，又是那恨他"这样的话。不过金莲弹琵琶，开始还"低低"地弹，后来却弹得西门庆在瓶儿屋里便听见，一来我们知道金莲已经不是低声而是高声，二来也可见二人住处相隔极近，难怪后来金莲每每打骂秋菊而吓得官哥儿大哭。

三　两月与两日

此回中，有"过了两月，乃是十月中旬时分"语。绣像本、词话本均为"两月"，齐烟、汝梅校点的绣像本注"吴藏本作两日"。吴藏本指吴晓铃先生所藏抄本。按韩道国送女儿去东京是九月初十，上回末尾冯妈妈说："他连今才去了八日，也待尽头才得来家。"韩道国回家想在九月底，则不应过"两月"才到十月中旬也。

第三十九回

寄法名官哥穿道服　散生日敬济拜冤家

（西门庆玉皇庙打醮　吴月娘听尼僧说经）

　　正月初九，是金莲的正生日，西门庆偏偏选在这一天去为官哥儿打醮，在玉皇庙里通宵不归。金莲被冷落，至此为极了。

　　玉皇庙是绣像本第一回中西门庆结拜十兄弟的场所。如今在玉皇庙为官哥儿打醮还愿，极力渲染铺陈许多为官哥儿寄名求福情景，适足以衬托七个月之后官哥儿的夭亡。西门庆与吴道官闲话，提到官哥儿"有些小胆儿，家里三四个丫鬟连养娘轮流看视，只是害怕，猫狗都不敢到他跟前"。隐隐伏下后文官哥儿被金莲房里的猫惊吓致死。然第三十四回书童去见瓶儿时，瓶儿也曾"在描金炕床上，引着玳瑁猫儿和哥儿耍子"。则一方面金莲养猫不一定是有意，一方面瓶儿也是一个极为疏忽的母亲。

那边西门庆在道家的玉皇庙里做法事,这边月娘请了尼姑在家念经宣宝卷。开始时金莲和玉楼同尼姑们开玩笑,说既然道士大概有老婆,尼姑莫非有汉子?王姑子答:"道士家,掩上个帽子,哪里不去了。似俺这僧家,行动就认出来。"则不但不是在否认自己的不清白,倒好像是在埋怨做尼僧的不方便,如果方便,便也要"哪里都去了"似的。又似乎隐含着对道士不清白的承认,而暗示自己的清白不是因为遵守戒律,而是害怕被人认出来的结果。

玉楼是有心人,再次从她说话看出。金莲拿着道士写的经疏看,见上头只写西门庆与妻吴氏、室人瓶儿,心里就有些不愤,开口抱怨"这上头只写着生孩子的"。玉楼便问:"可有大姐姐没有?"金莲道:"没有大姐姐倒好笑。"月娘道:"也罢了。有了一个,也就是一般。莫不你家有一队伍人也都写上,惹的道士不笑话么?"这几句话,写得各人神情、心事如见:金莲以嫉妒发端,玉楼似好奇、似挑拨,金莲不正面回答"有大姐姐",而转着弯儿说"没有倒好笑",因为不愿承认有(因为不肯以小老婆自居、不肯显得道士有理),又不能不承认有;月娘的嫉妒心被玉楼挑动起来,自然也急切地等待着金莲的回答,听说有,便松了一口气,乐得和稀泥、做好人,替道士解说。

两个姑子宣卷所讲的,是五祖投胎的佛教故事,

寄法名官哥穿道服

"怀胎生子"打动月娘心事，所以听宣卷到四更鸡叫，所有的人都困得颠三倒四才罢休。直到睡下，还要问王姑子"后来这五祖长大了，怎生成正果"。张竹坡说："以上一段特为孝哥作根。"也就是为月娘生的遗腹子孝哥出家作伏笔。其实这一段叙事，何止是为孝哥出家作伏笔，更是西门庆死后众人风流云散的寓言：词话本保留了五祖的全部来历，我们于是得知他本是"家豪大富"的张员外，娶了八房夫人，"朝朝快乐，日日奢华，贪恋风流，不思善事"，只因一日顿悟，弃了家园富贵，竟到黄梅寺修行。在黄梅寺，四祖见他不凡，收他做了徒弟，命他去转世投胎。正唱经到此，金莲已经困了，率先离开去睡了；又瓶儿房里丫头来叫，说哥儿醒了，瓶儿也去了。姑子继续往下讲，及至讲到小姐怀胎一段，西门大姐也走了，吴大妗子歪在月娘里间床上睡着了。杨姑娘也开始打哈欠，于是众人各自散去，杨姑娘去玉楼处睡，郁大姐和雪娥睡，大师父和李娇儿睡，月娘自和王姑子睡一炕。张竹坡评："一路将众人睡法，叙得错落之甚。"及至月娘守寡，西门庆夜夜不归矣，谁想此时却已预先写出后来家里没有了男子，众妇人老的老，死的死，嫁人的嫁人，逐渐一一散去的情景。

第四十回

抱孩童瓶儿希宠　装丫鬟金莲市爱

（抱孩童瓶儿希宠　妆丫鬟金莲市爱）

月娘听两个姑子讲述五祖投胎故事，轻易地把念头引到生子一事上。王姑子趁机把薛姑子介绍给月娘，说薛姑子有结子安胎药，又说薛姑子原先在地藏庵，如今转到法华庵做首座了，"好不有道行！他好少经典儿，又会讲说金刚科仪，各样因果宝卷，成月说不了。"王姑子只不说出为什么薛姑子换了寺庙。月娘嘱咐王姑子下次带符药来，又嘱咐她不要对别人说。别人者，西门庆其他的妾也。

这种生子符药需要头生孩子的胞衣作引子，王姑子建议月娘用官哥儿的，月娘不肯，说："缘何损别人安自己？我与你银子，你替我慢慢另寻便了。"据明末清初的文人周亮工在笔记《书影》第四卷里记载："江南北皆以胞衣为人所食者，儿多不育，故产蓐之家慎藏之；惟京师不甚论，往往为产媪携去，价亦不昂。有煎以为膏者。"① 月娘的话显然与这种迷信有关。月娘不肯损害官哥儿，从积极的方面讲，是存了一念之仁；从消极的方面讲，如果她自己无子，则官哥儿的安危也直接关系到她作为嫡母的利益。但就算月娘存心"仁慈"，月娘的仁慈也只局限于自家人而已，"损别人安自己"只要发生在自己视线所及之外，也就没有关系了。正因为月娘意识到寻胞衣是"损人利己"，她的自以为是的虔诚和仁善也就蕴涵了更深的讽刺。

月娘的心理，她的欲望与妒忌，往往在微细处描写出来。比如这一回里，金莲假装丫头逗众人耍子，陈敬济帮着金莲哄人，说是西门庆托媒婆薛嫂花了十六两银子买来的一个"二十五岁、会弹唱的姐儿"。月娘不由问道："真个？薛嫂怎不先来对我说？"敬济答："他怕你老人家骂他，送轿子到大门首，他就去了。"月娘的惊讶与不悦从一句"真个"里面流露。敬济的回答则巧妙而符合情理。下面"大妗子还不言语，杨姑娘道：'官人有这几房姐姐够了，又要他来做什么！'"大妗子是月娘的嫂子，不好意思调唆身为正头娘子的小姑吃醋，但是杨姑娘年纪大，又是玉楼前夫的姑姑，所以说起话来顾忌少些，道出了所有在场妻妾的心声。于是月娘忍不住开口了："好奶奶，你禁的！有钱就买一百个有什么多？俺每多是老婆当军，

爱市莲金鬟丫妆

在这屋里充数罢了。"虽没有一字儿埋怨，却已经怨声宛然了。

金莲装丫头，本来只是"哄月娘众人耍子"，被瓶儿看见了大笑，说道："对他们只说他爹又寻了个丫头，唬他们唬，管定就信了。"绣像本评点者指出："不曰哄而曰唬，更深一步，可思。"而"管定就信"也妙得很，可见众人都不以西门庆买丫头为异也。后来见金莲所扮的丫头进来，"慌得孟玉楼、李娇儿都出来看"，"慌"字也见出二人关心的程度。玉楼聪慧心细，从金莲磕头的方式便看出丫头是假扮的，但玉楼识趣，不肯立即说出而败兴，只等金莲磕头之后自己撑不住笑起来，才绷着脸发话道："好丫头！不与你主子磕头，且笑！"直到这时，月娘、李娇儿才看出来是金莲。然而杨姑娘又要等到月娘说出是六姐才知道，因为杨姑娘上了年纪，眼神不好，上一回中，甚至分不清盘子里面是荤菜素菜——在众多年纪大的女眷中，杨姑娘也是第一个去世的。

金莲装弹唱姐儿，似乎毫无来由，只是一时兴起，但也未必不是早晨和瓶儿一起去书房找西门庆时看到书童而得到的灵感。第三十五回中书童借玉箫的衣服扮女子，以四根银簪子盘了个发髻，穿的是大红对襟绢衫、绿重绢裙子、紫销金箍儿，涂抹了脂粉。当时金莲、玉楼都曾在外面偷看。如今金莲扮丫头，打了个"盘头叉髻",戴着两个金灯笼坠子,贴着三个面花儿,穿着大红织金袄,翠蓝缎子裙,也带着紫销金箍儿,"把脸搽得雪白,抹的嘴唇儿鲜红"。不仅与书童扮的女伶相似,而且也和一年前戴着金灯笼坠子走百病儿的宋蕙莲相似。如今又临近元宵佳节,蕙莲已经烟消云散,而这也是西门庆家最后一个欢乐庆祝的元宵了也。

早晨金莲与瓶儿去书房找西门庆,西门庆走后,金莲还不肯就去,四处在书房里检视。首先"一屁股就坐在床上正中间,脚蹬着地炉子说道:'这原来是个套炕子!'"又伸手摸摸褥子,说:"倒且是烧的滚热的炕儿!"再瞧瞧旁边桌上放着铜丝火炉,随手取过来,又叫瓶儿递给她香几上牙盒里盛的甜香饼,放几个在火炉(原文作炕,疑是炉之误)内,又把火炉"夹在裆里,拿裙子裹的严严的,且薰蒸身上"。直到瓶儿催她,她才离开。这一番动作言语,显得金莲仿佛水银做成的,灵动之极,没有个安静的时候。金莲的"一屁股坐下",令人想起死去的蕙莲:比起蕙莲,金莲要雅致许多;但是比起瓶儿,金莲又粗糙了许多。又联想到第三十五回,书童也曾"拿炭火炉内烧甜香饼儿",又"口里噙着凤香饼儿"递到西门庆口里,而这里金莲拿香饼儿放在炉内、"夹在裆里",让人忍俊不禁。

金莲妆丫头,引动西门庆之心。当晚进她房里,金莲与他递生日酒，说："年年累你破费，你休抱怨。"随即又磨西门庆与她做衣服，否则出去赴宴，没有新衣服穿。金莲要东西，往往是为了要面子，要强，不肯落在人后，与王六儿之倚色诈财不同。金莲先一句"年年累你破费"，后一句"我难比他们都有"，又说"我身上你没与我做什么大衣裳"，都在提醒读者金莲家的贫寒，既不如月娘、玉楼、瓶儿，甚至不如李娇儿。两句实情话，不知为什么特别显出金莲的可怜。

做衣服的余波，直到下回开端方住：春梅见西门庆给妻妾做衣服，便赌气说正月十四日摆酒，没有新衣服便不肯出去递酒，与金莲的要挟方法如出一辙，然而不肯与其他三个丫头一样，偏要多做一件白绫袄，遂与西门大姐而不与玉箫等人同。作者往往于此等处写春梅与金莲性格相似处、与众人不同处。下回结尾处金莲要打秋菊，教春梅扯了她裤子，春梅不肯，说："没的污浊了我的手。"一定要叫来书童替她扯开秋菊裤子。两处情节前后掩映，显得春梅心高气傲，自视不凡。

张竹坡只知道藏春坞雪洞里面留下的一只鞋是蕙莲的余波，却不知这一回也处处荡漾蕙莲的余波，因为又到了元宵节，而去年元宵节上出尽风头的蕙莲已经不在了。金灯笼坠子固然是一处，金莲扮丫头所穿的翠蓝缎子裙也是一处（因为蕙莲得西门庆相赠一匹翠蓝兼四季团花喜相逢缎子做裙子，然而至死都没有机会做来穿），"一屁股坐下"又是一处。而金莲要西门庆做衣服，说"南边新治来那衣裳，一家分散几件子，裁与俺们穿了罢"。南边，指杭州也，观下回为春梅等裁衣，必说"杭州绢儿"可知。张竹坡误批作"来保买来"，其实不是来保买来，而是来旺买来的。

注释

① [清] 周亮工著：《书影》，上海，上海古籍出版社 1981 年版，第 110 页。

第四十一回

两孩儿联姻共笑嬉　二佳人愤深同气苦

（西门庆与乔大户结亲　潘金莲共李瓶儿斗气）

这一回，完全围绕着结亲展开。月娘的侄儿娶了乔大户娘子的侄女儿郑三姐，吴、乔两家成了亲家。大节下，正月十二日，乔大户娘子请月娘等人赴宴，在宴会上，因见到乔大户的妾新生的女儿长姐和官哥儿躺在一起，爱亲作亲，结了姻眷。亲事实在全是由月娘主张下来的，一半是吃酒吃得高兴，众人撺掇；一半是为了巩固娘家人与自家的关系。耐人寻味的是瓶儿并不主动，玉楼推着瓶儿问："李大姐，你怎的说？"瓶儿"只是笑"。又写道月娘做亲之后，"满心欢喜"，并不提瓶儿——可见月娘对这桩亲事是最满意高兴的，至于瓶儿就很难说。然而月娘是妻，瓶儿是妾，妾生的孩子由嫡母做主，妾虽然是生身之母，也是说不上什么话的，就算不乐意，也由不得瓶儿。比如《红楼梦》里面赵姨娘生了探春和贾环，第二十回里，只为说了贾环两句，教凤姐听见，便斥责赵姨娘："他现是主子，不好，横竖有教导他的人，与你什么相干？"第五十五回中，赵姨娘的兄弟发丧而探春当家，因为分派葬送费不肯破例而与赵姨娘拌嘴，探春说："谁是我舅舅？我舅舅早升了九省的检点了！那里又跑出一个舅舅来？……既这么说，每日环儿出去，为什么赵国基又站起来，又跟他上学，为什么不拿出舅舅的款来？"贾家是世家大族，士大夫官宦人家，作者极力写其规矩排场，不像西门家是清河富商，与普通人家更接近，但是从探春、贾环的例子，还是可以看出姨娘没有什么地位，而姨娘生的孩子，如果是男孩倒没什么，如果是女孩，就像凤姐背地里为探春所感叹的："将来做亲时，如今有一种轻狂人，先要打听姑娘是正出是庶出，多有为庶出不要的。"这又正符合了西门庆因嫌荆都监的女儿是庶出——"房里生的"——而不肯与之结亲的话。

西门庆的反应却极为明确：听说与乔家结亲，满肚子不快活。月娘告诉他之后，他劈头就问："今日酒席上有那几位堂客？"这是关心乔家请客是否有官太太、是否有体面的问题，正应了前面乔大户娘子推辞月娘的邀请："家老儿说来，只怕席间不好坐的。"据西门庆的解释：乔大户只是个"白衣人"，而西门庆居

两孩儿联姻共笑嬉

官，"到明日会亲酒席间，他戴着小帽，与俺这官户怎
生相处？甚不雅相"。又把"做亲也罢了，只是有些不
般配"这句话说了两遍。又说荆都监要求做亲，他还
嫌人家女儿不是正出而不肯答应，"不想倒与他家做了
亲！"势利、埋怨、不快声口如闻。本来明明是月娘、
玉楼看见长姐、官哥儿躺在一起，觉得孩子们好像"小
两口儿"，适逢吴大妗子进房，才对吴大妗子如此这般
说；然而月娘看西门庆不高兴，便把事情都推在吴大
妗子身上："倒是俺嫂子，见他家亲养的长姐和咱孩
子在床炕上睡着，都盖着被窝儿，你打我一下，我打
你一下，恰是小两口儿一般，才叫了俺们去，说将起
来，酒席上就不因不由做了这门亲。"——"你打我、
我打你"就像小两口，不知别人怎样，我只觉得充满
了讽刺。

　　金莲的利口虽然尖酸，但往往说破别人不敢或不
愿说破的真实。西门庆嫌荆都监的女儿是小老婆生的，
金莲立刻接说："嫌人家是房里养的，谁家是房外养
的？就是乔家这孩子，也是房里生的。"正触到众人的
敏感处，惹得西门庆大怒，把金莲骂得哭了。金莲的
话虽然出于妒忌，却是一字也不差、一字也难驳回的
老实话。然而实话难听招怨，西门庆固然大怒，就连
主张做亲的月娘脸上也下不来，瓶儿心中自然就更不
是滋味了。所以金莲被骂哭，唯有与她地位相同、心

情相近的玉楼走去安慰。然而玉楼性格含蓄，喜怒不形于色，明明心中想的和金莲一模一样，却绝对不会冲口说出来。

瓶儿深心苦虑，讨好月娘，在西门庆走后，重新与月娘磕头，说："今日孩子的事，累姐姐费心。"月娘"笑嘻嘻也倒身还下礼去，说道：'你喜呀。'"李瓶儿道："与姐姐同喜。"这还是瓶儿嫁过来以后，我们第一次看到她和月娘之间有如此谐和的情景出现。月娘做主与乔家结亲，西门庆不悦，金莲又在一边把话说得如此直露，这些都够让月娘难堪的了，然而瓶儿以数语表示感激，可以让月娘觉得安慰许多。

瓶儿与月娘吃茶，绣春来请瓶儿回房，说哥儿寻她。瓶儿说："奶子慌得三不知就抱的屋里去了。一搭儿去也罢了，只怕孩子没个灯儿。"月娘道："头里进门，到是我叫他抱的房里去，恐怕晚了。"月娘的丫头小玉又解释说有来安打着灯笼送他。瓶儿说："这等也罢了。"然而回房后，还是要埋怨奶子如意儿："你如何不对我说就抱了他来？"如意儿说："大娘见来安儿打着灯笼，就趁着灯儿来了。"瓶儿对自己的儿子，连这样一点小事也不能做主，月娘处处越俎代庖。然而瓶儿也只有在这样的小事上，能够背着月娘埋怨奶娘一番，像做亲这样的大事，就只好完全听从月娘的主张了。

　　金莲被西门庆抢白之后，又见西门庆去了瓶儿屋里，便痛打秋菊，借以出气。瓶儿听到金莲指桑骂槐，气得双手冰冷。这便是"二佳人愤深同气苦"。然而金莲被西门庆抢白之后在屋里哭，玉楼来安慰她，两个人一起在背后叽叽咕咕地说小孩子做亲的害处。玉楼何尝心里不吃醋，只是不像金莲那样嘴快得罪人罢了。那么"二佳人愤深同气苦"指金莲、玉楼也得。

　　次日正月十三，乔家给瓶儿送来了丰盛的生日礼，又是给官哥儿的节礼。此时西门庆已经听说乔大户原来有一门亲戚是皇亲，又见如此厚礼，对乔家的态度顿时软化了不少，回来一一告诉给瓶儿。就连瓶儿，本来因为被金莲气着了，一直躺在床上不起来，听到此处，也就"慢慢起来梳头"了。

第四十二回

逞豪华门前放烟火　赏元宵楼上醉花灯

（豪家拦门玩灯火　贵家高楼醉赏灯）

> 玉漏铜壶且莫催，星桥火树彻明开。
>
> 万般傀儡皆成妄，使得游人一笑回。
>
> 　　　　　　　　　　　（词话本元宵诗）

自此回起，至四十六回止，是这部书中的第三个元宵。三次元宵里面，以这一次写得最为波澜迭起、闹热豪华。还在四十一回，西门庆便已经看着管家贲四叫了花匠来扎缚烟火，在大厅、卷棚张挂灯笼，做出过节的声势。直到四十六回"元夜游行过雪雨"，作者一共花费五回笔墨，因为这是西门庆的全盛之时。七十九回中最后一个元宵节，作者根本没有作任何描写，因为那时西门庆已经病重将死了。

每一个元宵节，都有一个不同的妇人：瓶儿，蕙莲，王六儿。每一次元宵节，都在狮子街李瓶儿的房子里看灯。这次看灯的却不是女眷们，而是意欲在此和王六儿私会的西门庆。就在西门庆与应伯爵看灯时，无意中瞥见谢希大与祝实念陪着一个戴方巾的走过去，这是当年金莲被卖身的王招宣府中的王三官儿第一次出现，却只惊鸿一瞥就消失在人海里（直到四十五回，他与桂姐的交情才从应伯爵、谢希大口中泄漏出来）。西门庆问伯爵那人是谁，伯爵机灵地答说道："那人眼熟，不认得他。"

谢希大被西门庆差玳安悄悄地叫来，上楼见到应伯爵，赶着问伯爵："你来多大回了？"与此对应的情节是本回开始，李桂姐见吴银儿比自己早来到西门庆家，就悄悄问月娘："他多咱来了？"月娘告诉她："昨日送了礼来，拜认你六娘做干女儿了。"桂姐闻言，便"一日只和吴银儿使性子，两个不说话"。对应第三十二回，桂姐瞒着吴银儿先来西门庆家、认月娘做干娘而银儿吃醋的情节。这些帮闲与妓女，无不争一个先来后到，似乎谁先来趋奉谁就占便宜，又相互瞒着不通声气，在情节上形成回环往复的映衬与照应；又显得伯爵、希大和妓女差不多也。

众人在狮子街楼上吃消夜，"那应伯爵、谢希大、祝实念、韩道国，每人吃一大深碗八宝攒汤，三个大包子，还零四个桃花烧卖"。词话本作"每人青花白地

逞豪华门前放烟火

吃一大深碗八宝攒汤"，比绣像本更生动，尤其把"青花白地"这一形容碗的词组放在"吃"字之前，文字绝佳。

曾因为拾了金莲的鞋而挨打的小铁棍儿在此回又一次现身，与前文来昭、一丈青一家被派来看守狮子街的房子呼应。西门庆与王六儿行房，从小铁棍儿的偷看中描写出来，是为了与铁棍儿偷看西门庆与金莲在葡萄架上狂欢的情节做照应，借此暗示此六儿与彼六儿的对应。小铁棍儿是和金莲——潘金莲与宋蕙莲（原名金莲）以及金莲之没有蕙莲小的"金莲"——紧密联系在一起的。小说第一次提到小铁棍儿就是在上个元宵节，那时小铁棍儿缠着陈敬济要花炮放，陈敬济怕他影响自己和金莲调情，赶紧把他支走。然而很快陈敬济便把注意力转移到了蕙莲身上。那天晚上蕙莲走百病儿，一会儿说落了花翠，一会儿又说掉了鞋，伏下后文金莲在葡萄架下掉了鞋被小铁棍儿捡走、秋菊反而在藏春坞找出蕙莲的一只鞋之情节。上一个元宵节仍历历在目，而蕙莲已经香销玉殒，西门庆也换了新宠王六儿：只有小铁棍儿的在场和偷窥，仿佛给元宵节的繁华热闹带来了一阵冷风。

本回之初，西门庆给乔家送节礼，"叫女婿陈敬济和贲四穿青衣服押送过去"。青衣服是下人才穿的，俗话"穿青衣、抱黑柱"，就是既然给一个人服务就应该忠心为其办事的意思。敬济被派送礼按照传统礼节已经是很怠慢的了（女婿按说是娇客，应该待若上宾才对），却不仅和贲四同去送礼，还穿着青衣，可见他在西门庆家里的地位和贲四、傅自新、来保等伙计、管家差不了多少。而西门大姐在家里的地位则和春梅相似甚至不如，从上一回做衣服就可以看出——西门大姐的衣服还是因为春梅提要求才附带着做的。张竹坡在此批道："市井人待婿如此。"其实，哪里是因为市井人不晓得待婿的道理——而是因为陈敬济在落难之中也。西门庆曾经何等得意与"东京八十万禁军杨提督亲家陈宅"结亲，常常向别人炫耀，但自从陈洪败落下狱，却只字再也不提起了。这里作者特意写出"女婿陈敬济"云云。其实读到此，哪个读者不知陈敬济是女婿呢，只是为了把"女婿"二字与"青衣"连用，使读者触目惊心而已。

词话本里，棋童从家里来，西门庆问他众奶奶散了没有，他开始回答："还未散哩。"稍后又说："众奶奶七八散了，大娘才使小的来了。"前后不一致。绣像本无后一句。然而词话本也有绣像本所没有的精彩对白：伯爵问西门庆："明日乔家那头几位人来？"西门庆道："有他家做皇亲家五太太。明日我又不在家，早晨从庙中上元醮，又是府里周菊轩那里请吃酒。"一来所答非所问，乔家诸人一概抹倒，只特意提出皇亲乔五太太一人；二来又定要透露去周守备家吃酒。总之都是势利，都是炫耀——在如今的生活中，这样的腔调又何尝少听到呢，而且又何止于市井哉！

第四十三回

争宠爱金莲惹气　卖富贵吴月攀亲

（为失金西门庆骂金莲　因结亲吴月娘会乔太太）

　　西门庆把李智、黄四准折利钱的四只金镯子拿进瓶儿屋里，过后丢了一只，原来是掉在地上，被李娇儿的丫头夏花儿偷捡了（与《红楼梦》五十二回中平儿丢镯、坠儿拾镯何其相似）。金莲乘机讽刺西门庆，说得西门庆急了，把金莲按在炕上，作势要打她，被她一番巧言混了过去。这已经是瓶儿生子之后，西门庆第三次骂金莲。月娘在旁边笑说："恶人自有恶人磨，见了恶人没奈何。……六姐，也亏你这个嘴头子，不然嘴钝些儿也成不的。"然而西门庆走后，月娘便着实地说了金莲一顿："你还不往屋里匀匀那脸去，揉得恁红红的，等往回人来看着，什么张致！……若不是我在跟前劝着，绑着鬼是也有几下子打在身上。……不见了金子，随他不见去，寻不寻又不在你，又不在你屋里不见了，平白扯着脖子和他强怎么！你也丢了这口儿气罢。"说得金莲闭口无言。随后瓶儿来，月娘又重新告诉一番，并说金莲与西门庆争闹，"吃我劝开了"。其实何尝是月娘劝开的？月娘一来对西门庆把金子直接拿进瓶儿屋里感到不快，二来忌妒金莲有勇气说出自己不敢说的话，三来也气西门庆奈何不了金莲。所以西门庆一走，就发落金莲一顿，又对着金莲和瓶儿等人说是自己劝开的，不过是自欺欺人，挽回受损的面子而已。

读《金瓶梅》往往要留神看它的前后照应以及人物说话的破绽。比如酒席上，乔五太太问月娘西门庆何在，月娘说去衙门还没回来，引得五太太问她西门庆现居何官，其实西门庆是去周守备家喝酒罢了。早晨西门庆对应伯爵夸口，说头天晚上三更才回家，今天一早处理了公事，还要去打上元醮，然后去周守备家赴宴。应伯爵便奉承道：不是面奖，多亏了哥神思旺盛，换了别人根本成不的。然而西门庆终于没有去打醮，而是委派女婿陈敬济替他去了。

乔五太太在酒席上自夸侄女是"当今东宫贵妃娘娘"——想到这部书的历史背景设在北宋末年，我们不由要问：靖康之难徽宗、钦宗被掳的时候，宫中多少后妃、公主、公子王孙都沦落为娼妓、奴仆，就连月娘也准备逃难，则那时的乔贵妃下场如何？乔五太

争宠爱金莲惹气

太、乔大户娘子、吴月娘、西门庆、瓶儿都以皇亲为荣，然而别说不出一年官哥儿早夭，瓶儿、西门庆相继撒手人间，就是乔贵妃也未免随着战火而化作一场春梦了。

在一群女眷等待客人的时候，迎春把官哥儿抱出来给大家看，结果官哥儿扑过去要桂姐抱，被桂姐接过去放在膝上。最妙的是桂姐与官哥儿"嘴搵嘴耍子"——桂姐的嘴亲过多少男子的嘴，现在月娘、瓶儿却眼看着她和一个未满周岁的孩子"嘴搵嘴"而听之任之。吴大妗子甚至开玩笑说官哥儿这么小也懂得"爱好"。这种说法本已不当，吴月娘又随口接上："他老子是谁？到明日大了，管情也是小嫖头儿。"听起来更为不雅。玉楼说："若做了小嫖头儿，叫大妈妈就打死了。"这话十分讨好月娘，因为明明点出月娘是嫡母，有资格与权力教训官哥儿，也暗示月娘有严格的教子标准。然而既村了在场的四个妓女，也难免令旁边的瓶儿不悦，于是瓶儿紧接着说道："小厮，你姐姐抱，只休溺了你姐姐衣服，我就打死了。""只"字和"我"字值得注意，因为瓶儿的话是对妓女面皮的一种弥缝，同时意谓这也是我的儿子，我也有权管教，而且无论将来做不做嫖头儿，现在还是一个只会撒尿的孩子而已，如果今天撒尿在妓女身上，我便打死；若长大之后做嫖头儿，我倒未必管他了也。许多对话看似普通平淡，然而细品其中滋味，在场众人便呼之欲出了。

第四十四回

避马房侍女偷金　下象棋佳人消夜

（吴月娘留宿李桂姐　西门庆醉拶夏花儿）

李娇儿的丫头夏花偷了金镯子被发现，西门庆拶了她一顿，说明天要卖掉她。回房后，娇儿的侄女李桂姐甚是说她："你原来是个傻孩子！"词话本作"你原来是个俗孩子！"这里下"俗"字比下"傻"字好，虽然"俗"与"傻"形状相近，也可能是手民误抄，然而"俗"既是意料之中，也是意料之外：偷东西的人品格低下，自然可以当一个"俗"字，读者乍看会以为桂姐对偷盗之事十分轻蔑，但是再看下去，便发现她认为"不俗"的做法，却又根本不是不偷东西，只是教夏花儿偷了东西交给娇儿而已，讽刺意味便格外浓厚。桂姐教唆夏花儿的行径，与妓院里面妓女得财交给老鸨子没有任何不同，倒的确是桂姐的青楼本色。桂姐又说："不拘拿了什么，交付与他，也似元宵一般抬举你！"元宵是娇儿的另一个丫头，听起来似乎已经久惯此道了。

夏花没有被撵出西门庆家，全仗桂姐一人之力。《红楼梦》第五十二回"俏平儿情掩虾须镯"，也以丢镯、拾镯、晴雯打骂撵出小丫头坠儿做出一段锦绣文章。晴雯不听人劝，定要立时撵出小丫头，正和这里西门庆终于听了桂姐劝告不撵夏花儿相映照，乃善读《金瓶梅》的红楼主人特意写晴雯疾恶如仇、眼中揉不下砂子的性格。奈当时怡红院众侍女中排首位的袭人因送母殡不在，回来后得知坠儿被撵，虽然没说什么，"只说太性急了"，但心中未免会觉得晴雯没有等着自己回来再处理而感到不快。月娘在下回中怨西门庆听了桂姐之言而留下夏花是同样的道理——不一定是多么在乎赏罚不明，而是不高兴桂姐去求了西门庆，没有来求自己也。

自瓶儿生子以后，这是第三次写瓶儿撺掇西门庆去金莲屋里歇宿。而自从瓶儿生子，作者再也不肯描写西门庆与金莲的做爱情景，只用"上床歇宿不题"，"如被底鸳鸯、帐中鸾凤"这样的字眼笼统过去。《金瓶梅》里面的做爱描写都是作者有目的有计划的组织安排，不能视为书中的点缀或者作者媚俗的手段，否则岂可放过西门庆去金莲屋里歇宿这样的机会？作者不过是在表现近日以来，自从瓶儿生子，金莲屡因出

避马房侍女偷金

言讽刺而触西门庆之怒，西门庆对金莲的感情和兴趣不如从前罢了。

此回绣像本卷首引用了周邦彦的词《满江红》之上半阕，末句云："背画阑，脉脉悄无言，寻棋局。"这半阕词，全为描写瓶儿、银儿下棋消夜而引。词里所说的棋局，却不是象棋，而是弹棋，取弹棋局"心中不平"之意，是南朝乐府常见的谐音双关手法。瓶儿虽然平时不言不语，但是心中不平久矣，这里遇到性情比较温厚的银儿，便把满腹不平事尽情倾吐而出。然而瓶儿抱怨归抱怨，心情基本上还是满足的，特别是金镯子找回来，洗白了自己屋里的奶子丫头，使背后嚼舌的小人无从置喙，所以瓶儿格外觉得松了一口气。二人下棋消夜，张竹坡认为与金莲雪夜琵琶作映，这是对的，但这里虽然西门庆不在，整个氛围却温馨闲适，完全不同于金莲屋里的幽怨凄凉。

第四十五回

应伯爵劝当铜锣　李瓶儿解衣银姐

（桂姐央留夏花儿　月娘含怒骂玳安）

　　在四十三回里，作者写乔五太太是皇亲，这一回
里，当铜锣铜鼓、大理石屏风的是白皇亲家。"白皇
亲"三个字，意谓"白做一场皇亲国戚"也。西门庆
犹豫说："不知他明日赎不赎。"应伯爵在一边说："没
的说，赎什么？下坡车儿营生。"显然白皇亲家势已经
败落下来了，这既预兆着乔皇亲的未来，也预兆着西
门庆的未来。若依谢希大的说法，光是屏风就至少值
一百两银子，然而连铜锣铜鼓带屏风不过当了三十两
而已。及至西门庆死后，月娘同样贱卖了很多家具，
是一样的道理。

　　这两回，暗暗插入桂姐接了西门庆在楼上远远见
到的王三官儿，所以任凭月娘苦留，到底还是回家去
了。应伯爵、谢希大彼此通气，都知道桂姐又在接客，

只瞒着西门庆一人。桂姐向月娘撒谎，又用"五姨妈"作为借口（词话本作王姨妈，想是讹误）：二十回里面，桂姐接丁二官儿，老鸨就是用五姨妈骗西门庆，所以五姨妈简直成了一个标志了。

桂姐坚持要走，月娘已经不一定乐意，等到画童告诉她是桂姐劝得西门庆改了主意，不肯卖夏花儿了，二事相激，月娘便恼将起来，迁怒于玳安。玳安向来机灵，但是这一次反被机灵所误：西门庆本来吩咐他去通知月娘不要卖夏花儿，画童替桂姐拿着衣服毡包，玳安知道月娘会恼怒，便自告奋勇地换下画童，自己送桂姐去了。自以为可以借此避开一场臭骂，没想到画童添油加醋地把这件事学舌给月娘，后来月娘在大妗子家赴宴时，尽力骂了玳安一顿。然而在亲戚家做客时当着一酒席的人骂小厮，大不合适。月娘蠢钝而不善处事从此可以再次看出来。她不敢和西门庆据理力争，也奈何不了自己的干女儿桂姐或者李娇儿，耳朵又和西门庆一样的软，画童一挑拨而立即成功，无论怎么，只知道开口就骂，把气撒在一个无辜的小厮身上。这样的家主婆，也可谓无能之甚了。月娘的确笨，然而我很佩服的《金瓶梅》评论家孙述宇认为"月娘之有德，正因为她笨"，我却不敢苟同；又说"现代小说家康拉德的一个主题是认为人聪明就启疑窦，就不忠信，于是成就不了德行；金瓶梅的作者也有这种

应伯爵劝当铜锣

悲观色彩"①，这我也不敢苟同。因为笨而不能作恶，或者有可能；但是笨人不可能具有真正的道德，因为他缺少力。真正的道德，不是仅仅遵守社会的规定，而是需要勇气的，是有力而能够深深感动人的。笨人不可能具有这样的勇气，因为他缺少智慧。月娘只是一个愚妇而已，她唯一表现出"道德"的地方就是在西门庆死后守贞而已——但是她的守贞不是因为她多么爱西门庆，而是因为她根本没有爱的能力。她没有儿子的时候只知道爱钱，爱虚荣；有了儿子以后，只知道爱钱，爱儿子。所以小说最后，她的儿子出家了，她的家财被玳安继承，她唯一落下的好处是有寿——作者对她的愚钝在文字上的一点小小报答和补偿。看月娘常常教给西门庆如何做亏心事——让瓶儿的箱笼打墙上过来是她的主意，翟管家来信催要女子，西门庆还没有开始找，月娘让他骗翟管家说已经找到了，因为治嫁妆，所以要耽搁一些时候——月娘何尝是诚实有德的人，甚至不是一个老实的人。

聪明有很多种，有的人虽然聪明，但是缺乏智慧。比如金莲是西门庆的几个妻妾里面最聪明的，而且文化程度也比其他女人都高，但是金莲聪明反被聪明误，不能以智慧破解痴心，最后死在武松手里。孙述宇还忘了一个既聪明又有道德的女子韩爱姐。冯妈妈给她做媒时，称她"鬼精灵儿似的"，而且读她写给陈敬济

的信，文理通达，脉脉有情，又会弹月琴，其聪明可
以与金莲、玉楼比肩。然而她爱上了陈敬济，决心为
他守节，甚至割发毁目。我们不能因为她爱的对象不
值得，就贬低她的感情的价值；也不能因为她先嫁了
翟管家，又曾卖身帮父母赚钱就嫌她不纯洁：《金瓶
梅》的世界里面没有完美的纯洁，就像现实人类社会
里不存在完美的纯洁一样。我们必须看到爱姐一旦爱
上了一个人，就真的能够誓死不渝，有勇气，有担当，
比起一段枯木头似的月娘的守节，爱姐显然值得赞美
多了。

注释

① 孙述宇著：《金瓶梅的艺术》，第 62 页。

第四十六回

元夜游行遇雪雨　妻妾戏笑卜龟儿

（元夜游行遇雪雨　妻妾笑卜龟儿卦）

　　正月十六夜，月娘带众人去吴大妗子家赴宴，西门庆在家和伯爵等人喝酒放烟火。

　　此回写春梅与众不同：她坐在一张椅子上，看到玉箫和书童二人戏狎，碰倒了酒，便扬声骂玉箫，玉箫吓得不敢说话就走了；后来贲四嫂来请西门庆宠爱的四个丫头去家里赴席，每个人都想去，但又没有一个人敢去请求西门庆的准许，唯有春梅不为所动，反而骂众人是"没见世面的行货子"。别人都整装待发，春梅"只顾坐着不动身"，直到得了西门庆的话，才"慢慢往房里匀施脂粉去了"。后来在贲四家喝酒，平安来叫她们，说西门庆席终了，玉箫、迎春、兰香"慌得辞也不辞，都一溜烟跑了"，唯有春梅"拜谢了贲四嫂，才慢慢走回来。看见兰香在后边脱了鞋赶不上，

因骂道：你们都抢棺材奔命哩！”此处词话本作：“那
春梅听见，和迎春、玉箫等慌的行回不顾将，拜了贲四
嫂，辞的一溜烟跑了，只落下兰香在后边了，别了鞋，
赶不上，骂道：你们都抢棺材奔命哩！”词话本这一段
话，与春梅性格不符：因为春梅向来是不慌不忙的人。

月娘等人在吴大妗子家赴宴，雪娥不去是正常的，
但李娇儿称腿疼不去，明明是因为夏花儿偷金之事刚
了，或是羞惭，或是赌气。席上月娘等听郁大姐唱《一
江风》，词话本录有曲词，最后两句作：“谎冤家，你
在谢馆秦楼，倚翠偎红，色胆天来大。戌时点上烛，
早晚不见他，亥时去卜个龟儿卦。”明明点出了月娘在
大门口唤婆子卜龟儿卦的心理源泉：似乎唱词进入了
她的潜意识，算卦的婆子出现在视野里，自然唤醒了
沉睡的意向。

月娘的心理活动，描写得十分体贴入微。郁大姐
唱曲之后，她觉得身上冷，于是派人回家取皮袄，趁
势骂了玳安一顿以出昨日桂姐之气。身体的冷隐隐写
出心中的孤寒，也是热尽凉来的不祥预兆。赴宴回家
的路上，只是写夜深，写雪雨，写打伞，写地上湿，
写两个排军打灯笼，写陈敬济放花炮，不知怎么的就
比去年金莲、玉楼、蕙莲等人走百病寂寞暗淡了许多。
到家后，月娘便问：“他爹在那里？”李娇儿道：“刚
才在我那屋里，我打发他睡了。”娇儿之得意，几乎呼

元夜游行遇雪雨

之欲出。月娘便"一声儿没言语"，月娘之恼，于沉默之中，也呼之欲出。于是又把气出在几个丫头身上，听说去赴了贲四嫂的宴，又是"半日没言语"，终于骂出来："恁成精狗肉们！平白去做什么？谁教他去来？"见月娘着恼，玉楼等人渐渐都散了。"止落下大师父，和月娘同在一处睡了。那雪霰直下到四更方止。正是：香消烛冷楼台夜，挑菜烧灯扫雪天。"书中三次元宵夜，唯有这一次花费的笔墨最多，结局也写得最为冷清。一来反映月娘的心境，二来预示着热闹高潮过去后的尾声。

众人都有貂鼠皮袄，金莲独无，再次点染金莲出身的寒素，伏下后来瓶儿死后金莲问西门庆要了瓶儿的皮袄、成为与月娘斗气吵嘴的根源。席上唯有月娘和玉楼记得金莲没有皮袄，而又是玉楼卖乖，率先说出来。月娘开始说把一件人家当的皮袄给金莲，金莲不要，说："人家当的，好也歹也，黄狗皮也似的，穿在身上叫人笑话，也不气长，久后还赎的去了。"上回白皇亲家来当铜锣铜鼓、屏风，西门庆担心将来会被赎走，与金莲说的是同样的话：西门庆、金莲只怕人家把当物赎回去，却从没想到自家的东西将来也有当掉的可能。不过月娘后来又改口说：不是当的，是李智少十六两银子准折的，当的王招宣府里的那件皮袄与了李娇儿穿了。娇儿虽然没来，但她的皮袄却在此现身，既映出月娘恼她家桂姐，也从侧面点出王家败

落和王三官儿的不肖。然而可笑处在于王三官儿正在
嫖桂姐，他家的皮袄当在西门庆家里给了娇儿穿，所
当来的钱又花在娇儿的侄女身上，姑侄二人可谓吃定
了王三官儿。

月娘等人从吴大妗子家赴宴回来，陈敬济、玳安、
琴童一路护送，沿路放花炮，与去年元宵夜走百病十
分相似。吴银儿中途告辞回妓院，月娘专门派玳安送
她，使她能够与桂姐对等并肩。陈敬济则主动要求和
玳安一起去，映出去年元宵夜迷恋着宋蕙莲、不肯去
送韩嫂儿。月娘问陈敬济："他家在哪里？"陈敬济
道："这条胡同内一直进去，中间一座大门楼，就是他
家。"敬济如此熟知妓院门路，可见不老实，月娘却二
话不说便容他去，显得极为纵容，固然也是为了恼桂
姐，所以特意抬举银儿，然而也还是糊涂的想头。

次日早晨，妻妾在大门口卜龟儿卦，在场的只有
月娘、玉楼、瓶儿三人。娇儿以往总是和月娘在一起，
如今两次三番缺席，总是和夏花儿事件有关；金莲则
久已失去了月娘的欢心。卜卦时，生子是玉楼与月娘
两人的一大心事，却都不好意思自己问，又都有心卖
乖做好人，所以彼此互问。算到李瓶儿，老婆子道：
"奶奶，你休怪我说：你尽好匹红罗，只可惜尺头短了
些。"婉转地暗示瓶儿寿夭，我再没见到过比这更优美
隽永的说法。

第四十七回

苗青贪财害主　西门枉法受赃

（王六儿说事图财　西门庆受赃枉法）

　　横空插入这段西门庆受贿放过杀人犯苗青的故事，写王六儿、西门庆的财色交易。这是韩二事件之后，第二次详细描写西门庆如何滥用权力、贪赃枉法，而且又是通过宠爱的小厮和女人：这次是玳安与王六儿，上次是书童和瓶儿。

　　玳安索要"手续费"，又留在王六儿处吃酒，他说："吃的红头红脸，怕家去爹问，却怎的回爹？"王六儿道："怕怎的，你就说在我这里来。"与三十四回中书童与瓶儿的一段对答如出一辙。

　　王六儿见了苗青托她的邻居送来的五十两银子和两套妆花衣服，便欢喜得要不得。反照西门庆受贿，胃口极大——因为了解送贿人的财产底细，知道可以多诈出来一些——不叫王六儿受礼，明明流露出嫌少的意思："两个船家见供他有二千两银货在身上。拿这些银子来做什么？还不快送与他去。"然而受了苗青的一千两贿赂之后，居然分给夏提刑一半，没有像应伯爵、书童那样虚报数目，私自多扣一些，这恐怕也要算是贪官的廉耻了罢！

苗员外带着两箱金银、一船货物去东京投表兄黄通判，求取功名：如果金银、货物不被苗青和船家谋夺，恐怕也要进入某太师、某太尉的私囊了罢。官场之可怕，还不一定最表现在小人之间卖官鬻爵，而表现在"博学广识""颇好诗礼""胸中有物"者也还是要凭借行贿之手段、亲戚之关系，才能谋取功名。就连后来曾御史为苗员外雪冤，也必然以黄通判一纸追怀情谊的来书为引子。小人之间讲人情，君子之间又何尝不讲人情？无论小人、君子，人情与朋党则一。任何一个文化都重视人的因素，因为法毕竟是人制定的，但是一旦制定下来，法就应该大于人，法的因素就应该大于人的因素。否则君子尽管可以暂时战胜小人，真正的弊端却没有除去。

苗青贪财害主

第四十八回

弄私情戏赠一枝桃　走捷径探归七件事

（曾御史参劾提刑官　蔡太师奏行七件事）

上回说贪官的廉耻，这回写清官的糊涂：狄斯彬"为人刚方不要钱，问事糊涂"，人称"狄混"。则清官未必就是好官能吏。这样的人物，正是《老残游记》中"强盗的兵器"玉贤的原型。

三月初六清明日，西门庆上坟祭祖，然而这一天连连发生一系列不吉利的事情：官哥儿受惊，也恰值西门庆做官生涯的受惊。先是西门庆不听月娘劝阻，定要带官哥儿去上坟，结果官哥儿在堂客拜祭时听到响器锣鼓受了惊吓；后来金莲与敬济调戏，两个人把官哥儿当作引子，互相抱过来抱过去，甚至以官哥儿的嘴作为亲嘴的媒介，你亲一下，我亲一下，官哥儿从坟上回去，就惊哭漾奶；月娘请来刘婆子看他，刘婆子道是"着了些惊气入肚，又路上撞见五道将军"。

刘婆子固然是胡说八道，然则五道将军者何人？我们不能忘记金莲曾经两次与五道将军联系在一起：第二回中，被王婆称作"五道将军的女儿"；第十五回中，又被元宵赏灯人称作"五道将军的妾"。则官哥儿这次不好，显然半是因为西门庆、半是因为金莲。当西门庆终于从坟上回家，夏提刑于黄昏时分来访，告知因苗青事发，被曾御史弹劾，西门庆这一天的运气到了倒霉的顶点。

西门庆上坟，不但有小优儿扮戏，还有四个歌妓。拜祭之后，金莲便与玉楼、大姐、李桂姐、吴银儿打了一回子秋千，与第二十五回清明节吴月娘率领众人打秋千遥遥呼应。当时还有蕙莲在，陈敬济得了月娘的令，推送金莲和瓶儿；西门庆则被应伯爵、孙寡嘴邀请到郊外耍子去了。可见西门庆不是每年都去祭祖上坟，而祭祖上坟只是炫耀富贵的手段，和怀念敬奉祖先毫无关系。敬济、金莲的乱伦欲望在此回借一枝桃花传达春意。本回回目不以祭祖上坟为题，而以私赠一枝桃为题，寓意十分明显。

这一回，预兆了两年之后，第八十九回中"清明节寡妇上新坟"：此回中的二十四五顶轿子，官客、堂客加上本家、优伶、奴仆不下六七十人；彼时只剩下月娘、玉楼和吴大舅、吴大妗子这屈指可数的四个人而已，加上小玉、玳安、如意、孝哥和吴大舅家的丫

走捷径探归七件事

头兰花也不过九个人，而吴大舅、大妗子因为雇不出轿子，分别骑了两头驴子来。

西门庆一回家，夏提刑便来访，带来了曾御史的劾本，从这一严肃的政治文件中，我们从另一个侧面，从毫无曲笔讽刺之正面批判角度看到西门庆、夏提刑的丑态。我们第一次得知夏提刑的绰号是"丫头"和"木偶"，而西门庆携妓饮于市楼、月娘等人在街巷走百病这些在小说中没有被作者加以批评的举动，在大臣的正式奏折中，在一个新的宏观的上下文里面，我们才得以看到它们在当时社会中的意义与评价："纵妻妾嬉游街巷而帷薄为之不清，携乐妇而酣饮市楼，官箴为之有玷。"至于夜收身穿一身青衣的苗青的贿赂，在黄昏的朦胧月色之下，直与暗夜同色，本来我们以为做得何等隐秘，然而曾御史直书："受苗青夜赂之金。"可见背地做事，世人无不明知，又是何等惊心动魄哉。

此回西门庆做官生涯有惊无险，也和官哥儿逐渐痊愈相应。内眷求医问卜、跳神烧纸，西门庆、夏提刑则整治礼物，打发来保与夏寿上京求告翟管家：两条情节线索相扣极为紧密。

祖坟旁收拾出来的一明两暗三间房，词话本多出"或闲常接了妓者在此玩耍"一句，讽刺较绣像本明显。下句道："糊得有如雪洞般干净，悬挂的书画，琴棋箫洒。"其实已经暗示出这不是什么清净之地。盖西门庆家里的花园有藏春坞小书房又称雪洞，是西门庆与蕙莲偷情处，也是后来与桂姐做爱处（五十二回），也是金莲与敬济调情处（同五十二回）。"藏春"固不待言，雪洞之称，暖中有冷，早已被指出是这部"炎凉书"的重要意象。这里在祖坟旁边出现"雪洞"一般的房子，既包含情欲，也暗示情欲与炎势之不久，都像雪一样会很快消融。

第四十九回

请巡按屈体求荣　遇胡僧现身施药

（西门庆迎请宋巡按　永福寺饯行遇胡僧）

此回是第七七四十九回，全书的一个关键。上半写一场虚惊之后，西门庆之政治尊荣在地方上达到顶点："当时哄动了东平府，大闹了清河县，都说巡按老爷也认得西门庆大官人。"下半写胡僧赠药，西门庆之性能力也到达顶点。为蔡御史召妓，暗以蔡御史看中的妓女董娇儿影射西门庆，送走蔡御史后，又立即召来胡僧。政治与性的结合，在此得到天衣无缝的结合。

此回的另一诠释重心，便是语言（能指）与其代表的事物（所指）之间的表里参差。其中很重要的一点，从正面说明了序言中提出的一大论断，也就是《金瓶梅》是对古典诗词之境界的讽刺摹拟和揭露。

蔡御史便是当年的蔡状元，这是他第二次见西门庆，已经一回生、二回熟了。他背地里对西门庆说宋御史"只是今日初会，怎不做些模样"，也是适用于自己的解说。西门庆对妓女说话，对蔡御史说话，对宋御史说话（宋御史不仅是管辖清河县所在地面者，而且是蔡京之子蔡攸的舅子），三种不同的人物，用三种不同的语体，语言的正式性和文雅程度次第升高：对宋御史，西门庆用的是最客气、最正经的官方语言，如"幸蒙清顾，蓬荜生光"之类；而且宋御史在时，西门庆"鞠躬展拜，礼客甚谦"，不仅"垂首相陪"，而且"递酒安席"，行止与书童和两个妓女无异；而且不敢动问宋御史的号，因为不敢直呼其号，对自己也只是以"仆"自称，不敢称"学生"。对蔡御史讲话，便熟络了许多。在宋御史走后，才敢于问蔡御史"宋公祖尊号"，又体己地对蔡御史说："我观宋公，为人有些跷蹊。"所谓有些跷蹊者，不过是因为宋御史摆了一点架子，称"还欲到察院中处分些公事"而已，便被蔡御史指为"初次相见要做些模样"——则如果宋御史真的是勤于职守的官吏，如何能够在蔡御史、西门庆这样的同僚之中安身立命呢！读此，感叹中国官场之难：如果处处讲责任心和良心，只有落得像前回的曾御史那样流放岭表而已。而且人情与公务纠缠得至为紧密，如果不能和光同尘，就会成为众人排挤仇视的对象，所以就连正义也往往需要通过人情，或者通过巧计和谎言，才能得到施行。

再看西门庆叫了两个妓女答应蔡御史，背后和她们开玩笑："他南人的营生，好的是南风，你每休要扭手扭脚的。"所谓南风，即是男风，所谓"后庭花"也。说得如此露骨，而且就当着自己妻子的面，就连两个久惯牢成的妓女都觉得有些不好意思起来。从西门庆和妓女、蔡御史、宋御史一层近似一层的谈话方式，我们可以清楚地看到语言不仅为了交流，而且也为了划分和标志清晰的社会团体和阶级。

蔡御史见到二妓，"欲进不能，欲退不舍"。先问二妓叫什么名字，又问："你二人有号没有？"董娇儿道："小的无名娼妓，那讨号来？"蔡御史道："你等休要太谦。""问至再三，韩金钏方说：'小的号玉卿。'董娇儿道：'小的贱号薇仙。'蔡御史一闻薇仙二字，心中甚喜，遂留意在怀。"这一段，我们必须对比第三十六回，西门庆第一次见蔡状元时，安进士问："敢问贤公尊号？"西门庆道："在下卑官武职，何得号称？""询之再三，方言：'贱号四泉。'"两段话如出一辙，则西门庆被喻为何等人物，自不待言。

蔡御史不管多么腐败而无文，终究还是出身书生。海盐子弟在酒案上唱曲，蔡御史吩咐唱《渔家傲》，词话本录有曲词，其中道："满目黄花初绽，怪渊明怎不回还？交人盼得眼睛穿。冤家怎不行方便？"就在唱此曲之前，西门庆问蔡御史到家停留多久，老母安否，蔡氏答以："老母倒也安，学生在家，不觉荏苒半载。"西门庆问老母不问老父，令我们联想到这位蔡御史曾拜认了蔡京作干爹，而他点的曲子，则传达出他思念美人——不是老母——的心情。可笑处在于陶渊明与冤家并列耳。后来酒宴将终，子弟又唱了一曲《下山虎》，尾声道："苍天若肯行方便，早遣情人到枕边，免使书生独自眠。"再次将蔡御史的心思点出。正因如此，见到两个妓女才又惊又喜，感激西门庆不置也。

蔡御史对于文字符号的爱好完全统治了他对人物的鉴别，也就是说：表面文章比实际内容更重要。两个妓女当中，只因为董娇儿有一个令他喜欢的别号"薇仙"，他便动意于彼，"韩金钏见他一手拉着董娇儿，知局，就往后边去了"。蔡御史一直在"与西门庆握手相语"，等读到他拉着董娇儿，才知道原来他是一手拉着一个也，西门庆与妓女的对应关系写得如此明显，可发一笑。又金钏回到上房里，月娘问她："你怎的不陪他睡，来了？"韩金钏笑道："他留下董娇儿了，我不来，只管在那里做甚么？"月娘之愚钝如见。

就寝之前，董娇儿请蔡御史在她手里拿着的一把"湘妃竹泥金面扇儿"上题诗，扇子上面"水墨画着一种湘兰平溪流水"，湘妃、湘兰，都令人想到《楚辞》意境，然而此情此景，似乎与楚骚差距甚远。蔡状元为娇儿题诗："小院闲庭寂不哗，一池月上浸窗纱。邂逅相逢天未晚，紫薇郎对紫薇花。"最后一句又剥削了白居易《紫薇花》诗的最后一句："独坐黄昏谁是伴？紫薇花对紫薇郎。"然而白居易写黄昏独坐，紫薇花也真是紫薇花，不像蔡御史的紫薇花原是一个号薇仙的清河妓女也。此外，紫薇郎是唐朝时中书舍人的别称，蔡状元现做着两淮巡盐御史，哪里是什么紫薇郎，不过急中生智颠倒古人的诗句来趁韵罢了。此外，在此之前，蔡御史一直对西门庆说："夜深了，不胜酒力。"这当然可能是蔡御史急不可待要和娇儿一起归寝安歇的托辞，但对照诗中的"天未晚"三字，觉得相当可笑。总之，本回中的一切，无不名不副实，表里不一。再看蔡状元为翡翠轩里面题了一首律诗，是那种极为平常的、打开任何宋元明清诗人的集子都可以找得到的即席应景诗，其中第二联道："雨过书童开药圃，风回仙子步花台。"风雨何在？药圃何谓？正因为我们熟知书童、董娇儿、韩金钏、西门庆、蔡御史乃何等人物，翡翠轩是何等所在，我们读了蔡御史的诗，不免会觉得有些不寒而栗。因为作者要告诉我们：在这首律诗的传统意象、陈词滥调之下，掩藏着一个多么散文化的世界。再比如西门庆和蔡状元的对话："与昔日东山之游，又何异乎？""恐我不如安石之才，而君有王右军之高致矣！"——把典故的使用与现实中的市井庸俗之间的错落参差讽刺备至。不过西门庆虽然大字不识几个（上一回中居然读不懂来保抄回的邸报），却知道谢安石携妓作东山之游的典故——他的知识很可能来自词曲戏文，就像应伯爵在第二十回里面冒出一个"只当孟浩然踏雪寻梅，望他望去"一样，而《孟浩然踏雪寻梅》是一出明朝的杂剧。现代人尽管读书识字，却很少人能知道谢安石、王右军了。

董娇儿名字与李娇儿相同，而次日四月十七日正是王六儿的生日，再次日，便是李娇儿的生日、蕙莲的周年忌辰。西门庆到永福寺送蔡御史——永福寺原是周守备营造，金莲、春梅等人的葬身之地，也是普静超度一众冤魂、幻化孝哥之所在。已往每每写西门庆为官员饯行都在永福寺，因为玉皇庙是热结，永福寺是冷散。然而以前的送行都是虚写，只有这次作者带我们亲临其地：因为西门庆在永福寺遇见一个被漫画化了的阳物之化身：胡僧。西门庆在此得到胡僧的春药，正是自己的一剂催命丹。得药的当天，西门庆便接连两番尝试，次日四月十八，又和金莲足足缠了一夜。蕙莲之死这层过去的阴影，笼罩着西门庆现下的性狂欢；而胡僧"不可多用，戒之！戒之！"的叮嘱，则笼罩了西门庆未来的命运。因此这一回承前启后，是全书的一大转折点。

六儿生日，派弟弟王经来寻西门庆，不想见到月

遇梵僧现身施药

娘，差点泄漏了消息，多亏被平安遮掩过去，"月娘不言语，回后边去了"。但是此书每次写月娘不言语处，都是月娘有心事处。

第五十回

琴童潜听燕莺欢　玳安嬉游蝴蝶巷

（琴童潜听燕莺欢　玳安嬉游蝴蝶巷）

　　全书一百回，至此为半。这一回特地以玳安入回目，暗示了全书的结局；同时又是胡僧赠药之后的补叙：一，上回写了阳物化身的胡僧，这回劈头便写由王姑子引介来的薛姑子，带着两个十四五岁的小姑子妙凤、妙趣（"凤趣妙"也）。薛姑子"剃的青旋旋头儿，生得魁肥胖大，沼口豚腮，铺眉苫眼，拿班作势"，被西门庆骂作"贼胖秃淫妇"；正是她给月娘带来了生子丸药，遗腹子孝哥已经在此回隐现。二，上回既写胡僧赠药，这回便写西门庆试药，第一和王六儿试，第二和瓶儿，第三——到下一回——才轮到金莲。三人之中，瓶儿终由试药而死，王六儿和潘金莲则是西门庆的送死之人。所以初试药必写此三人。三，上回写了蔡御史、西门庆与两个高级妓女，这回便写玳安、琴童在蝴蝶巷逛三等妓院，纠缠妓女金儿、赛儿，又仗势欺人，打走其他嫖客。

西门庆给了王六儿一对金寿字簪作生日礼物，这种簪子本是瓶儿的，当年她送给西门庆两根作为定情之物，西门庆转送给金莲，瓶儿又送给西门庆的几个妻妾每人一对，如今王六儿也得到了，显见得她作为西门庆的外室，与月、楼、莲、瓶诸人地位完全相等。又西门庆在她家，命小厮去买南烧酒，王六儿不知就里，笑说："爹老人家别的酒吃厌了，想起来又要吃南烧酒了。"郑培凯写过一篇十分精彩的《金瓶梅词话与明人饮酒风尚》，其中提到烧酒即白酒，认为西门庆在此回要喝烧酒是出于"翻新花样"的心理。郑氏指出"书中写喝白酒的场合，都与潘金莲与王六儿有关"，认为这和角色性格是配合的，"这两个女人在色欲方面表现的性格，与烧酒之烈，颇有契通之处"。又说"空口喝烧酒，与北方曲巷中的女人经常连在一起，在明代士大夫圈中是视为鄙俗的"。[①] 不过郑氏忽略了一点，就是胡僧特意嘱咐西门庆吃春药须"用烧酒送下"，而这才是西门庆特地叫小厮买南烧酒的原因，而且正因为平时不大喝烧酒，王六儿才会觉得有点稀奇。然而吃春药用烧酒，似乎又不是胡僧的独家秘方，因为王六儿发现西门庆吃药，便说："怪道你要烧酒吃，原来干这营生！"可见王六儿谙熟此道，深知吃春药必用

玳安嬉游蝴蝶巷

烧酒也。又书中凡提到买烧酒，总是只买一瓶（如此回、五十二回），不像其他酒以一坛论，烧酒性烈之故也。

瓶儿自从来到西门庆家，作者只有两次具体写到二人行房，一次在二十七回，一次便在此回，两次瓶儿都身体不适，勉强承受。这一次，她因为月经在身，本想拒绝西门庆，又说："我到明日死了，你也只寻我？"成为后来夭亡的谶言。

玳安带着琴童游蝴蝶巷，表面看去和上下文似乎没有什么关系，但是玳安者何人？玳安就是后来的"西门小员外"也。在这回，他戏弄书童，问他为何今日这等"扭手扭脚"的，与上回西门庆嘱咐两个妓女的话一模一样；吓唬冯妈妈，说瓶儿知道她为王六儿作牵头该如何，引着琴童去看蝴蝶巷新来的"两个小丫头子"，吩咐小伴当在此听门，"等这边寻，你往小胡同口儿上来叫俺们"。因琴童偷听西门庆与王六儿做爱，便说："平白听他怎的？"心高气傲的架式不减于春梅。后来又动手打走蝴蝶巷妓家留宿的两个酒保，威胁他们说："好不好拿到衙门里去，交他且试试新夹棍着！"又和赛儿换汗巾子。其威风、强硬、喜欢眠花宿柳与享乐之种种行为，和西门庆不差多少。则西门庆虽死，玳安将来又是一个小西门庆。

注释

① 郑培凯：《金瓶梅词话与明人饮酒风尚》，徐朔方编选校阅：《金瓶梅西方论文集》，上海，上海古籍出版社 1987 年版，第 69—71 页。

第五十一回

打猫儿金莲品玉　斗叶子敬济输金

（月娘听演金刚科　桂姐躲在西门宅）

　　此回有许多对死亡的冷冷暗示。比如金莲在月娘
前面挑拨离间，说瓶儿的坏话，月娘恼了，道：就是
汉子成天在你屋里不出来，也别想我这心动一动儿，
只当守寡，也过的日子。正是所谓的出语成谶。西门
大姐又悄悄把金莲的话告诉给瓶儿，瓶儿气得手臂发
软，道："他昼夜算计的，只是俺娘儿两个，到明日终
究吃他算计了一个去才是了当。"又比如西门庆在金
莲处试药，金莲对西门庆描述她的做爱感受，说与往
常之热痒不同，"冷森森直掣到心上"，一来是借金莲
之口，补出前一天晚上西门庆与瓶儿做爱时，瓶儿身
体感到的不适，暗示已经种下病根（因为瓶儿经期间，
按照中医的说法不宜受凉）；二来这部炎凉书也是在借
着这一"冷"的出现，预示着西门庆的生涯已经开始

下坡。正如张竹坡所说："此书至五十回以后，便一节节冷了去。"二人疯狂做爱，金莲一直说："今日死在你手里了。"其实不是金莲死，倒是西门庆死也。西门庆所讲的笑话——某人死后变驴，放还阳间后全身都变回人，唯有阳物未变，遂要回阴间去换，妻子怕他一去不来，说不要去了，还是等我慢慢挨罢——也与死亡有关。这一次与金莲的做爱描写，包括金莲"一连丢了两次身子"、二人做爱过程、姿势、感受等，无不与七十九回中西门庆最后与金莲的做爱描写丝丝入扣、针锋相对，如果放在一起对照参看，方知这一次做爱乃是西门庆之死的预演。又金莲、西门庆做爱时旁边蹲着一只白狮子猫儿用爪子来挝——须知挝的不是别物，而是"那话儿"——电影《秋菊打官司》里面秋菊所说的那"要命的地方儿"也。这既是后文雪狮子吓死官哥儿的预演，也在西门庆权力和性能力的顶峰，暗示二者一起冰雪消融，"官"与"那话儿"都受到威胁。又薛姑子宣讲《金刚科仪》，"电光易灭，石火难消。落花无返树之期，逝水绝归源之路"一段是极好的文字，具道人世无常，是作者在此回布下死亡阴影的最后力笔。其中"妻孥无百载之欢，黑暗有千重之苦"一句，格外触目惊心。

　　写十兄弟之冷：西门庆派韩道国、来保、崔本去扬州做买卖，然而凭空插入桂姐求情，西门庆遂转派来保去东京太师府为桂姐说情。桂姐接了王三官，于此终于明写，而王三官是六黄太尉侄女婿一节也于此点出。应伯爵得知孙寡嘴、祝麻子因帮衬王三官而被解到东京问罪，特意来告诉西门庆，但是对孙、祝二人毫无兔死狐悲之意（因为他们在王三官处帮闲没有捎带伯爵也），西门庆也对孙、祝二人的命运毫不关心。西门庆待"热结"的兄弟皆不如待一个妍头。

来保行前，去韩道国家告知去东京事，问韩道国将来在扬州何处会合，又和韩道国、王六儿吃酒。这段文字，似乎是闲笔，其实描写来保与韩道国家通家来往，亲热无比，正是为后文八十一回西门庆死后韩道国两口子拐带财物远遁、连来保一并瞒过做铺垫，以见人情之凉薄。

两个姑子念经，以月娘为首，全家女眷"一个不少"听她们演诵，然而被平安"慌慌张张"报告宋巡按来送礼打断，这岂不是《金刚科仪》里面所说的"贺者才闻——而吊者随至？"月娘便立刻"慌了"，道："你爹往夏家吃酒去了，谁人打发他？"闻道却不能悟道，讽刺意味极浓。幸亏玳安不慌不忙处理了此事，又写出玳安气象与众仆不同。

玳安寻找书童不见，后来书童和陈敬济"叠骑着骡子才来"，玳安见了，骂书童："爹不在，家里不看，跟着人养老婆去了！""人"者，陈敬济也。落后金莲

416

听不下去佛曲儿，拉着瓶儿走出来说，"就看看大姐在屋里做什么"——哪里是想去看大姐，是想去看敬济也，虽然不明写，而心事如画。至于叠骑骡子，则暗示陈敬济和书童一样，将来沦为男宠，也暗示二人关系暧昧：对比六十八回末尾，玳安去请媒人文嫂，开玩笑说："你也上马，咱两个叠骑着罢！"文嫂道："怪小短命儿，我又不是你影射的，街上人看着，怪刺刺的！"便可知。

西门大姐和敬济的关系，这是第二次直接写到，上次在二十四回。前后两次都是大姐为吃醋而臭骂陈敬济，上次骂得有理，这次却没理，没理又不肯认错，毫无温柔可言。后来西门庆死后大姐与陈敬济反目，是陈敬济多年怨恨一起发作，不是一朝一夕之功。

金莲出主意叫敬济、大姐斗牌，谁输了钱，谁做东道，"少，便叫你六娘贴些出来，明日等你爹不在，买烧鸭子、白酒咱们吃。"烧鸭子、白酒、等你爹不在等语，直指前日书童买鸭子、金华酒与瓶儿背着西门庆私下吃喝一事。饶着花了瓶儿的钱，还要再次戳其心事，金莲也真可谓恶毒。

此回说西门大姐与瓶儿交好，因为大姐"常没针线鞋面"，多亏瓶儿背地与她。张竹坡在此批道："月娘可杀。"在读到张竹坡的评语之前，从未注意过这一细节——六个字而已——然而张竹坡是绝对正确的。

斗叶子敬济输金

当年西门大姐和陈敬济来投奔时，月娘收了他们带来的许多箱笼在自己房里。月娘在钱财上的小器，待落难的前妻之女的凉薄，西门庆全无父女之情，都在这六个字里面写出了。这的确是史家之笔力，也是中国古典小说的最大特色之一。

第五十二回

应伯爵山洞戏春娇　潘金莲花园调爱婿

（应伯爵山洞戏春娇　潘金莲花园看莫菇）

　　应伯爵极力索落桂姐接王三官和临时抱佛脚来求
西门庆，"你这回才认得爹了？"是为了讨西门庆的欢
心，也是因为桂姐对他从来没有个和气的态度，不是
骂他，就是躲开。吴银儿便温柔敦厚许多，因此当桂
姐拜月娘为干娘时，伯爵便指点了银儿一条计策，要
她拜瓶儿为干娘。然而桂姐在西门庆的酒宴上唱思念
之曲，也的确好像是在传达对王三官的相思，看来这
次是和王三官认真了。应伯爵对桂姐的索落，局外人
看了觉得句句可笑，当局人如桂姐，便会觉得句句刺
心，尤其他唱的那支讲述妓女之苦的南曲："老虔婆只
要图财，小淫妇少不得拽着脖子往前挣。苦似投河，
愁如觅井。几时得把业罐子填完，就变驴变马也不干
这营生。"竟然把脸皮极厚的桂姐也说得"哭起来了"。

试想如果不说在痛处，又何以哭哉？然而就连厚颜无情如桂姐，也有此说不出的苦楚！这是《金瓶梅》的大慈悲之处。

西门大姐、陈敬济、李瓶儿合出份子请月娘等人在花园里面喝酒、吃鸭子，月娘突然想起来，问道："今日主人怎倒不来坐坐。"主人便指敬济而言。月娘常常招引陈敬济，容他和众妇人一起饮酒，从不避嫌。"酒过数巡，各添春色"，语含讥刺。月娘被描写为治家不严的始作俑者，就算是无心，仍然难以推卸在金莲、敬济之乱伦中应负的责任，然而这次不仅促成敬济和金莲的私情，而且关键在于他们的私情导致了黑猫吓到官哥儿。这里的描写，与第十九回在花园中饮酒开宴相呼应。词话本关于金莲扑蝶、敬济调情，有大段重复；绣像本比较细心，不再写金莲扑蝶，只写金莲摘野紫花。

第十九回中，玉楼远远看到金莲推敬济，便从玩花楼把金莲叫走。此回，玉楼从卧云亭叫瓶儿，瓶儿去和月娘等人说话，金莲便趁机和敬济在雪洞里调情。官哥儿被一个人留在雪洞外，"旁边一个大黑猫"，把他吓得大哭。五十一回的白猫引出这只黑猫，雪洞外的黑猫又接引后文号称"雪狮子"的白猫，然而瓶儿在三十四回里也曾引逗玳瑁猫和哥儿耍子，三只猫儿不同，从吉到凶：玳瑁最平和，黑色固然不好，到白

潘金莲花园调爱婿

色才是孝服的颜色，是冰雪的颜色。

瓶儿性格中，也有和月娘一样的愚钝：桂姐来巴结月娘，月娘便立刻忘记了她的一切过恶；瓶儿前几天刚刚因为金莲而气得手臂发软，对大姐说早晚我母子二人会被她算计去一个，今日已经和金莲对抹骨牌，后来又居然把孩子丢给金莲一个人看管。

然而瓶儿之离开，官哥被惊吓，就像月娘的流产，既是玉楼作俑，月娘也有责任。瓶儿说下面没人看孩子，玉楼便说："左右有六姐在那里，怕怎的。"月娘却立刻命玉楼去看。月娘深知金莲嫉妒，所以放心不下，而且上一回中接连两次嘲讽金莲，已经明明表示月娘从喜爱金莲发展为憎恶金莲矣。至于玉楼和小玉把孩子抱来后月娘问孩子何以哭，一向回避矛盾的玉楼这次却毫不为金莲遮掩，倒不是因为"不如此不足以脱掉干系"[1]，而是因为月娘的丫头小玉在旁，隐瞒不住也。

应伯爵、谢希大吃面，"登时狠了七碗"。"狠"字用得真精彩。谢希大又叫琴童取茶漱口，强调要温茶，"热的烫得死蒜臭"，也是极生动的语言。

注释

① 丁朗著：《〈金瓶梅〉与北京》，北京，中国社会出版社 1996年版，第32页。

第五十三回

潘金莲惊散幽欢　吴月娘拜求子息

（吴月娘承欢求子息　李瓶儿酬愿保儿童）

　　明朝文人沈德符《万历野获编》卷二十五记载《金瓶梅》一条下写道："原书实少五十三至五十七回，遍觅不得。有陋儒补以入刻，无论肤浅鄙俚，时作吴语，即前后血脉亦绝不贯串，一见知其赝作矣。"

　　关于沈德符的这一段话，《金瓶梅》的研究者众说纷纭。有意思的是，词话本与绣像本的这五回，尤其是五十三至五十五回，非常不同。且无论是否二本之中这五回都是陋儒补以入刻，先后情节的异同上来说，词话本漏洞百出，远远不如绣像本精细。

　　词话本作月娘关心官哥儿，次日一早起来就去看望，听到金莲、玉楼背地说她生不出孩子便巴结官哥儿，心中怨怒，对天长叹："若吴氏明日壬子日，服了薛姑子的药便得种子，承继西门香火，不使我作无祀的鬼，感谢皇天不尽了。"所谓承继西门香火、不作无祀之鬼，都是相当无理的说法，因为月娘所关心的，在于有一个自己的儿子，以加强自己的地位，否则官哥足以承继香火，而且月娘作为正室，自然会得到尊奉和祭祀，这两点都不是问题的所在。此外这里的叙事未免在时间顺序上有所颠倒：西门庆与应伯爵、谢希大、桂姐等人喝酒，剃头师傅小周来给官哥儿剃头，是四月二十一日的事，当时月娘让金莲看历日，问壬子日是哪一天，金莲说是后日（四月二十三日）。次日四月二十二日，西门庆去赴安、黄二主事的酒宴。而金莲、瓶儿等请月娘在花园吃酒，黑猫惊了官哥儿。"睡了一宿，到次早起来"，就应该已经是二十三日了，而月娘在这一天长叹"明日"云云，便不能落实。

同一天，说金莲因"昨日"和敬济在花园雪洞里面偷情被玉楼冲散而在屋里闷闷不已，也害得陈敬济"硬梆梆撑起了一宿"。这一天（二十三日）的黄昏，陈敬济悄悄到来，终于初次与金莲得手，而这时恰好西门庆赴宴回来，二人不得尽兴而罢。按，西门庆从头天四月二十二日早起赴安、黄二主事之酒宴，也不应该连吃一天一夜才回来。又说西门庆来家时喝醉了，本要来找金莲的，结果错进了月娘的房，月娘为要"明日二十三日"壬子行房，推他出来。言"明日二十三日"者，又似乎还是二十二日，更显出作者的粗心大

意。西门庆走错房门也不合情理，因月娘、金莲住处
一后一前，相隔甚远，又不是紧邻，无论喝醉到何等
程度，都不应走错。

又，应伯爵来找西门庆要许给借李三、黄四的
五百两银子，西门庆开始故作忘记，后来又赖账不想
借，"应伯爵正色道：'哥，君子一言，快马一鞭。人
而无信，不知其可也。'"完全不符合应伯爵的口吻。
此外伯爵为李、黄二人作中人赚钱，是瞒着谢希大的，
可是此回却写二人一起"分中人钱"，又说"那玳安、
琴童都拥住了伯爵，讨些使用，买果子吃。应伯爵摇
手道：'没有，没有。这是我认得的，不带得来送你
这些狗子弟孩儿。'"试想那玳安是何等人物，哪里会"拥
住了伯爵"讨钱？伯爵又怎会对玳安说出这样的话？
后文又说西门庆开玩笑问应伯爵"前日中人钱盛么"，
更是胡说。又写月娘对瓶儿解释为什么她会一天没有
来看官哥儿，是因为听到潘金莲的闲话，倒好像月娘
每天都必去瓶儿房里看孩子。而瓶儿便对着月娘说：
"这样怪行货，歪刺骨，可是有槽道的！"完全不像瓶
儿嘴里出来的话，倒好像是金莲的口气了。又写官哥
儿不好，先后请了施灼龟、刘婆子、钱痰火来弄神捣
鬼，西门庆本来最不信这一套，现在居然也跟着钱痰
火拜神君。总之，这样的漏洞数不胜数，而且叙事淡
而无味，不像原作能够把一系列的家常琐事写得须眉

飞动。然而也只有看到赝品，才更知道原作者有怎样的绝世才华。

绣像本无月娘关心孩子、金莲背后讥刺、月娘怨怒一段。以西门庆二十二日在刘太监庄上和安、黄、刘三人饮酒的情形开始本回，次写金莲、敬济趁西门庆还没回来而偷情得手，然后西门庆回家，进了月娘的屋里，月娘为了要和他在壬子日行房，约他次日晚上来，西门庆便进了金莲的房，摸到金莲下面，道："怪小淫妇，你想着谁来？兀那话湿搭搭的。"把金莲与敬济的偷情写得十分惊险，把西门庆写得十分糊涂，又符合情节发展的时间顺序与事物之情理，比词话本精细了很多。

又，词话本写西门庆为官哥儿不好而拜神谢土诸事，绣像本概无，只写瓶儿自道身子不好，想要"酬酬心愿"，西门庆便道："我叫玳安去接王姑子来，与他商量，做些好事就是了。"绣像本评点者云："西门庆平日最鄙薄姑子，今日忽曰接来，所谓愚人易惑也。"后来请到王姑子，西门庆亲自与她商量如何为官哥儿做功德，又连说："依你，依你"。虽云"愚人易惑"，然而毕竟与西门庆性格不符。又，二十三日白天，应伯爵一早来访、安黄二主事来拜一段，平淡乏味，后来也就没有下落，是完全没有必要的文字。伯爵在二十一日临走时说："李三、黄四那事，我后日会他来

吴月娘拜求子息

罢。"然而二十三日这次来访，明明有时间，伯爵也没有提起此事，一直等到次日，才在和常峙节同来时说出。西门庆不但反悔，而且"只顾呆了脸看常峙节"，不知何意。

仔细对比词话本与绣像本，可以相当有把握地说二者都不出自原作者之手。不过词话本比绣像本讹误尤多，而且行文啰唆；绣像本篇幅较小，适足以藏拙。虽然也不能完全藏得干净：因为原作者的是大手笔也。

在第三十回，绣像本的无名评点者在月娘为瓶儿生子提供缏接、草纸时写下一段批语："月娘好心，直根烧香一脉来。后五十三回为俗笔改坏，可笑可恨。不得此元本，几失其本来面目。"这里所谓的"此元本"，即指他所评点的绣像本；而他所说的俗笔改坏，很有可能即指词话本这一段。这里一个非常有趣的问题是：到底这位评点者是像金圣叹批《水浒传》《西厢记》那样，自改自叫好、戏台上喝彩呢；或者把自己评点的本子（不一定自己动手修改过）视为最佳；或者他竟然真的得到了《金瓶梅》的原作——也就是说：绣像本才代表着《金瓶梅》的原始风貌，而不像一般人们以为的那样，绣像本是词话本的后裔。又第四回中，绣像本评点者在王婆吓唬金莲一段上眉批道："此写生手也。较原本径庭矣。读者详之。"这里所谓的"原本"，研究者黄霖以为"只能是据以改定而相对简单的词话本，而不是内容相同的崇祯本系统的某种先于刻本的'原本'。"① 但我以为其实可以考虑到另一个可能性，那就是：这里的"原本"也有可能指这段情节的发源地——《水浒传》中重合的段落。我倾向于认同黄霖君关于"元本与原本不能相混"的测度，但是黄君误以为元本当为"据以参校的全抄本"。其实根据上下文语意，我们可以很清楚地看到，"此元本"就是评点者正在批点的这一个版本。而"原本"我则以为有可能指故事的原本《水浒传》，并不一定必指词话本。

注释

① 黄霖：《关于〈金瓶梅〉崇祯本的若干问题》，中国金瓶梅学会编：《金瓶梅研究》第一辑，第 81 页。

第五十四回

应伯爵隔花戏金钏　任医官垂帐诊瓶儿

（应伯爵郊园会诸友　任医官豪家看病症）

　　此回写应伯爵请客，邀西门庆郊游，常峙节作陪，韩金钏和两个歌童伺候。酒宴行令，应伯爵接连讲了两个唐突西门庆的笑话，被常峙节捉住把柄，颇似第三十五回中伯爵挑贲四的漏洞一节。又，金钏小解，伯爵隔花戏之，不防被常峙节一推，扑的摔了一跤，险些不曾溅了一脸的尿。所谓螳螂捕蝉，黄雀在后即是。

　　词话本写伯爵得了李三、黄四的中人钱，在家请西门庆及诸弟兄的客，首先来到的是白赉光（词话本中的白来创），又有常、吴、谢三人，和吴银儿、韩金钏两个唱的。吃喝一阵子之后，才来到郊外，在刘太监园上饮酒笑乐。绣像本对于西门庆十兄弟是一一作传的，所以白赉光在第三十五回中描写过他的没有眼

436

色和贫穷落魄之后，就再也不提及了。何况自从西门庆做官后，十兄弟茶会早就冷落了下来，不可能像在词话本里那样欢聚一堂，更不可能在刘太监的园子里饮酒而西门庆不知会主人。绣像本中，因为下文将有"常峙节得钞傲妻儿"一段情事，所以专门拈出常峙节，表示常氏小传自此开始。不言刘太监园子，只称某个"内相花园"。又写吴银儿生病不来，为瓶儿生病伏线。两个歌童伺候，为"苗员外一诺送歌童"伏线。本回开头，西门庆为瓶儿、官哥儿在观音庵起经，月娘本要陈敬济去礼拜，陈敬济惦着和金莲勾搭，推说铺子里有买卖事，去不得。于是改派书童——当然要用书童，因为书童是依附瓶儿的。

请任太医看病一节，词话本写西门庆中断酒宴回家看瓶儿，"两步做一步走"——令人想起绣像本开始时西门庆中断酒宴回家看卓丢儿。绣像本写情，从西门庆自己嘴里道出："不瞒老先生说，家中虽有几房，只是这个房下，极与学生契合。"然绣像本与词话本最不同处，在绣像本揶揄任太医极似《儒林外史》笔法：任太医看脉之后，且不说病人得的是什么病，只是自吹在王吏部家看病如何神效，王家如何厚礼相谢，如何送匾，匾上写着"儒医神术"，"写的是什么颜体，一个个飞得起的"。直逼得西门庆说出"纵是咱们武职比不得那吏部公，须索也不敢怠慢"。任太医此时却偏

任医官垂帐诊瓶儿

要说："老先生这样相处，小弟一分也不敢望谢。就是那药本也不敢领。"西门庆自然会意，笑说不敢吃白药，而任太医终于还是要追加一句："老先生既然这等说，学生也止求一个匾儿罢，谢仪断然不敢、不敢！"越是称其不敢要谢仪，念念不忘谢仪之神情越发如见。

词话本称瓶儿胃疼，颇为莫名其妙。瓶儿之病，明明应该上承在月经期间做爱坐下的病根，而且下接官哥儿死后不久病重夭亡。所以绣像本中瓶儿的病症作"恶路不净"，也与六十回中"旧病发作，照旧下边经水淋漓不止"不符。

同一个任太医，在七十六回又为月娘看病。然则看瓶儿的病，便垂下帐子，瓶儿从帐子里面先伸出一只"用帕儿包着"的右手让太医把脉，"不一时又把帕儿包着左手捧将出来"，直到看气色，才揭开帐子，绣像本评点者笑话说："费了半日工夫遮掩，却又全体露出，写藏头露尾情景真令人喷饭。"等到看月娘的病，月娘却自己走出来，在对面椅上坐下，把脉之后道了万福，才抽身回房。一尊贵扭捏如此，一轻易大方如彼，不知是作者不同，故写法不同、照应不到？还是同一作者的疏忽？还是同一作者的有意安排，以显得瓶儿尊贵、月娘粗俗？或者是因为西门庆想到当年的蒋太医而加倍严格防范哉？

任太医看病一节，也被红楼主人学去：五十一回

中胡太医给晴雯看病，只从帐子里面伸出一只手，老
婆子还把那两三寸长的指甲用帕子盖上；六十九回中
给尤二姐看病，二姐从帐子中露出脸来，太医一见，
魂飞天外，哪里还辨得出气色？云云。

第五十五回

西门庆两番庆寿旦　苗员外一诺送歌童

（西门庆东京庆寿旦　苗员外扬州送歌童）

一　又一个假子

　　西门庆去东京给蔡京上寿，拜了蔡京为干爹，终于实现夙愿。本书一系列假子假女，从三十二回中月娘认桂姐为干女儿为开始，穿插三十六回中的蔡京之假子蔡御史，四十二回中的银儿拜瓶儿为干娘，至此，西门庆自己也做了干儿子，和蔡御史二人，正好与两个妓女干女儿相对映。

　　西门庆一旦离开清河，来到东京，便渺小了很多。一来"路上相遇的，无非各路文武官员进京庆贺寿旦的，也有进生辰纲的，不计其数"，表示"滔滔者天下皆是也"；二来也显得西门庆只不过是百千势利与势要人中之一而已。西门庆在蔡府，两次开口问翟管家：“为何今日大事，却不开中门？”“这里民居隔绝，哪里来的鼓乐喧嚷？”翟管家答以中门曾经天子行幸进出，所以平常关闭；后者则是因为蔡京每顿饭都有二十四人的女乐班子奏乐。这两个问题与回答，写出了蔡府的气派与西门庆的“乡气”，比一切对于太师府的正面描写都更好地反映出蔡府的富贵气象。然而西门庆和翟管家饮酒时，西门庆提出想拜蔡京为干爹，“也不枉了人生一世”。翟管家答道：“我们主人虽是朝廷大臣，却也极好奉承。今日见了这般盛礼，不但拜做干子定然允从，自然还要升选官爵。”这不仅形容得蔡京不堪，也形容得所谓的朝廷大臣极不堪也。

二 又一个苗员外

在东京，西门庆邂逅一个也来给蔡京上寿的扬州故人苗员外，苗员外送给西门庆两个歌童，取名春鸿、春燕——虽然西门庆根本没有把苗员外的承诺当真，离开东京时甚至没有知会苗员外一声。词话本说金莲喜欢二人生得人材好，但后来西门庆家毕竟还是用不着，都转送给了蔡太师；绣像本没有金莲馋涎一段（因为没有下稍），只说后来春燕死了，单剩下春鸿，在五十九回以其老实博众人一笑，后来在西门庆死后，又能够忠于主人，揭破李三和来爵的险谋（西门庆正好在此回的开始终于把银子借给李三、黄四）。除此之外，这段插曲后来没有发展出其他故事，春鸿后来经应伯爵介绍，跟了接替西门庆做提刑的张二官儿。绣像本评点者说："西门庆施与结交，人人背去，忽劈空幻出一苗员外，认真信义，亦大可笑，不知造化错综之妙正在此。当与韩爱姐守节参看。"

有趣的是扬州苗员外正和前文被苗青害死的苗员外同姓。被杀的苗员外叫苗天秀（取秀而不实之意）。词话本写送歌童的苗员外派家人苗实、苗秀同去，绣像本无苗秀，只有苗实（苗而有实之谓），也是游戏笔墨的细心之处，更与后文苗青送歌女楚云未果相映成趣。此外，绣像本没有苗员外夸耀西门庆家中富贵、"性格温柔、吟风弄月"一段话（因歌童不愿去，故夸西门庆以劝之），只保留了"人而无信，不知其可也——那孔圣人说的话怎么违得！"云云，比词话本简洁了很多，突出了人物诚信的性格。

今人丁朗在《〈金瓶梅〉与北京》一书中，注意到"扬州的员外爱姓苗"，以为这个苗员外应该就是苗青，而不应该是另一个没头没尾的苗员外；原作想必有精彩描写，但是"这五回"只有题目，缺失内容，被"陋儒"填补坏了。[①] 按，既然韩道国和伙计崔本在四月二十日被派往扬州支盐，临行前西门庆交给他们两封书，一封到扬州马头投王伯儒店住宿；一封就去抓寻苗青，"问他的事情下落，快来回报我"（五十一回），然而后文竟没有着落。因此，丁朗的猜测可备一说。不过依照张竹坡说法，之所以特意又写一个扬州的苗员外者，是为了"刺西门之心也"。其实，观上文被害的扬州苗员外，当日也曾带了"两箱金银、一船货物"去东京谋前程，求功名，则两个苗员外，实则是一个人：不过因为偶然的机缘，这一个苗员外结了实，而那一个苗员外却"秀而不实"，如果那一个苗员外不被苗青害死，又焉知他不会成为又一个拜倒在太师门下的人呢。观绣像本西门庆遇到苗员外时作者一连用了三个"也"字可知。

三 词话本与绣像本的渊源

奇怪的是词话本这一回与绣像本这一回之间的关系。

词话本上回结尾处，已经交待了任太医开药、书童玳安取药、瓶儿把药吃下，甚至已经到了次日早晨，连病都好了；此回开头却发现任太医还坐在西门庆家里，讲论瓶儿的病症。而且除了少许字句之外，这一段基本上与绣像本此回开端重合，所以瓶儿在词话本中本是胃疼，这里也变成"恶路不净"了。又说："且说西门庆送了任医官去，回来与应伯爵坐地。"按照词

苗员外一诺送歌童

话本的说法，伯爵应该还在刘太监花园里面饮酒，只有按照绣像本的写法，才有回来与伯爵同坐的情节。

在绣像本中，西门庆与伯爵同坐，伯爵再次提到李三、黄四借钱，西门庆终于答应，次日便兑了银子。正值来保从东京回来，了却桂姐一事，顺便报告说：翟管家要西门庆在蔡京生日去东京走走。词话本中，却说西门庆正和伯爵坐着，忽然"想起东京蔡太师寿旦已近"，于是进房来和月娘说知，说毕就走出外来，吩咐玳安等四个小厮"明日跟随东京走一遭"。应伯爵那一头完全没有交待就消失了，而且走得如此匆忙，十分不合情理。

第二处疑问发生在金莲与敬济在西门庆走后偷情的一段情节：在词话本中，写金莲与敬济的私情比绣像本详细，其中金莲对敬济说了一句话："自从我和你在屋里，被小玉撞破了去后，如今一向都不得相会。"所谓"小玉撞破"，在词话本的上文中完全没有影迹，但在绣像本的五十四回中却有这么一个情节：金莲与敬济在房里，金莲从窗缝瞥见丫头小玉正向自己的屋子走来，忽然又回身转去了，金莲忖道：必是她忘记了什么东西了，这事不济了。于是催促敬济离开。待到小玉进门，金莲犹自在为刚才的惊险发颤。这段情节，词话本完全没有，然而在词话本的五十五回，金莲却提到"小玉撞破"。但有意思的是绣像本却又没有

这句话，甚至没有写金莲与敬济会面，只是笼统地说
"撞见无人便调戏，亲嘴咂舌做一处"而已。

今人丁朗注意到这一处破绽，据此认为："只有
真正的初刻词话本才是崇祯本所依据的母本。……而
目前我们见到的这个词话本也是经过改写的一个本子，
所以说，它同样也是初刻词话本的一代后人。初刻词
话本不但是现存崇祯本的生身之母，同时，也是现存
词话本的生身之母；现存于世的两种刻本原是一奶同
胞的亲兄弟。"② 因为我们已经没有了词话本的初刻本
和绣像本的初刻本，所以，丁君如此斩钉截铁所下的
论断，客观地来讲还只是一个假说，不能当成不容置
疑的结论。但是，以上指出的关于词话本的两点情况
还是足以向我们显示：现存绣像本来自现存词话本不
是一个不争的事实。

四　留在家里的妇人

西门庆上京祝寿，送行时惟有瓶儿"阁着泪"。回
家后，西门庆单单问瓶儿孩子如何、身体如何，说：
"我虽则在东京，一心只吊不下家里。"吊不下家里本
是概括家里所有人所有事，但是放在问候孩子与瓶儿
身体的话后面出之，便似乎这个吊不下的家里只是瓶
儿与孩子二人而已。

以往每次西门庆数日不在，金莲都十分想念，两次委托玳安给西门庆捎去情书一纸，倾诉相思。然而这次西门庆不在，金莲却"说也有，笑也有……只想着与陈敬济勾搭"。小说以金莲、西门庆火热的情感作为开始，至此，西门庆固然已经对瓶儿情有独钟，金莲对西门庆的感情也冷淡得多了。

注释

①　丁朗著：《〈金瓶梅〉与北京》，第 27—29 页。
②　丁朗著：《〈金瓶梅〉与北京》，第 10 页。

第五十六回

西门庆捐金助朋友　常峙节得钞傲妻儿

（西门庆周济常时节　应伯爵举荐水秀才）

一　春鸿、春燕

　　上回末尾，绣像本写西门庆为两个歌童取名春鸿、春燕。此回开头，"西门庆留下两个歌童，随即打发苗家人回书礼物，又赏了些银钱。苗实领书磕头谢了出门。后来不多些时，春燕死了，只春鸿一人。正是：千金散尽教歌舞，留与他人乐少年。"词话本此回开头，却道西门庆终究用两个歌童不着，都送太师府去了，也并未提到给歌童取名，则词话本后来忽然出现春鸿字样，颇无来历。值得注意的是虽然词话本此回开头与绣像本不尽相同，引用的两句诗却是一样的。又春燕死，而春鸿独留，暗示春去秋来：因为燕子总是与春天联系在一起，鸿雁虽然也是候鸟，此处又称春鸿，但中国古典文学中一般是把鸿雁与秋天联系在一起的。

二 秋衣带来的寒意

这一年，从四月下旬详细描写西门庆家每日的事件，到六月上旬西门庆到东京给蔡京祝寿，至此已经"新秋时候"，整个夏天只是一笔带过。又《金瓶梅》描写的第一个节日是端午节，正是王婆打酒遇大雨的时候，西门庆与金莲相亲相爱度过节日；而最后一次写端午节，只是在五十一回开始，以瓶儿给孩子做端午戴的绒线符牌及各色纱小粽子并解毒艾虎儿作为节日的侧面点缀，旋即被西门大姐一番学舌气得手臂发软直掉眼泪，连同头天西门庆试药，一起成为病根。此外，《金瓶梅》上半描写春夏景色极详细（如二十五至三十五回全是写春夏），然而自此回至西门庆死，偏重于描写秋冬。这一回通过对西门庆、常峙节两家人添加秋冬衣服的对比描写，在炙手可热的情形中，透露出了寒冷的消息。

写常家贫寒的辛酸，不是在没钱时写出，而是在得到施舍后夫妻二人欢天喜地时写出：常二取栲栳去街上买米买羊肉。回家时，老婆在门口接住——可见期盼之殷切——道："这块羊肉，又买它做甚？"听上去好似责备，然而里面隐含着欢喜。最打眼的是衣服：

常峙节得钞傲妻儿

西门庆家，月娘一个人的秋衣，由两个小厮抬一只箱子（可见箱子之沉重）还只抬了一半；常峙节用西门庆施舍的十二两银子，给浑家买了五件衣服，"一件青杭绢女袄，一条绿绸裙子，一件月白绸衫儿，一件红绫袄子，一件白绸裙儿"，自家买了两件，"一件鹅黄绫袄子，一件丁香绸直身"，再加上几件"布草衣服"，花了六两五钱。《金瓶梅》写衣服写得尽多，惟有此处色色写来，"寒酸之气逼人"。而且月娘衣服是虚写，只用"一箱"二字形容，却只觉得富贵豪华；常二买的衣服件件备细写来，似乎五光十色耀人眼目，却只觉得寒酸。

常二夫妇"一段柴米夫妻文字"，是从贫寒之家的角度写"酒色财气"：常二请应伯爵吃酒，以求得他在西门庆面前的美言；得到周济之前，被老婆抱怨不休，咒骂不止，常二对着银子说道："你早些来时，不受这淫妇几场气了。"常二买回肉与米，老婆说："又买肉做甚。"常二戏对老婆道："刚才说了许多辛苦，不争这一些羊肉？就牛也该宰几个请你。"老婆笑骂："狠心的贼，今日便怀恨在心，看你怎的奈何了我！"常二道："只怕有一日，叫我一万声亲哥、饶我小淫妇罢，我也只不饶你哩。试试手段看！"老婆便笑的往井边打水去了。常二的戏言，明明隐含狎媟之意，也是所谓的"饱暖思淫"。

　　西门庆踌躇半晌，只借给常峙节十二两银子，说是去东京花费的多了，这是"那日东京太师府赏封剩下的十二两，你拿去好杂用"。明明大富人家，"拔一根寒毛比腰还壮"的，却如此悭吝，又比较三十一回中曾经出手便借给吴典恩一百两，则一方面因为写了借据，一方面吴典恩做了官也。《红楼梦》第六回中刘姥姥告贷，凤姐说："可巧昨儿太太给我的丫头们作衣裳的二十两银子还没动呢，你不嫌少，先拿了去用罢。"又说："给这孩子们作件冬衣罢。"全影《金瓶梅》此回。

　　常峙节的妻子在这一回里用过两句俗语，从侧面影射"秋凉如水"的结局：一是埋怨常二时说："你平日只认得西门大官人，今日求些周济，也做了瓶落水。"一是骂常二道："梧桐叶落——满身光棍的行货子！"二语都是热去寒来的征兆。瓶落水，是影写瓶儿；而此回后半，西门庆要找个人掌管文书，应伯爵举荐水秀才——水秀才者，后来替写西门庆祭文的人也。

第五十七回

开缘簿千金喜舍　戏雕栏一笑回嗔

（道长老募修永福寺　薛姑子劝舍陀罗经）

　　就是在绣像本补写的这五回里面，这也要算最差的一回。绣像本的五十三至五十四回比词话本的五十三至五十四回精细许多，任太医一段也写得有神采。但是总的来说，就和词话本一样的平淡，只不过因为词话本啰唆，不善藏拙，所以更是"言语无味、面目可憎"。见太师、认假子、助朋友、傲妻儿，是富贵和贫穷的两极，写得都有可取之处。尤其所谓"柴米夫妻"一段文字，嘲笑之中有辛酸与同情，很打动人。但是这第五十七回却糟糕之至，似乎纯粹是敷衍文字，凑够篇幅，而且前言不搭后语。凡是描写我们已熟知的角色，口吻总是不像，而且不仅与全书上下文不尽相合，自身逻辑也有抵牾之处。

　　此回开始，讲述永福寺来历。一个西印度来的道长老，发心重修禅寺，来求西门庆施舍。这个道长老显然不是四十九回中的道坚长老，而且永福寺虽然"丢得坏了"，但是既然可以屡次借长老方丈为官员摆酒钱行，则也不可能像此回描写的那么"荒烟衰草、寺宇倾颓"。

上回送走常二之后，西门庆仍留应伯爵说话，伯爵遂举荐水秀才；伯爵走后，西门庆进房里来，"拉着月娘走到李瓶儿房里来看官哥儿"，三人说话处，被金莲听到，在背后咒骂抱怨，这时偏偏玳安走来寻西门庆，问金莲"爹在那里？"金莲便骂"怎的到我这屋里来"云云。这里玳安来金莲屋里找西门庆一节明明是学三十四回中画童儿来金莲处找西门庆而被春梅骂走一段，但是一来画童儿不如玳安机灵，二来那时西门庆移宠于瓶儿不久，底下人还不习惯于到瓶儿屋里找西门庆，所以这一细节在三十四回便极妙，放在此处而且移植在玳安身上便不伦不类。玳安寻西门庆，是因为应伯爵又回来了，西门庆问："应二爹才送的他去，又做甚？"玳安说："爹出去便知。"似乎应伯爵有什么特别事体。但是西门庆走出去，正值募捐的道长老来到，西门庆捐助留斋后，应伯爵仍在，却毕竟不曾说出为何回来。我们才知道原来玳安不是卖关子，而是就连作者自己也不知道为何把伯爵拉回来也。西门庆又对伯爵说："我正要差人请你，你来得正好。"

开缘簿千金喜舍

与上文听到伯爵回来时的惊讶口气也极不类。

再比如西门庆施舍五百两银子在永福寺，而且立刻对月娘"备细说了一番"，而到了八十九回，月娘上坟之后来到永福寺歇脚，吴大舅介绍说："前日姐夫在日，曾舍几十两银子在这寺中，重修佛殿，方是这般新鲜。"五百两与几十两差之太远，月娘也似乎完全不知道或者不记得西门庆捐钱的事。然而按照月娘性格，是就连借给吴典恩一百两银子也一直记着的。再有，西门庆本来极厌恶薛姑子，在衙门里拶过她，在五十一回里称之为"贼胖秃淫妇"，这次居然笑对她说："姑姑且坐下，细说甚么功果，我便依你。"薛姑子说的《陀罗经》，又本是在五十三回末尾王姑子提到过的。又王薛二姑子，甚至包括吴大妗子这样的女眷，每次见到西门庆进月娘房里来，都要慌忙回避，在此回却"直闯进来，朝月娘打问讯，又向西门庆拜了拜，说：'老爹，你倒在家里。'"休说西门庆家深宅大院，怎可能"直闯进来"，更难以想象她们见到西门庆会如此熟络。又月娘口气极不类，比如连叫西门庆两声"哥"，实在是"闻所未闻"（除了在十三回中曾以讽刺的口气称之为"我的哥哥"和在西门庆将死时称之为"我的哥哥"之外）。又劝西门庆："哥，你天大的造化，生下孩儿，广结善缘，岂不是俺一家儿的福份。……哥，你日后那没来回没正经养婆娘，没搭煞贪财好色的事体，少干几桩儿，却不攒下些阴功，与那小孩子也好。"然而月娘对西门庆说话，向来总是开口"火燎腿行货子"，闭口"没羞的货"，就是劝，也往往是连讽带刺，夹说带骂，何尝有一次的温柔软款。再比如西门庆答以"你的醋话儿又来了"，更不像是说月娘，倒像是说金莲。至于姑子们在月娘房里讲话，而金莲在自己屋里睡觉时听见"外边有人说话，又认是前番光景，便走向前来听看"，更是胡说之极，因为金莲住在花园里，"极是一个幽僻去处"，与月娘所住的上房相隔甚远，是根本不可能听到任何动静的。

最后一个纰漏是西门庆对应伯爵说："前日往东京，多谢众亲友们与咱把盏，今日安排小酒，与众人回答，要二哥在此相陪。"此回遂以请来吴大舅、花大舅、谢希大、常峙节等亲戚朋友喝酒告终。然第五十八回一开始，便写道："却说当日西门庆陪亲友饮酒，吃的酩酊大醉……到次日二十八，乃西门庆正生日。"可见头天与亲友饮酒，不应该是什么"多谢众亲友与咱把盏"的回席，而是众亲友来给西门庆上寿，观第十二回写七月二十七日西门庆从妓院中来家上寿、陪待宾客可知。

第五十八回

潘金莲打狗伤人　孟玉楼周贫磨镜

（怀妒忌金莲打秋菊　乞腊肉磨镜叟诉冤）

莲萼菱花共照临，风吹影动碧沉沉。

一池秋水芙蓉现，好似姮娥傍月阴。

这一回，按照张爱玲的说法，是突然"眼前一亮，像钻出了隧道"的一回。（《红楼梦魇·自序》）眼前一亮是真的，在我看起来，倒不仅仅是因为从此回开始我们回到了原作，而是因为从一开始的孙雪娥、郑爱月，到后文的银狮子、银香球，到八面被磨得如一汪秋水般明亮的镜子，一片银白晶莹，反射出了冷冷的寒光。

从这一回的叙述，可以反照出许多那佚失的五回之中的情事。比如此回开始，西门庆生日当天，"只见韩道国处差胡秀到了门首"，言韩道国在杭州置了一万

464

两银子缎绢货物，已经抵达临清钞关，缺少税钞银两，未曾装载进城。西门庆大喜，叫陈敬济去见钞关钱老爹，过关时青目一二云云。胡秀何人？其来历完全未曾交待；钱老爹在此前也没有提到过。西门庆曾经让韩道国得到苗青的消息快些报告他，也没有下文。在漏去的五回里，必有一段文字讲述韩道国等人在扬州见苗青，胡秀应该就是韩道国在扬州得到的助手。又西门庆生日酒席，点了几个妓者供唱，唯有郑爱月迟迟不来，说被王皇亲府叫去了。张竹坡以为是指王招宣府，误。西门庆对应伯爵说："我倒见他在酒席上说话伶俐，叫他来唱两日试他，倒这等可恶！"西门庆定下爱月，是在夏提刑家的酒宴上，想来也必有一番描写。而且夏提刑家的倪秀才推荐温秀才，也可能是在同一酒宴上。又桂姐、银儿在西门庆生日这天都在，桂姐道："我每两日没家去了。"则桂姐、银儿之来与往，也必有交待。五十二回中应伯爵见西门庆为桂姐说人情，趁机要挟着桂姐在事情过去后请他们吃酒，诡称是给老鸨补生日酒，则佚失的五回中想来也应该提到，因为此书向来极为细致，几乎从来没有伏线之后不闻下落的情况。又任太医给瓶儿看病，这次来赴西门庆的生日酒宴，见面寒暄道："昨日韩明川说，才知老先生华诞。"韩明川何人？前文一概没有交待。然而此前西门庆每请亲戚朋友，除了吴大舅、二舅、花大舅，总有一个莫名其妙的沈姨夫，从此之后，比如说五十九回中给官哥吊孝时，便首次出现了一个"门外韩姨夫"。门外即城门外。韩姨夫住在城外，任太医也住在城外：因为那天生日酒宴之后，"先是任医官隔门去得早"——隔门，就是隔城门也。去得早，一来城外路遥，二来日暮了，怕关城门。丁朗已指出词话本任太医夜里来给瓶儿看病，是因为"陋儒"不知"城门启闭有时，夜间根本不可能进城行医"。①至于这个韩姨夫韩明川是何许人也，和王六儿、韩道国有没有关系，则不可得而知了。

玳安深知西门庆性格：定下爱月是在夏提刑宅里，倘不来，在夏提刑跟前就会觉得丢面子。爱月被玳安带来，西门庆问她："我叫你，如何不来？这等可恶！敢量我拿不得你来？"爱月只是笑，既不辩解，也不回答，同众人一直往后边去了。落后，众妓女在陪酒时都有说有笑，唯有爱月不言不语。这种神秘的沉默与微笑，和桂姐出场时的能说会道又不一样，然而比在夏家酒宴上见面时"说话儿伶俐"，当更使西门庆动心。

此回开始，写西门庆去雪娥房里歇宿，并点出"也有一年多没进他房中来"。一年多，是从去年三四月间，发现雪娥与来旺的私情开始算起的。次日雪娥便对着来供唱的四个妓女自称"四娘"，引来金莲和玉楼的一顿嘲笑。我们发现是西门大姐带着四个唱的去雪娥房里，而且金莲、玉楼嘲笑雪娥时在瓶儿处，瓶儿未发一言。金莲说："若不是大娘房里有他大妗子，他二娘房里有桂姐，你房里有杨姑奶奶，李大姐有银姐在这里，我那屋里有他潘姥姥，且轮不到往你那屋里去哩！"我们注意到金莲在说玉楼时忽然称"你"，可见金莲说话的时候是看着玉楼说的，和玉楼关系较亲密。后来金莲又"向桂姐道：'你爹不是俺各房里有人，等闲不往他后边去。'"点出"向桂姐"，便是点出"不向银姐"。银姐是瓶儿一派，瓶儿又与西门大姐相好，西门大姐是西门庆前陈氏之女，而雪娥是陈氏的陪房也。西门庆家的党派，在此清清楚楚地显示出来。又小玉的机灵，也在这一段中写出——不愧后来成为玳安的妻子，继承西门庆的家业。不过金莲的一番巧言终于只是狡辩，因为当日晚上西门庆就在月娘房里歇了一宿，次日二十九日，杨姑娘走了，西门庆并没往玉楼处歇；吴银儿还未走，西门庆倒在李瓶儿处歇了一夜。秀才温必古来与西门庆作馆，词话本写他"年纪不上四旬，生的明眸皓齿，三牙须，丰姿洒落，举止飘逸"；绣像本作："生的端庄质朴，络腮胡，仪容谦仰（抑？），举止温恭"。端庄、质朴、谦抑、温恭，比丰姿洒落、举止飘逸好，因为与后文鸡奸画童的行为能够形成更强烈的反差。络腮胡也比明眸皓齿和三牙须佳。因为三牙须是中年秀才的常态，络腮胡则别致，不落俗套，读至此，一个温秀才活脱脱从纸上跳出来。

此回下半，讲述瓶儿为官哥儿消灾，拿着一对银狮子，叫薛姑子替他印造《陀罗经》。薛姑子拿着就走，玉楼精细，便命伙计贲四跟着她去，"往经铺里讲定个数儿来，每一部经该多少银子，到几时有才好"。这一细节有几个值得注意的地方：一，明明又暴露出补写的破绽——五十七回中薛姑子劝得西门庆施舍了三十两银子造经，为儿子求福，分明是赘笔；二，不仅是赘笔，西门庆与薛姑子讨价还价斤斤计较一节，可能还是从这里得来的灵感；三，玉楼虽然也和金莲一样嫉妒瓶儿，但是却回护瓶儿的钱财，与金莲处处要占个瓶儿的便宜不同，因为玉楼向来手头有钱，没受过钱财的苦，用不着妒忌瓶儿之财，又不像月娘那么贪婪，眼红瓶儿的财物，又做过数年商人妻，深谙治家之道，商家主妇的精明不自觉就流露出来；四，银狮子是下回雪狮子的预兆，银狮子在此被融化成银子为官哥儿消灾，却没想到雪狮子惊吓官哥致死，而雪狮子也终于被西门庆摔死，因为雪不是长久之物也，所以下一回中，西门庆一旦"露阳"，而雪狮子立消矣。又花子虚在狮子街死去，瓶儿从狮子街娶来，武松曾在狮子街酒楼寻西门庆报仇，杀死了李外传：狮子一出现，就有凶事发生。后来那个致命的夜晚，西门庆也是从王六儿在狮子街的家回来的。

玉楼背地里和金莲两个人说，瓶儿施舍银狮子、银香球造经是白费了金钱，玉楼更是看不惯瓶儿手头撒漫、容易被骗。然而正说着，大门口来了一个磨镜子的老儿，磨完镜子之后，哭告儿子不成器、妻子卧病，于是玉楼给他一些腊肉、两个饼锭，金莲则把潘姥姥带来的小米量了二升给他，又捎带两根酱瓜。金莲早先打狗、打丫头惊吓了官哥儿，潘姥姥来劝阻，被金莲骂了一顿，回房里去哭，次日一早便走了。张竹坡评道："以己母遗之物，赠人之不能养之母，不一反思，直猪狗矣。"张竹坡一意以"苦孝说"解释这部小说，然而《金瓶梅》比单纯的"苦孝"复杂得多。金莲抢白潘姥姥，潘姥姥诚然可怜，但是潘姥姥也完全不理解金莲的心情——在一个妻妾满堂的家庭里，做一个无子、无钱、又无娘家后台，甚至连丈夫宠爱也失去了的妾是怎样的艰难。至于磨镜子的老儿，无论是张竹坡还是绣像本的无名评点者都对一个细节保持缄默：在老儿走后，平安说他是个油嘴的骗子，"他妈妈子是个媒人，昨天打街上走过去，不是常时在家不好来！"金莲责备他："早不说，做甚么来！"平安道："罢了，也是他造化。"平安这一番话，真乎，假乎？我们难以知道。然而这个突如其来的情节却把这

孟玉楼周贫磨镜

一简单的怜贫济老行为大大地模糊了。不仅用自己被气走的母亲拿来的小米救济磨镜叟的金莲被含蓄地批评，就连自作聪明、认为李瓶儿糊涂撒漫的玉楼也成了嘲讽的对象。

又金莲、玉楼命来安去自己屋里叫丫头取镜子，来安一共拿回八面镜子，其中金莲的四面，玉楼两面，剩下两面却是春梅的，"捎出来也叫磨磨"。玉楼的丫头兰香，眼见得就不如春梅，而春梅与金莲、玉楼比肩可知。许久不见春梅，却在两面镜子里透出了消息。

又每次西门庆庆寿，必写一句"乔大户没来"。没来，是因为不是官身，不好排座次也。薛、刘二内相又必点一出《韩湘子升仙会》，影射人世繁华总是虚空。

注释

① 丁朗著：《〈金瓶梅〉与北京》，第 23 页。

第五十九回

西门庆露阳惊爱月　李瓶儿睹物哭官哥

（西门庆摔死雪狮子　李瓶儿痛哭官哥儿）

此回上半，西门庆嫖郑爱月，妻妾盘问小厮春鸿西门庆的行踪，被操一口吴语的春鸿之天真逗得大笑；下半变化陡起，急转直入，写雪狮子吓死了官哥儿，西门庆摔死雪狮子。

一　借花春起早，爱月夜眠迟

爱月与桂姐都是妓女，但是两个人十分不同：桂姐出场时虽然颇扭捏了一阵子，但是与爱月相比，便显得相当粗枝大叶，缺少神秘感。爱月在西门庆的生日酒宴上一直沉默不语，果然产生了预期的效果。还没过三天，在八月初一，西门庆便来"请"她了。郑家鸨子听见西门老爹来请她家姐儿，如天上落下来的

474

一般：明显写出那天爱月以王皇亲为借口是所谓的欲擒故纵，而她的策略也的确见效。西门庆一来，就问老鸨子："怎的他那日不言不语，不做欢喜，端的是怎的说？"可见西门庆从那天爱月不来，便已经留意于彼；而爱月一毫不辩，只是不语微笑，令西门庆更是心惑神迷，觉得碰到了一个需要征服的对象。问老鸨子的一席话，憨直而傻气，完全已经入了圈套。鸨子则简直把爱月描述为一个娇生惯养的深闺少女："他从小是恁不出语，娇养惯了，你看，恁时候才起来！老身催促了几遍，说老爹今日来，你早些起来收拾了罢，他不依，还睡到这咱晚！"这种形象，是霍小玉的形象，是花魁娘子的形象，是名妓的一种传统类型，来自于现实，被诗词、小说所反映和加强，再反过来影响现实，帮助现实中的人们塑造自己的形象，就好像电影中的人物形象、价值观念本是现实生活的反映，但是又被千万观众自觉或不自觉地模仿一样。

西门庆的所谓市井气，其实只是缺乏纤细、敏感与精致的情愫而已。西门庆生活在一个一切都极端表面化的世界，他不能理解或欣赏任何含蓄和曲折：莲子他嫌涩，因为他不知道莲子乃是"怜子"——是一个浪漫的符号，而不仅仅是食物（第十九回）。酒也不吃，茶也不吃，一心只要赶快上床交欢。张竹坡评他"俗态可掬"——虽然这俗态也有其可爱之处，因为直爽天真也。正因为如此，一个小妓女略施手段，便足以令他目眩神迷。爱月房间里面，休说"瑶窗绣幕，锦褥华裀，异香袭人，极其清雅"，单是楷书"爱月轩"三个字就已经抬出相当的身份，遑论爱月又使其"坐了半日"才出来，更遑论用那洒金扇儿掩着粉脸了。又不肯初次见面便品箫："慌怎的，往后日子多如树叶儿，今日初会，人生面不熟，再来等我替你品。"也是能够拿住西门庆之处。

然而一个被形容得犹如绝世美人的爱月儿，在小厮春鸿眼中，不过是一个"年小娘娘，不戴假壳，生的瓜子面，搽得嘴唇红红的"而已。

二　官哥儿之死

官哥儿受惊风搐，刘婆子被请来看病，提出给孩子灸艾火。当时西门庆不在，月娘不肯担责任，其他人更是缄口不言。瓶儿道："若是他爹骂，等我来承当就是了。"于是给官哥儿灸了五处艾火。刘婆子是愚昧而固执的月娘所最为信赖的，西门庆一向主张有病应该请小儿科太医。这次作者明言："不料被艾火把风气反于内，变为慢风。"这是在强调官哥之送命，虽然金莲的猫肇其端，但是既有月娘的责任，也有瓶儿自己的责任。

送丧之后，瓶儿回到空房，见到官哥儿的小寿星拨浪鼓，不禁痛哭不止，这一细节极为感人。绣像本的评点者道："记瓶儿初进门时，何等冷落，尚欢喜忍耐。今虽子死，而无减于旧，遂凄凉痛苦如此，何人心之不能平耶！"甚矣，中国之君子明于知礼义而陋于知人心！不能平之处其实十分明显：不在于"减"了甚么，却只在于多了这个小拨浪鼓而已。

在古代社会，婴儿死亡率极高，但是在中国叙事文学里，这是第一次看到详细地描写一个婴儿从病到死的全过程。官哥临断气时，月娘及众人都在房里瞧着孩子在娘怀里搐气儿，"西门庆不忍看他，走到明间椅子上坐着，只长吁短叹"；官哥死后，瓶儿哭昏过去，及至醒来，又哭着不叫小厮抬他走，说："慌抬他出去怎么的！大妈妈，你伸手摸摸，他身上还热哩！"西门庆在这时却能够劝解瓶儿，处理后事，在众妇人之先想到请阴阳先生来看，这些都极生动地写出母亲与父亲、女人与男人在婴儿死去时的不同反应。

三 不将辛苦意，难得世间财

韩道国从扬州回来，王六儿吩咐两个丫头预备好茶饭，见面"各诉离情"。韩道国细细讲述买卖如何得意，六儿"满心欢喜"，道："常言不将辛苦意，难得

李瓶儿睹物哭官哥

世间财。"这句俗语，概括了夫妻两个的生活态度：对于他们来说，王六儿与西门庆的通奸也不过就是用"辛苦意"牟取"世间财"而已。归根结底，他们只希望建设一种丰裕的物质生活。盖房子、买丫头，他们把自己的小日子安排得井井有条，而这种日子属于韩道国和王六儿，不属于王六儿和西门庆。韩道国深知这一点，所以他和王六儿之间有奇异的默契和理解。是夜，夫妻二人"欢娱无度"——各自都在自己的"事业"上获得成功，心情舒畅，性事便格外美满，"这也就是爱情了"（《海上花译后记》）。

在此回，我们从月娘口中得知王六儿和西门庆的私情已经公开化了。后来在第六十一回中，金莲说：西门庆生日时王六儿曾来赴宴，头上戴着金寿字簪，全家大小都曾亲眼看见。则他们的私情应该就是那时被西门庆妻妾发现的，在缺失的第五十七回中应该有所描写。

第六十回

李瓶儿病缠死孽　西门庆官作生涯

（李瓶儿因暗气惹病　西门庆立段铺开张）

　　八月二十七日，官哥下葬；九月初四，西门庆的缎子（断子）铺开张。开张之日大摆酒宴，鼓乐齐鸣。西门庆更是"穿大红，冠带着烧纸"，张罗庆祝。死亡带来的悲哀冷落完全不影响生之热中，然而生之热中却毕竟被死亡的悲哀冷落——尤其是本回开始时描写瓶儿惊梦、哭到天明的段落——笼罩上了一层阴影。瓶儿两次梦见花子虚，与瓶儿死后西门庆两次梦见瓶儿遥遥对应。时值九月初旬，"天气凄凉，金风淅淅"。这是《金瓶梅》开始时的季节，也是《金瓶梅》结束时的季节。从此回开始，作者便开始写瓶儿之死。

　　缎子铺开张的当晚，西门庆与众人饮酒行令，欢乐无度。席上所行酒令，词话本里复杂，而绣像本相当简洁。西门庆掷骰子掷了个六点，说了一句"六掷满天星，星辰冷落碧潭水"。从满天星到星辰冷落，尤其是"六"的谶语（六房妻妾即将以排行第六的瓶儿为首开始风流云散），都是充满预言和暗示的文字游戏——这些都被红楼主人学到了家。

九月初五，李三、黄四来还银子。西门庆主动记起常峙节在官哥儿病重时来借钱买房的事，出手相赠五十两银子——三十五两买房，"剩下的，叫常二哥门面开个小铺，月间赚几钱银子，就够他两口儿盘搅了"——不仅心细，也是难得的慷慨大方。在《金瓶梅》里，很少扁平的人物。

又此回提到"来保南京货船又到了，使了后生王显上来取车税银两，西门庆这里写书，差荣海拿一百两银子，又具羊酒金段礼物谢主事"云云。来保本来在东京替桂姐说情之后就应该去扬州和韩道国会合，如今却从南京回来，又有王显、荣海两个陌生的人名，可见这些事情应该都是那失去的五回所描写的内容。

李瓶儿病缠死孽

第六十一回

西门庆乘醉烧阴户　李瓶儿带病宴重阳

（韩道国筵请西门庆　李瓶儿苦痛宴重阳）

　　在这一回里，《金瓶梅》的作者初次给我们显示出
"罪与罚"的震撼力。他的笔，一直透入到罪恶与堕落
最深的深处，同时，他给我们看到这些罪人盲目地受
苦，挣扎，可怜。

　　和一般人所想的不同，《金瓶梅》不是没有情，只
有淫。把《金瓶梅》里面的"淫"视为"淫"的读者，
并不理解《金瓶梅》。这一回中，西门庆与王六儿、
潘金莲的狂淫，既预兆了七十九回中他的死，而且无
不被中间穿插的关于瓶儿的文字涂抹上了一层奇异的
悲哀。

　　人们也许会觉得，在西门庆与王六儿、潘六儿的
两番极其不堪的放浪云雨之间，夹写他和心爱之人瓶
儿的一段对话，格外暴露了这个人物的麻木无情。然

而，我却以为这是作者对西门庆的罪孽描写得极为深刻，同时也是最对他感叹悲悯的地方。与其说西门庆麻木和无情，不如说他只是太自私，太软弱，不能抗拒享乐的诱惑：因为自私，所以粗心和盲目，而他的盲目与粗心加速了他所爱之人的死亡。正是因此，他的罪孽同时也就构成了对他的惩罚。

我们看他这一天晚上，从外面回来后进了瓶儿的房。瓶儿问他在谁家吃酒来，他答道："在韩道国家。见我丢了孩子，与我释闷。"一个月前，韩道国的妻子王六儿头上戴着西门庆赠她的金寿字簪子来给西门庆庆贺生日，全家大小无不知道了西门庆和她的私情；而金寿字簪子，本是瓶儿给西门庆的定情物，瓶儿看在眼里，怎能不触目惊心？至于以"丢了孩子"为借口——孩子不正是瓶儿的心肝宝贝，孩子的死不正是瓶儿心头最大的伤痕么？然而丈夫的情妇以自己孩子的死为借口把丈夫请去为他"释闷"，这样的情境，委实是难堪的。

如今西门庆要与瓶儿睡，瓶儿道："你往别人屋里睡去罢。你看着我成日好模样罢了，只有一口游气在这里，又来缠我起来。"从前以往，每次瓶儿推西门庆走，总是特意要他趋就潘金莲，今天却只是朦胧叫他"往别人屋里"去睡——在金莲的猫吓死了瓶儿的孩子之后，金莲已是瓶儿的仇人了。然而西门庆坐了一回，偏偏说道："罢，罢，你不留我，等我往潘六儿那边睡去罢。"自从西门庆娶了瓶儿，每当西门庆称呼金莲，总是按照她在几个妾里面的排行以"五儿"呼之，此时偏偏以其娘家的排行"六儿"呼之，不仅无意中以金莲代替了对瓶儿的称呼，也仿佛是潜意识里和王六儿纠缠不清的余波。两个"六儿"加在一起，何啻戳在瓶儿心上的利刃。于是瓶儿说了她来西门庆家之后唯——句含酸的怨语："原来你去，省得屈着你那心肠儿。他那里正等得你火里火发，你不去，却忙惚儿来我这屋里缠。"西门庆闻言道："你恁说，我又不去了。"李瓶儿微笑道："我哄你哩，你去罢。"然而打发西门庆去后，一边吃药，一边却又终于不免落下泪来。

这一段文字，是《金瓶梅》中写瓶儿最感人的一段。而作者最了不起的地方，是居然有魄力把它放在西门庆和两个"六儿"狂淫的描写中间。这样一来，西门庆和两个女人的云雨之情，被瓶儿将死的病痛与无限的深悲变得暗淡无光，令人难以卒读。本来，无论如何颠狂地做爱，都并无"孽"可言——即便是西门庆和王六儿的关系，虽然是通奸，但因为丈夫韩道国的鼎力赞成和王六儿诈财利家的动机而大大减轻了西门庆的罪孽。然而，在这里，因为有瓶儿的微笑、叹息和落泪，我们恍然觉得那赤裸的描写——尤其是绣像本那毫无含蓄与体面可言的题目——仿佛一种地狱变相，一支在情欲的火焰中摇曳的金莲。

很多论者都注意到，绣像本的回目虽然往往比词话本工整，但是也往往更色情。我则认为，这种词语的赤裸并非人们所想的那样，是"招徕读者"的手段，而是出于小说的内部叙事需要，在小说结构方面具有重要性。在这一回的回目中，"烧阴户"固然是"宴重阳"的充满讽刺的好对，而西门庆之"醉"对照李瓶儿之"病"，也别有深意。西门庆的"醉"，不仅是肉体的，也是精神的和感情的。他醉于情欲的热烈，而盲目于情人的痛苦；于是他不加控制的淫欲成为对瓶儿——书中另一个罪人——的处罚，也成为最终导致了自己的痛苦的间接媒介。瓶儿的"微笑"，包含着许多的宽容，许多的无奈与伤心。在她死后，当西门庆抱着她的遗体大哭"是我坑陷了你"的时候，她那天晚上的温柔微笑未始不是深深镌刻在西门庆黑暗心灵中的一道电光，抽打着他没有完全泯灭的良知。西门庆思念瓶儿，他那份持久而深刻的悲哀是读者始料未及的。正是这份悲哀，而不是他的早死，是西门庆快心畅意的一生中最大的惩罚。

在几天之后的重阳节家宴上，瓶儿强支病体坐在席上，被众人迫不过，点了一支曲子：《折腰一枝花·紫陌红尘》。曲牌固然暗含机关（花枝摧折，预兆瓶儿之不久），曲词更是道尽了瓶儿的心事，可以说是

李瓶儿带病宴重阳

自来西门庆家之后，一直不言不语、守口如瓶的瓶儿借歌女之口，唯一一次也是最后一次宣泄了她心中的感情：

> 榴如火，簇红巾，
>
> 有焰无烟烧碎我心。
>
> 怀羞向前却待要摘一朵，
>
> 触触拈拈不敢戴，
>
> 怕奴家花貌不似旧时容……
>
> 梧叶儿飘，金风动，
>
> 渐渐害相思，落入深深井，
>
> 一日一日夜长，夜长难捱孤枕，
>
> 懒上危楼，望我情人……

瓶落深井，正是俗语所谓的一去无消息。这里，绣像本没有给出曲词，未免可惜（虽然对于明朝的读者，只要给出曲牌名字和曲词的第一行，就足以使他们联想到全曲的内容了）。但是最可惜的是应伯爵、常峙节恰好在此时来访，于是，最善于"听曲察意"的西门庆便出去应酬应、常二人了。瓶儿的伤心与深情，终于不落西门庆之耳。在一群充满嫉妒、各怀鬼胎的妻妾之中，这支伤心的曲子，竟成了瓶儿的死前独白。

后半回，随着瓶儿病势加重，西门庆在仓皇之中，接连请来四个医生。其中有一个赵太医号"捣鬼",在这一沉重的章节中插科打诨,以一个丑角的过场暂时缓和了紧张压抑的气氛,好像莎士比亚笔下的福斯塔夫。这也是中国戏剧——尤其是篇幅较长的明传奇中常见的结构手法:舞台上的"众声喧哗"不仅酷似我们的现实生活,而且能够为一部艺术作品增加立体感与厚度。《金瓶梅》之前的《水浒传》与《三国演义》,氛围、情境都比较单一,在这种意义上,《金瓶梅》是我们的文学传统中第一部多维的长篇小说:它的讽世不排除抒情,而它的抒情也不排除闹剧的低俗。有时,多元的叙事正好可以构成富于反讽和张力的对比或对照,就像上面所谈到的以西门庆的两次放浪作为对瓶儿的抒情性描写的框架:一幅画正要如此,才不至泼洒出去,被头脑简单的伤感情绪所控制。

有些论者以为这段滑稽文字和瓶儿病重的悲哀气氛太不协调,减低了小说内在的统一性,然而这种逼似现实生活的摹写手法正是《金瓶梅》复杂与宽广之所在。在"呵呵"笑过赵太医之后,读者当然还是可以同情消瘦得"体似银条"的瓶儿,可以同情因为瓶儿的重病而心烦意乱的西门庆,不然,也就未免太狭隘和单纯了。

第六十二回

潘道士法遣黄巾士　西门庆大哭李瓶儿

（潘道士解禳祭灯法　西门庆大哭李瓶儿）

　　生离死别之际，最难描写。写得太超然了，不能够感动人；写得太卷入了，又好像英语中说的"催泪弹"（tear-jerker）。在《金瓶梅》之前的中国叙事文学里，从未有过如此生动而深刻地刻画情人之间死别之悲者。然而，最令我们目眩神迷的，是看作者如何以生来写死：他给我们看那将死的人，缓慢而无可挽回地，向黑暗的深渊滑落，而围绕在她身边的人们，没有一个可以分担她的恐惧，没有一个真心同情她的哀伤，个个自私而冷漠地陷在自己小小的烦恼利害圈子里面，甚至暗自期盼着她的速死，以便夺宠或者夺财；就连她所爱的男人，也沉溺于一己的贪欲，局限于浅薄的性格，不能给她带来任何安慰。在瓶儿对生的无穷依恋之中，实在有着无限的孤独。

瓶儿从重病到死，唯一的知己女友——拜认为干女儿的吴银儿一次也没有来看望过她；土姑子被她视为茫茫苦海中灵魂得救的宗教导引，然而，王姑子在见到她之后，却只顾得对她说薛姑子的坏话；从小的奶娘冯妈妈，不仅早就背着她成了王六儿和西门庆之间的牵头，而且眼看瓶儿形容憔悴到如此模样，却只顾得讲述自己在家里腌咸菜忙不开。在这里，我们看到人世最大的悲哀又岂止在于生离死别？更在于那眼看着热闹的红尘世界依然旋转、自己却即将撒手而去、无人存问关怀的巨大的孤独。古人云："死生亦大矣。"然而冯妈妈只在瓶儿与她银子和衣服做临终留念时才下拜哭泣："老身没造化了。有你老人家在一日，与老身做一日主儿。你老人家若有些好歹，那里归着？"其说的、想的，全是从"老身"自己出发。吴银儿在瓶儿死后也曾下泪，但还是在看到瓶儿给她留下的遗物时，才"哭得泪如雨点相似"。绣像本的评点者断言："下愚不及情。"其实人人有情，所谓的"下愚"又何尝不及情呢，只是要看是什么样的情罢了。多数人只知道切身的利害，只能关怀自己和自己的骨肉，不容易对没有血肉关连的他人产生深厚的同情，于是人而与草木同一顽感，同样孤独地生长，孤独地凋零。很少人能够深深体验与自己毫不相干的人的悲痛，至于那能够在死生存亡之际，省悟宇宙长存而人生短暂，从而产生形而上的深悲的人，未免就更少了。

　　顺便想到，在我们的几部最著名的古典长篇小说里，书中人物产生这样的形而上的感悟的，只有两个：一个是贾宝玉，另一个是孙悟空。作为一只"心猿"——人的心灵的象征，孙悟空在《西游记》的第一回中因为意识到了生命的短促而烦恼堕泪，这份突如其来的悲哀中断了花果山的"天真"状态，被一只老猴子赞许为"道心开发"。然而《西游记》毕竟是一部象征主义的神魔小说，不贴近现实人生。除此之外，《水浒传》《三国演义》，一则是英雄好汉，一则是帝王将相，也都是离我们很遥远的童话，而且书中描写的幻想世界更是层次单一的空间。唯一让人觉得有现实感的，就是《金瓶梅》与《红楼梦》了，虽然它们所刻画的生活，也并不就是所谓"每个人"（everyman）或者普通人的日常生活。《金瓶梅》之中的人物，虽然没有一个能够跳出现下的物质生活，醒悟到死亡的切近，感到宇宙人生的大悲，但是，整部小说本身，却是对人之生死的一个极大的反省。倘若看了以后不能对书中人物感慨叹息的话，未免套用《红楼梦》中警幻仙子对宝玉在梦中的评价，说一声"痴儿未悟"罢了。

　　开始，西门庆并不太把瓶儿的病放在心上，只觉得慢慢会好起来的，因为他不相信瓶儿或者自己会死，这是一般人都有的心理，总觉得病痛死亡灾祸是发生在他人身上的事，似乎自己，或者自己亲爱的人，可以长生不老。但是随着瓶儿病重，连床都下不来，每天都必须在身子下面垫着草纸，不断地流血，房间里的恶秽气味必须靠不断地熏香才能略为消除，西门庆也越来越忧虑，越来越伤心，直到最后所有的医生都束手无策，就连潘道士的祭禳也宣告失败，才不得不相信命运的安排，抱着瓶儿放声大哭。潘道士嘱咐西门庆不可往病人屋里去，"恐祸及汝身"。然而潘道士走后，西门庆独自一人坐在书房内，"掌着一根蜡烛，心中哀痛，口里只长吁气"。我们可以想见那孤独、昏暗、阴惨的氛围。西门庆寻思道："法官教我休往房里去，我怎生忍得！宁可我死了也罢，须厮守着和他说句话儿。"于是径直走进瓶儿房中。我们真是没有想到，这个贪婪好色、浅薄庸俗的市井之徒，会如此痴情，又有如此的勇气，会被发生在他眼前的情人之死提升到这样的高度：这是西门庆自私盲目的一生中最感人的瞬间。

瓶儿死了，西门庆痛哭不止，不肯吃饭——这在讲究注重饮食描写的《金瓶梅》世界里，真是极大的断裂。应伯爵劝解西门庆："《孝经》上不说的：'教民无以死伤生，毁不灭性。'死的自死了，存者还要过日子。"西门庆的悲哀是情理之中的悲哀，伯爵的排解也是情理之中的排解，总之都在人性人情的范畴之内，

西门庆大哭李瓶儿

并没有任何对死与生本身的感慨与反思。从这种意义上说，《金瓶梅》自是一部"人间之书"，除了小说的叙述者之外，没有一个书中角色通过死来看待生，思索这最终指向死亡的生命到底是为了什么。在下面的几回中，我们将会看得更加清楚：书中人物是如何努力地集中注意力在他们眼前的人生之热闹——哪怕这热闹是出丧时吹打的鼓乐、敲动的锣钹。然而，这部小说远远超越了它所刻画的人物，它给我们读者看到这些人物所一心逃避而又终于不能逃避的东西——痛苦、罪恶与死亡的黑暗深渊。

第六十三回

韩画士传真作遗爱　西门庆观戏动深悲

（亲朋祭奠开筵宴　西门庆观戏感瓶儿）

　　对比绣像本和词话本的回目，后者强调本回的整体内容，而前者特意拈出"画遗像"这个小小事件，并把画遗像称为"传真"。这一番"真"的"传真"，又映射"假"的"传真"：因为在后来搬演的戏文《玉环记》里，有一折"传真容"，戏中的女主角玉箫在临死前画下自己的肖像，寄给远方的情人韦皋。作者借用戏里的"传真"，暗示韩画师为瓶儿"传真"也不过是假，与《玉环记》中的"传真"没有任何区别。然而西门庆，这个"假"的人物，却深深地沉溺于"假中之假"：当他看到瓶儿的画像极为逼真，便不由得"满心欢喜"——这种欢喜，颇令人感到啼笑皆非；而当《玉环记》中的女主角唱到"今生难会面，因此上寄丹青"的时候，西门庆则情不自禁地落下泪来。

张竹坡说："瓶儿之生，何莫非戏？乃于戏中动悲，其痴情缠绵，即至再世，犹必沉沦欲海。"西门庆是小说人物，小说人物而为小说中搬演的戏文所感动，可以说是虚空之虚空，双层的虚妄而无谓。然而小说中的人物自不知其为小说人物，这是作者借以提醒读者的关节。绣像本比起词话本来，少了很多儒家道德说教，多了佛家思想中的"万物皆空"，或者道家思想中的"方其梦也，不知其梦也，梦之中又占其梦焉"（《庄子·齐物论》）。

然而此书人物何止西门庆一人如此？我们看李桂姐来吊丧，看到吴银儿，便问："你几时来的？怎的也不会我会儿？原来只顾你！"——死亡，尤其是一个正当青春妙年的美丽女人的悲惨死亡，对于桂姐丝毫没有任何触动，只把吊孝当成和同侪拔尖斗气的机会。应伯爵与西门庆争执旌铭上瓶儿的名分（称恭人还是室人），我们也许会觉得诧异：何以小人如伯爵，却突然守起礼来？但实际上伯爵为的不是死者，而是生者：瓶儿已是死了，正室吴月娘还在，月娘的哥哥吴大舅还在，怎好为了已死的瓶儿而得罪健在的吴月娘、居官的吴大舅？至于月娘见到妓女郑爱月"抬了八盘饼、三牲汤饭来祭奠，连忙讨了一匹整绢孝裙与他"，则活生生地画出月娘小心翼翼、斤斤计较的气质，然而月娘的小家子气不是表现在别处，而是表现在对奠仪的

韩画士传真作遗爱

答谢上，蕴涵了更大的讽刺性。

　　款待众吊客看戏，搬演的是描写韦皋、玉箫两世姻缘的《玉环记》——玉箫为相思而死，转世投胎做人，再次追随韦皋。西门庆一贯喜欢应伯爵的插科打诨，这是书中唯一的一次他对伯爵的贫嘴表示不耐："看戏罢，且说什么。再言语，罚一大杯酒！"而这也是全书中唯一的一次，圆融练达的伯爵没有能够揣摩到西门庆的心思，或者，在接连几天的劳碌中，一时忘形，和桂姐调笑，泄露了他对瓶儿之死的淡漠。也许是为了弥补，过后伯爵帮西门庆拦住众来客不叫散：在这种时刻，对于西门庆来说，只有异乎寻常的热闹才可以减轻一点寂寞与悲伤。那种又害怕孤独、又希望在观戏时留下一些感情空间以思念瓶儿的心理，被极好地描画出来。

　　本来要离开的众人再次坐下之后，西门庆特地吩咐戏子们"拣着热闹处唱"，又说不管唱哪段，"只要热闹"。戏文本是西门庆——还有一切看戏的生者——为了逃避和忘却死亡而做的努力，却又正因为它内容的背景和它的热闹，衬托出物在人亡的孤寂冷清。西门庆的眼泪是值得怜悯的，然而落在金莲、玉楼、月娘等人的旁观冷眼里，无非是嫉妒吃醋的缘由。则浪子的悲哀，因为无人能够分担而显得越发可怜。这一段"观戏动深悲"的描写，在热闹的锣鼓声中写出来，格外清冷感人。西门庆一生喜欢热闹，喜欢女人，这是他第一次被一个女人遗弃，落入死亡所带来的寂寞。权势、富贵，什么也不能够救助，什么也不能够挽回。

瓶儿死后，似乎反而比生前更加活跃于西门庆的生活中。从第六十二回到七十九回，她的存在以各种方式——听曲、唱戏、遗像、梦寐、灵位、奶子如意儿的得宠、金莲的吃醋、皮袄风波——幽灵一般反复出现在西门府，一直到西门庆自己死去，瓶儿才算真正消逝。

而在韩画师口里，我们再次得见瓶儿的白皙与美丽："此位老夫人，前者五月初一曾在岳庙里烧香，亲见一面，可是否？"岳庙烧香的妇女，何止成百上千？五月一日到九月十八，已经过去四个多月，偏偏还记得这么清楚，一方面我们看到宫廷画师的眼力，一方面也可以想见瓶儿容颜的出众。对于我们读者，作者这细细的一笔，宛似画师所作的遗像：在死亡的黑暗中陡然划过一道流星的轨迹，照亮了已成文字之朽的佳人的"真容"。

第六十四回

玉箫跪受三章约　书童私挂一帆风

（玉箫跪央潘金莲　合卫官祭富室娘）

在这一回里面，我们清楚地看到国在如何一点点地破，家在如何一点点地亡。而究其原因，总是因为人各为己，众心不齐。

来吊孝的薛、刘二太监，一边饮酒，一边议论腐败不堪的朝政，薛太监讲述了朝廷上发生的一系列灾异之象。北宋将亡，天下将乱，金兵压境，君臣无能：这些军国大事在吊丧时一一道出——其时书童已经从西门庆家携财潜逃——从家到国，都已呈现败落的征象。刘太监却说："你我如今出来在外做土官，那朝事也不干咱每。俗话道，咱过了一日是一日，便塌了天，还有四个大汉。王十九，咱每只吃酒。"随即点了一曲"李白好贪杯"。那醉生梦死、逃避躲闪责任的情景，宛在目前。

二太监走后，西门庆极为不悦：不悦，是因为薛太监一口一声地按照瓶儿的真正身份称之为"如夫人"，而没有像所有其他的吊丧客人那样称呼瓶儿为"夫人"；对西门庆所引以为自豪的海盐戏子，薛太监直言表示不耐烦——"那蛮声哈喇，谁晓得他唱的是什么！"在和刘太监议论朝政时，直呼蔡京为"老贼"，既不在乎蔡京的势要，也不管西门庆刚刚"认贼作父"，蔡府是西门庆的政治靠山。薛太监性格爽直，颇有真情真性，在一帮趋奉势利的官吏里面，显得十分可爱。

瓶儿死了，金莲心中之畅快，只用一句话便表现出来：那便是所有人都因为头天夜里着了辛苦，直到红日三竿还未起，唯有"潘金莲起得早"；也正因此，她才会撞破书童和玉箫的私情。俗话说人逢喜事精神爽者，金莲之谓也。"贪、嗔、痴"三毒，金莲占了其中之二。

此回金莲发现玉箫和书童的私情，手里捏住了玉箫的把柄，借此要挟玉箫，命她必须把月娘房里大小事儿都来告诉给自己。书童见势不妙，卷财潜逃回苏州老家了。玉箫后来的告密，引发了数件大事，包括金莲与月娘的撒泼大吵。至于书童，当然"不去也不妨"（绣像本评点者语），但作者安排书童逃走，盖有深意在焉。按，书童从何而来？书童原是第三十一回里，西门庆生子加官之后，李知县送给他的门子，原

书童私挂一帆风

名小张松。书童的命运和瓶儿的命运有着千丝万缕的联系：一来他是在瓶儿生子后不久荐来的；二来他和瓶儿一样，受到西门庆的宠爱，曾被金莲骂道：二人一个在里，一个在外，占据了西门庆的全部心思（三十五回）；三来他攀附瓶儿，请瓶儿帮忙，替韩道国说情，因此甚至被金莲诬为与瓶儿有暧昧勾当（三十四回）。如今官哥儿、瓶儿相继而死，书童旋即逃去，则西门庆家道的零落分散已经开始了，并不等到他死后才发生也。

此回伊始，玳安和傅伙计闲话，品评西门庆的几个妻妾（好似《红楼梦》里面兴儿对着尤氏姐妹品评凤姐与贾府的几位姑娘），主要从她们对下人是否谦柔和花钱是否慷慨上着眼，瓶儿当然最得好评，因为性情最和气、使钱最大方。玳安为了强调瓶儿多么有钱，竟然说："为甚俺爹心里疼？不是疼人，是疼钱。"这倒令人联想到前回，不但西门庆哭，玳安在旁"亦哭的言不得语不得"：一方面玳安是像绣像本评点者说的那样，效伯爵、希大之顰，为了讨好主子而哭；另一方面，玳安猜度西门庆的话倒好像夫子自道：他哭瓶儿，便正是疼钱——因为每次瓶儿差他买东西，他都可以捞到很多外快，瓶儿死了，他便少了一个收入的来源了。

第六十五回

愿同穴一时丧礼盛　守孤灵夜半口脂香

（吴道官迎殡颁真容　宋御史结豪请六黄）

　　这一回，又是我们的《金瓶梅》作者显现他的大手笔的一回了。这个横空出世的才子，中国小说的莎士比亚，在这一回里，他以声色娱我们的耳目，以人性的深不可测再次震撼我们的心灵。他给我们把人世尽情地看一个饱——先是一个妙龄佳人的污秽的病与暗淡的死，这里却又写她辉煌的出丧。至于她的情人，她为之出卖和害死了一个丈夫、赶逐了另一个丈夫，忍受了他的马鞭子、冷遇和侮辱，他一方面在她的灵前和他们死去的孩子的奶妈做爱，一方面每天呜咽流泪，恨不得和她一起死去。如果按照这部小说之绣像本的佛学思想背景，说这些都只不过是人生的幻象，那么它们真是强有力的幻象，因为一不小心，我们就会被它们昏眩了眼目：我们将看不到真正的感情可以和自私的欲望并存，而那似乎是淫荡的，只不过是软弱而已。

瓶儿的丧礼，极一时之盛。光是本家亲眷轿子就有百十余顶，就是三院鸨子粉头的小轿也有数十，"车马喧呼，填街塞巷"，街道两边观看出殡的"人山人海"。迎丧神会者表演武艺、杂耍，看得"人人喝彩，个个争夸"。死本是最孤独寂寞之事，却演变成一个公众盛典，而在这鼓乐喧天的公众盛典当中，人们可以经历一场集体的心理治疗与安慰，忘记死的悲痛、恐怖与凄凉。

瓶儿出殡之后，搭彩棚的工匠准备拆棚，西门庆道："棚且不消拆，亦发过了你宋老爹摆酒日子来拆罢。"宋老爹摆酒，是为了请东京来的六黄太尉。同一彩棚，分为二用：一者事死，一者事生，然而二者又都是炫耀与铺张。把这两件"盛事"并排放在一起，我们可以更清楚地看到它们共有的虚幻。在丧礼和酒宴之间，有一段凄清的文字，衔接起两件"盛事"。西门庆来到瓶儿屋里，物在人亡，而床下依然放着她的一双小小金莲。西门庆"令迎春就在对面炕上搭铺，到半夜，对着孤灯，半窗斜月，反复无寐，长吁短叹，思想佳人。有诗为证：

短吁长叹对琐窗，舞鸾孤影寸心伤。

兰枯楚畹三秋雨，枫落吴江一夜霜。

夙世已违连理愿，此生难觅返魂香。

九泉果有精灵在，地下人间两断肠。

白日间供养茶饭，西门庆俱亲看着丫鬟摆下，他便对面和他同吃，举起箸儿道：'你请些饭儿。'行如在之礼。丫鬟养娘都忍不住掩泪而哭。"

　　然而，紧接着这一段伤心的文字，我们便看到这一天夜半西门庆与奶妈如意儿的初次偷情："两个搂在被窝里，不胜欢娱。"次日，西门庆打开被吴月娘锁起来的瓶儿床房门，寻出李瓶儿的四根簪儿赏她，"老婆磕头谢了"。

　　唉，《金瓶梅》的作者是怎样的一个人，才能有胆力、有胸怀面对这样复杂的人间世，才能写出这样巨力的文字！这样的文字，又怎么允许以轻薄的、浅陋的、淫邪的、狭隘的、道貌岸然的、自以为是的眼光读它看它！有感情的人，往往流于感伤，极力地描写悼亡深情之后，断不许夹杂情色欲望；又或者那对世界充满讽刺的人，便只能看到一切都是假，一切都是破败，于是又会放手描写情色欲望，讥刺西门庆的庸俗、势利、浅薄。然而《金瓶梅》的作者，他深深知道这个世界不存在纯粹单一的东西：如果我们只看到西门庆对瓶儿的眷恋，或者我们只看到他屈服于情欲的软弱，都是不了解西门庆这个人物，也辜负了作者的心。从官哥儿诞生而招如意儿为奶娘，西门庆见如意儿何止千百次，但从来没有动过心，从来没有一言调戏。惟有现在，瓶儿这里人去楼空，他虽有心为瓶儿守灵，但是他是这样一个软弱的、自私的、以自我为中心的人，向来不能为爱一个人而牺牲任何个人乐趣的，如何能够忍受这种孤独寂寞哪怕只有几天几夜？喝醉了，走进瓶儿屋里，"到夜间要茶吃，叫迎春不应，如意儿便来递茶，因见被拖下炕来，接过茶盏，用手扶被"。就是这么一点点对他的注意和关心，便足以令西门庆心动。这种屈服，不让人觉得他可鄙，只觉得他是一个人，一个软弱的、完全被感情与情欲的旋风所支配操纵的人罢了。然而，《金瓶梅》中的人物，又有哪个不是如此？他们沉沦于欲望的苦海，被贪欲、嗔怒、嫉妒、痴情的巨浪所抛掷，明明就要沉溺于死亡的旋涡，却还在斤斤计较眼前的利害，既看不清楚自己的处境，也对其他的沉沦者毫无同情，只有相互嫉恨和猜疑。

一个年轻美丽而有钱的女人，短短一个月便痛苦而污秽地死去，死前，丰腴的肉体瘦得只剩下一把骨头，屋里充盈着污血的臭气。这真是吴道官在丧礼上的文诰中宣读的："苦，苦，苦！"然而，这样的苦——不仅是感情的，更是肉体的——也还是唤不醒

盛礼丧时一穴同愿

这些充满怨毒的灵魂，只是在丧礼的热闹中，在新鲜肉体的温暖中，挣扎，躲闪，逃避。《金瓶梅》最伟大的地方之一，就是能放笔写出人生的复杂与多元，能在一块破烂抹布的肮脏褶皱中看到它的灵魂，能够写西门庆这样的人也有真诚的感情，也值得悲悯，写真情与色欲并存，写色欲不只是简单的肉体的饥渴，而是隐藏着复杂心理动机的生理活动，写充满了矛盾的人心。

在丧礼描写之间，穿插众官员借西门府第在十月十八日宴请六黄太尉：太尉被写得势焰熏天，派头十足，"名下执事人役跟随无数，皆骏骑咆哮，如万花之灿锦"。巡按、巡抚以及山东一省官员都来参拜陪坐。然而究其来头，不过是一个奉命迎取花石纲的太监而已。在极力描写太尉势要、宴席丰盛、众官供伺、鼓乐闹热之后，我们看到太尉率先离去，众官员谢过西门庆，便也一同离开，作者紧接着下了八个字："各项人役，一哄而散"。收场冷隽，妙极。

众人散去之后，西门庆留下几个亲戚朋友饮酒——我们读到这里，情不自禁地微笑：西门庆宴请黄太尉，花钱费力，都是不得已的应酬趋奉，根本谈不上个人乐趣，只有在应伯爵、吴大舅、傅伙计、韩道国这些人当中，他才能"如鱼得水"，享受到一些快乐。这班人以应伯爵为首，纷纷回味黄太尉多么欢喜，巡抚、

520

巡按两个大员多么"知感不尽"——重温方才的光荣，延续了已如烟花一般消失的热闹，为主人带来新的满足。应伯爵说："哥就赔了几两银子，咱山东一省也响出名去了！"西门庆这一席酒，何止要花费上千两银子？他是做买卖起家的人，怎么能不心疼？伯爵的话，偏偏抚慰在他的痛处，伯爵真是千古清客之圣！而酒宴上这种种情景，不知怎的，令人觉得像西门庆这样的人，就算巴结上了，还是可怜。

在酒宴上，正当酣畅快乐之际，西门庆命小优儿唱了一支《普天乐·洛阳花》："洛阳花，梁园月，好花须买，皓月须赊。花倚栏干看烂漫开；月曾把酒问团栾夜。月有盈亏，花有开谢，想人生最苦离别。花谢了，三春近也；月缺了，中秋到也；人去了，何时来也？"

这真是一支极伤感的曲子，西门庆听得"眼里酸酸的"，被伯爵看见，一口道破："哥教唱此曲，莫非想起过世嫂子来？"又劝："你心间疼不过，便是这等说。恐一时冷淡了别的嫂子们心。"先说破心事，再软款劝慰，伯爵的确是"可人"！偏偏被潘金莲在软壁后面听到西门庆与应伯爵的对话，回来告诉吴月娘，妻妾由此议论起瓶儿的丫头养娘，特别是如意儿被"收用"之后发生的变化："狂得有些样儿？"金莲最担心的，是如意儿得宠生子，则好容易去了一个李瓶儿和官哥儿，又来一个李瓶儿和官哥儿；月娘最担心的，是西门庆把瓶儿的两对簪子赏了如意儿，则月娘一直觊觎的瓶儿之财，不免要和如意儿分惠，于是各自暗怀心事，不做欢喜。

这一回之中，我们必须注意作者下笔的次第：看他写一层势利热闹，写一层孤寂凄凉，再写一层情色欲望；又一层势利热闹，又一层酸心惨目，又一层嫉妒烦难。层层叠叠的意义，并不相互排斥，而是相互渗透，相互依托。死亡的利齿，何尝能够解开这难解的生命之密结？

绣像本此回回目，完全把六黄太尉略去，只是强调"死愿同穴"的痴情与"半夜口脂香"的淫乐之间的对比与张力，强调"孤灵"与"丧礼盛"之间的对比与张力，强调"一时"。

第六十六回

翟管家寄书致赙　黄真人发牒荐亡

（翟管家寄书致赙　黄真人炼度荐亡）

　　西门庆收到蔡京太师府翟管家来书，预报自己即将升迁提刑之喜；在同一封信中，也报告说"杨老爷九月二十九日卒于狱"。这简短的一行字，被我们的作者放在书信正文之外的"又及"中提到，相当冷隽有味。这个杨老爷是谁？就是曾经被西门庆引以为荣的政治后台，在第十七回中被宇文虚中参倒、牵连了西门庆亲家陈洪的那个杨提督。势利的描写和道士超度亡魂的经文交织在一起，格外描写出书中人物沉迷不醒的暗昧。

　　黄真人为瓶儿念诵的经文中有道是："人处尘凡，月萦俗务，不知有死，惟欲贪生。鲜能种于善根，多随入于恶趣。昏迷弗省，恣欲贪嗔。将谓自己长存，岂信无常易到！一朝倾逝，万事皆空。"这简直便是对西门庆们所下的评语。在《金瓶梅》中，作者每每讽刺僧尼道士，然而这些佛道之徒所念诵的经卷偈语，却又每每蕴涵着作者深意。不管是薛、王二尼所宣讲的《金刚科仪》，还是吴道官、黄真人的偈文，都是如此。作者所鞭挞的，何尝是教义本身呢。

黄真人的偈文，是为了点醒小说的读者，至于小说内部，则完全无人醒悟。道士们做完功德，西门庆便与众人"猜拳行令，品竹弹丝，直吃到二更时分"。当我们看到"吴大舅把盏，伯爵执壶，谢希大捧菜，一齐跪下"这样的话，本来在《金瓶梅》里面也是十分平常的势利可笑场面，但是在此处，与黄真人的偈语一口气读下来，便格外令人感慨系之。

词话本此回，存有黄真人救拔十类孤魂时念诵的经文，于是，我们得以看到种种不同类型的死亡与受苦："好儿好女，与人为奴婢，暮打朝喝，衣不蔽身体。逐赶出门，缠卧长街内。饥死孤魂，来受甘露味！坐贾行商，僧道云游士，动岁经年，在外寻衣食。病疾临身，旅店无依倚。客死孤魂，来受甘露味！"这些朴素的言语，与第一百回中普静和尚超拔冤魂所念诵的偈语，有着同样强大的震撼力。同时，我们不能不意识到：黄真人所超度的十类孤魂中，也有像杨提督这样不堪"枷锁图圄"之煎熬而监死的囚徒。若问：杨提督是什么样的一个人？答曰：杨提督是一个结党

黄真人发牒荐亡

营私的贪官。又问：何以这样行为无耻、罪有应得的人，你也说是在被超度的魂魄之内？答曰：不如此，就真是辜负了一部《金瓶梅》。

第六十七回

西门庆书房赏雪　李瓶儿梦诉幽情

（西门庆书房赏雪　李瓶儿梦诉幽情）

一　雪的传奇

> 残雪初晴照纸窗，地炉灰烬冷侵床。
>
> 个中邂逅相思梦，风扑梅花斗帐香。

　　这一回的主题，是雪。《金瓶梅》这部书的天气，渐渐寒冷下来。十月二十一日，落了这年冬天的第一场雪。此回甫一开始，西门庆还没起床，丫鬟玉箫便已报告："天气好不阴得重！"四月二十一日来为官哥儿剃头的小周儿再次出现，再次为西门庆做按摩、推拿。西门庆向伯爵抱怨，近来"身上常发酸起来，腰背疼痛"。随着西门庆死期临近，这样的暗示开始越来越多。

此回场景布局，好似戏剧。以西门庆"笔砚瓶梅、琴书萧洒"的藏春阁书房为舞台背景，发生了一系列事件：第一个出场的人物，是剃头师父小周儿；此后便是应伯爵，"头戴毡帽，身穿绿绒袄子，脚穿一双旧皂靴棕套"，报告说外边飘雪花儿了，好不寒冷。韩道国第三个来，谈说十月二十四日起身去外地做买卖事宜。接着请来了温秀才，温秀才"峨冠博带而至"。这时，小周儿已是赏了钱，吃了点心，打发去了（第一个走）；西门庆则梳了头，换了衣服，重新上场，头戴白绒忠靖冠，身披绒袅。第五个来到的，是被逼着做了"孝子"的陈敬济，"头戴孝巾，身穿白道袍"。陈敬济自己的父母双双健在，为瓶儿做孝子、穿孝服是很不吉利的。吃了粥之后，韩道国起身去了（第二个走）。温秀才则把写给翟管家的回信拿给西门庆看。这时，"雪下得大了"。

第六个上场的人，且不现身，先在暖帘外探头，等西门庆叫才进来，原来是郑爱月的兄弟郑春，被爱月派来送茶食。其中一味酥油泡螺，是一种西门庆特别喜爱、整治起来十分麻烦、以前只有瓶儿会做的精致小吃。爱月善勾情，伯爵会解趣，书房赏雪一幕，渐渐热闹起来。

正喝酒时，玳安来报：外面李三、黄四送银子来了。因在大厅中穿插一段黄四为岳父向西门庆求情。

黄四说完走了。西门庆回到书房，觑那门外下雪越发大了，"纷纷扬扬，犹如风飘柳絮，乱舞梨花相似"。这时，天已向晚——何以知道？因为西门庆派琴童差事，琴童道："今日晚了，小的明早去罢。"

书房里，这时有西门庆、应伯爵、温秀才、陈敬济，两个小厮春鸿、王经伺候，还有郑爱月的兄弟郑春。最后的高潮，是众人饮酒行令。温秀才要求每人说一句，无论诗词歌赋，都带个"雪"字。伯爵想半天，说不出，好容易说出一句，又不通，很像《红楼梦》里薛蟠的作风。及至吃一种稀罕的糖食衣梅，伯爵半天猜不出究系何物，西门庆解释给他衣梅的制造方法和效用，伯爵便要包回家两个，给老婆尝鲜，则又分明是二进贾府的刘姥姥了。从行令，唱曲，小吃，到书房中悬挂的对联，处处透露"梅"的消息。

陈敬济看西门庆和伯爵说笑近亵，便起身走了（第三个走）。于是席上只剩下了西门庆、应伯爵、温秀才。温秀才终于不胜酒力，西门庆着画童送他走，温秀才"得不的一声，作别去了"（第四个走）。书房中如今只有西门庆和应伯爵。饮勾多时，伯爵告辞，因见天阴地下滑，要了一支灯笼，和郑春作伴而去（第五、第六个走）。至此，席终人散，走得精光，而雪也停矣。走马灯式的人物上场下场，伴随着雪的由无到小，由小变大，再由大变小，由小变无，完全是传奇

剧的写法，除了偶尔穿插大厅、仪门、月娘房里之外，
布景始终只是西门庆的书房。

　　然而书房的戏还没有完全结束：三两日之后，残
雪未消，西门庆在书房独眠，梦见瓶儿，二人抱头痛
哭。西门庆"从睡梦中直哭醒来，看见帘影射入，正
当日午，由不得心中痛切"。情人入梦，是极为抒情的
事件，而帘影日照的射入，把生与死两个世界在梦中
的交叉写得恍恍惚惚，尤传白昼梦回之神。作者引用
的七言诗"残雪初晴照纸窗"是点睛之笔，因为这的
确是一个诗意的境界。我们可以设想，当一个明朝或
者清朝的文人读者在读到这一段描写时，必然会联想
到古典诗词中无数梦中相思、梦醒空余惆怅的情景；
因为这正是李商隐的《燕台四首·春》中所歌咏的，
"醉起微阳若初曙，映帘梦断闻残语"的境界。而下面
的"愁将铁网罥珊瑚，海阔天翻迷处所"，难道不可以
描写虽然只不过是一个西门庆心中的那份惨痛情感吗。

　　但是，如果我们细看梦的内容，却是瓶儿诉说被
前夫花子虚告状，关在阴间的牢狱里，血水淋漓，与
污秽做一处受苦，多亏黄真人超拔，才得脱免，将去
投生；又警告西门庆说子虚早晚要来报仇。这一席话，
不但完全没有七言绝句所描绘的优美氛围，而且十分
阴森凄惨。这是《金瓶梅》常用的手法：当读者蓦然
看到抒情诗的上下叙事语境，才会意识到在这"诗意

李瓶儿梦诉幽情

境界"背后，那毫无浪漫诗意可言的可怖现实。

　　然而情人入梦之后，紧接着就描写金莲来到书房，一眼看出西门庆哭过，用半是认真、半是嘲戏的口气说了一番醋话："李瓶儿是心上的，奶子是心下的，俺们是心外的人，入不上数……到明日死了，苦恼，也没那人想念！"在金莲面前，西门庆不能不感到惭愧，因为在一个女人面前回忆另一个女人总是尴尬的，何况当初他们曾是多么热烈的情人，这一点，在《金瓶梅》读到后来的时候很容易忘记：西门庆对金莲其实是负心的，因为金莲要的，不是娶进门来而已，而是如胶似漆、誓共生死的情意。惭愧之余，西门庆开始用身体的亲热来弥补，而金莲娇艳、热情、充满生命的肉体，遂把西门庆完全拉回了现实人生。很多读者看到下文西门庆教金莲"品箫"，一定会觉得西门庆毫无心肝：怎么可以把相思梦和品箫连在一起？然而，这正是《金瓶梅》一书的深厚之处：它写的，不是那经过了理想化和浪漫夸张的感情，而是人生的本来面目。这个本来面目，也不像人们所想象的那样淫荡无情：西门庆为瓶儿而流的眼泪是真实的，金莲的吃醋是真实的，西门庆对金莲的惭愧也是真实的，企图用做爱来安抚金莲，同时填补内心因失去瓶儿感到的空虚，也还是真实的。前文西门庆对瓶儿的养娘如意儿爱屋及乌——"我搂着你，就如和他睡一般"——也是同样道理。这些都是感情，都是人世所实有的，真实而复杂的感情。

西门庆和金莲在书房里，听到应伯爵来访，来安请伯爵且闪闪，伯爵便走到松墙旁边，看雪坞竹子，金莲急忙趁机离开："正是雪隐鹭鸶飞始见，柳藏鹦鹉语方知。"雪的意象在这里再次出现，至此，才算真正完成"雪"在本回中的意象结构。

二　伯爵一家

伯爵的妾春花给他生了个儿子，伯爵来向西门庆告贷。张竹坡云："伯爵生儿，特刺西门之心，又为孝哥作映。"然而西门庆还是拿了五十两银子周济他。回到月娘屋里，月娘便问："头里你要那封银子与谁？"张竹坡评："月娘亦狠，无微不至。"西门庆和伯爵开玩笑："好歹把春花那奴才收拾起来，牵了来我瞧瞧。"伯爵回答："你春姨他说来：有了儿子，不用着你了。"张竹坡评："明说孝哥。"因孝哥生之日，正是西门庆死之时。

应伯爵在谈话中提到第二个女儿，"交年便是十三岁"，昨日媒人来讨帖子，被伯爵回以"早哩，你且去着"，与九十七回中春梅为陈敬济娶亲、媒人来说伯爵第二个女儿遥遥相应。彼时伯爵已死，春梅嫌他的女

儿在"大爷手内聘嫁，没甚陪送"，于是亲事未成。正
应了伯爵在这回中说："家兄那里是不管的。"又说，
大女儿的陪送还是多亏了西门庆的资助。读此书，极
有人世沧桑之感，《红楼梦》的后半，便缺少这一种
回味。

第六十八回

应伯爵戏衔玉臂　玳安儿密访蜂蝶

（郑月儿卖俏透密意　玳安殷勤寻文嫂）

一　爱月

　　黄四为了酬谢西门庆救免他的岳父，在郑爱月处摆酒请客，这一段写得"生、旦、丑、净一齐搬出"（绣像本评点者语），极为花枝招展：应伯爵劝酒、罚跪、打嘴，穿插着吴银儿温柔低语，和西门庆讲起过世的瓶儿；爱月和西门庆半路逃席，在房中私语、做爱，应伯爵半路闯入，咬了一口爱月的手腕而去，笔墨热闹而省净。

　　在西门庆梳笼桂姐之后，作者着力刻画另一个妓女郑爱月的形象。她背后告诉西门庆，桂姐儿还在瞒着他与王三官儿来往，又教导西门庆如何报复王三官儿：勾引他的母亲林太太与他年轻漂亮的妻子——六

540

黄太尉的侄女儿。桂姐善于撒谎，这本是妓女故伎；爱月却更上一层楼，不仅会撒谎，而且善于陷人——桂姐、林太太是不消说的，而三官儿的帮闲们，其中包括西门庆的两个结拜兄弟，还有三官儿的妻子，全都落入彀中。骗人和瞒人，一层套一层：桂姐欺骗西门庆，没想到爱月会背地里揭穿她的伎俩；爱月教西门庆勾引林太太，再三嘱咐西门庆"休教一人知道，就是应花子也休对他题"，临行还要叮嘱"法不传六耳"。众人临行时，爱月特意嘱咐吴银儿："银姐，见了那个流人儿，好歹休要说！""流人儿"指谁？评点者说就是桂姐儿，然而又安知不是爱月所接的其他什么客人，甚至王三官儿本人呢。妓者之间互相隐语，我们在三十二回已经领教过了。然而到了后来，桂姐终于还是知道"我这篇是非就是他气不愤架的"（七十四回），是桂姐以己度人忖出来的？还是银儿走漏了消息乎？套用温秀才的声口，真是"不可得而知也"。

西门庆在爱月处盘桓，几个青衣圆社走来探头探脑，被西门庆喝散，与十五回在桂姐处青衣圆社踢皮球两相对照，显示出西门庆的身份与社会地位大为不同：以前是有钱的商人而已，现在已经进入官员士大夫阶层，必须照顾"官体"了。

我们又从爱月嘴里得知张二官儿的长相："那张槑德儿，好合的货，麻着个脸蛋子，眯逢两个眼，可不砢碜杀我罢了！"张二官儿，是当初买金莲为使女的张大户的侄儿。他第一次出现在三十二回，几个妓女相互谈论这些嫖客，爱香说她的妹妹爱月刚刚被一个南人梳弄，张二官儿要见她一面而不得，"那张小二官儿好不有钱，骑着大白马，四五个小厮跟随，坐在俺每堂屋里只顾不去"。极力形容张二官儿的威风，固然是"赞语"，"也是垂涎"（绣像本评点），同时也是为爱月作声价，也是我们小说的作者为将来准备下的一支伏兵：西门庆一死，应伯爵便投靠了张二官儿——清河地方的第二个西门庆——怂恿他娶了李娇儿作二房，几乎还娶了潘金莲。张二官便代替西门庆做了清河县的提刑。层层叠叠的伏笔，宛如云雾中神光一现的游龙一般夭矫。

二　大悲庵

本书数个媒婆——王婆、冯妈妈、薛嫂——这里又出现一个当初为西门大姐说媒的文嫂儿。西门庆派玳安寻文嫂以勾引林太太，玳安不认得去文嫂家的路径，向陈敬济打听。下面便是一段花团锦簇的文字：

敬济道："出了东大街，一直往南去，过了同仁桥牌坊转过往东，打王家巷进去，半中腰里有个发放巡捕的厅儿，对门有个石桥儿，转过石桥儿，紧靠着个姑姑庵儿，旁边有个小胡同儿，进小胡同往西走，第三家豆腐铺隔壁上坡儿，有双扇红对门的就是他家。你只叫文嫂，他就出来答应你。"玳安听了说道："再没有小炉匠跟着行香的走——琐碎一浪汤。你再说一遍我听，只怕我忘了。"那陈敬济又说了一遍，玳安道："好近路儿！等我骑了马去。"一面牵出大白马来骑上，打了一鞭，那马跑蹄跳跃，一直去了。出了东大街径往南，过同仁桥牌坊，由王家巷进去，果然中间有个巡捕厅儿，对门亦是座破石桥儿，里首半截红墙是大悲庵儿，往西小胡同，上坡挑着个豆腐牌儿，门首只见一个妈妈晒马粪。玳安在马上就问："老妈妈，这里有个说媒的文嫂儿？"那妈妈道："这隔壁对门儿就是。"玳安到他家门首，果然是两扇红对门儿，连忙跳下马来，拿鞭儿敲着门叫道："文妈在家不在？"

这一番描述，有形有影，有声有色，实在不能割爱，抄录在此。试问这一段穿插，于情节的发展有什么要紧？如果只说玳安打听来了路径，骑马而去，"出了东大街"云云，省略掉陈敬济的一番描述——这番描述毕竟与下文路径的描写基本上是一模一样的——

玳安儿密访蜂蝶

于小说情节的发展又有何害？然而加入这段话，我们
不嫌其赘，反而觉得妙趣横生。为什么？是因为小说
对现实的摹拟在这里臻于极致？是因为这段路径指示
的虚写与下面一段路径行走的实写形成优美的映照？
或者无他，只是因为我们的作者对文字如此爱恋，写
将下来，左看右看，只是喜欢？

　　而敬济口中的石桥儿，在玳安眼中遂变成了破石
桥儿；姑姑庵原来是一座有着半截红墙的大悲庵；豆
腐铺则挑出了一面豆腐牌儿，门首又有一个老妈妈晒
马粪。敬济口中没有感情色彩的路径描述，在玳安的
眼中一样样落到实处，一样样眉目生动起来。四百年
来，依旧栩栩如生。我们似乎能够亲眼看到那破败的
石头桥，那小小的豆腐铺，那油彩剥落的红墙，甚至
闻得那马粪的气味，也听得见玳安的一问，老妈妈子
的一答。尼姑庵名大悲，而这平凡的地方，肮脏的勾
当，门口晒马粪的老妈妈，文嫂院子里喂着草料的驴
子，不知为什么，的确蕴涵着一种广大的悲哀。

第六十九回

招宣府初调林太太　丽春院惊走王三官

（文嫂通情林太太　王三官中诈求奸）

一　"表里不一"的讽刺

　　此回讽刺林氏、西门庆、文嫂诸人，主要手法是
连用"表里不一"的语言。也就是说，语言表面上的
冠冕堂皇，掩藏了内里的肮脏污秽。然而语言的表面
越是彬彬有礼，就越发衬托出这些人物动机和行为的
无耻，整个修辞效果也就愈发滑稽可笑。

　　文嫂引动林太太一段，应该和王婆设计勾引金莲、
冯妈妈说合王六儿一段参看。金莲本来已经见过西门
庆，早就有意了，而本性好强，所以得到王婆、西门
庆大灌米汤，便立即软化。王六儿也是早就怀着勾引
西门庆的心思，当时正值女儿出嫁、丈夫送亲、独居
不惯，冯妈妈以解除寂寞、得到利益两件事加以打动，

正合在她的心上，一说便成。惟有林太太，身处富贵，结交的情人也不少，所以文嫂着意要把西门庆的家业、势力、相貌、性情说得花团锦簇，但是首先从她喜欢嫖妓的儿子王三官入手，既开始了一个难以骤然开始的话题，又提供一个初会的借口："昨日（西门庆）闻知太太贵诞在近，又四海纳贤，也一心要来与太太拜寿。小媳妇便道：初会，怎好骤然请见的？待小的达知老太太，讨个示下，来请老爹相见。今老太太不但结识他往来相交，只央挽他把这干人（即三官的帮闲们）断开了，须玷辱不了咱家门户。"一席话，巧妙含蓄，只是难为她如何想出"四海纳贤"的妙语！

王招宣府是何等地方？是金莲九岁被卖入、学习弹唱的地方。金莲在这里，"不过十二三，就会描眉画眼，傅粉施朱……做张做致，乔模乔装"。这些伎俩从何学来？我们可以想象。前回爱月儿对西门庆描述林太太："今年不上四十岁，生的好不乔模乔样，描眉画眼，打扮得狐狸也似。"金莲十五岁的时候，王招宣死了，金莲才被母亲潘妈妈以三十两银子转卖到张大户家。第一回中就已埋伏下的笔墨，至此始见着落。

西门庆去招宣府，从后门进入，偷偷摸摸，暗暗悄悄，何等诡秘。然而一旦进入后堂，里面忽然"灯烛荧煌"，正面供养着王三官儿的祖爷、功臣王景崇的图像，"穿着大红团袖，蟒衣玉带，虎皮交椅坐着观看

兵书，有若关王之像，只是髯须短些"。迎门朱红匾上，
写着"节义堂"三个大字，两壁隶书对联道："传家节
操同松竹，报国勋功并斗山。"这段描写，与林太太、
王三官儿寡廉鲜耻的行为形成了绝妙对比。而西门庆
眼中看到的画像与对联，正与林氏从帘子里偷看到的
西门庆映照。这段描写，仿佛是上文王景崇像赞的下
联："见西门庆身材凛凛，一表人物，头戴白段忠靖冠，
貂鼠暖耳，身穿紫羊绒鹤裘，脚下粉底皂靴，就是个：
富而多诈奸邪辈，压善欺良酒色徒。"下接："林氏一
见，满心欢喜。"妙绝。

　　然而作者到此，兀自不肯住手，下文描写二人入
港，更是曲尽嘲讽之至。值得注意的是，作者全然不
描写林氏的相貌。无论爱月、文嫂，都没有具体地谈
到过林氏容貌如何，一个只说"今年属猪三十五岁，
端的上等妇人，百伶百俐，只好像三十岁的"，另一个
又只说"生的好不乔模乔样"。此处在西门庆眼中，也
只看到她的衣饰而已："头上戴着金丝翠叶冠儿，身穿
白绫宽袄，沉香色遍地金妆花段子鹤氅，大红宫锦宽
襟裙子，老鸹白绫高底子鞋儿。"并加上两句匪夷所思
的绝妙赞语："就是个绮阁中好色的娇娘，深闺内施屄
的菩萨。"那么，西门庆勾搭林氏，其实最主要的是为
了报复王三官儿与桂姐，是为了三官儿十九岁花枝般
的妻子（别忘了她还是声势显赫的六黄太尉的侄女儿），

也是为了借着征服林太太，征服招宣府"世代簪缨、先朝将相"的高贵社会地位——这种世家地位，无论西门庆结交多少权贵，家业多么豪富，都是望尘莫及的。

作者曲折的讽刺，都在林氏、西门庆与文嫂的对话中摹写出来。二人见面，礼数越是周到，语言越是正经，就越是觉得不伦。比如林氏托言请西门庆断开那些勾引王三官嫖妓的帮闲（其中包括西门庆的两个结拜兄弟老孙、祝麻子），林氏道："几次欲待要往公门中诉状，诚恐抛头露面，有失先夫名节。"亏她说得出"先夫名节"四字。这也从侧面映衬后来吴月娘抛头露面到公门告陈敬济，可见这在公卿士大夫眼中是不合适、不雅相的。

在做爱描写之后，作者叙述二人如何起来整衣，西门庆如何告辞回家，基本上全用四字一断的对称短句，以简省的社交语言传达入骨三分的讽刺："三杯之后，西门庆告辞起身。妇人挽留不已，叮咛频嘱，西门庆躬身领诺，谢扰不尽。""谢扰不尽"四字，可圈可点。

正因为作者是以传统的宾主相别的客气话作结，才使得讽刺的味道更浓烈。最后，西门庆来到街上，"街上已喝号提铃，更深夜静；但见一天霜气，万籁无声。西门庆回家，一宿无话"。以优美而清冷的景语结束这场男女苟合，极尽幽冷之至。

此回下半，写西门庆派人从丽春院抓走五个帮闲（只勾了老孙、祝麻子、桂姐儿和秦玉芝的名字），略弄手脚，终于迫使一向高傲的贵胄公子王三官儿亲自来家向他求情，可谓大大地出了一口气。在公堂上，西门庆以冠冕堂皇的语言责骂了那些帮闲子弟。所责骂之处，其实没有一点不对的地方，然而讽刺的是西门庆这番正大光明的语言下面所隐藏的私心。作者一直写到西门庆回家，把责罚帮闲的前后过程备细说与月娘，大义凛然地补上几句："人家倒运，偏生这样不肖子弟出来……家中丢着花枝般媳妇不去理论，白日黑夜只跟着这伙光棍在院里嫖弄，今年不上二十岁，年小小儿的，通不成器！"西门庆似乎太投入这个正义的角色，既忘了自己的行藏举止，也忘了他整治王三官儿的自私动机。这时妙在被月娘一口说破："'你乳老鸦笑话猪足儿，原来灯台不照自！你自道成器的？你也吃这井里水，无所不为，清洁了些什么儿？还要禁人！'几句说得西门庆不言语了。"没有月娘的话，读者本也能够看破这一层，然而有了月娘的几句话，更照亮西门庆对着妻子侃侃而谈仁义道德的可笑。

就在此时，忽报应伯爵来访。应二等了"良久"，西门庆才出来。见面后，一个追问西门庆是否责罚了

552

王三官儿的帮闲，一个矢口抵赖。绣像本评点者在这里评道："混赖得奇。恐伤应二之心。"这个伤心，如绣像本评点者所说，便是兔死狐悲、物伤其类之意。但是说西门庆怕伤应二之心，倒不如说是西门庆还有一些儿残存的自觉为更恰当：西门庆面皮再厚，听了月娘一番话，也难免要觉得有些内愧，何况应伯爵不就是陪同西门庆嫖妓的帮闲？前两天不还在爱月处陪着西门庆吃酒玩乐？这和老孙、祝麻子帮闲王三官儿有何不同？难怪西门庆"良久"才肯出来见伯爵。

聪明的应伯爵，一番话把事情的来龙去脉说得八九不离十："哥，你是个人，连我也瞒着起来？今日他告我说，我就知道哥的情。怎的祝麻子、老孙走了？一个缉捕衙门，有个走脱了人的？此是哥打着绵羊驹驴战，使李桂儿家中害怕，知道哥的手段。若都拿到衙门去，彼此绝了情意，都没趣了。事情许一不许二。如今就是老孙、祝麻子见哥也有几分惭愧，此是哥明修栈道、暗度陈仓的计策。休怪我说，哥这一着做的绝了，这一个叫做真人不露相，露相不真人。若明逞了脸，就不是乖人儿了。还是哥智谋大，见得多。"绣像本评点者眉批道："一味谀奉，微带三分讥刺。"这是此回之中，最后一层有表有里的语言——表面上一味奉承，实际上含着深深的辛辣与不满。

丽春院惊走王三官

二　三官的俄狄浦斯情结？

此回三官儿见帮闲来家缠他，向母亲求救，"直到至急之处，林氏方才说道：'文嫂他只认得提刑西门官府家，昔年曾与他女儿说媒来，在他宅中走的熟。'王三官道：'就认得西门提刑也罢，快使小厮请他来。'林氏道：'他自从你前番说了他，使性儿一向不来走动，怎好又请他。他也不肯来。'"所谓"前番说了文嫂"者，想来一定是三官发现文嫂给他的母亲做牵头，这才发了一通话，使得林氏羞耻，文嫂不敢公开地上门。那么，如今林氏、西门庆串通做这一番手脚，不仅是他们二人偷情的借口，又断绝了这个不肖子的嫖妓门路，同时也为自己出了一口气，使得三官儿从此以后，再不敢说文嫂，再不敢管束自己母亲与人偷情，更不敢管束她与西门庆偷情了。

儿子管束寡母与人私情，除了怕"出丑"之外，听起来颇有俄狄浦斯情结。唐朝张鷟《朝野佥载》卷五记载一事，后来被凌濛初改编成白话小说，收在《初刻拍案惊奇》中，即卷十八《西山观设箓度亡魂　开封府备棺追活命》，就是讲述某寡妇在开封府尹李杰处告独生儿子不孝，必求将其打死，其子不能自理，但云：得罪于母，死所甘分。府尹劝告不从，遂命其买棺来收儿尸。寡妇既出，谓一道士："事了矣。"被府尹派人尾随，看在眼中。次日，收道士、寡妇，一讯承伏奸情，"苦儿所制，故欲除之"。李杰释放儿子，杖杀道士与寡妇，同棺盛之。刘𫗧的《隋唐嘉话》也记录了这段故事，但我们须注意其不同处：一，儿子在法庭上的反应，不是"不能自理"，而是"涕泣，不自辩明，但言：得罪于母，死甘分"。比"不能自理"要主动——暗示不是不能辩，而是不想辩——也更感人。二，"杖母及道士杀，便以向棺载母丧以归"，并没有把寡妇与道士放在一个棺材里面。

到了南宋署名皇都风月主人所著的《绿窗新话》，在《王尹判道士犯奸》条下，开封府尹改姓王，而寡妇、儿子、道士都有了姓名，寡妇与道士的偷情被安排在道士为寡妇的亡夫所做的超度仪式上，使得他们的私情更加得不到读者同情。儿子的形象被削弱，我们看不到他在法庭上的反应，只有寡妇的"忿怒"，以及她对道士说"事了"时的欢喜鼓舞（"笑谓道士"云云），这也是为了把寡妇描绘得更加冷酷无情。最后，却只说"重治道士于法"，没有谈到对寡妇的处置。似乎觉得杖杀寡妇未免太残忍，最主要的是有损儿子的形象。

凌濛初的白话小说更是别开生面，把寡妇、道士偷情，以及儿子对他们的百般间阻，刻画得淋漓尽致。寡妇与道士的佳期一次次被儿子弄手段破坏，欲望的阻挠和期待完成一方面成为叙事发展的推动力，一方面又成为诱惑读者看下去的主要因素。小说人物难以满足的欲望挑动着读者阅读的欲望，使得这篇小说的叙事结构，就好像那个十数岁情窦初开的儿子，很有一种"性虐狂"的扭曲感。读到最后，读者简直不由得要可怜那一次次被间阻的道士与寡妇。也许是因为作者顾虑到读者对寡妇和道士的同情，于是特地安排两个原来的故事中所没有的年轻道童做道士的男宠，其一还与寡妇通奸，以此来显示寡妇与道士之间本无爱情，只是情欲；又写儿子在法庭上坚决为母亲辩护，在府尹下令责打寡妇时，趴在母亲身上大哭，要求代打，母亲也终于"醒悟"，和儿子抱头痛哭。最后府尹只把道士当着寡妇的面活活杖杀，赦免了寡妇，然而寡妇终于郁郁病死，与她有私情的那个道童也死了，另一个道童还俗娶妻，儿子则得到美满生活云云。作者这样的改写，当然旨在加强读者对儿子的同情，也突出了道德宗旨，给不同的人物安排"适得其分"的报应。但是，与《拍案惊奇》中的其他小说不同的是，在这篇小说结尾，作者一连用了数首诗歌咏小说中所有的人物，给他们每人再度下一个"定论"，而这正说明这个故事不能以"黑白分明"的道德标准来定义的复杂性，以及作者心中对这些人物的矛盾态度。

在南朝乐府民歌里，有"宁断娇儿乳，不断郎殷勤"的歌词。这分明咏唱的是一个有夫之妇或者寡妇的私情，表示为了情郎，连怀中哺乳的娇儿都可以舍弃——世上尽有这样的感情，这样的女人。这两句歌词，堪为上述的故事做一个注脚。我想，我们还是不要把"封建社会的妇女追求个性解放与自由爱情"太浪漫化了，应该睁开眼，看到人世间复杂的、充满矛盾与张力的、不能仅用一种意识形态或道德标准来简单定论的真实。

第七十回

老太监引酌朝房　二提刑庭参太尉

（西门庆工完升级　群寮庭参朱太尉）

　　此回讲述西门庆与夏提刑因年终官职升迁，上京参朝谢恩。极写朝廷腐败、太监弄权、官员贪赃枉法、私相授受官爵的勾当，为国家政治画像作赞。《金瓶梅》不仅仅是一部闺房私情之书，而是社会生活的宏观写照。

　　西门庆从贴刑副千户升为提刑正千户，原来的提刑夏延龄则升为指挥，转任京官。夏提刑极是不快，因为地方官大有油水，非京官之冷缺可比。何太监则托了宫妃刘娘娘，派自己"不上二十岁"的侄儿接任西门庆原来的职位。翟管家埋怨西门庆泄漏消息，致使夏提刑四处托人活动，希望继续留在山东掌管提刑所，"教老爷好不作难"。这番话上应第六十六回翟管家致书，下应第七十六回画童告发温秀才把西门庆的书信透露给夏提刑的文书倪秀才。

　　翟管家指点给西门庆许多办手续的诀窍，何太监的侄儿，一个乍出茅庐的年轻人，又来拜望西门庆，向他咨询行事路数，层层写来，见出各人的资历与经验。何太监把侄儿嘱托给西门庆时说："常言：学到老，不会到老。天下事如牛毛，孔夫子也只识得一腿。恐有不到处，大人好歹说与他。"端的是妙语。本书凡写三个太监即薛太监、刘太监、何太监，性情各各不同，尽皆眉目生动。

二提刑庭参太尉

第七十一回

李瓶儿何家托梦　提刑官引奏朝仪

（李瓶儿何千户家托梦　提刑官引奏朝仪）

　　关于这一回，张竹坡卷首总评有一段话说得很好，姑引在此："自前回至此回，写太尉，写众官，写太监，写朝房，写朝仪，至篇末，忽一笔折入斜阳古道，野寺荒碑，转盼有兴衰之感。"张竹坡没有说出来的，是"写女鬼，写皇帝"。女鬼即瓶儿，是所谓至幽至冥的"阴人"；皇帝，则是阳气之最盛，至崇至尊。虽然刘太监糊涂地以为"天塌下来，自有四个大汉"，但是国家的命运本是由无数个人建造而成的，而这些个人又反过来无不受到国家命运的影响。在此回，西门庆个人的幽冥私情与腐败的政治生活纠结在一起，使这一回的内容丰富而深广；最后以黄龙寺一阵摇动了大地乾坤的狂风作结，预示即将来到的战争与毁灭，不仅对于宋王室是一场摧枯拉朽的风暴，而且也震撼了所有与国家共呼吸、同命运的个人的生活。

西门庆和夏提刑一道上京，下榻在夏提刑的亲戚崔中书家。何太监的侄儿何天泉如今接替了西门庆的位置，何太监指望西门庆对他多加关照，一力主张西门庆搬到何家来住。西门庆推辞说：诚恐夏公见怪。何太监道："如今时年，早辰不做官，晚夕不唱喏。衙门是恁偶戏衙门。虽故当初与他同僚，今日前官已去，后官接管承行，与他就无干。他若这等说，他就是个不知道理的人了。"此书中的太监，往往被描写为说话憨直、带有村气，即如何太监，一口道破世情，而且理直气壮，虽然粗莽，倒比满口之乎者也而又假仁假义的士大夫辈至少率真一些。

西门庆住在何家，夜里梦见瓶儿，这段描写，又与书房昼梦有所不同，梦与真难解难分，摹写极为传神。"睡在枕畔，见满窗月色，翻来复去，良久，只闻夜漏沉沉，花阴寂寂，寒风吹得那窗纸有声，正要呼王经进来陪他睡，忽听得窗外有妇人语声甚低……"写得魂梦通幽，鬼气森森。及至"恍然惊觉，乃是南柯一梦，但见月影横窗、花枝倒影矣"，与前次白昼做梦醒来，看到日影隔帘，时当正午，既有相似之处，又是另一般情境与写法。客游做梦，情人入梦，都是古典诗词常常描写的境界，然而在梦中与瓶儿云雨，醒来时发现"精流满席，余香在被，残唾犹甜"，这种

李瓶儿何家托梦

对"梦遗"的实写，是此书常常混杂抒情与讽刺的一例，决不堕入小市民的伤感恶趣。比起这部小说来，《聊斋志异》的故事都太过甜腻了——倒还不是描写狐鬼才使得它"不现实"的。又或有人认为这种抒情的"不纯"是败笔，那么试问在莎士比亚的悲剧里面，时时出现插科打诨搞笑的小丑，在其浪漫爱情剧中，时时出现色情双关语，又有谁指责莎翁不照顾感情描写的一致性呢？这种写法只会使一部作品变得更加丰富与复杂。

在离开京城回清河的路上，西门庆一行人在黄龙古刹避风歇宿。此寺荒凉破败，"数株疏柳，半堵横墙"，几个和尚在那里坐禅，房舍毁坏，又无灯火，长老吹火煮茶，伐草根喂马，为西门庆等人爨了一锅豆粥。这种情景，与前面宫廷盛典、人喧马嘶的庄严宏伟气象，也与何太监家的富贵、何千户书院的幽雅形成了鲜明对比。在一番尊荣繁华之后，描写一座破败的古刹，是全书的缩影，也是结局的预兆。

第七十二回

潘金莲抠打如意儿　王三官义拜西门庆

（王三官拜西门为义父　应伯爵替李铭释冤）

一　金莲与如意

　　一向都是瓶儿的文字，金莲已是久违了。自从上回瓶儿托梦，告诉西门庆已在袁指挥家投胎转世，瓶儿渐渐淡出，而金莲再度进入镜头之中。

　　金莲在枕上与西门庆诉别后相思之情，却追溯到蕙莲与瓶儿，又讲到现下的奶子如意儿。蕙莲与瓶儿都曾是金莲的劲敌，虽然其中穿插了桂姐、爱月、王六儿、林太太，但是她们都不能威胁到金莲在家中的地位，只有蕙莲与瓶儿——一个美丽活泼，争强好胜，脚比金莲还小，处处存心和金莲比试，不仅占据了西门庆的心思，而且还几乎勾引到陈敬济；另一个富贵、白皙、有子——才是金莲势均力敌甚至更强一筹的对手，难怪金莲时时不能去怀。此书写到七十二回，我们恐怕早就忘了金莲与西门庆当初相亲相爱的热恋情景。回顾当初，西门庆曾经发誓决不负心，否则便如武大一般。然则把金莲娶进门来，从梳笼桂姐开始，经过了蕙莲、瓶儿，"险些不把我打到赘字号去了"。西门庆既然负心，金莲便不可能专意，因为在情欲方面，二人乃是一枚硬币的两面，是对手，是彼此的化身，都是充满能量与热情的人。

金莲之恨如意，固然因她是瓶儿的旧人，又怕生子、又怕填了瓶儿的空当，但是细观此回文意，如意似乎还曾经抓住过金莲的什么破绽。绣像本此回开始，言西门庆进京，月娘在家防范甚严，"见家中妇女多，恐惹是非，吩咐平安无事关好大门，后边仪门夜夜上锁，姊妹们都不出来，各自在房做针指。若敬济要往后楼上寻衣裳，月娘必使春鸿或来安儿跟出跟入，常时查门户，凡事都严紧了。这潘金莲因此不得和敬济勾搭，只赖奶子如意备了舌，逐日只和如意儿合气。"这里"赖如意备舌"一句话，没有上文，令人莫名其妙。参照词话本此回开头，无"见家中妇女多，恐惹是非"句，然而多出几句莫名其妙的话，道："单表吴月娘在家，因西门庆上东京，在金莲房饮酒，被奶子如意儿看见，西门庆来家，反受其殃，架了月娘一篇是非，合了那气。这遭西门庆不在，月娘通不招应。

潘金莲抠打如意儿

就是他哥嫂来看，也不留，即就打发。"又下文作"只赖奶子如意备了舌在月娘处"。词话本此处似乎在追溯夏天西门庆进京为蔡京祝寿时发生的事件，想必在缺失的五回中原有。而如意备舌，则似乎与月娘、金莲、陈敬济都有关。

二　四泉与三泉

西门庆从京城回来，去王三官儿家赴宴，这回明公正道、明目张胆走了前门。至此，方补叙招宣府正厅情景，"大厅正面钦赐牌额，金字题曰世忠堂，两边门对写着：乔木风霜古，山河嵲砺新"。与第六十九回中后堂对联遥遥相应。我们注意到作者对招宣府的讽刺一直以室内装饰为针线，从头到尾贯穿一气，最后一环是三官儿的书房：

> 独独的三间小轩里面，花竹掩映，文物萧洒，正面悬着一个金粉笺匾，曰：三泉诗筇。四壁挂四轴古画。西门庆便问："三泉是何人？"王三官只顾隐避，不敢回答，半日才说："是儿子的贱号。"西门庆便一声儿没言语。

《金瓶梅》作者对于文字的把握真是臻于化境，看

574

他只从一个别号，便做出如许的锦绣文章！第三十六回中，宋御史松泉与蔡御史一泉引出了西门四泉，四泉又引出一个尚两泉（即当初想娶孟玉楼的尚举人，见六十五回），尚两泉引出何太监的侄儿何天泉，如今却又冒出来一个王三泉——泉的余波，环环不休。三官号三泉，原没有什么不妥，西门庆问他三泉是何人，如果三官心中无鬼，何必不大大方方地回答？但是看他躲躲闪闪的样子，便知道他这个别号，当初必然是冲着西门庆的"四泉"而来的。三官儿既与桂姐打得火热，桂姐又是西门庆梳笼的婊子，三官想必一向立志胜过西门四泉罢。西门庆固然明言看不起三官（五十二回），三官这个世家子弟又何尝把暴发户新贵西门庆放在眼里。号三泉者，明明是要压四泉一头也。

三　伯爵儿子的满月酒

十一月二十六日这天，应伯爵来下帖，请西门庆的五个妻妾十一月二十八日去吃新生儿的满月酒，西门庆推托不肯："管情后日去不成。实和你说，明日是你三娘生日，家中又是安郎中摆酒，二十八日他又要看夏大人娘子去，如何去的成？"然而前文我们明明从西门庆和月娘的对话中知道：夏提刑托西门庆照看家里，月娘说："他娘子出月初二日生日，就一事儿去罢。"则西门庆关于二十八日去看夏大人娘子的话明是撒谎了。后来见月娘收下请帖，应伯爵笑了道："哥，你就哄我起来。"然则西门庆何必要哄伯爵？恐怕还是满月酒触动了西门庆的心事，想到早夭的官哥儿而心伤之故。抒写极为细腻，几至落笔无痕，然而脉络又丝丝可寻。《金瓶梅》的作者诚然是大手笔也。

又应伯爵请温秀才写请帖，词话本中有一段对温秀才书房的描写为绣像本所无："挂着一幅《庄子惜寸阴》图……左右一联，书着：瓶梅香笔砚，窗雪冷琴书。"庄子惜寸阴，听来大可发一笑。与三官儿书房"四壁挂四轴古画"之俗相映成趣。对联也不见高明，虽然，"瓶梅"对"窗雪"，以及"冷""香"二字，都点出本书旨意。

第七十三回

潘金莲不愤忆吹箫　西门庆新试白绫带

（潘金莲不愤忆吹箫　郁大姐夜唱闹五更）

一　"忆吹箫，玉人何处也？"

　　玉楼生日酒席上，月娘点了一支曲子"比翼成连理"，西门庆偏偏吩咐小优儿改唱"忆吹箫，玉人何处也"，借以传达他对瓶儿的思念之情。席上何止金莲一人不愤？然而月娘深心，玉楼机灵：月娘既不高兴西门庆点唱此曲，又看不上金莲在酒席上和西门庆二人拌嘴——因为当众拌嘴也是亲密的一种表现——于是抽空便把金莲打发走了；玉楼则十分明白瓶儿和金莲在西门庆心中的分量，基本上已经和现实妥协，更兼秉性含蓄，所以虽然不快，也不肯表现出来，然而从此已经开始病源。只有金莲，热烈而外向，敢于公开挪揄西门庆。只可怜玉楼在生日宴席上打扮得"粉妆玉琢"，更兼与西门庆小别重逢，而西门庆自从东京来家，还一直没有去她屋中宿歇过一次，就连她的生日也无例外。金莲向来与玉楼相好，但在这种利害攸关的时候便完全不想到"让贤"。倘是瓶儿，必不如此。然而此时玉楼、月娘、金莲，又有哪个记得瓶儿的这种好处？早就已经只剩下吃醋了。

过后众人在月娘屋里说话，姐妹们的醋意各以各的方式表达出来，夹杂着杨姑娘、吴大妗子、王姑子等人插科打诨，煞是热闹好看。虽然众声喧哗，但各人口气分毫不差。比如金莲嗔西门庆叫给瓶儿戴孝，"他又不是婆婆，胡乱戴过断七罢了！"大妗子便说："好快，断七过了，这一向又早百日来了。"和西门庆家较大妗子为疏、年纪较大、较糊涂的杨姑娘便问几时是瓶儿的百日，月娘答道："早哩，腊月二十六日。"王姑子立刻见缝插针："少不的念个经儿。"因为念经便是王姑子的赚钱机会到了。月娘说："挨年近节，念什么经！"月娘对西门庆追思瓶儿的一腔不满，全在一句话中流露出来，但旋即意识到自己不免还是要随顺西门庆，遂又加上一句："他爹只好过年念罢了。"虽然后来毕竟还是在腊月二十六日那天请来玉皇庙十二道士念了经（第七十八回），可以想见月娘心中的不悦。玉楼则冷而韵，见杨姑娘劝金莲："你随官人教他唱罢了，又抢白他怎的？"玉楼便道："好奶奶，若

潘金莲不愤忆吹箫

是我每，谁嗔他唱！俺这六姐姐，平昔晓得曲子里滋味……"月娘立刻响应："他什么曲儿不知道！"则月娘不仅醋瓶儿，也醋金莲的聪明。按，以唱曲暗传机锋，又回应第二十一回"扫雪烹茶"时，金莲借点曲讽刺月娘。

在玉楼的生日酒席上听曲时，绣像本较词话本多了一句："那西门庆只顾低着头留心细听。"只这一句，便活画出西门庆专注倾听的神情。然而，因为低头而看不见"粉妆玉琢"的玉楼，西门庆也正是所谓的不能"怜取眼前人"也。他在玉楼生日前后对玉楼的冷淡最终导致玉楼生病便是证明。

金莲对于西门庆请六黄太尉，不记得场面盛大、官吏势要，单只记得西门庆在那天抱怨自从瓶儿死了，连一口好菜都没得吃。绣像本评点者眉评："六黄太尉何等势焰？金莲'黄内官'三字说得冰冷。可见真正情妇人、淫妇人胸中原无富贵。"金莲的确不在乎富贵，只在乎人。这是金莲可爱处，不得以"淫"字埋没之。

在词话本中，月娘后来命郁大姐唱《闹五更》，曲词全是相思难眠、情人负心之意。月娘心事也每每借唱曲写出，不可因月娘自言不晓得曲子滋味就放过伊。

二 "不知东方之既白"

西门庆和金莲试验白绫带之后，"当下云散雨收，两个并肩交股，相与枕藉于床上，不知东方之既白"。绣像本评点者眉批："用得好苏文！"苏东坡《前赤壁赋》末句，写苏子与客人"相与枕藉乎舟中，不知东方之既白"，被移来此处，作者可谓锦心绣口、调侃西门庆与金莲之甚也。然而，若没有前面一大段描写二人疯狂做爱的文字，这最后二句"苏文"的引用也不可能达到如此幽默的效果。《金瓶梅》中关于做爱的文字，谁能说是赘疣、是不必要的呢。作者往往于此际刻画人物，或者推助情节的发展。西门庆与不同的妇人做爱，其中蕴涵的情愫都不同，做爱的动机、心情、风格、后果也不同。如果读者只能从中看到"淫"，那么这是读者自己的问题。

有趣的是此回稍前，月娘等人聚集在上房听薛姑子讲说佛法，薛姑子宣讲的，正是五戒禅师破戒戏红莲之后和好友明悟和尚相继坐化、转世为苏东坡与佛印禅师的故事。这个故事，一方面是以"幻化"来唤醒读者、预兆结局（须知后来西门庆的遗腹子孝哥，也是西门庆的转世托生，出家后法名就叫作明悟），一方面又与回末引用苏东坡《前赤壁赋》巧合。作者真是才子：虽然一字一句，也必不随意放过。

洪楩《清平山堂话本》中有《五戒禅师私红莲记》，冯梦龙《古今小说》第三十卷有《明悟禅师赶五戒》。又有明中叶陈汝元所作杂剧《红莲债》，有万历函三馆刊本，收在明末沈泰编《盛明杂剧》二集中。

第七十四回

潘金莲香腮偎玉　薛姑子佛口谈经

（宋御史索求八仙鼎　吴月娘听宣黄氏卷）

一　皮袄与八仙鼎

此回开始，已是十一月二十七日清晨。金莲为西门庆品箫，趁机提出明日去应伯爵家吃满月酒，要瓶儿的皮袄穿。绣像本评点者眉批："以金莲之索取一物，但乘欢乐之际开口，可悲可叹。"这话是对的，但也应该看到，金莲索取的不是普通的物件，而是瓶儿的衣服——一件价值六十两银子的貂鼠皮袄。第四十六回中，月娘和玉楼、金莲、瓶儿于元宵夜前往吴大妗子家赴宴，曾经由皮袄引发出来一场小小风波，至此，皮袄一物又续上线索。当时众人之中，惟有金莲没有皮袄，月娘命取一件李智准折的青段皮袄给金莲穿。金莲不惟不感谢，还一直嫌不好，这样的举止，当然会让月娘不悦。然则众人都穿着自己的貂鼠皮袄，以金莲如此好胜，却只落得一件青厢，这种时候也真是难为她。如今曾几何时，瓶儿已逝，瓶儿的皮袄，终于被金莲软硬兼施地索取到手了。绣像本评点者引《诗经·唐风·山有枢》："诗曰：'子有衣裳，弗曳弗娄。宛其死矣，他人是愉。'千古伤心，似属此作。"是极。

　　然而皮袄的风波，第四十六回还只是一个开始。瓶儿刚刚咽气，月娘便锁上了瓶儿的床房门，瓶儿之财物，遂为月娘掌握。如今见西门庆要钥匙开门，拿皮袄给金莲，月娘便顺势数落西门庆一番。中间又穿插如意儿趁机要了瓶儿一套衣裳，金莲对如意儿说："你这衣服，少不得还对你大娘说声。"可见丫鬟、养娘、家人媳妇得到赏赐，必然要告知女主人。然而后文月娘怒金莲得皮袄不来对自己说一声，金莲又以为是汉子作主给了我，你不是婆婆，我不必告诉你，又可见丈夫给妾衣物，妾是否应该告诉正室，规矩则比较模糊，在可告可不告之间。月娘贪财，锱铢必较，又以瓶儿之物为己有，所以对这件皮袄怀恨极深，观后文相骂、做梦，都源于此。如意问迎春：你去向大娘要钥匙开床房门，大娘怎的说？迎春道："大娘问：'你爹要钥匙做甚么？'我也没说拿皮袄与五娘，只说我不知道，大娘没言语。"凡写月娘"不言语"处，都是月娘有心事处。

金莲索取皮袄只是引子，下面又引发出了另一索取：宋御史看上了西门庆的八仙鼎，于是极口称赞，当时西门庆也没有怎么理会，但是居然暗自留心，在下一回中，就差玳安把八仙鼎送给宋御史了。西门庆大是可儿，专门在此用心，其升官发财，固有其道，不是一味好玩的绣花枕头子弟。

词话本此回回目作"宋御史索求八仙鼎"，绣像本则作"潘金莲香腮偎玉"。然而金莲偎玉之时，正是索取瓶儿皮袄之时也。绣像本作者对宋御史讽刺得极毒，妙在含蓄出之。

又十一月三十日，宋御史要借西门庆家请巡抚侯石泉——上文本来有了一泉、两泉、三泉、四泉、松泉、天泉，没想到此处又变出一个石泉（十全——水满则溢、月圆则亏的暗示），"泉"何其多也！作者就是在这种小地方，文心也如此玲珑。

二　月娘心事

此回有一处细节写月娘十分耐琢磨，前边客散，"月娘只说西门庆进来，把申二姐、李桂姐、郁大姐都打发往李娇儿房内去了。问来安道：'你爹来没有？'来安道：'爹在五娘房里，不耐烦了。'月娘听了，心内就有些恼，因向玉楼道：'你看恁没来头的行货子！

我说他今日进来往你房里去，如何三不知又摸到他屋里去了？'"然而如果月娘真的以为西门庆会去玉楼的屋里，又为何要把几个唱的从自己屋里打发走呢？张竹坡以为月娘"意欲俟西门来上房，自做人情，送入玉楼房中，是月娘一生为人关目。……乃忽为金莲邀去，故又向玉楼说明人情也。"但是我们也不能排除一种可能，就是月娘以为西门庆会来自己房里歇宿，现在见其不来，便对玉楼说"你看"云云，以为遮羞。玉楼聪明，能忍耐，只说"随他缠去"，"他爹心中所欲，你我管的他"。但是玉楼一次次心中被刺，月娘拿她遮羞，金莲吃醋也拿玉楼作伐，在不愤"忆吹箫"时说道："就是今日孟三姐好日子，也不该唱这离别之词。"玉楼再能忍耐，也不免含酸，不免抱病了。

见西门庆不来，月娘又把三个姑子都请来宣讲佛经，宣罢，三个唱的轮番唱曲，为了谁先唱，也争执一回，毕竟还是桂姐争在第一个唱了，而王六儿推荐来的申二姐又抢到了郁大姐前头，从这番争执，可以看出几人性格，又为下文申二姐与春梅合气伏笔。月娘在此点的曲子是"更深夜悄"，词话本录有曲词，道是在闺中等待寻花问柳的情人回家："更深夜悄，把被儿薰了看看等到月上花梢，静悄悄全无音耗……疏狂忒煞，薄情无奈，两三夜不见你回来。"月娘何尝不吃醋，只是月娘心事往往以冷笔写出而已。

薛姑子佛口谈经

三　贲四嫂

此回西门庆看到来给玉楼做生日的众伙计娘子中，贲四的妻子长得"一似郑爱香模样"，开始注意留神。西门庆往往爱屋及乌：喜欢如意儿，是因为瓶儿；喜欢贲四嫂，是因为爱香，而喜欢爱香，又终究是因为爱月。以前又不是没有见过贲四嫂，何以如今一见留心？不过因为以前不认识爱月，没有和爱月相好罢了。

第七十五回

因抱恙玉姐含酸　为护短金莲泼醋

（春梅毁骂申二姐　玉箫愬言潘金莲）

　　新年将至，此回有两个官员给西门庆送历日：一
是胡府尹送了一百本，一是宋御史，也送了一百本。
这一百本历日，是一百回小说的写照，也在预告西门
庆生命将终。从此回开始，西门庆家几乎每一天的活
动都有详细的交待，的确是数着日子过生活。张竹坡
评道："虽一日作两日过，君其如死何哉。"

　　上一回卷末，月娘和玉楼都只知道西门庆去了金
莲屋里，没想到西门庆和如意儿宿了一宵。西门庆对
如意儿，完全是爱屋及乌，把她当成瓶儿的替身，不
是对于如意儿本人有什么吸引和感情。因此，明明在
第六十七回西门庆已经问过如意儿的年纪，在这一回
里，他对如意儿说："我只要忘了你今年多少年纪，你
姓什么，排行几姐？"在第六十七回，西门庆听说如

意儿的年纪，道："你原来还小我一岁。"在本回，他听说如意儿的年纪，道："我原来还大你一岁。"两相对比，可发一笑。

次日，十一月二十八日，月娘妻妾五人去应伯爵家吃满月酒。虽然头天晚上和如意儿云雨了一夜，西门庆起床后却没有忘记"正事"——早上首先就差玳安把昨天宋御史看中的八仙鼎给他送去。随后荆都监来拜西门庆，因年终考核将到，求西门庆在宋御史面前美言，送了二百石白米作为酬谢，荆都监走后，西门庆去回拜蔡九知府。而家里的正文好戏才刚刚开场。

玉箫通风报信，告诉金莲月娘的不满："昨日三娘生日，就不放他往屋里去，把拦得爹怎紧。"此处月娘发的话，和五十回中李娇儿生日而西门庆径直进了瓶儿的房是一样的：当时金莲过舌，大姐传话，把瓶儿气得手臂发软，坐下病根。这一回，玉箫的学舌则成为月娘与金莲斗气的又一契机。如果说《金瓶梅》是一部关于报应的小说，那么唯一的报应便在此等处；但是这种报应和"上天的旨意"没有关系，完全是个人性格所导致的。

春梅在家里叫申二姐唱曲，申二姐不肯来，春梅觉得自己失了面子，撵走了她，又因为此书到最后全是春梅文字，所以极写春梅。然而春梅、申二姐这一插曲的重要性，还在于它是月娘、金莲斗气的另一导火索。月娘回家得知此事之后极为不悦，金莲、西门庆又个个回护春梅，这件事，与金莲近日盛宠、要走瓶儿皮袄联系在一起，使得月娘对金莲的恼怒已经到了一触即发的程度。

月娘嫉妒金莲，却借着为玉楼说话而写出。对西门庆说："从东京来，通影边儿不进后边歇一夜儿，教人怎么不恼？……我便罢了，不和你一般见识，别人他肯让得过？口儿里虽故不言语，好杀他心儿里也有几分恼。"绣像本评点者指出这是"夫子自道"。又说："今日孟三姐在应二嫂那里，通一日没吃什么儿，不知掉了口冷气，只害心凄恶心。来家应二嫂递了两钟酒，都吐了。你还不往屋里瞧他一瞧去？"然而在这之前，也曾"坐着与西门庆说话"，也曾眼看着西门庆"只顾吃酒"，也曾陪在旁边"良久"，也曾脱衣裳摘头，叫玉箫收荆都监送来的银子，其间，玉楼早已回房去了，月娘却一直等到金莲走来叫西门庆，才发出刚才那一番话，告知玉楼的不舒服。如果金莲不来叫，西门庆不答应"就来"，月娘趁势便把西门庆留在自己屋里过夜也很难说。

西门庆在妻妾之间调停，正像绣像本评点者说，也可谓相当辛苦。瓶儿死了，西门庆在妻妾五人中最爱的，还是金莲，如今却不但委屈自己的心上人，连自己的欲望也不得不委屈着：七十五、七十六两回，

都在尽情摹写妻妾多的难处。西门庆命五个妻妾都去
应伯爵家吃满月酒，"卖弄诸姬人物"（绣像本眉批）。
嘲笑应二的妾春花如何黑丑，听小厮说应二隔着窗子
偷看月娘诸人，心中得意不置。但是一来妻妾成群有
妻妾成群的苦恼，二来西门庆刚死，应伯爵便改投了
张二官，在张二官面前极力夸耀金莲的相貌，又劝得
张二官娶了李娇儿：则西门庆今日一番卖弄，适足以
成为日后妻妾落入他人之手的根由。

　　十一月二十九日，西门府的大事，便是月娘和金
莲吵架。真是"两下蓄心已久"（绣像本眉批），电光
火石，一触即发。然而吵架的形式，和金莲初来时与
雪娥拌嘴何其相似：都是春梅先使气，然后金莲在月
娘屋外偷听，偷听到的内容，也无非都是金莲把拦汉
子、娇惯春梅。金莲听到半路，突然走进房中，率先
开口发难。两次金莲为春梅辩护，都称其"不是我的
丫头"（原先是月娘的丫头）。当初雪娥对月娘说："你
看他嘴似淮洪也一般，随问谁也辩他不过！"如今月
娘对众人、后来又对西门庆说："你看他嘴头子就相淮
洪一般。"金莲每次也都用"等他来家与我休书"这样
的话撒泼。后来月娘对大妗子所说的话："在前头干的
那无所不为的事，人干不出来的，你干出来"，"行说
的话儿，就不承认了"，妙在和当年雪娥说金莲的话一
模一样："背地干的那茧儿，人干不出，他干出来"，

为护短金莲泼醋

"明在汉子跟前截舌儿,转过眼就不认了"(第十一回)。

雪娥、金莲吵架,月娘只是坐在一旁不言不语——因为那时偏向金莲与春梅,且有坐山观虎斗的意思。如今,金莲、春梅却严重地侵占到了月娘作为正室娘子的利益:这次吵架,多了皮袄的心结,多了申二姐的心结,还多了一个如意儿的心结。月娘并不在乎西门庆是否多收用一个丫头或养娘,一是自知管不住,二也好像《红楼梦》里面的邢夫人对贾赦,一味只知"奉承夫主以自保"。难怪当金莲暗示她纵容如意儿其实是"浪了图汉子喜欢",月娘便正"吃他这两句触在心上"。但是月娘心心念念的是财帛,是经济上的占有权、支配权:她有一句话说得好,"就是孤老院里也有个甲头!"做甲头,是月娘其人平生最大的愿望——而后来夫亡子去,她也终于真的做了孤老院的甲头——但是一件皮袄不问她就悄悄落入金莲之手,申二姐没经过她的同意,甚至没有拜辞她,就被春梅撺走,试问月娘的甲头还怎么做?无怪其不能忍受了也。至于金莲,她最在乎的,却是别的妇人是否会抢夺西门庆对自己的宠爱。然而经过了瓶儿,金莲才意识到容貌不是最关键的,聪明也不是最关键的,陪嫁的丰富更不是最关键的,关键是:要想在这样一个大家庭里以妾的身份拥有一个牢固的位置,不被打入冷宫,受众人欺负,最重要的便是生一个儿子。因此,金莲对如意儿的嫉妒不仅仅是情色方面的吃醋；何况月娘已结胎而金莲尚无子，所以万一如意儿受孕，最受影响的不是月娘而是金莲。月娘与金莲的吵架，不是简单的老婆舌头，而是一场对权力的角逐。

西门府彼时金莲和雪娥吵架，雪娥落了下风；此时和身怀有孕的正头娘子月娘吵架，金莲却要吃亏了。只因为月娘有孕在身，西门庆便不得不首先安抚月娘，为之请医看病，晚上又在上房歇宿，不敢去看望金莲，次日，哪怕心里多么牵挂着金莲、春梅，也只得听了月娘的话，在娇儿屋里歇宿一宵。在妻妾的权力斗争中，丈夫成为牺牲品，因为他失去了行为的自由。娶妾本是为了自己的乐趣，但是作者极写妻妾成群带来的烦恼，以及一个男子如何因为妻妾成群而丧失自由。谁说在父权社会男子的地位必定至高无上，可以随心所欲，而女人只是可怜的、被支配的奴隶？权力的行使有无穷多的方式：有明显的，也有隐秘的；有直接的，也有曲折的。也许最终男性的性别是权力的来源，但是女人却能够以她腹中所怀的男性胎儿挟制丈夫，限制他的行动，剥夺他的意志自由。虽然娶妾制度是男性满足一己欲望、增加一己财产（妾有陪嫁）的手段，但我们从本书所描写的情景可以看出：男人也很容易成为这种制度的牺牲品——难道瓶儿和官哥儿的两条性命，不是丧于这种制度么？

　　月娘控制家财之严密，又在西门庆赴宴回来后描写一笔：一再问西门庆"乔亲家请你做甚么？""乔亲家再没和你说甚么话？"直到西门庆告诉她："乔亲家如今要趁着新例，上三十两银子，纳个义官。"月娘还要最后紧逼一步："你没拿他银子来？"如果我们开始注意这样的细节，就会发现月娘自始至终对银子的关注、对经济权的把握、对财物的贪心。

　　西门庆请来任太医为月娘看病，处处与诊瓶儿对照：瓶儿在帐子里，月娘却自己直走出来，"望上道万福"，"在对面椅上坐下"，诊脉之后，"又道个万福，抽身回房去了"。写月娘，总是写她缺乏风韵、气派，有一种粗俗的气质。西门庆对任太医称月娘为"大贱内"：贱内已经是对正妻的称呼了，加一个"大"字，反而显得月娘只是众妻妾其中之一，不过排行最大而已，除此之外，没有任何特殊的地方。这也是暗写西门庆对月娘并无感情，也不把她作为正妻看待（瓶儿才是他心目中的妻子），一切都只是看在她怀孕的面子上罢了。

　　又，《红楼梦》专门在王太医、胡太医给晴雯、尤二姐、贾母看病时是否垂帐上作文章，全从此处学来。

第七十六回

春梅姐娇撒西门庆　画童儿哭躲温葵轩

（孟玉楼解愠吴月娘　西门庆斥逐温葵轩）

　　结局临近，此回处处埋伏谶言，或明或暗地交待众人的归宿。

　　到了十一月三十日，一面西门庆在前面摆酒请侯巡抚，一面孟玉楼在后面锦心绣口，劝了月娘又劝金莲。两下里劝说的时候，最关键的一句话便是："教他爹两下里不作难？就行走也不方便。"月娘虽然不愿同金莲和解，但是毕竟还是不想得罪了西门庆；金莲也深知如果不同月娘和解，西门庆不敢往她屋里来。所以玉楼此言一拍即合。然而当天晚上，月娘毕竟不许西门庆去看金莲，也不许去找如意儿，一定让他去娇儿屋里。西门庆"无法可处，只得往李娇儿房里歇了一夜"。锦绣丛中，一如战场。前边，男人的世界里，行贿、逢迎、为亲朋谋求职位，一团势利热闹；后面，是私生活的空间，女人的天下，同样尔虞我诈，费尽心机。月娘、玉楼、金莲的世界，表面上围绕着一个西门庆旋转，但西门庆是她们抽彩的奖品，也是妻妾争斗的牺牲品，西门庆本人却并非得利的渔翁。在过去，一个中上层阶级的大家庭里，争宠、生子、和家人相处、保住自己的地位，也就是一个女人的毕生事业了。

十二月初一，西门庆终于可以来看金莲了。金莲在西门庆前哭诉，若按照过去的说法，便是所谓以"妾妇之道"蛊惑其夫。然而金莲固然有其委屈之处：明明是西门庆心爱的人，但是到此际，却不得不忍气吞声。金莲一语道破症结："他如今见替你怀着孩子，俺每一根草儿，拿什么比他？"想当初西门庆为了瓶儿与金莲，和月娘吵架不讲话达数月之久，就可以看出西门庆对月娘本无情意，如今的确只是因为月娘怀有身孕，也是因为官哥儿、瓶儿之死投下的阴影，唯恐再发生这样的悲剧。瓶儿临死前嘱咐西门庆，月娘有孕在身，不要亏待了她，也在西门庆心中留下了深刻的印象。不过金莲虽然可怜，但如果怀孕的是她，也可以想见家中其他女人的命运。

十二月初二，王婆许久不见，忽然出现，来替当初殓武大的团头何九说事。王婆、何九的短暂照面，仿佛明亮白日中的一道黑影，使小说开头时的种种情事再次闪现，预兆了西门庆、金莲二人结局在即。金莲待王婆，极为疏远冷淡，不称干妈，只称老王。王婆奉承她说："娘子，你这般受福够了。"金莲却绝对不愿意承认自己在"受福"，因为一承认，便意味着要感谢王婆当初的撮合。而金莲固然像大多数人那样，不愿意被人提醒自己现在的好日子多亏了某某人，不愿意表示感谢，尤其好像许多轻薄鄙俗的人那样，不愿在富贵时看到贫贱之交，更因为曾经和王婆共同害死了前夫，就越发不愿意想到自己那段黑暗而不堪回首的过去。再说前两天刚刚在大娘子手下受羞辱，一心只在后悔"做小老婆不气长"，哪里肯在这时候接受王婆的祝贺，承认自己在"受福"？于是一口把王婆回倒："甚么够了，不惹气便好。成日呕气不了在这里！"又只叫秋菊倒茶，不使唤春梅，也是因为觉得王婆不配享受春梅的伺候。谁知数月之后，自己会再度落在王婆手里？而王婆又会因为金莲此日对她的冷淡而深深怀恨、借机报复？这两个分别被财、色所迷，变得盲目的女人，更是怎么也没有想到，她们会死在一起。

当天晚上，西门庆"瞒着春梅"，使琴童送一两银子、一盒点心给申二姐。凡事需要瞒着某人做的，不意味着这个某人如何被骗，而意味着这个某人多么有权力，意味着做事的人实际上多么害怕这个某人——

即使只是怕伤她的心。

十二月初三，西门庆处理完公事回家，一方面告诉金莲放了何九的兄弟，一方面仿佛讲闲话一般提到某女婿与丈母通奸事，"后因为责使女，被使女传于两邻，才首告官……两个都是绞罪"。金莲便责备"学舌的奴才"，月娘便责备丈母——妙在无人责备那个女婿。而西门庆在杖责这些人犯时，万万没有想到这一切都将很快发生在自己家中。

关于女婿与丈母通奸事，绣像本叙述简略，词话本多一段话："那女婿年小，不上三十多岁，名唤宋得，原与这家是养老不归宗女婿。落后亲丈母死了，娶了个后丈母周氏，不上一年，把丈人死了。这周氏年小，守不得，就与他这女婿常时言笑自若，渐渐在家嚷的人知道，住不牢。一日，道他这丈母往乡里娘家去，周氏便向宋得说：你我本没事，枉耽其名，今日在此山野空地，咱两个成其夫妻罢。"云云。如果说这段故事是潘金莲与陈敬济通奸的剪影（金莲也不是敬济的亲丈母，敬济的亲丈母陈氏也早死了，敬济遭家难，在西门庆家也算是"养老不归宗"的女婿，而敬济也死了丈人），那么二人在丈人死后才成奸，前此只是"言笑自若"而"枉耽其名"这段话值得重视。观金莲与敬济的奸情，只有在他人补入的五回之中有所描绘，而凡属原作的章回之中却只写其打情骂俏、

画童儿哭躲温葵轩

拥抱亲吻这样缺乏"实质"的勾搭调情。而且自补入
的五回之后，直到西门庆之死，无一笔写及金莲与敬
济之间的关系，只有在第七十二回卷首，提到西门庆
上东京之后月娘防闲，致使金莲与敬济无机可乘。月
娘向来都信赖这个女婿，而且把敬济引入内宅全是月
娘所为，倘若没有蛛丝马迹落在月娘眼里，恐怕也不
会想到要把敬济看管得如此严紧。因此，遗失的五回
之中，西门庆初次上京期间，想必有关于敬济、金莲、
月娘的描写，可惜我们看不到了。又，绣像本中女婿
"不上二十多岁"，词话本"不上三十多岁"，前者与陈
敬济年纪相距更近。绣像本作："名唤宋得原，与这家
是养老不归宗女婿"；词话本则作："名唤宋得，原与这
家是养老不归家女婿"。词话本后来数次称女婿为"宋
得"，可见不是标点错误。绣像本中女婿名字则只出现
了一次，张竹坡抓住这个名字大作文章，认为宋得原
是"送得远"的谐音，以比喻陈敬济送金莲到永福寺
中埋葬云云。这一处"歪打正着"颇有意思，但手头
缺乏金瓶诸版本，难以考校了。

　　十二月初四，西门庆在家请客，当初结拜的十兄
弟之一云理守新袭了官职，冠冕着来拜，"西门庆见他
居官，就待他不同，安他与吴二舅一桌坐了"。绣像本
第一回中，西门庆热结的十兄弟已经一一作了小传：
应、谢二人不消说；花子虚放在瓶儿传里结案；孙寡

嘴、祝实念与桂姐、王三官相终始；白赉光、常峙节也都已写过，唯一剩下吴典恩、云理守，前者沾西门庆的光做了个官，曾借了西门庆一百两银子，后者的女儿将与孝哥结亲，然二人都要等到西门庆死后才显出真面目。云理守更是第一百回里月娘的"梦中人"。

十二月初五，西门庆去拜新上任的云指挥，家里便有画童儿小厮号啕大哭躲避温秀才，被月娘、金莲盘问出底细。金莲说温秀才："哪个上芦帟的肯干这营生？冷铺睡的花子才这般所为。"一方面就像绣像本评点者所说，金莲自己便曾和西门庆干过"这营生"（五十二回）；另一方面，后来又正是月娘得意的女婿、金莲的情郎陈敬济落魄潦倒，沦为冷铺中的讨饭花子（九十三回）。

十二月初六，伙计贲四护送夏提刑的家眷上京，温秀才也被扫地出门了。至此，夏已尽去，"温气全无"矣。

第七十七回

西门庆踏雪访爱月　贲四嫂带水战情郎

（西门庆踏雪访爱月　贲四嫂倚牖盼佳期）

　　十二月初七，何九买了礼物，来感谢西门庆释放他的兄弟何十。何九的出现，令人想到武二：何九知道为了兄弟奔忙、感恩，当初何以不能理解武二为武大的一片拳拳心意？人大都不能将心比心，所以在《论语》里面，孔子强调"恕"——也就是"以己度人"的意思。但凡是《论语》里提倡的德行，没有一样是容易做到的。世人都说中国文化是"儒家文化"，却没有想到，儒家所提倡的道德规范，不过是我们的理想，不是我们的现实。

　　西门庆待何九十分热情，口口声声称其为"旧人"，一见何九，便"一把手扯在厅上来"，何九倒身磕头，西门庆不肯受，拉他起来。何九不敢坐，西门庆便也"站着，陪吃了一盏茶"。处处对比得那天金莲待王婆的冷淡不客气，令人难堪。

当天晚上，西门庆踏雪访爱月儿，在她床边的锦屏风上看见一轴《爱月美人图》，上面题着一首歪诗，"有美人兮迥出群"云云，下署"三泉主人醉笔"。西门庆问起，慌得爱月连忙遮掩，说："这还是王三官儿旧时写下的，他如今不号三泉了，号小轩。他告人说，学爹说：'我号四泉，他怎的号三泉？'他恐怕爹恼，因此改了号小轩。"爱月一面说，"一面走向前，取笔过来，把那'三'字就抹了"。又道："我听见他对一个人说来，我才晓得，说他去世的父亲号逸轩，他故此改号小轩。"试问爱月如何得知此事？"旧时"是何时？三官儿对"一个人"说，那个人又是谁？爱月如何听见？西门庆闻说三官儿改号，只顾"满心欢喜"，根本不去想其中曲折，可谓爱令智昏。

爱月再三教唆西门庆勾引三官娘子。关于六黄太尉的这个侄女儿，我们第一次听说她，是应伯爵在五十一回中夸赞其生得好看，第二次，是爱月在六十八回中称其"上画般标致"，这里爱月又赞其"风流妖艳"。西门庆勾搭林太太，固然是为了报复王三官请了桂姐，另一方面也是为了放长线钓大鱼。爱月身为妓女，对三官娘子这样身处富贵的良家女子满怀嫉妒，一定要拖之下水而后快。作者对爱月，比对桂姐还要深恶痛绝之，观其一口一声称之为"粉头"可知。

西门庆踏雪访爱月

又此回西门庆令爱月品箫，爱月便已不再推辞。

十二月初九，三个官员借西门庆家请客。虽说众人凑了份子，但是少不得西门庆垫钱进去。近日许多官吏都来借西门庆家请客，因为看准了西门庆是大富商，借机会吃他喝他，变相榨取好处。西门庆也难免要发两句牢骚，头一天曾对应伯爵说：“相处分上，又不可回他的。通身只三两分资！”然而究其根源，恐怕还是因为被请的客是杭州知府而新升京堂大理寺丞，是那三个请客的官员原来的“本府父母官”（都是浙江人），既和西门庆没有直接关系，而且大理寺丞也远远不如太尉、巡抚声势显赫，所以西门庆才会抱怨，否则，赔钱也是心甘情愿的。三位官员，摆五席酒，只出三两银子的份子，简直是开玩笑，也亏得他们好意思。但其中雷兵备临走，特意提起前日因西门庆人情，宽免了黄四的小舅子（六十七回）。应伯爵道：“你说他不仔细？如今还记着！折准摆这席酒才罢了。”绣像本评点者批道：“肯折准的，还算清廉官。”

腊月里发生的大事，有杨姑娘病逝，用的正是西门庆为她准备下的寿材——应了第七回中，西门庆为娶孟玉楼而答应下来的条件。此书至此，又已了结一人。西门庆看着毛袄匠人为月娘做貂鼠围脖，第一个做好的，却派玳安送给院中郑月儿，眼见得正妻不如娼妓，月娘与月儿两相对比，讽刺宛然。崔本治了二千两湖州绸绢货物，湖州那位后来成为王六儿、韩道国归宿的何官人，在此跃跃欲出。根据崔本的报告，他和韩道国、来保在扬州时，都在苗青处下榻——苗青显然已经按照他原来的计划，谋死了苗员外的病妻，侵占了苗员外的万贯家财（四十七回）。这件事，应该在失落的五回中有所交待。崔本又说，苗青为西门庆买了"扬州卫一个千户家女子，十六岁，名唤楚云"，待开春，韩道国和来保将把她带回来。必言"千户家女子"，是为西门庆死后他所宠爱的四个会弹唱的丫鬟风流云散作伏笔。张竹坡评道："即用千户女，可伤西门之心。"然而《金瓶梅》中人物所最缺乏的，便是自省的能力：所有的人物，都深深地沉溺于红尘世界的喜怒哀乐，没有一个有能力反观自身。作者唯一寄予希望的，就是读者或能做到这一点。这和《红楼梦》中甄士隐、贾宝玉两个书中角色的"醒悟"十分不同。

本回以监察御史宋乔年的奏本结束：这是全书最后的一个奏本。其中保举了吴月娘的哥哥吴大舅，称其"以练达之才，得卫守之法，驱兵以捣中坚，靡攻不克"。我们每日只见吴大舅在西门庆家吃饭饮酒，不知捣了些什么样的中坚，真是惶恐煞人。然而西门庆的八仙鼎送着了。

又，自十一月三十日起，金莲当家管理银钱，接替玉楼。玉楼当初管理银钱是接替李娇儿。观二十一

回月娘扫雪烹茶时，还是娇儿当家；一年多之后，到
了四十六回卜龟儿卦时，已经是玉楼当家。玉楼把账
簿交给金莲，是因为赌气，不愿意再受累；然则娇儿
何以不再当家？想必是从夏花儿偷金起卸任的。

第七十八回

林太太鸳帏再战　如意儿茎露独尝

（西门庆两战林太太　吴月娘玩灯请蓝氏）

　　本回叙述腊月末到正月西门庆家发生的大小事件，从除夕开始，几乎每天都有交待。盖西门庆将死，当真是数着日子过生活，正要写他每天的活动，才更见得人对死到临头的茫然不知是多么可悲，以及大变突然降临的触目惊心。

　　初六，西门庆去林太太家赴约，而月娘去何千户家赴宴，回来便夸赞何千户娘子蓝氏"生的灯上人儿也似，一表人物"。西门庆道："他是内府生活所蓝太监侄女儿，嫁与他，陪了好少钱儿。"这番议论，极似第十回中芙蓉亭家宴上，夫妻二人议论瓶儿。蓝氏与三官儿娘子黄氏，是西门庆终于没有来得及勾引上手的两个妇人。蓝氏仅仅惊鸿一瞥，黄氏却始终未曾露面。《金瓶梅》中描写的财色世界，并不随着西门庆的

620

生命结束，我们知道后来张二官不仅接替了西门庆的职位，与何千户同僚，而且娶了李娇儿为妾。则西门庆虽死，他的生活样范，还会由他人继续下去。

西门庆与林太太做爱，全用韵语，以传统的战争意象描述。一方面就像张竹坡所言，是"极力一丑招宣"——招宣祖上是大将，因为战功卓著而封郡王，后堂悬挂的祖宗画像就正是图写其坐在虎皮交椅上"观看兵书"；另一方面是为了暗示这一男一女之间，全无浪漫情意：西门庆是为了报复三官，更是为了图谋他的漂亮妻子，也是为了借着征服林太太，征服王府世代簪缨的社会地位。西门庆初次与王六儿做爱，也同样用了战争的比喻。试比较作者对西门庆和潘金莲、李瓶儿初次云雨的描写，就知道滋味完全不同。

当天晚上，月娘和西门庆商量是否明日去云理守家赴宴，月娘说："我明日不往云家去罢。怀着个临月身子，只管往人家撞来撞去的，交人家唇齿。"在旁边怂恿月娘赴席的，不是别人，却是孟玉楼。按，当初月娘去对门乔大户家看房子，便是因为玉楼的提议，结果月娘在楼梯上滑倒，导致流产。这次去云理守家赴宴，与云理守娘子指腹为婚，埋伏下后来云理守负心的根芽，而孝哥由此出家。虽然玉楼并不是安心害人，但是无意之中，两度耽误了西门庆的后嗣。

正月初八，金莲上寿。早晨起来，看玳安和琴童在大厅里面挂灯，金莲对着玳安，揭破西门庆和贲四娘子的私情，玳安是牵头，又是贲四娘子的姘头，心中有病，便一直和金莲辩白。玳安口中说出的话，和西门庆如出一辙："一个伙计家，那里有此事！"直对第六十一回中，金莲指责西门庆和韩道国老婆有染，西门庆矢口否认："伙计家，那里有这道理！"就连金莲回答他们的话也极为相似。玳安巧言分辩，连用了一串歇后语，口角凌厉，不亚于金莲本人。玳安是未来的西门小员外，西门庆虽死，后继有人。

潘姥姥来看金莲，金莲不肯拿出轿子钱来，还是玉楼拿出一钱银子来打发了轿夫。潘姥姥被金莲抱怨一顿："指望我要钱，我那里讨个钱儿与你？……驴粪球儿面前光，却不知里面受栖遑。"当天晚上，潘姥姥对着迎春、如意儿，赞美瓶儿慷慨大方，怨恨金莲小气刻薄，自己回忆："想着你七岁没了老子，我怎的守你到如今，从小儿交你做针指，往余秀才家上女学去……你天生就是这等聪明伶俐？"虽然并不提起金莲九岁卖入招宣府一节。又说金莲从七岁起上女学上了三年，学会读书写字，然而在绣像本第一回中，作者却交待说金莲是在王招宣府"习学弹唱，闲常又教他读书写字"（词话本无"闲常又教他读书写字"一句）。不知这一纸漏，是绣像本作者有意所为，以摹写潘姥姥的夸嘴居功，还是无意的疏忽？

之后金莲和西门庆睡下，春梅准备了各色菜蔬下饭，来到瓶儿房里看望潘姥姥。春梅此来，是为了安抚伤心的潘姥姥，为了替金莲弥补过失，顺便为金莲辩护："姥姥，罢，你老人家只知其一，不知其二。俺娘是争强不伏弱的性儿，比不得六娘，银钱白有，他本等手里没有。……想俺爹虽是有的银子放在屋里，俺娘正眼儿也不看他的。若遇着买花儿东西，明公正义问他要。"虽然这是春梅替金莲遮掩，但也的确道出金莲心病。金莲最争强好胜，然而比起西门庆其他几个妻妾，金莲除了自身的才貌之外一无所有，既无陪嫁，又无娘家势力，又无子，若不是凭着自己的姿色与聪明维持西门庆对她时冷时热的感情，她在家中的地位便会落得和孙雪娥一样。潘姥姥喜欢贪小便宜，只从谁待她好出发来衡量一切，似乎完全不体谅自己女儿的处境和心情。这使读者一方面觉得潘金莲刻薄狠心，潘姥姥孤苦无依，一方面却也难以毫不留情地谴责金莲。归根结底，金莲与潘姥姥，都是可怜的人，有局限的人。作者并不要求读者高高在上地做出道德判断，而要求读者对两个人都能够寄予同情。他安排春梅带着酒食菜蔬看望潘姥姥，讲出一番为金莲辩护的话，难道读者可以当作等闲笔墨看过？春梅既然是金莲的知己，"你和我是一个人"（八十三回），则她的所作所为，其实反映的是金莲心情的另一面。须知

书中没有一个角色说出来的话，没有一个角色的价值
观念，我们可以"偏听偏信的"。必须把一切人、事作
为总体看待，做出独立的判断，因为《金瓶梅》一书
描写的，没有一个是没有局限的人——也许，除了最
后出现的那个普静和尚之外。张竹坡同情潘姥姥固然
是，但是痛诋金莲不孝，看不见金莲的可怜之处，这
种道德上的狭隘与严厉也不能使我们百分之百地赞同。
八十二回潘姥姥去世那一段描写，便是《金瓶梅》作
者分明要我们看到金莲对母亲不是没有感情的，只是
自己生活中的艰难与不如意使她变得越来越狠心和刻
薄。此回这一大段文字，写潘姥姥、写金莲、写春梅
都极好。作者极为摹写人心的复杂之处，探入"人性
深不可测的地方"，这正是《金瓶梅》作者的一贯手法。
但是能够不仅体会到父母的用心，也体会到女儿的委
屈与复杂，并不像张竹坡那样一味只知道强调"苦孝"，
这是金瓶作者极了不起的地方。

　　正月初十，下帖子请众官娘子十二日吃灯酒，月
娘也要请上孟玉楼的姐姐和自己的姐姐，"省得教他知
道恼，请人不请他"。金莲在旁"听着多心"，便撺掇
自己母亲起身去了。过后对李娇儿说："他明日请他有
钱的大姨来看灯吃酒，一个老行货子，观眉观眼的，
不打发去了，平白交他在屋里做什么？待要说是客人，
没好衣服穿；待要说是烧火的妈妈子，又不像。"然而

624

金莲的"多心"，也未必就没有道理，未必就定如张竹坡所批评的那样，是"小人"的表现。何况如果金莲是小人，月娘就更是小人，其势利处还要远远胜过金莲。又，金莲不对着别人，专门对着李娇儿说，是因为娇儿和金莲在这件事上处境相同：娇儿的女性亲戚乃是鸨子与妓女，自然不可能在被邀之列——除了桂姐被叫来供唱之外。

十二日的酒宴，林太太食言，没有带三官娘子同来。西门庆问起，林太太便说："小儿不在，家中没人。"我们可以想见西门庆的失望，就连读者也跟着失望，因为前文对三官娘子渲染尽够了，大家都想一睹真容。林氏的解释明显是托辞，因为初六西门庆在枕席之间发邀请时，林氏已知三官要过了元宵才能从东京回来，何以彼时"满口应承都去"而不一推托乎？三官娘子本次不来，或是因为林太太心里知道西门庆意在三官娘子，不愿意满足他的愿望（为嫉妒，不是为名节）；或是因为三官娘子听到了什么风声，拒绝与婆婆同往。

然而一个太监的侄女儿黄氏未来，另一个太监的侄女儿蓝氏却来了。西门庆一见，便迷恋上了她的美貌。此时恰好撞见新来的家人媳妇惠元——"虽然不及来旺妻宋氏风流，也颇充得过第二"——于是顺手牵羊，拿她解馋，次日又照样派玉箫做牵头（见下回）。

一时间，西门庆的风流艳史，似乎即将全部重演：伙计贲四的妻子叶五儿好像韩道国之妻王六儿，惠元仿佛惠莲，蓝氏恰似瓶儿。然而，西门庆从来没有像现在这样倦怠过，还没到起更时分，居然在酒席上睡着了。这个细节，使我们知道西门庆生活中这种似乎无休无止的循环，即将被突然来到的结局所中断了。

第七十九回

西门庆贪欲丧命　吴月娘丧偶生儿

（西门庆贪欲得病　吴月娘墓生产子）

西门庆之死，是全书从热到冷的转折点。

西门庆之死，与两个六儿——王六儿、潘六儿——直接联系在一起：先在王六儿处盘桓到三更，吃得酩酊大醉，回家后又被金莲灌了三丸胡僧药，于是病情发作，以至于死。小说里，作者对王六儿与潘金莲，处处进行对照与对比。第七十三回中，金莲为西门庆制作了一条白绫带，以为行房之助。本回开始，王六儿差兄弟王经送来一条锦带，并用自己的头发和五色绒线缠就了一个同心结托儿，比金莲所做的白绫带还要精细香艳，勾引得西门庆动了心，前去狮子街看望她，和她疯狂做爱，直到夜深。狮子街，正是当初武松追杀西门庆、打死李外传之处，也是花子虚搬家后病死之处。此次西门庆与王六儿行房，完全是第二十七回中与金莲在葡萄架下做爱的重写：比如西门庆以王六儿的裹脚带子将她的两只脚吊起来，一如金莲的双腿被吊在葡萄架上。其时元宵佳节临近，狮子街"车马轰雷，游人如蚁"，然而等到西门庆离开王六儿家，却已"三更天气，阴云密布，月色朦胧，街市上人烟寂寂，闾巷内犬吠盈盈"。是所谓的烟消火散之时了。

金莲给西门庆吃药的一段描写，绣像本评点者眉批指出与当初灌武大砒霜不差毫厘。当初西门庆曾经对金莲发誓绝不相负，否则便如武大一般，成为此夜的谶言。

而第二十七回在全书结构中的重要性，再次在西门庆、金莲最后的做爱中显示出来。这一回二人做爱的描写，处处回应二十七回，然而彼时乐趣属于西门庆，这一次，乐趣却完全属于金莲。上次金莲昏迷过去，醒来后对西门庆说："我如今头目森森然，不知所以。"这次却是西门庆昏迷过去，醒来后对金莲说了同样的话。作者在提醒读者：金莲对西门庆所做的一切，也无不是在"回报"西门庆而已。金莲与西门庆的相似也最后一次得到具体的表现。西门庆与金莲，其实是同一个人，一枚硬币的正反两面。

正月二十一日，西门庆去世。人们都知道对比西门庆的丧礼与瓶儿的丧礼，从两个丧礼的冷暖来看人

吴月娘丧偶生儿

世的炎凉；但实际上，更刺目的对比在于二人死前周围众人的反应。瓶儿死前，丫鬟、养娘、王姑子、冯妈妈诸人，依次临终告别，对人人都有一番特别的嘱咐，人人也都对瓶儿有一番倾诉，又个个哭得"言语都说不出来"。西门庆将死，却只对金莲、月娘、敬济有所嘱咐，其他三个妾——娇儿、玉楼、雪娥，一个女儿西门大姐，都无一言及之（而且此书从头至尾，未见西门庆与西门大姐之间有哪怕一句直接的对话）。对金莲，明言心中舍她不得。对月娘的遗言是："你若生下一男半女，你姊妹好好待着，一处居住，休要失散了，惹人家笑话。"又指着金莲说："六儿从前的事，你担待他罢。"也就是在西门庆说完此话之后，月娘才"不觉桃花脸上滚下珍珠来，放声大哭，悲痛不止"。月娘的悲痛，相当暧昧，其中当有伤心嫉妒西门庆对金莲之情意的成分。张竹坡评道："绝无一言，其恨可知，盖愈嘱而月娘愈醋矣。"至于嘱咐陈敬济之后，西门庆"哽哽咽咽的哭了"，陈敬济却不过说了一句："爹嘱咐，儿子都知道了。"没有一滴眼泪，没有一句依恋之言。又瓶儿死前，月娘极力主张西门庆为她备棺材，说万一病好了，还可以再施舍给别人，但万一过世，不至于临时慌乱；然而西门庆病了数日，直到咽气，"棺材尚未曾预备"。月娘何以对瓶儿如彼而对西门庆如此？是期待着瓶儿死？是痴心以为西门

庆能病愈？而瓶儿的棺材板花了三百二十两银子，贲
四、吴二舅为西门庆买棺材，月娘却只给他们二百两。
月娘生子的同时西门庆断气，月娘清醒过来之后第一
件事，就是大骂玉箫不锁箱子，对西门庆的死没有表
示丝毫伤心。瓶儿从重阳节病重到九月十七日去世，
一共只有八天而已；西门庆正月十三夜里得病，正月
二十一咽气，其间也是八天。这之间，也有许多人来
看望他，像应伯爵、谢希大、桂姐、爱月、同僚、众
伙计。也乱哄哄请了许多医生，也跳神、也占卜，但
还是觉得比瓶儿从病到死的过程要潦草和冷清：这并
不在于排场，而在于周围人对他的态度反应，比瓶儿
死前诸人的态度还更肤浅表面、流于虚套。瓶儿死后，
西门庆全家也忙乱成一团，但是因为有真正的、深厚
的悲哀作衬底，所以那些排场仪式也都有了根基，虽
奢侈过分，却不显得空虚；西门庆死，本来排场仪式
都已较瓶儿为少，但主要还是因为家中完全没有哀悼
的气氛——只有月娘骂人、娇儿偷东西、玉楼多心、
金莲与陈敬济调笑成奸——所以生前死后，都觉得西
门庆的下场是冷落难堪。然而，西门庆本人生命的结
局，却又是"热"到极点的：他的一生，充满了势利
与热闹，酒席与女色，音乐与锣鼓，如今就是他的病，
他的死，也是声色并茂、喧嚣浮躁的："面容发红"，
"虚火上炎"，"在床上睡着，只是急燥没好气"，直到

后来"相火烧身，变出风来，声若牛吼一般，喘息了半夜"，才断气身亡。

西门庆死了。瓶儿之死，使我们感到哀怜；金莲之死，令我们震动；但是对西门庆这么一个人，我们虽然没有什么深刻的同情，却也并没有一般在电影小说中看到一个坏人死掉而感到的痛快。因为他的死，就像瓶儿的死一样，是痛苦而秽恶的，而且，就像孙述宇所说的那样，西门庆这个人有太多的人情味。① 他的不道德，没有一点是超凡脱俗的，没有一点是魔鬼般的、非人的。他的恶德，是贪欲、自私与软弱，而所有这些，都是人性中最常见的瑕疵。

注释

① 孙述宇著：《金瓶梅的艺术》，第 106 页。

第八十回

潘金莲售色赴东床　李娇儿盗财归丽院

（陈经济窃玉偷香　李娇儿盗财归院）

西门庆死之前，吴月娘做了一个预言性的梦，梦中，西门庆从瓶儿箱子里寻出一件大红袍给了月娘，被金莲劈手夺走，月娘便道："他的皮袄，你要的去穿了罢了，这件袍儿你又夺！"金莲使性把袍子扯了一个大口子，月娘于是"大吆喝"嚷骂起来，就醒了。这是因为在酒席上看到林太太穿了一件大红袍而心存羡慕（预言了后来月娘就像林太太一样做寡妇的命运），而梦中红袍又是瓶儿皮袄的转型。月娘贪瓶儿之财，不愤金莲要走皮袄，一片斤斤计较的心肠，全在这个梦里显示出来。初读这部小说，不会强烈地觉得月娘不好，因为表现得并不明显；但越是熟读《金瓶梅》，越是仔细品味吴月娘这个人物，就越是讨厌她的粗鄙、浅薄、蠢钝、贪婪。又没有任何温柔妩媚、娇俏动人的丰姿来弥补这些缺陷，动辄张口骂人，而就连骂人，也不像金莲冰雪聪明、伶牙俐齿，令人又恨又爱，只是硬邦邦、直通通，毫无魅力可言。张竹坡痛恨月娘，认为她阴险邪恶。其实月娘并不是邪恶，只是自私、浅薄和愚蠢而已，然而这些特点，有时却比直截了当的邪恶还要令人厌恶。月娘实在是一部《金瓶梅》里面最缺乏吸引力的女性。西门庆生前，月娘还比较低调，所以不至于明显暴露丑态；西门庆死后，月娘"脱颖而出"，成了一家之主，她的一系列所作所为，都使得我们对这个人物看得更加清楚了。

我们看到月娘平昔不言不语，然而深埋在心中的怨恨与嫉妒，在她当家作主之后一一尽情发泄出来。月娘所做的第一件事，是打发走了西门庆的小厮王经——王六儿的弟弟。西门庆首七那天，王六儿来吊孝，来安进去报告，月娘不仅破口大骂王六儿，而且兼及报信的来安。后来，过了良久，经大舅一番劝解，只派玉楼出去待了一盏茶。二月初三，是西门庆二七，念经送亡，当晚，月娘"分付把李瓶儿灵床连影抬出去，一把火烧了，将箱笼搬到上房内堆放，奶子如意儿并迎春收在后边答应，把绣春与了李娇儿房内使唤，将李瓶儿那边房门一把锁锁了"。这是月娘早就想做，但是一直被西门庆阻拦的事情。当时西门庆请来宫廷韩画师为瓶儿精心所作的画像至此烟消云散，

李娇儿盗财归丽院

正应了当时西门庆对瓶儿所说的"我在一日，供养你一日"。这里作者一连用了两个"一把"——一把火烧了，一把锁锁了，写出月娘深切的痛快。不知为什么，我们不觉得这说明月娘对瓶儿的嫉妒怀恨，却只觉得这说明了月娘对西门庆之死感到的某种快意：好像是说，现在我总算可以为所欲为了！虽然一把火烧掉的只是瓶儿的画像，一把锁锁住的只是瓶儿的房门，但是这举动却有吕后在汉高祖刘邦死后把戚夫人打入永巷舂米，又残害其四肢五官，把她变成"人彘"的残忍决绝。

　　蔡御史来拜见，得知西门庆病故，把昔日西门庆借贷给他的一百两银子还了五十两，附带一些微礼作为奠仪。其实那笔银子，西门庆本来就是看在翟管家面子上奉送的，观他临死嘱咐陈敬济，提到数笔官吏债，却根本没有言及给蔡御史的银子即可知。若是蔡御史心黑皮厚一些，也就索性昧下了，如今居然奉还五十两，虽然只是一半而已，在书中众小人的对比陪衬之下，竟然也就很值得赞叹了！月娘"得了这五十两银子，心中又是那欢喜，又是那惨凄，想有他在时，似这样官员来到，肯空放去了？又不知吃酒到多咱晚。今日他伸着脚子，空有家私，眼看着就无人陪侍"。这时我们才知道：写蔡御史还银子，其实竟不是写蔡御史，而是写月娘。试看西门庆死后，月娘何尝一毫挂怀？但不过只是区区五十两银子，便引发了心中的"欢喜"与"惨凄"，而由此追忆西门庆在世的好处。怀念西门庆，又不过只是因为西门庆在，势利热闹便在而已。然而就连这也还是需要五十两银子作引子才会百感交集。

第八十一回

韩道国拐财远遁　　汤来保欺主背恩

（韩道国拐财倚势　　汤来保欺主背恩）

　　此回接着上一回，继续写背叛，写分离。聚焦点在韩道国、汤来保这两家人。

　　韩道国与来保亲厚，在五十一回里写得相当淋漓尽致。但此时韩道国在途中听说西门庆死了，瞒着来保不说，后次听从王六儿主张，拐带了一千两银子去东京蔡太师府投靠了亲家翟管家。则韩道国不仅背叛了西门庆，也背叛了来保。

　　在七十九回中，王六儿和西门庆做爱时的一番说话相当值得注意。彼时西门庆满心只想的是何千户的妻子蓝氏，因此"欲情如火"。但是他偏偏要问王六儿："你想我不想？"六儿自然答说："我怎么不想达达？"妙在下文接以："就想死罢了，敢和谁说？有谁知道？就是俺那王八来家，我也不和他说。——想他怎在外边做买卖，有钱他不会养老婆的？他肯挂念我？"这番话，对西门庆似亲实疏，对韩道国却似疏实近：不敢对人说，不敢让人知道，固然可以理解，因为和西门庆是偷情，当然不能对人言讲；但"就是俺那王八来家，我也不和他说"相当奇特：本来背夫偷情，最不能告诉的人就是丈夫，可六儿的话，倒好像韩道国是唯一可以告诉的人，唯一可以对之倾诉对情夫之相思的人了。当然了，韩道国是金莲所谓的"明王八"，因此，对外人不能言说，对韩道国反而可以，只是对着韩道国说"你不知老娘如何受苦"这样的话，我们可以想象，对着韩道国说想念西门庆，却似乎也太难为了。无怪乎六儿"就是俺那王八来家，我也不和他说"。"就是"和"也"这样的句型，分明是以否定的方式表现出了对韩道国一向的开诚布公——而坦诚直白，是亲密的一种表现，就好比金莲每每炫耀西门庆什么话都必告诉她，而月娘也极不愤此点一样。

如果到此还只是六儿对西门庆的甜言蜜语，那么下面一句话更是不小心泄漏了六儿对韩道国相当浓厚的感情，虽然这感情是以抱怨的口气表现出来的："想他怎在外边做买卖，有钱他不会养老婆的？他肯挂念我？"这种怨恨与猜疑，是六儿实际心情的反映，却正说明了六儿对韩道国的关心。否则根本不会计较此节，不会有这样幽怨吃醋的口气。此外，也似乎是六

韩道国拐财远遁

儿说这样的话来安慰自己难免负疚的良心：这种负疚，倒不是因为和西门庆通奸（六儿本来视此为一件工作，一条"赚钱的道路"，并不以为耻辱的），大概还是因为对西门庆有所想念，或者只是说出这种情话，而觉得对道国微微负疚吧。

在七十九回中，作者还描摹了王六儿奇异的自尊心，为八十回中因吊孝受辱而在此回怂恿韩道国拐财潜逃、背叛西门庆家做了铺垫。从西门庆和六儿的对话里，我们知道六儿两次被邀请去西门庆家赴席，六儿都没去，而没去的原因，是没有收到月娘的帖子："娘若赏个帖儿来，怎敢不去？"更因为日前春梅骂走了六儿推荐的申二姐，所以六儿十分觉得没面子，这才接连两次"推故不去"。然而我们知道六儿十分想去西门家赴席，听说正月十二请众官娘子看灯吃酒，便说："看灯酒儿，只请要紧的，就不请俺每请儿了。"一路闲闲说来，六儿的复杂心情与需求，虽然不着一句心理描写，却被传达得十分清楚。这一点，是中国小说美学最大的特色之一。

第八十回中，王六儿"备了张祭桌，乔素打扮，坐轿子来与西门庆烧纸"，结果站了半日，无人管待，来安进去禀报，被月娘大骂一顿——月娘知道西门庆得病之夜曾在六儿家里吃酒，因此把一腔怨气都出在六儿身上。六儿大受羞辱，这才怂恿韩道国背叛西门庆。本来我们看到韩道国还想把一千两银子给西门家送去一半，自己昧下一半，被老婆道："呸！你这傻奴才料，这遭再休要傻了！"张竹坡评道："前番不傻待如何？"我们不能确知六儿的所指，但是否在说：前番使美人计，险些真的丢了自己的老婆呢？回想七十九回，西门庆对六儿说："你若一心在我身上，等他来家，我爽利替他另娶一个，你只长远等着我便了。"西门庆不能许诺六儿真的娶她，只有模糊地说："你只长远等着我便了。"但是替韩道国另娶一个，何尝是如此与韩道国一家一计过日子的王六儿的初衷？六儿回答西门庆："等他来家，好歹替他另娶一个罢！"绣像本评点者在此说："六儿之言不知果真心否？"这样的怀疑，正是因为王六儿并不像如意儿之一心一意要待在西门庆家里。王六儿与韩道国之间的关系，一直是相当和睦而互相理解的关系——观第五十九回，韩道国出差回家，"夫妇二人饮了几杯阔别之酒，收拾就寝，是夜欢娱无度"，就知道他们不是彼此冷淡仇视的夫妻；第六十回，夫妻二人商量着如何给刚刚丧子的西门庆消愁释闷，而商量的时间、情境是"睡到半夜"——但是这不可能是夫妻半夜醒来忽然讲起的闲话，必定是夫妻做爱之后的聊天。绣像本评点者以为六儿"替他另娶"云云的信誓旦旦是"以其所不爱易其所爱"。西门庆固然可以成为六儿之所爱，但韩道国

是六儿之"所不爱"却未必。第七十九回中六儿与西
门庆一番对话，其实标志了二人关系的某种深化，以
及六儿对久久在外不归的韩道国的猜疑怨恨，如果发
展下去，则六儿真的移情于西门庆也未可知。

第八十二回

陈敬济弄一得双　潘金莲热心冷面

（潘金莲月夜偷期　陈经济画楼双美）

　　此书写聚用了七十九回，写散用了二十一回，越写得短促匆忙，越显得凄凉难耐。这后二十一回照样写得好，但是读者多不爱看，抱怨说没有以前那么好了，恐怕也是因为耐不得那一股苍凉之气而已。

　　写聚难，写分散又何尝容易？但看西门庆死了之后，无数在前文活跃非常、使文字生色的人物如应伯爵、李桂姐之类全都扬长而去，就可想而知把这部大书在冷气袭人之中继续进行下去的困难。

　　作者写散、写冷，只消一句"原来西门庆死了，没人客来往，等闲大厅仪门只是关闭不开"，便胜过千言万语，描写出人情势利，家宅凄凉。但是在分散中，偏偏又写一段相聚，在冷寂中，偏偏又写一段情热。但因为是偷欢，是零散的相聚、压抑的情热，反而越发衬托出分散与冷落。在本书的后二十一回中，只有关于玉楼的章节有真正的喜气，因为只有玉楼的爱情是具有合法性的圆满，是夫妻之间的相爱相知。不像春梅：虽然嫁得好，做了夫人，受宠，但是她对周守备没有什么爱情，在感情上只有陈敬济一人，敬济却又惨死。周守备虽然宠爱她，但是国家不宁，战乱频仍，周守备常常远出征战，就是在家时也公务繁忙，因此春梅只有依靠偷欢来满足自己的情欲要求。比较有趣的是，李娇儿反而有一个安稳的结局，做了张二官的二房，和以前在西门庆家没有任何两样。不过娇儿是那种"全无心肝"的人，既无大悲，也无大喜，浑噩终世而已。

六月初一，潘姥姥去世。金莲去烧了纸，但月娘不许去出殡——月娘十分不近人情，而且在不必防范处偏偏防范得严紧可笑。六月初三早晨，金莲约会下敬济，道："有话和你说。"是夜，"朱户无声，玉绳低转，牵牛、织女隔在天河两岸，又忽闻一阵花香，几点萤火。"金莲在天井里，铺着凉席衾枕纳凉，等待敬济。这段悄悄冥冥的描写，正是第二十七回中，六月初一，西门庆在葡萄架下和金莲狂欢的对照——彼时，金莲也曾在葡萄架下铺着凉席衾枕纳凉，然而同样炎热的夏夜，到此却显得安静寂寞了许多。

二人云雨之后，金莲拿出五两碎银子交给敬济，道："明日出殡，你大娘不放我去，说你爹热孝在身，只见出门。这五两银子交与你，发送发送你潘姥姥，打发抬钱，看着下入土内你来家，就同我去一般。"在月黑星密的夏夜里，一向喧嚣热闹的金莲对着情郎说出的这一段话，却只觉得十分静悄婉转，既有着对于大娘子不叫去的顺从与接受，也有着对于敬济的温存信赖；既写出金莲与敬济的亲密，也再次写出金莲对那个不理解也不关心她的喜怒哀乐的、糊涂乡愚的母亲的复杂感情，以及对于自己从前所作所为的无言愧疚：在世时，不肯给一钱银子的轿子钱，死后反而拿出五两银子发送出殡——读者尽可以自己去想，这里蕴涵的是一种怎样的心理。次日，敬济来回话，又从昭化寺替金莲带回两支茉莉花。"妇人听见他娘入土，落下泪来。……由是，越发与这小伙儿日亲日近"。金莲何尝无情哉！金莲只是一个可怜人耳。这是全书之中，关于潘金莲最令人哀伤的描写之一。

七月的一天，敬济因醉酒，负了金莲之约，金莲又发现他袖子里有一根玉楼的簪子——就是第八回中，金莲于七月末的一天从西门庆头上拔下来的那根簪子。金莲恼怒回房，后来敬济前去央告金莲，"急得赌神发咒，继之以哭"，求告了整整一夜，金莲到底没有原谅他。敬济跪在地上央求金莲时温存软语，说簪子是他在花园里面捡的，这样的光景与当初金莲和小厮琴童偷情时，金莲一直说她的香囊是小厮在花园里捡的，西门庆鞭打折辱金莲的情景极为相似，不过金莲是撒谎，敬济倒的确是在说实话。金莲骗人惯了，因此才难以相信敬济的真话。此外又从敬济作为情人之软款，见出西门庆之强硬，可以想见绣像本开始时，写其"秉性刚强"之妙：整部小说，在对西门庆的描写上，没有过一次破绽和丝毫的不统一、不和谐之处。

又，此回开始，言"潘金莲与陈敬济自从在厢房里得手之后，两个人尝着甜头儿，日逐白日偷寒、黄昏送暖"。体味语意，则补写的五回中叙述金莲与敬济偷情得手，似乎是补写者明显的失误了。何况第八十回中，敬济与金莲偷情有一篇韵语进行描述——这种韵语在《金瓶梅》中往往被用来摹写两个情人初次做爱的情景，如西门庆与金莲、与瓶儿、与王六儿（只有林太太除外）——第一句便是："二载相逢，一朝配偶；数年姻眷，一旦和谐。"明显是对初次得手的形容。

第八十三回

秋菊含恨泄幽情　春梅寄柬谐佳会

（秋菊含恨泄幽情　春梅寄柬谐佳会）

　　金、瓶、梅这三人中，春梅的性格，和其他两个女主角——金莲、瓶儿——十分不同：春梅是一个独立于爱情的女性。瓶儿痴情，对西门庆可谓死心塌地地爱恋，花子虚、蒋竹山都不曾拴缚住她的身心，最终还是以西门庆为医她的药。金莲的感情需要更是强烈，人们只看见她淫的一面，其实性的要求往往遮掩的是心理上依赖男人的要求。金莲表面泼辣，但实际上不能离开男人而存在，她的泼辣和强硬也都是倚仗着男人对她的宠爱，但看西门庆死后，她就已经完全受制于月娘。春梅的泼辣虽然看起来与金莲一模一样，但是春梅其实相当独立坚强。她对男人，除了性的要求之外，似乎一概没有什么特别的、生死难拆的感情，也就是说，她从来没有真的爱上过什么人，如金莲、

654

瓶儿那样的。她和西门庆、陈敬济的关系，都是因为金莲的中介才开始的。后来，她心心念念牵挂着陈敬济，其实在很大程度上是出于对金莲的怀念，而不是因为她爱上了敬济，像韩爱姐那样。我们试看她做了夫人之后游旧家池馆，对当初待她极为无情的月娘不念旧恶，都是出于怀旧情绪，既不是什么"衣锦还乡"的浅薄炫耀，更不是说她骨子里多么有"奴才性"，如有些评论家所批评的那样。

对潘金莲的深厚情谊，与她的怀旧情绪，是春梅唯一的感情需要，唯一多愁善感的地方。对男人，她基本上抱有的是"享乐主义"态度：有呢，便供我追欢取乐；没有呢，我也绝不为相思所缚。看西门庆在时，如果去和如意儿睡觉，临行时，金莲便百般叮嘱，百般吃醋，春梅却说："由他去，你管他怎的？……倒没的教人与你为冤结仇，误了咱娘儿两个下棋。"（七十五回）上一回中，在那个炎热的夏夜，春梅对金莲说："娘不知，今日是头伏，你不要些凤仙花染指甲？我替你寻些来。"金莲问她："你那里寻去？"春梅道："我直往那边大院子里才有。娘叫秋菊寻下杵臼，捣下蒜。"这段小小对话，似乎无关紧要，但是却揭示了数事：一，令我们看到春梅的性情。绣像本评点者批道："春梅颇有情兴。"这种情兴，是一种与取媚于男人全不相干的生活情趣，是精神上独立自足的表现。

二，我们看到金莲与春梅的不同：金莲不仅不知今日是头伏，而且也不知到哪里才能找到凤仙花。金莲生活中的一切，都是围绕着男人，都必须和一个男人互相生发才显出她活泼泼的美与生命：在这部书里，我们看到过多少次她掐花、簪花、赠花——瑞香花，石榴花，玫瑰花，桃花，还有珠宝之花如翠梅花钿儿——但无不是为了取悦于一个男子，无不是发生在一个男子面前。当真好像古诗里说的："自伯之东，首如飞蓬；岂无膏沐，谁适为容？"梳洗打扮，全都是为了给一个男子看见。春梅却不同：金莲不知道今日是头伏，她知道，可见西门庆虽死，日月对春梅来说并不就此变得模糊一片；金莲不知道哪里有凤仙花，她知道，可见春梅留心已久，眼里看得到花光春色，不是只看得到男人。

这段对话，还如张竹坡所说，揭示了"瓶儿之院，荒芜久矣，闲中点出凄凉"——但是更显示出瓶儿之院虽已荒芜，春梅却曾光顾，否则何以知道那边有凤仙花开？春梅又何以光顾瓶儿荒芜的院落？是否将来游旧家池馆的预演？春梅感怀凭吊往事的体现？春梅的确不俗，而我们也可以知道，为什么她有"人生在世，且风流了一日是一日"的人生哲学（八十五回）：因为春梅清楚地看到了盛衰无凭，看到了一个美色佳人从受辱（别忘了西门庆在瓶儿房里的第一夜一直用春梅伺候）到受宠、到死亡、到丧礼盛大、到庭院荒芜的全部过程。因为没有个人的利益纠缠在里面，像金莲对瓶儿受宠的吃醋，对瓶儿之死感到的痛快，所以春梅看瓶儿的生与死，可以得到更深刻的教训。金莲完全沉浸于眼前的悲欢，而金莲眼前的悲欢又都决定于一个男子的情爱，比如此回，春梅为金莲和敬济穿针引线，金莲对春梅感激涕零。春梅答道："娘说的是那里话，你和我是一个人。爹又没了，你明日往前进，我情愿跟娘去，咱两个还在一处。"从这段对话，我们分明看到金莲只知和敬济偷情，却从未想过将来是否要"往前进"嫁人。春梅数语，不仅显示了对金莲的一腔深情厚意，最主要的是给我们看到她早就考虑过对未来的打算安排，不像金莲只知道沉溺于眼前的恩爱得失。但春梅真正的"气象"，却在于她隐隐地看破了人生的短暂，荣华的虚浮，情爱的不可依恃——虽然她的对策，也只能是"且风流了一日是一日"这样及时行乐的人生哲学。

从吴神仙的相面，我们知道春梅是一个从小无父无母又无亲人的孤儿。她在做月娘的丫鬟时很不得意，连雪娥都可以在灶上把刀背打她；后来给了金莲，金莲对她很好，"以国士待之"，而春梅便"以国士相报"，成为金莲平生第一知己——比如她携带酒食来看望安抚潘姥姥，又对潘姥姥讲出一番话来替金莲辩解，我们便知道她既深深地了解和同情金莲，又能够理解和同情潘姥姥的委屈。再转过来看金莲，我们便知道金莲对春梅的相知远远不如春梅对金莲相知之深。比如金莲和敬济偷情，开始还要瞒着春梅——不仅小量了春梅的聪明机灵，也小量了春梅对她的理解、容恕与忠诚。

词话本此回，写春梅以红娘自任时，金莲表示感激，有一句"我的病儿好了，替你做双满脸花鞋儿"。绣像本无。这样的话，未免太低估了春梅，也低估了金莲。何况"满脸花鞋儿"更是不伦不类——这是谢秋菊的礼，岂是谢春梅的礼乎。

又，春梅走到印子铺叫门，唤敬济赴约，绣像本比词话本多出"悄悄"和"低声"四字，写出行踪之隐秘小心。绣像本作：敬济刚躺下，听见有人叫门，"声音像是春梅，连忙开门"。词话本作："忽见有人叫门，问是哪个，春梅道：'是你前世娘，散相思五瘟使。'"两相比较，绣像本好得多：敬济的机灵——听出是春梅的声音——又因为"低声"而听不清楚，都写了出来；词话本不合常识，哪里有私下传信而隔门如此问答、不怕别人听见看见者？何况春梅的答话轻薄油滑，完全不像是春梅的口气。

词话本作金莲托春梅传简，敬济看了之后向春梅深深唱喏，说道："我并不知他不好，没曾去看的，你娘儿们休怪。"绣像本无书简，只是口信，更没有上面这两句话。盖敬济与金莲间阻，明明是因为月娘防范严紧，而敬济此话倒好像可以自由来往；金莲相思病，明明是因为敬济不能来才得的，这里敬济的话完全因果颠倒。词话本常常有小节上的逻辑不通、前后不一致处，这种地方只会显得作者粗陋，往往用一些传统俗套情节和语言来随手应付，不顾上下文衔接，很影响小说的艺术性。绣像本则除了补入的五回之外，基本上没有这样的逻辑破绽。

第八十四回

吴月娘大闹碧霞宫　普静师化缘雪涧洞

（吴月娘大闹碧霞宫　宋公明义释清风寨）

　　月娘进香，按照小说的情节逻辑来说，是为了还愿——虽然月娘的愿还得有些莫名其妙：西门庆病重时，月娘许下的愿心明明是"儿夫好了，要往泰安州顶上与娘娘进香挂袍三年"，那么如今西门庆死了，何以也一定要去还愿乎？不过，月娘还愿又是势在必然：因为从小说结构来看，此举主要是为了引出普静禅师，以免禅师最后的出现显得过于突兀。此外，也是从侧面讽刺月娘责人严而律己宽。金莲的母亲死了，月娘以热孝在身为由，不许她去送殡，可是自己却不惜抛头露面，百里迢迢前去泰山进香。另外，正如绣像本评点者所指出的："托家缘弱子与一班异心之人而远出烧香，月娘殊亦愚而多事。"张竹坡更是借此痛责月娘，自不待言。

普静和尚坐禅的山洞叫作雪涧洞，普静又被称为雪洞禅师。雪洞者，本是西门庆花园里一个山洞的名字，我们知道藏春坞书房就设在此处。雪洞是西门庆与宋蕙莲做爱的地方，也是西门庆与桂姐云雨的地方，更是金莲与敬济调情的地方。山洞这个意象的性象征固然十分明显，更兼幽暗隐蔽，是不合法的偷情发生的场所。洞以雪名，更增加了阴冷的气氛。当初西门庆与蕙莲偷情时，就极力渲染洞中的寒冷；蕙莲曾笑道："冷铺中舍冰，把你贼受罪不济的老花子，就没本事寻个地方儿，走在这寒冰地狱里来了！口里衔着条绳子，冻死了往外拉。"雪洞意象的反复出现，在西门庆的势力蒸蒸日上、炙手可热时，是这部炎凉书中的不祥预兆——雪又是易融化之物——更埋伏下了雪洞禅师度化孝哥的根子。

词话本比绣像本多出宋江在清风寨义释吴月娘一段，这是《水浒传》第三十一回宋江在清风寨义释刘高之妻一段故事的影子，但是与《金瓶梅》后文情节发展毫无瓜葛。绣像本则突出了"雪洞禅师"一段，因为这里隐藏着小说的大结局，而且，在绣像本里，雪洞和尚度孝哥，对绣像本作者而言绝不仅仅只是一种给小说收尾的传统俗套，也不仅仅是令西门庆绝嗣以显示天道报应的手段，而是绣像本作者意识形态的具体体现，也就是佛家思想框架占据了主导地位。对

普静师化缘雪涧洞

比绣像本和词话本的开头，我们分明看到绣像本作者是特意在第一回叙述者的"入话"中就强调和显示了结局的。

第八十五回

吴月娘识破奸情　春梅姐不垂别泪

（月娘识破金莲奸情　薛嫂月夜卖春梅）

　　这一回，作者大笔摹写春梅内在的刚强，金莲内在的软弱，月娘内在的狠心。月娘找来薛嫂发卖春梅，临行时，不肯让她带出任何衣物，派丫鬟小玉来看着，而且嘱咐薛嫂，只要原价。春梅当初是薛嫂领来的，我们在第七回中西门庆相看玉楼时，从薛嫂嘴里得知这一点，然而，春梅的身价，我们到现在才知道是十六两银子。至此，我们才知道作者一路上描写薛嫂、冯妈妈买卖丫鬟往往标出身价的奇妙：小玉当初是五两银子买来，秋菊六两，夏花儿七两五钱，第六十回中以五两银子买了丫鬟翠儿给孙雪娥，唯有第四十回中，金莲扮成丫鬟，敬济帮着金莲哄月娘众人，张口便说："娘，你看爸爸平白里叫薛嫂儿使了十六两银子，买了人家一个二十五岁会弹唱的姐儿，刚才拿

轿子送了来了。"没想到如今应在此处。薛嫂对月娘
之一定要原价十分不满，认为春梅既然被西门庆收用
过，如何还能要原价。然而，作者随即写周守备见到
春梅，欢喜不尽，出手便给了薛嫂一锭元宝——一锭
元宝，便是五十两银子。则春梅不仅身价未减，反而
增加，而且必写一锭元宝，是因为迎春、玉箫到了东
京太师府，翟管户出手便是两锭元宝。后来月娘卖秋
菊，则只卖了五两银子。书中从未写秋菊被西门庆收
用，用薛嫂的话来说，是没有泼洒过一滴的一碗清水，
偏写其"减价"：这正好像秋菊在理论上本是值得可怜
的"被压迫者"，然而作者既写金莲、春梅之善虐秋菊，
又偏偏写出其粗糙、蠢笨、贪嘴偷吃一样。这等犀利
的写法，方是《金瓶梅》。

春梅不垂别泪，这个别泪，是指离别旧地、面对
茫茫不可知未来的眼泪，不是指离别金莲的眼泪。因
此，春梅"听见打发他，一点眼泪也没有"，因为春梅
从来就没有觉得会长远在西门庆家做奴才，此时出门，
是投向新的生活与自由。但拜辞金莲时，还是"洒泪
而别"，这个洒泪，正是对金莲的留恋之泪，但毕竟对
未来抱有希望，因此还是有节制。后来，春梅在守备
府，听说金莲也被打发出来了，每天"晚夕啼啼哭哭"，
磨着守备把金莲买来，这种啼啼哭哭，多是做出来哄
守备的眼泪；直到后来，知道金莲身死，"整哭了两三

春梅姐不垂别泪

日，茶饭都不吃"。在永福寺祭金莲，"放声大哭不已"。
这才是完全绝望之后至深至痛的眼泪。

金莲听说月娘要卖春梅，"就睁了眼，半日说不出
话来，不觉满眼落泪，叫道：'薛嫂，你看我娘儿两个
没有汉子的，好苦也。'"金莲是只有依靠男人才能激
发其内在生命能量的女人，看似泼辣，实则软弱。春
梅才是真正有独立精神者。古时女人最大的职业便是
嫁人，最辉煌最要紧的事业便是嫁一个好男人、生
一个好儿子，所以显不出春梅的独立与坚强。如果
生活在现代社会，像春梅这样的女人便可以从事某
种职业，进而独当一面；像金莲，便仍然只好寻觅
一个男人而已。

春梅临去，金莲又要春梅拜辞月娘众人，"只见
小玉摇手儿"，意谓没有必要去讨没趣也。金莲回房，
"往常有春梅，娘儿两个相亲相热，说知心话儿，今日
他去了，丢得屋里冷冷落落，甚是孤凄，不觉放声大
哭"。张竹坡评："西门死无此痛哭，潘姥姥死又无此
痛哭。"张竹坡颇有微词，但是金莲的感情很容易理
解：春梅不仅是金莲的知己，而且是孤寂中的知己，
只有在春梅走了之后，金莲才真正一无所有。春梅固
然当得起金莲的这一番放声大哭也。

第八十六回

雪娥唆打陈敬济　金莲解渴王潮儿

（雪娥唆打陈经济　王婆售利嫁金莲）

　　此回，月娘逐出金莲，"把秋菊叫到后边来，一把锁就把房门锁了"。与前面把李瓶儿的房门"一把锁锁了"，两两相对，西门庆的心爱之人，也是月娘的心腹之患，至此全部铲除了。

　　月娘自从识破奸情，便极为冷淡敬济，"每日饭食，晌午还不拿出来"。敬济每天去舅舅家吃饭，"月娘也不追问"。反而是金莲教薛嫂对敬济说："休要使性儿往他母舅张家那里吃饭，惹他张舅唇齿，说你在丈人家做买卖，却来我家吃饭，显得俺们都是没生活的一般，叫他张舅怪。或是未有饭吃，叫他铺子里拿钱买些点心和伙计吃便了。"这样的话，在这样的时候，从金莲嘴里说出来，简直是"出人意表"。张竹坡评道，金莲"犹以丈母自居"，评得十分精确，但这种以丈母自居的口气，如果我们细细一想，就会觉得十分奇特。金莲和敬济是情人，是"乱伦"的情人，金莲与敬济偷情，全家尽人皆知，但是金莲偏偏还是要维护西门庆家在外的名声体面——不要让张团练觉得"俺们都是没生活的"。试问"俺们"是谁？自然是指西门庆留下的这些寡妇。则金莲的意思，竟是说"俺们"在家里如何偷情，毕竟偷的是"自家"女婿，没曾偷了外人！而这种看似荒唐的想头，最终表现出来的，却是金莲肯以西门家为"自家"的心态。观金莲看到王婆后的震惊，观其因为不肯出门而受到勒逼的情景，观其拜辞西门庆的灵位时放声大哭，观其眼看春梅被卖、敬济被赶而从未生出离开的念头，观其从不像李娇儿那样大闹着要离门离户，则如果金莲不被逐，竟似乎是会一直留在西门庆家的。如果我们再从此处对比月娘与金莲，我们会觉得：竟是这个与"女婿"偷情的金莲，虽然自己在"家中大小"面前出丑，却比月娘更顾及西门庆家在外的名声与体面似的。

然而当初引敬济入内和众妇人相识的，一天到晚惦记着"怎么不请姐夫来"的，岂不都是月娘。丫鬟里面和小厮偷情的，也总是月娘的丫鬟。命小玉来监视着春梅、不叫带走衣物的，也是月娘，而月娘也居然从来不知道小玉和春梅要好。月娘的糊涂、蠢笨，都在这些地方写出。聪明锐利之人，自然能一眼看透。

　　此书在写人时，从来不专门认定一人为纯善或纯恶。如写月娘之狠心，也必写敬济荒唐不懂事之有以招致灾祸者；写敬济之荒唐，也必写月娘贪财心重、又冷淡不情之所以招致敬济仇恨者。敬济数次提起寄存在西门庆家的箱笼，按，第十七回中写敬济与西门大姐来西门庆家里避祸时，确曾把箱笼细软都放在月娘上房。然而月娘先吞没了瓶儿财物，又吞没了女婿财物。又从来只对别人夸说自家如何恩养女婿，全不提到女婿的财物如何没入自家。月娘对物质利益充满贪婪，张竹坡称其"势利场中人"并没错。

　　玉楼生日那天，玉楼要把酒饭拿出来给敬济吃，连这样一个小小善意的做法也受到月娘拦阻，月娘分明是在逐客了。敬济与金莲通奸自然可恨，然而月娘又何独不看在西门大姐的份上至少给敬济一个改过的机会呢？观敬济所言，本来也是不想离开西门庆家的："会事的，把俺女婿收笼着，照旧看待，还是大家便宜。"然而月娘一心只想把敬济冷走："他不是材料，休要理他！""休要理那泼材料，如臭屎一般丢着他！"在这种时候，就可以分明看出月娘是后母了。西门庆临死，嘱咐月娘与敬济的事情："你姊妹好好待着，一处过日子，休要失散了，惹人家笑话。""好歹一家一计，帮扶着你娘儿每过日子，休要教人笑话。"至此全部化为云烟。

　　金莲临行，只有玉楼和小玉送到门口。在月娘打发金莲时，玉楼并无一言相劝，因为玉楼是明哲保身的乖人，知道无可劝解，而且玉楼以己意度人，并不以金莲出门为不幸。正如绣像本评点者所说，玉楼"虽是安慰金莲，然隐隐情见乎词矣"。

金莲在王婆家待聘，与王婆的儿子王潮儿偷情：这样的地方，传统读者看了，会觉得金莲无疑只是一个淫妇，不能片刻无男人；但是我们总是忍不住回想在本书开始的时候，西门庆将近两月没有来看金莲，何以金莲"不来一月，奴绣鸳衾旷了三十夜"？何以作者不在那时顺手填入某个男人，以示金莲之淫？我们读《金瓶梅》，必须看到金莲的变化与越来越深的沉沦。金莲始终只喜欢两个男人——武松与西门庆，其他的都不过是"填空"而已。与王潮儿偷情，绣像本回目题为"解渴"，是情欲之渴，但也是心灵之渴。在这种孤苦无依、命运掌握在一个狠毒老奸又毫无同情心的王婆手里的时候，只有与男人偷情，在一个男人结实的肉体拥抱之下，庶几才能填补金莲心中、眼里的一片空虚。前面说过，金莲不像春梅独立自主，而且春梅虽然在西门庆家受宠，却始终只是丫鬟，在打发出门的时候，春梅不过只是十八九岁而已，生活对于春梅来说才刚刚开始，但是对金莲来说，就是完全不同的一番情形：她与西门庆的婚姻，虽说充满起伏，但是在花园里面独门独院住着三间房，"白日间人迹罕到",不和月娘、娇儿、玉楼等人在一起者,是为了突出那种"一夫一妻"的幻觉,这个花园之中的幽居,虽然被心中嫉妒的月娘称之为"隔二偏三"的去处,但是金莲在此,吃穿用度、风流奢侈,宛如经过了一生一世,现在被打发出来,重新回到王婆家里,回到昔日身穿毛青布大袖衫站立的"帘下",再次完全落在王婆的掌握之中。在西门庆家的一番富贵荣华、恩爱情欲,仿佛做了一场春梦,如今南柯梦醒,黄粱未熟,金莲如果有诗人的自省力,焉知不会有"明日隔山岳,世事两茫茫"的感觉?倘若是欧洲小说,不知要加上多少心理描写在这里——写这个"淫妇"摇曳不安的心思,宛如电闪的恍惚空虚。然而我们的金瓶作者,只是如此写道:

> 这潘金莲,次日依旧打扮乔眉乔眼在帘下看人,无事坐在炕上,不是描眉画眼,就是弹弄琵琶,王婆不在,就和王潮儿斗叶儿、下棋。

看到此处,我们不由得要感叹:《金瓶梅》的确是中国的小说!一个"依旧"二字,一个"帘下看人"四字,借用张竹坡的话来说,真是"何等笔力"——却蕴涵在不动声色之间。这等论起来,《金瓶梅》自然是一部文人小说,不是通俗小说;自然是一部沉重哀矜的小说，不是轻飘欢乐的小说；自然是一部给那有慧根的人阅读的小说，不是给那沉浸红尘不能自拔的人阅读的小说。因为我们读者，必须从这"依旧"二字之中，看出一部《金瓶梅》至此八十八回、数十万字，看出潘金莲这个妇人从毛青布大袖衫到貂鼠皮袄到月娘梦中所见的"大红绒袍儿"再到临行前月娘容她带走的"四套衣服、几件簪梳钗环"之间的全部历程。我们又必须从那"帘下看人"四字，看"这潘金莲"，这依旧在看人的痴心妇人，虽然被造化如此播弄，但是依然不能从梦中惊醒，依然深深地沉溺于红尘，没有自省，没有觉悟，被贪、嗔、痴、爱所纠缠。

敬济来王婆家里看望金莲，到了门首，只见"婆子正在门前扫驴子的粪"。何如第六十八回中，敬济指给玳安路径，玳安来到豆腐铺找寻文嫂为西门庆款通林太太，看到豆腐铺门首，一个老妈妈晒马粪？我们读者又必须记得：在豆腐铺的左边，出了小胡同往东，那个姑姑庵儿的名字，唤作"大悲庵"。

敬济去薛嫂家看春梅，"笑嘻嘻袖中拿出一两银子"；如今已经被月娘撵出家门，来王婆家看金莲，则"笑向腰里解下两吊铜钱"。王婆之狠毒厉害、老奸巨猾，自然胜过薛嫂，但是就在这一个见面钱上，敬济已见出今昔之感。虽然想要学西门庆那样偷娶金莲，奈陈敬济并非西门庆何。

第八十七回

王婆子贪财忘祸　武都头杀嫂祭兄

（王婆子贪财受报　武都头杀嫂祭兄）

一部潘金莲传，至此回收结。本回一开始，就把金莲的生平——其美丽、聪明、热情以及因为这热情而犯下的罪孽——都借着他人之口再次一一描出："生的标致，会一手琵琶，百家词曲，双陆象棋，无不通晓，又会写字。""怎的好模样儿，诸家词曲都会，又会弹琵琶，聪明俊俏，百伶百俐，属龙的，今才三十二岁儿。""往王婆家相看，果然生的好个出色的妇人。""张二官听见春鸿说：妇人在家养着女婿，方打发出来。又听见李娇儿说：当初用毒药摆死了汉子，被西门庆占将来家，又偷小厮，把第六个娘子娘儿两个，生生吃他害杀了。"

从上回到此回，关于金莲的身价，经历了无数周折。围绕着金莲的讨价还价，固然是为了安排金莲死于武松之手而不得不如此写，但也从侧面使得我们看到金莲的可怜：此时，金莲的命运再次完全操纵在王婆手里，而王婆"假推他大娘子不肯，不转口儿要一百两"。金莲失去人身自由，再次沦为商品——我们想到当初潘姥姥把九岁的金莲卖入王招宣府，十五岁时又以三十两银子转卖与张大户。如今，十七年之后，潘金莲这一"生的好个出色的妇人"再次待价而沽，而她的"价值"，不过才只是一百两银子耳。所谓"任人宰割"，正不必等到武松拿刀来杀金莲才开始。

金莲当年在大雪中等待武松，就是立在帘儿下面；与西门庆的遇合，也发生在帘儿下面；今天又立在帘儿下面远远望见了武松。武松来和王婆商议要娶金莲，金莲更是一直立在里屋的帘子后偷听，及至听到此处，便"等不得王婆叫她，自己出来"。绣像本评点："此时置敬济于何地？"然而我们须知全书之中只有两个金莲一见钟情的男子，第一便是武松，第二便是西门庆。此时的金莲，第一是"听见武松言语，要娶他看管迎儿"，特别是武松下面所说的一句话——"一家一计过日子"——尤其令金莲怦然心动；第二是"旧心不改"，仍然念及旧情。湖州何官人、提刑张二官，都不能令金莲自思："我这段姻缘还落在他手里。"因为金莲自始至终，都不曾在乎过金钱与势利：她私心最想的，是嫁给一个般配的男人，一夫一妻好好度日而已。但金莲之痴，使她始终不能认清武松的性格；王婆之贪，使她盲目。从这一点说来，这一回中最残忍的人，却不是武松，而是吴月娘：她从王婆处得知金莲将嫁武松，明明以旁观者清的身份识破"往后死在她小叔子手里罢了！"却只是"暗中跌脚"，只是"与孟玉楼说"，却不肯一言提醒王婆。

本书的两个六儿——王六儿和潘六儿——似乎是彼此的镜像：王六儿之私通西门庆以养家，其实与金莲当初嫁给武大但仍然做张大户的外室没有区别，而武大也安然地享受着这一私情带来的利益，住着张大户家不要租金的房子，还常常受到张大户的补贴。王六儿与小叔韩二旧有私情，金莲则喜欢小叔武二，但被武二严厉拒绝，于是间接导致了金莲与西门庆的遇合。王六儿的丈夫韩道国终其天年之后，王六儿嫁给小叔，二人在湖州"一家一计过日子"；金莲却落入西门庆与王婆联合成就的圈套，谋杀了丈夫，终于又被小叔杀死。两个六儿的相似经历与不同结局向我们显示：对于作者来说，不是偷情者最后一定都要受到报应，一切都要看人的性格、行事动机与遭遇的机缘——也就是人们俗话常常说的，不可抗拒的"命运"的洪流。金莲不幸，成为自己的激情和他人之贪欲的牺牲品；王六儿所得到的，正是金莲失去的那种生活。

王六儿与西门庆的私情，是她的丈夫韩道国所明知和赞成的，夫妻二人一心一计图谋西门庆的钱财，六儿对西门庆原无情愫可言，只是富有机心与成心的勾引与利用。与王六儿相比，金莲对西门庆怀有的却是不掺杂任何势利要求的激情：当初，还不知道西门庆是何许人也，她便已经迷上了他的"风流浮浪，语言甜净"。如果说王六儿是社会的人，是一个被钱财势利所俘虏的人，那么金莲是一个被自己的激情所俘虏的人。在这一点上，金莲远比王六儿、吴月娘、李娇儿甚至李瓶儿可爱与可敬。然而，也正因为这一点，王六儿最终得到的，是与她的性格搭配的、平实无华的生活：与韩二捣鬼"成其夫妇，请受何官人家业田地"。潘六儿却血染新房，终于完成了本书第一回中武松身穿"血腥衲袄"的暴力意象。

武大与前妻所生的女儿迎儿，是《水浒传》中没有而被金瓶作者增添的角色：于小说情节的发展，迎儿似乎没有任何帮助，然而迎儿最大的作用，在于使得韩道国一家与武大一家的对照和对比更加突出。韩道国有女，武大也有女，然而作者用韩爱姐和韩二，衬托出武松在待迎儿方面显示出来的残忍和不近人情。又，王六儿与韩道国所生的女儿不仅聪明漂亮，而且有情有义，武大与其前妻所生之女迎儿却粗蠢异常，似乎更从侧面衬托出武大的愚拙。爱姐的结局却又陪衬出迎儿的结局，更是王六儿与潘金莲之间差异的反照：爱姐的激情使得她因为所爱的人死去而毁目割发，出家为尼；迎儿却终于嫁为人妻，庸碌而平稳地度过余生。作者似乎在说：一个性格有强力的人，一个情感之深刻与暴烈超出了常人的人，便自然会有不平凡的生与死。这种不平凡，也许可以是恶的极致，也许可以是美德的光辉，只是不管是恶行还是德行，都需要一种力，也需要极度的聪明。

孙述宇以为，有时会嫌金莲"稍欠真实感"，"她欠自然之处，在于她的妒忌怨恨与害人之心种种，都超人一等，而且强度从不稍减"。[①] 正因为我极为喜爱和赞同孙君评论《金瓶梅》的文字，所以，但凡有一点点我不能同意之处，都忍不住要挑出来加以辨析：孙君所谓的"欠自然"，是以更加平庸的人物出发来判断的，其实，金莲只是一个最自然不过的充满了激情的女人而已。在过去，一个富有激情的男人，可以做出一番事业，也可以选择做一个专一的情种；但是，一个女人，她的事业只是嫁一个好男人、相夫教子而已，那么，设若是一夫一妻过日子，夫妻又般配，就可以相当幸福，她的激情也可以流泻在创造美满幸福生活上，成为一种积极的力；但如果不幸爱上了一个浪子，那么在一个一夫多妻制的社会，一个太富有激情的女人就只有忍受无穷无尽的嫉妒的折磨——而且，就连这种由爱而生的嫉妒，也被社会视为恶德。潘金

莲希望占有西门庆的感情，占有他的身体，这在现代
社会，会被视为十分正常的要求——如果一个人对自
己的爱人，可以忍受与其他的人平分秋色，这才是奇
怪的现象。但是在过去，像金莲这样太充满激情，又
毫不势利的女人，除非十分幸运，否则结果往往比那
些聪明美丽不如她，但是更加平庸势利的人落得更加
悲惨。试想如果潘金莲能够浑浑噩噩像那个李娇儿，
没有任何感情与欲望的要求，只知道教唆丫鬟，偷盗
一点小东小西，那么尽可以嫁一个男人又嫁一个男人，
始终平稳安宁度日，又何必落得这样血腥的结局？也
许正是因此，作者特意告诉我们：湖州的何官人只肯
出七十两娶金莲，最后却把家庭拱手送给王六儿；张
二官宁肯花三百两银子娶那个"额尖鼻小、肉重身
肥"、缺乏感情、毫不聪明又专会偷盗的李娇儿，却
只肯出八十两银子买金莲。这是金莲的不幸，也是作
者的寓言。

武松杀死金莲一段，作者写得至为详细，血腥暴
力之味扑鼻。《金瓶梅》是一部感性的书，不仅描写性
爱、服饰、酒食这些物质享受是如此，在写死亡时，
也是如此。也许正是因此，这段对杀人的描写才如此
的震撼人心。如孙述宇所说："我们读水浒时不大反对
杀人，是由于在这夸张的英雄故事的天地间，我们不
大认真，只是在一种半沉醉的状态中欣赏那些英雄；

武都头杀嫂祭兄

但金瓶梅是个真实的天地，要求读者很认真，一旦认真，杀人就不能只是一件痛快的事。被杀的潘金莲，无论怎么坏，无论怎样死有余辜，这个拖着一段历史与一个恶名而把自己的生活弄得一团糟的女人，我们是这么熟悉，她吃刀子时，我们要颤栗的。"瓶儿、西门庆之死，已经十分血腥污秽，痛苦不堪，但是这个生命力最为强盛的女人潘金莲，她的死却是最惨不忍睹的。观武松把金莲"旋剥净了"，香灰塞口，揪翻在地，"先用油靴只顾踢他肋肢，后用两只脚踏他两只胳膊"——张竹坡一直评道："直对打虎"——直到"用手去摊开他胸脯，说时迟，那时快，把刀子去妇人白馥馥心窝内之一剜，剜了个血窟窿，那鲜血就冒出来，那妇人就星眸半闪，两只脚只顾登踏"。整个过程惨烈之极，使用的都是潜藏着性意象的暴力语言。金莲心中爱上的第一个男子，便是如此与金莲度过了新婚之夜。绣像本眉批："读至此，不敢生悲，不忍称快，然而心实恻恻难言哉！"就连作者写到此处，也情不自禁地感叹："武松这汉子，端的好狠也！"

然而，这岂不也是作者对自己的感叹？我们应该说：作者端的好狠也！因为我们知道，正是作者把金莲之死描写得如此狂暴、凄惨、鲜血淋漓。金莲与西门庆，是书中两个欲望最强横、生命最旺盛的人物，他们的结局也都能够配得上他们的性格。然而西门庆之死，虽然带来很多肉体的痛苦，却不是悲剧，因为作者认为西门庆的下场是自作自受，故此以其结拜兄弟的一篇祭文，增加了许多讽刺喜剧色彩，暗示西门庆本是一个"鸟人"而已。潘金莲之死，却是悲剧性的，因为金莲固然造下了罪孽，但金莲本人也一直是命运的牺牲品，是许多不由她控制的因素的牺牲品，因此，当她结局的血腥与惨烈远远超出了书中的任何一个人物——甚至包括得到了复仇的武大本人时，就产生了强烈的悲剧气息。

有些评论者认为，武松假装与金莲结亲，骗得金莲、王婆来家，然后关上门杀死二人，这种做法不符合《水浒传》中武松的"英雄性格"。然而，第一，《金瓶梅》对武松的塑造，是脱离了《水浒传》而另起炉灶的，我们不能把《金瓶梅》的武松视为《水浒传》武松的延续。第二，就算是以《水浒传》中武松之性格而论，他在大路十字坡张青、孙二娘所开的黑店里，看破孙二娘不是好人时，故意说风话挑逗孙二娘，后来又假装被蒙汗药迷倒，趁机抱住孙二娘、将其压在身下等描写，都是非常"流氓恶毒"的做法，其中"性"趣盎然，怎可认为此处骗婚是不符合《水浒传》武松性格的做法？武大以为自己的兄弟"从来老实"，是想当然耳，武大才是从来老实，因此以己度人，卖炊饼的这个大哥，怎么能了解自己在江湖上闯荡多年的兄弟的真性格？在本书之中，安排金莲死于和武松的"新婚之夜"，以"剥净"金莲的衣服代替新婚夜的宽衣解带，以其被杀的鲜血代替处女在新婚之夜所流的鲜血，都是以暴力意象来唤起和代替性爱的意象，极好地写出武松与金莲之间的暧昧而充满张力的关系，以及武松的潜意识中对金莲的性暴力冲动。性与死本来就是一对有着千丝万缕联系的概念，这里，金莲所梦寐以求的与武松的结合，便在这死亡当中得以完成。

注释

① 孙述宇著：《金瓶梅的艺术》，第 85—86 页。

第八十八回

陈敬济感旧祭金莲　庞大姐埋尸托张胜

（潘金莲托梦守备府　吴月娘布福募缘僧）

西门庆死了一年以后，"一日二月初旬，天气融和"，月娘等人在门口站立，看到一个胖大和尚，月娘便施舍财物，丫鬟小玉便说那和尚的"贼眼"一直在打量她，又讲些尼姑既是佛爷女儿，是否有女婿的玩笑话。玉楼逗小玉道："他看你，想必认得你，要度脱你去。"小玉道："他若度我，我就去。"这一番对答，颇为透露"众妇女"在融和的二月天气里面隐隐怀春的消息。玉楼和小玉的对话与第三十九回金莲生日那天，金莲、玉楼一番关于道士是否有老婆、尼姑是否有汉子的玩笑话遥遥相对，更预兆了丫鬟绣春的出家，孝哥儿的幻化。小玉的聪明机灵，与她对待春梅、金莲的仁厚心肠，也为将来以小玉配玳安、继承西门庆家产做了引子。空与色，这部书的两大主题，在这些与和尚尼姑的遇合中奇异地结合在一起，而且结合得天衣无缝。虽然《金瓶梅》里的道上僧尼，常常是些不争气的道士僧尼，但是他们所传达的宗教精义，却不因这些传教人的不争气而埋没。

和尚过去之后，便看到媒人薛嫂。从薛嫂嘴里，我们得知不少清河县的新闻，然而同时也见出月娘的闭塞：西门庆死后，交游减少到没有。从薛嫂嘴里，且活灵活现描绘出春梅在守备府受宠的情形及怀孕的消息。月娘、雪娥听了之后"都不言语"，心中之愤愤不平可想而知。薛嫂走后，二人嘀嘀咕咕，一心只希望春梅的生活不像薛嫂形容得那么好，唯有玉楼自始至终不发一语。此书往往用沉默来描写一个人的态度。每当屋里有数人在一起说话而有一人始终没有发言者，或者每当作者提到某人"不言语"者，都是在写此人的心事。后来在永福寺，与"发迹变泰"的春梅相见之后，月娘回到家里又津津乐道，以结识春梅为光荣。彼时玉楼，因问出春梅的怀孕，冷冷地补上一句："薛嫂说的倒不差。"既委婉地驳倒了月娘、雪娥当初对春梅有孕的猜疑，也更说明当月娘、雪娥嘀咕怀疑时，唯独玉楼一语不发，是因为玉楼对月娘、雪娥的不以为然。

金莲死后，春梅为之收葬在永福寺，敬济为之上祭。从四十九回中西门庆在永福寺遇到胡僧，永福寺

陈敬济感旧祭金莲

的阴影就越来越突出了。本回既突出春梅对金莲的情意、敬济对金莲的痴心，也顺带以后来的《儒林外史》所常用的白描手法小小地讽刺敬济：父亲陈洪与情人金莲先后而死，敬济满心"痛苦不了"的是金莲，梦中见到的是金莲；父亲的灵柩和金莲的葬地都在永福寺，敬济"且不参见他父亲灵柩，先拿钱纸张祭物至于金莲坟上，与他祭了"。祭金莲时，便落泪与祝祷；祭父亲时，"烧纸"而已。传统的中国人念念不忘养儿防老，但是金瓶作者给我们看：养儿子不过如此耳。

第八十九回

清明节寡妇上新坟　永福寺夫人遇故主

（清明节寡妇上新坟　吴月娘误入永福寺）

　　词话本此回回目，重点仍旧放在月娘身上。绣像本作"夫人遇故主"，极为春梅吐气；其实为春梅吐气还不仅仅是写春梅，而是为了寒碜势利而吝啬的吴月娘。

　　这是书中十分重要的一回，也是西门庆死后的凄凉世界中，写得十分精彩的一回。清明，上坟，皆是用春天景物的繁华，生命的横蛮与美丽，来衬托黄土坟茔的凄凉，死亡的强力与悲哀。上坟凡二处：一处是西门庆，一处是潘金莲——书中两个欲望最强烈、生命最旺盛的人物。在《金瓶梅》之前，大概还没有哪部小说如此恣肆地畅写清明节：不是像很多古典白话小说那样，把清明郊游用作情节发生的时空背景、推动故事发展的手段而已，而是实际具体地描写死者与生者的复杂关系，更何况两个死者都是我们如此熟悉的主要人物。换句话说，《金瓶梅》里面的清明节不仅仅是一个背景，而是情节本身的一个重要组成部分，是一个有重要象征意义的意象。

这部书中，写得最多最细致的两个节日是元宵与清明：一个在热闹中蕴涵着冷落消散，一个在冷落消散中蕴涵着热闹，那么作者选择这两个节日施以浓笔重彩并非偶然。本书凡三次写清明，一次在二十五回，"吴月娘春昼秋千"，当时西门庆去郊外玩耍，月娘带领众姐妹在后花园打秋千，当时，还有李娇儿、潘金莲、李瓶儿、宋蕙莲、春梅、玉箫以及"万红丛中一点绿"的陈敬济。如今不过三年，这些人已经或死或散，当时富于诗意的春昼秋千，既标志了名分地位的混杂，也有月娘嘱咐敬济推送秋千的放纵。因此，本回一开始，就写薛嫂奉月娘之命，送西门大姐回陈家，为陈敬济死的父亲上祭，两次被陈敬济逐回。

月娘自从抓住敬济与金莲奸情，便趁势赶走敬济，与之隔绝，而且把西门大姐留在宅里，这分明是要和陈家断绝关系的意思。如今听说陈洪死了，又值天下大赦，陈洪的妻子从东京避难所回来，便送西门大姐回来，偏又不肯把大姐的陪嫁以及陈敬济当初带来而寄存在月娘上房的箱笼一起送来。如果我们回顾

第十七回，就会注意到：那时分明数次提到敬济与大姐来时带了"许多箱笼床帐家伙"，"都收拾月娘上房来"。因此敬济见到大姐便骂道："你家收着俺许多箱笼，因起这大产业。"这样的话，提醒了我们西门庆豪富的来由：不仅因为吞没了女婿的家财，也是因为玉楼、瓶儿每人带来一笔丰厚的陪嫁，这份陪嫁，其实是布商杨宗锡、内府花太监的毕生积蓄。西门庆何得不成为富豪？如果仅仅靠着他的生药铺，则不管西门庆如何会做生意，毕竟"算不得十分富贵"，只能是清河县一个"殷实的人家"而已。

　　吴月娘见敬济不收大姐，便"气得一个发昏，说道：'恁个没天理的短命囚根子！当初你家为了官事，躲来丈人家居住，养活了这几年，今日反恩将仇报起来了。只恨死鬼揽得好货在家里，弄出事来，到今日教我做臭老鼠，叫他这等放屁辣臊！'"金瓶作者写月娘到后来，变得越来越粗鲁，越来越自以为是，毫无自省的能力。一来只字不提起收了敬济家的东西；二来对去世的丈夫满怀怨恨，完全没有夫妻一体之感，更不觉得自己是主动引敬济入室的人；三来"只恨死鬼"云云，难道当初陈家遭难，自己可以坐视不管不成？又流露后悔与陈家结亲之意，何不想到当初西门庆何等炫耀自己与"提督杨老爷"是四门亲家？我们又必须知道：大姐的亲事，是西门庆的先头妻子陈氏在世时许下的，则月娘此处所骂的死鬼，不仅有西门庆在，还有大姐的母亲陈氏在。月娘为人，实在势利、刻薄、贪婪而暗昧。下面又对大姐说："你活是他家人，死是他家鬼，我家里也难以留你。"这样的话极为生冷无情，而且既然如此，在当初赶走陈敬济时，何不即送西门大姐与丈夫在一起，而留大姐至今？似乎是觉得当初陈敬济一无所有，不给大姐带任何陪嫁箱笼，自己也难以说得过去；如今天下大赦，敬济母亲携家产回来，大姐便可以罄身送去，而大姐的陪嫁箱笼也可以没入上房，永不提起了。

本书第二次写清明，在第四十八回，那是西门庆的全盛时期，生子、加官，大修祖宗坟墓，带领全家前来祭祀，官客、堂客，一共五六十人，"里外也有二十四五顶轿子"，加外四个小优儿、四个唱的妓者，声势极其煊赫。彼时金莲与敬济调情，以一枝桃花做了一个圈儿，套在敬济的帽子上，两人之间的默契，比起前一年又已进了一步。这一回中清明的场面极为铺张热闹，专门为了和本回寡妇上坟的凄凉对照，本回清明节来陪祭者，只有吴大舅和吴大妗子，又来得极晚，因为雇不出轿子来，最后雇了两头驴儿骑将来。这种冷清寂寞，在花红柳绿的春天景物陪衬下，越发显得萧条不堪。

月娘并不带西门大姐来给西门庆的前妻陈氏上

坟，只和孝哥、玉楼来拜祭西门庆一人。张竹坡以为
"不题瓶儿，短甚"，其实不令大姐祭扫陈氏之坟，礼
数更短，更不近人情。

月娘等人来永福寺歇脚观光，正值春梅来永福寺
祭拜金莲。春梅的出现，一句便写得有声有色："只见
一簇青衣人，围着一乘大轿，从东云飞般来，轿夫走
的个个汗流满面，衣衫皆湿。"在最能打消势利念头的
一个节日，又面对潘金莲与西门庆的坟墓，我们却还
是不能摆脱势利的侵袭：春梅的到来，从两个青衣汉
子"走得气喘吁吁，暴雷也一般报与长老"，长老的慌
张与殷勤——一边请月娘等人回避，一边吩咐小沙弥
"快看好茶"，鸣起钟鼓，远远恭候——渲染得极为煊
赫。比较和尚对月娘一行的管待，虽则也很客气，便
冷落简单得多了。

月娘对春梅，曾经满心厌烦与蔑视，春梅走时，
月娘吩咐衣服钗环一件不给，连拜辞都免了；可是如
今看到春梅的气派、排场，又见春梅不念前嫌，给了
孝哥儿一对银簪，礼貌周全，款待茶饭，便欢喜得要
不得，对春梅一口一个称呼"姐姐"，以"奴"自称，
又道："怎敢起动你？容一日，奴去看姐姐去。"春梅
不计前嫌，自是大量，月娘前倨后恭，未免更落入下
乘。因为前倨虽然显示月娘的刻薄，但还不至于伤害
她为人的尊严——何况春梅那时帮助金莲与陈敬济偷

情，也是值得责罚的。但是如今相见，只因春梅富贵，便如此卑躬屈膝，则月娘既缺乏待人的宽恕厚道，又缺乏为人的尊严，月娘实在是一个既乏味又平庸的女人。因此，永福寺春梅与月娘相遇，虽然是作者赞春梅，却实在是作者丑月娘。

有些现代评论者从阶级的观点出发，认为春梅当初对本阶级受压迫的姐妹如秋菊缺乏同情，对主子如金莲忠心耿耿，如今见了月娘又坚持磕下头去，说"尊卑上下，自然之理"，是典型的奴才声口。我想这样的解读实在是一种缺乏历史观念的表现，也误解了作者安排春梅这样一个角色的用意。而且春梅与金莲名为主仆，情同手足，一如《红楼梦》中紫鹃之于黛玉。这样的论点，也没有看到"权力"与"压迫"的运作之复杂性。

玉楼祭金莲而大哭，是兔死狐悲，也是惺惺惜惺惺。月娘则明知金莲的坟墓在此，毫无一丝去看看的意思，月娘嫉恨金莲可谓深矣。绣像本评点者十分奇怪，提出："金莲未尝伤及月娘，月娘何绝之深？"却不知月娘对金莲的仇恨与嫉妒，从瓶儿之娶、蕙莲之死开始积累到后来的皮袄事件，不是一朝一夕之功。此外，月娘与金莲无论从哪一个方面来说都不是同类，而"人以群分"这样的话是一点不错的。所谓人以群分，不是看一个人所泛泛交往者，一定要看一个人所

永福寺夫人逢故主

亲密者：但看月娘所亲密或听信者，先是李娇儿，后是孙雪娥。何故？只因为二人都是粗蠢、势利、缺乏情感之人，都不是锦心绣口的美人。我们只看这一回中，月娘的不敏悟，说得好听一点是老实，说得难听一点就是愚笨。比如听说守备府小夫人来到，月娘问小和尚，小和尚说："这寺后有小奶奶的一个姐姐，新近葬下。"玉楼道："怕不就是春梅来了，也不见得。"月娘便道："他那得个姐来死了葬在此处！"月娘、玉楼，眼见得不是同类：玉楼是聪明人，她能立刻想到春梅收葬金莲，既反映了玉楼对春梅的了解，也反映了玉楼本人的宅心仁厚，所以才能够想象春梅不忘旧恩。月娘一来不能也不肯相信这么一个声势煊赫的小夫人就是春梅；二来绝不会想到春梅会收葬金莲的遗体，因为月娘自己是势利凉薄之人，不是感恩念旧之人；三来月娘愚蠢，对人从来缺乏了解，因此自己的两个丫鬟与小厮偷情，月娘一毫不知，对小玉与春梅相好也一毫不知，对陈敬济的为人一直不能看透，对敬济与金莲的偷情更是如在梦中，直到秋菊第四次告状，才终于"识破"奸情。再看后来，春梅说："俺娘她老人家新埋葬在这寺后，奴在她手里一场，她又无亲无故。"月娘道："我记得你娘没了好几年，不知葬在这里。"一直要等玉楼说破是潘六姐，月娘才"不言语了"。反不如大姥子能够对答上来一句："谁似姐姐这等有恩，不肯忘旧。"月娘既势利、刻薄，又缺乏社交场上应对的机智。西门庆有这样一个妻子，不知应该说是佳配，还是应该说报应。

金莲的坟墓，在永福寺后边的一棵空心白杨树下。敬济曾来祭拜，春梅也来祭拜，我们但知是"白杨树下，金莲坟上"，却不知坟墓的情形究竟如何。直到玉楼听说金莲坟墓在此，起身前去给金莲烧纸，我们才从玉楼眼中，看到那"三尺坟堆，一堆黄土，数缕青蒿"。金莲的一段聪明美貌、争强好胜，只落得这样一个野地孤坟，远比早夭的瓶儿更加凄惨。荒凉之状，如在目前。作者的一片惋惜、同情，尽在绣像本此回开始的一曲《翠楼吟·佳人命薄》中写出，比词话本开始的那一首不痛不痒的七言律诗要好得多了。如果说金莲代表了书中丰盛欢悦的青春、性欲、爱情与物质生活中一切值得留恋的东西，则她死后在一座禅寺中的坟墓——黄土青蒿——则代表了这些物质生活（统称为色，但不限于色欲）的短暂与梦幻性质。色与空的对比，在此十分具体地表现出来。但是金瓶作者并非借此否定"色"，作者是深深地爱着他笔下的色之世界的，他的批评与讽刺，远远没有这种情不自禁的爱悦那么强大有力。归根结底，作者只是在写色的无奈、色的悲哀而已。正像那所谓劝诱大于讽喻的汉赋，金瓶作者无法逃脱对色的爱恋，也无法避免正视色的短暂空无，于是，这部作品才如此充满感情与思想的张力，才自始至终——尤其是绣像本——充满了这样广大的怜悯与悲哀。

第九十回

来旺盗拐孙雪娥　雪娥受辱守备府

（来旺盗拐孙雪娥　雪娥官卖守备府）

　　月娘上坟，留下孙雪娥与西门大姐看家。二人在门口站立，看到一个摇惊闺叶的小贩过来，遂使平安叫住。第五十八回中，玉楼和金莲在大门口站立，曾使平安叫住过一个摇惊闺叶磨镜子的老叟，临了施舍财物，与此回情景遥遥相照，做下伏笔。然而此回的小贩却是来旺。来旺的出现，使这一清明与三年前的清明更加形成宛如镜像的对照：在第二十五回的那个清明，来旺媳妇蕙莲和月娘众人都在后花园打秋千，当时来旺从杭州采买回来，进家之后见到的第一个人便是孙雪娥。当时以雪娥"满面微笑"的描写，把二人私情朦胧写出。如今前后不过三年而已，雪娥却已认不出来旺。绣像本评点者批道："蠢甚。"雪娥的这种蠢笨，堪与上一回中月娘的蠢笨匹敌。比起金莲在王婆家发卖，远远看见武松过来而即刻一眼认出，不啻天上地下。我们也可以知道，为什么月娘能够对雪娥言听计从，而终究不会喜欢金莲。

月娘上坟回家，两方面各自叙述白天的经历：月娘极力炫耀与春梅的相遇，而吴大妗子也跟着夸说："那时在咱家时，我见他比众丫鬟行事正大，说话沉稳，就是个材料。"对比七十五回中，因春梅大骂申二姐，大妗子埋怨春梅"冲言冲语""言语粗鲁"，这里的马后炮十分可笑。这是后来的《儒林外史》里面胡屠户自夸早就看出女婿范进是文曲星下凡的那一类讽刺笔法。

月娘看到来旺，热情鼓励他上门走动，导致来旺与雪娥有机会重温旧情，盗财私奔。月娘难道忘记了来旺当初与雪娥偷情的丑闻吗？月娘见到来旺，只知极力诋毁金莲，一口把蕙莲之死全部推到金莲头上，难道月娘独独忘了雪娥在蕙莲之死中的直接作用吗？彼时正是因为雪娥与蕙莲吵架，蕙莲才上吊自杀，而雪娥怕西门庆来家责罚她，"在上房打旋磨儿跪着求月娘，教休提出和他嚷闹来"（二十六回）。月娘又称蕙莲为"好媳妇儿"，难道也忘了蕙莲和西门庆偷情，尽人皆知的丑事吗？来旺说："要来，不好来的。"月娘立刻回答道："旧儿女人家，怕怎的？你爹又没了。"前半句话，和雪娥见到来旺时所说的话如出一辙，再

来旺盗拐孙雪娥

次说明吴月娘和孙雪娥相差无几；后半句，则明显是说当初都是西门庆主张赶走来旺，我和他完全不同，现在他已死而我当家矣。这样的话，分明暴露了月娘对西门庆的强烈不满，即使在奴仆面前，也不肯丝毫维护西门庆。月娘怨恨西门庆、金莲，都可谓到了极点，而西门庆死后，自己为所欲为的一番痛快，也可谓到了极点。后来月娘引来旺进仪门吃饭，用招待来旺的热诚，来报复西门庆与金莲，然而没想到雪娥已经抓住机会，与来旺私语定约矣。叙述者评道："正是不着家神，弄不得家鬼。"雪娥固然是家神，月娘更是家神。处处写月娘治家不严的责任，简直与西门庆的罪孽不相上下。当初，玉楼非常厌烦蕙莲的风骚轻佻，也曾一力撺掇金莲把来旺背后对西门庆、金莲的威胁报告给西门庆。如今在来旺拜见月娘、玉楼的全过程中，玉楼再次不发一语，明明写出玉楼冷眼旁观和不赞成的态度。

雪娥与来旺跳墙偷情，又隔墙私递财物，诚如张竹坡所说，和当初西门庆、瓶儿的所作所为十分相似。然而雪娥与来旺终究不能成其夫妇。被发现后，来旺准徒五年；雪娥官卖，只要八两银子，卖入守备府中。雪娥小视春梅，然而两个月不到，便沦为春梅的奴婢，"孙雪娥到此地步，只得摘了髻儿，换了艳服，满脸悲怆，往厨下去了"。这实在是十分悲哀的句子——即使那遭受不幸的人粗陋如雪娥，也正因为这遭受不幸的人即是粗陋如雪娥。

第九十一回

孟玉楼爱嫁李衙内　李衙内怒打玉簪儿

（孟玉楼爱嫁李衙内　李衙内怒打玉簪儿）

　　这一回，把敬济与大姐的恶姻缘，与孟玉楼、李衙内的好姻缘两两对照写出，因为第七、八回中，西门庆先娶玉楼而随即嫁出大姐，前后相隔不过十天（娶玉楼在六月初二，嫁大姐在六月十二日）。当时因为时间紧迫，造不出床来，还把玉楼的一张南京描金彩漆拔步床陪了大姐。玉楼的姻缘与大姐的姻缘实相终始。

　　作者怕读者忘记，又特意在此回开始交待月娘终于把大姐与其陪嫁箱笼都抬到陈家，然而到底不肯交还陈家当初寄存在西门庆家的箱笼。敬济向月娘索要丫鬟元宵，月娘不给，打发来另一个丫鬟中秋，说：原是买来服侍大姐的。然而既是如此，何不在送大姐的时候一并令中秋跟来？作者处处给我们看月娘的粗鄙吝啬，能留住一点是一点。敬济必要元宵，是因为后来写元宵随着敬济，穷苦而死，则此书凡三写元宵佳节的闹热繁华，必然要收结于使女元宵之病死也。中秋则自然属于月娘：所谓月圆人不圆，月娘的名字，固然是对月娘命运的隐隐讽喻。我们但看此回，玉楼嫁人，月娘赴喜宴之后，独自一人回到宅内，群妾散尽，静悄悄无一人接应，不由一阵伤心，放声大哭，作者引用诗词道："平生心事无人识，只有穿窗皓月知。"此情此景，是明月照空林，正合月娘命名深意。

直到这一回，我们才知道清明节那天在郊外，原来不是李衙内对玉楼产生了单方面的相思，而是彼此一见钟情，心许目成。陶妈妈来说媒，对看管大门的来照张口便道："奉衙内小老爹钧语，分付说咱宅内有位奶奶要嫁人，敬来说亲。"这样的话，实在唐突得好笑，然而却正从侧面说明衙内与玉楼还没有相见相亲，只从"四目都有意"便如此心照不宣，两情相谐，是上上婚姻的佳兆。作者犹恐读者忽略，又安排月娘问陶妈妈："俺家这位娘子嫁人，又没曾传出去，你家衙内怎得知道？"陶妈妈答以清明那天在郊外亲见，印证二人未交一语却已经发生的默契。

玉楼所最关心的，是衙内"未知有妻子无妻子"，又对陶妈妈说："保山，你休怪我叮咛盘问，你这媒人们说谎的极多，奴也吃人哄怕了。"绣像本、竹坡本两位评点者都注意到这句话，指出"一语见血"，因玉楼当初嫁西门庆，完全没想到做妾，一心以为填房耳。陶妈妈讲述李衙内情况："没有大娘子二年光景，房内只有一个从嫁使女答应，又不出众，要寻个娘子当家。"句句切实具体，自与薛嫂的朦胧其辞十分不同。如果我们对比玉楼和陶妈妈的对话，我们还会发现玉楼的变化。陶妈妈张口一串恭维："果然话不虚传，人材出众，盖世无双，堪可与俺衙内老爹做个正头娘子。"玉楼笑道："妈妈休得乱说。且说你衙内今年多大年纪，原娶过妻小没有，房中有人也无，姓甚名谁？有官身无官身？从实说来，休要捣谎。"玉楼的笑容，是因为听到保山的恭维——无论是什么妇人，都难以在听了这样的甜言蜜语之后不还出一个微笑，何况是玉楼这样年纪的妇人——但最重要的，却还是保山的最后一句"堪可与俺衙内老爹做个正头娘子"使玉楼心花怒放，因为这是玉楼嫁给西门庆作妾最大的不得意，最大的心病。

但玉楼并不因为陶妈妈灌米汤便头晕，下面提出的一连串问题，语锋凌厉，把玉楼最关心的两个问题——"原娶过妻小没有，房中有人也无"——夹在年纪、姓氏与官身之间一气问出。然而因为带笑说来，所以既有威严，又不显得泼辣粗鄙。待陶妈妈回答之后，玉楼又问："你衙内有儿女没有？原籍那里人氏？"直到全部问题都得到满意的回答，才"唤兰香放桌儿，看茶食点心与保山吃"。层次分明。陶妈妈回答玉楼的话——"清自清，浑自浑"——与玉楼以前对金莲、后来对敬济所说的话如出一辙，意谓：他人自淫放，我自贤良，为人尽可出污泥而不染耳。只是玉楼是所谓的"自了汉"，只关心维护自己的清白，并无救世之意，所以从前有事，必戳动金莲出头，后来明知来旺不妥，也不一言劝戒月娘也。

玉楼对衙内满意，取了一匹大红缎子，把生辰八字交付陶妈妈。一段对于清明上坟的摹写，直到此回方才结束。寡妇因上新坟而遇合李衙内，其中微含讽刺，含蓄而绵长。清明虽是上坟祭拜的节日，却又充满无限生机，正与春天的背景相合。一匹大红缎子，是玉楼从今而后，否极泰来的象征。

玉楼嫁李衙内，处处与嫁西门庆前后过程对写，以为玉楼一吐数年郁郁不平之气。玉楼两次再醮，都是情动于中：当初嫁给西门庆，是看上他"人物风流"；如今同意嫁给李衙内，又是看上他"一表人物、风流博浪"。这种感情的结合，与书中许多为图财谋利而成为西门庆情妇的女人不同，自然使人的身份抬高一等。又，玉楼比西门庆大两岁，比李衙内大六岁，陶妈妈的确老实，只知道担心衙内知道了不喜欢，却不知道该怎么办，薛嫂出主意说："咱拿了这婚帖儿，交个过路的先生，算看年命妨碍不妨碍。若是不对，

咱瞒他几岁儿，也不算说谎。"薛嫂两次捣鬼，第一次
害了玉楼，第二次却成就了玉楼，作者的态度十分复
杂。下面紧接卜卦先生为玉楼算命，似乎是在说人各有
命，虽然有许多人为的机心阴谋，却无不成为命运的工
具。因此，薛嫂的说谎，包括她前后两次分别对西门
庆和李衙内所引用的俗语——"女大两，黄金日日长；
女大三，黄金积如山"，都导致了十分不同的结果。

　　玉楼嫁人，在西门庆死后第二年的四月十五日。
至此，西门庆的五个妾都已分散干净。这五人之中，
属玉楼的命运最好。玉楼的后半生再次从算命先生的
预言里说出："丈夫宠爱，享受荣华，长寿而有子。"
在《金瓶梅》所有的女性里面，这实在是上上签了。
玉楼的这次婚姻，是《金瓶梅》这部极其黑暗而悲哀
的小说里面最快乐的一件事。

　　为了写足这份快乐，作者特意以两件不甚快乐的
事陪衬，既从侧面写出李衙内与玉楼的情投意合，也
符合"好事多磨"的俗语。这两件事，一是下一回中
陈敬济在严州对玉楼的骚扰，一是此回之中，衙内为
了玉楼而卖掉原来的通房丫头玉簪。这个通房丫头，
也就是陶妈妈所说的"只有一个从嫁使女答应，又不
出众"者，怪模怪样，相当富有喜剧效果。这么一个
富于喜剧性的丫头，是为了轻松一下本书后二十回荒
凉沉重的气氛，但主要是为了衬托出玉楼婚姻的幸福。

718

这个丫头，是衙内先头娘子留下的，长相丑陋，为人怪诞，对新娶的玉楼吃醋不已，每天指桑骂槐，最后自己求去，于是被衙内卖掉。张竹坡别出心裁，认为作者写这么一个人物，是以玉簪象征"浮名"：因为玉楼镌名于簪，则簪于玉楼是一名字。玉簪儿的名字，确是别有深意，但以玉簪象征抽象的浮名则未必是作者本心。观玉楼在娘家时，排行三姐，并没有这么一个名字"玉楼"，是到了西门庆家之后，才"号玉楼"，而玉楼送给西门庆的簪子上面，的确镌着"玉楼人醉杏花天"的诗句，则玉楼之号，由此而得。如今衙内怒打玉簪和赶走玉簪，都是一个具有讽喻性的手势：玉楼在西门庆家所受的郁闷不平之气，全都随着"玉簪"之去而烟消云散了。使女玉簪又是衙内先妻留下来的，又时时提起李衙内甚至玉楼从前以往的一段不快遭遇，那么玉簪的被卖，使得衙内与玉楼都能够完全摆脱旧日生活的阴影，可以一起无牵无挂地开始新生。

玉楼的床曾被西门庆陪送给了大姐，至此，月娘便把金莲的螺钿床陪了玉楼。这张床，在第二十九回"潘金莲兰汤邀午战"中细细地描绘过，当时盛夏时节，金莲在床上午睡，西门庆来了，两人"同浴兰汤，共效鱼水之欢"。这一段话，在此回末尾，衙内嘱咐玉簪烧水要和玉楼洗浴一段，几乎一字不差地再现：我们

李衙内怒打玉簪儿

才知道金莲与西门庆二人热情似火的做爱描写，其实一半是为了玉楼。作者若云：玉楼与李衙内之相亲相爱，恰似当初西门庆与潘金莲，但是因为是夫妇的情爱，是没有造下罪孽的情爱，是专一的情爱，更是胜似当初的西门庆与潘金莲也。

　　然而金瓶作者最可人之处，在于全不把李公子浪漫化：我们看到他在书房因读书而睡着，也看到他从前收用的丫头是如此丑陋可笑的角色。《金瓶梅》是成年人的书，因为它写现实，没有一点梦幻和自欺，非常清醒，非常尖锐，然而对这个悲哀的人世，却也非常地留情。

　　人多因作者写玉楼有几个白麻子而视玉楼为姿陋，这是不了解美人有一点白玉微瑕才更加动人。我们看作者当初描写玉楼的丰姿时，特别写她身材修长苗条，"行过处花香细生，坐下时淹然百媚"，俨然是一个富有魅力的、端庄而妩媚的女子。但是作者最了不起的地方，是写玉楼嫁给李衙内时已经三十七岁——在以女子十五岁为成年的时代，居然有一个男性作者公然写他笔下的美人是三十七岁，这不能不视为一个革命——也说明作者是一个真正懂得女人与女人好处的人。

第九十二回

陈敬济被陷严州府　吴月娘大闹授官厅

（陈经济被陷严州府　吴月娘大闹授官厅）

　　这一回，仍然双线进行：讲述陈敬济夫妻与李衙
内夫妻的故事，既收束玉楼和西门大姐，也把陈敬济
和李衙内两个富贵人家的子弟做一个对照。此回开始
时，敬济从临清娶回来一个供唱的妓女冯金宝，这正
是第七十九回里面，西门庆在何千户家看到之后准备
叫来供唱的那一个。许多未完的故事留下的线索，在
后二十回都被一一接续起来。书中原来的一些人物，
像陈敬济，像月娘，有西门庆在时，他们似乎在暗处，
现在西门庆死了，好像窗子上的一层布帘子被揭开了
似的，突然阳光射入，这些人物的面目都清楚地从黑
暗中凸现了出来。

　　敬济是一种典型的有钱人家子弟，以前在西门庆
的羽翼之下，在躲避家难、寄人篱下的时节，似乎也

很勤谨能干，现在没有了西门庆的庇佑与约束，读者才突然发现他既混账不晓事，又缺乏心机与能力。拿着在花园里拾捡到的簪子，打算借机讹诈玉楼。结果意欲害人，反而害己，吃了一场官司，被伙计拐走货物，罄身讨饭来家。玉楼美满婚姻生活中还有一小劫，偏偏又与她失落的簪子有关。这支簪子，就像瓶儿的金寿字簪那样贯穿全书，至此才随着玉楼的故事得到结束。再回想到瓶儿死而西门庆梦六根簪子断折了一根，我们应该知道红楼主人"十二金钗"的意象来自何处。此回作者借着严州一段插曲，写出玉楼不为敬济动心，衙内宁死也不舍弃玉楼，果然是一对恩爱夫妻。而自从陈敬济归还了玉楼的簪子，玉楼与西门庆的最后一点联系也告消失，自此之后，便和衙内双双回到原籍老家，享受幸福的新生活了。

李衙内和陈敬济相比，是另一种有钱人家子弟："一生风流博浪，懒习诗书，专好鹰犬走马，打俅蹴踘，常在三瓦两巷中走。"这也是富贵子弟常态，倒并没有什么特别严重的恶德如敬济之不孝和混账败家。作者常常提到这位衙内在书房读书，每次都带出隐隐的讽刺，比如上回写他在书房睡着了。此回之中，李衙内的父亲李通判因为儿子与媳妇的缘故受到同僚的讥讽批评，回家后勃然大怒，不由分说把儿子叫来，并喝令左右："拿大板子来，气杀我也！"要用大板子打死，口口声声道："我要你这不肖子何用！"把李衙内打了三十大板，打得皮开肉绽，鲜血迸流，夫人在旁哭泣劝解，说："你做官一场，年纪五十余岁，也只落得这点骨血，不争为这妇人你囚死他，往后你年老休官，依靠何人？"李通判道："他在这里，须带累我受人气。"于是定要衙内休了玉楼："即时与我把妇人打发出门，令他任意改嫁，免惹是非，全我名节。"衙内心中不舍，在父母前哀告："宁把儿子打死爹爹跟前，并舍不得妇人。"玉楼在后面"掩泪潜听"——我们要知道：这是玉楼在全书之中唯一一次流泪。每读到此节，总是想到《红楼梦》第三十三回中贾政在忠顺王府长官与贾环告状之后痛打宝玉的场景。贾政先骂宝玉："你在家不读书也罢了，怎么又做出这些无法无天的事来……如今祸及于我！"命小厮"着实打死！"王夫人来劝解，抱着宝玉大哭，口口声声道："我如今已五十余岁的人，只有这个孽障。"又说宝玉："这会子你若有个好歹，丢下我，叫我靠哪一个？"众金钗中，先是袭人"满心委屈"，宝钗心疼，黛玉又哭得哽咽难言。宝玉则说："我便为这些人死了，也是情愿的。"此外，处处写李衙内书房看书（注意，是看书不是读书），最终又奉父命带着玉楼"归枣强县家里攻书去了"，又处处写他不是读书种子，则李衙内李拱璧之不喜读书处，钟情妇人处，作为独子深受父母溺爱处

（比如说他娶玉楼完全是自己做主，不是父母之命，也从侧面说明他在家里的地位），都无不像极了贾宝玉。玉楼失而复得的簪子，因为上面刻字（嵌着玉楼名字）而成为小说的重要"道具"，也令人难免想到宝玉的玉，宝钗的金锁。每当读《金瓶梅》到此等处，都不免怀疑《红楼梦》不仅只是"受到《金瓶梅》的影响"而已。不过，红楼此回，是主角宝玉的重头戏，人物众多，作者都用了千钧之力来摹写，不比李衙内与李通判，只是书中小小配角，而这场打，全都是为了玉楼，是为了结束作者特别偏爱的玉楼入枣强县李家也。

玉楼平生从未设计害人，唯一一次作假骗人，又是敬济启衅，就遭此小劫。作者明书处世之险，虽以玉楼一向的正大光明、机智聪明、乖巧圆熟，都还是难以避免于西门庆处受骗、于陈敬济处受辱，那么可以想见等而下之之人了。作者虽然许给玉楼一个美满幸福的归宿，终于还是不肯把世界写成玫瑰颜色。此次敬济企图以其金簪拖其落水，这是以歪门邪道自取祸患，但是彼以邪道诱之，玉楼也以邪道还之，通常以毒攻毒总是可以克敌制胜的，谁想人事以变为常，从没有什么道理可以战无不胜，结果差点被敬济断送了好姻缘。玉楼当初曾经一步走错，结果沦为西门庆的妾侍辈；如今又一步走错，却幸亏遇到的是李衙内。从玉楼的遭遇，我们再次看到一个人的命运不仅与自身的为人有关，也与遭际的机缘和人物有关：如果不是李衙内能够誓死不渝，又对她怀有充分的信任，不因为敬济的间言而疑心玉楼，那么玉楼难免受辱被逐。作者通过玉楼的命运告诉读者：为人处世，德行、智慧缺一不可，但最后归宿还是要看缘分，看机会，因为人所不能控制与扭转的一种力，叫作偶然。

与玉楼的美满结局相对应的，是西门大姐的悲惨结局：八月二十三日晚上三更时分，西门大姐挨打受气不过，上吊自杀。西门庆当初叫冯金宝来供唱，完全没想到她将成为置自己女儿死地的人物之一。而西门大姐自杀的日期，也就是当年官哥儿丧命的日期，西门庆第一次与瓶儿同房、瓶儿挨打的日期。清晨，丫头重喜儿从窗眼内往里张看，道："他起来了，且在房里打秋千耍子儿哩。"一语直接"吴月娘春昼秋千""弄私情戏赠一枝桃"两回，而大姐之死的惨状均已写出。然而正如两位评点者所指出的，大姐从前常常骂陈敬济"在我家雌饭"，对陈敬济毫无半点温柔。虽然大姐上吊自杀令人怜悯，但是《金瓶梅》作者看待人世之清楚，委实令人觉得内心震动。

月娘得到消息，亲自来陈家大闹一通，但最重要的是把刚刚还来的箱笼又重新席卷而去："率领家人小厮、丫鬟媳妇七八口，见了大姐尸首吊得直挺挺的，哭喊起来，将敬济揪住，揪采乱打，浑身锥子眼儿也

728

不计数，唱的冯金宝躲在床底下，采出来也打了个臭死。把门窗户壁都打得七零八落，房中床帐、妆奁都还搬得去了。"这的确如张竹坡所言是"市井恶套"。这一幕情景，实在是月娘最丑陋的一番表现。读月娘，每每想到红楼第四十五回中李纨戏说凤姐的一段话："真真泥腿市俗，专会打细算盘、分斤掰两的，你这个东西亏了还托生在诗书大宦人家做小姐又是这么，出了嫁还是这么着，若生在小门小户人家做了小子丫头，还不知怎么下作呢。天下人都被你算计了去！"凤姐之伶牙俐齿固然是金莲的做派，但后来凤姐大闹宁国府，撒泼、哭闹，很得月娘此番大闹之神理。

但有趣的是，此回回目并不说月娘大闹陈家，而说"大闹授官厅"：月娘听了吴大舅、二舅的主意，亲自上法庭状告敬济，以求彻底与敬济断绝关系。不仅出庭、下跪，而且又因不服判决而至于"再三跪门哀告"，令人回想起当初林太太为维护先夫体面不肯出庭的遁词。虽然林太太是一派胡说，但是至少使读者知道：那时出庭对妇女而言不是一件光荣而有体面的事。以月娘的"命官娘子"身份而出庭投诉，本来就已经足够丢丑了，何况"再三跪门哀告"乎。西门庆如有知又当气死。因此本回回目实在是作者的春秋笔法。想来此幕情景在作者心目中应该是十分富有闹剧性的，西门庆的妻子吴月娘成了丑角，在官厅上大撒其泼，

吴月娘大闹授官厅

就像西门庆的"鸟人"祭文一般，都具有荒唐的喜剧色彩。

敬济固然有罪，但月娘的状子说当初因为敬济"平日吃酒行凶"才赶逐出门，又说敬济缢死大姐，还扬言持刀杀害月娘，则都是不实之词。后来又因不满知县的判决，"再三跪门哀告"，则月娘必欲假借知县与法律之手，置敬济于死地也。月娘不过是害怕以后敬济上门纠缠而已，却不惜为此除掉敬济的性命，是极端的自私使之变得冷酷。知县本来判敬济绞罪，因受了敬济一百两银子的贿赂才改了招卷，只判了他五年徒刑。知县受贿之后的招卷和裁决才正是符合事实的公平判断。公道虽然毕竟得以施行，却一定要通过"一百两银子"的中介。敬济变得一贫如洗，一多半是自作孽，一小半却也是因为伙计的背叛和官场的腐败。

第九十三回

王杏庵义恤贫儿　金道士娈淫少弟

（王杏庵仗义赒贫　任道士因财惹祸）

一　九"了"

此回一开始，有一连串的"了"字句写得极好："话说陈敬济，自从西门大姐死了，被吴月娘告了一状，打了一场官司出来，唱的冯金宝又归院中去了，刚刮剌出个命儿来，房儿也卖了，本钱儿也没了，头面也使了，家伙也没了，又说陈定在外边打发人，克落了钱，把陈定也撵去了。"几乎一句一"了"，凡九个"了"字写出有钱人家不肖子弟的败落之状，历历如见，凄凉之中，又有黑色幽默。每读至此，便想起《红楼梦》第五十七回"慧紫鹃情辞试莽玉"中袭人所说的："不知紫鹃姑奶奶说了些什么话，那个呆子眼也直了，手脚也冷了，话也不说了，李妈妈掐着也不痛了，已死了大半个了，连妈妈都说不中用了，那里放声大哭，只怕这会子都死了！"也是一共九个"了"字，与《金瓶梅》此处的九"了"针锋相对，一字不差。呜呼，红楼主人也是读《金瓶梅》至微至细至用心者，也有如金瓶作者一模一样的锦心绣口之才情，只因为《红楼梦》自始至终写得"温柔敦厚"，从来都在人生最凄惨最丑恶的情景上遮一层轻纱，所以能够迎合大多数读者，尤其是小儿女的浪漫伤感口味，而《金瓶梅》却锐利清晰，于大千世界无所不包，无所不见，更把人生之鲜血淋漓、丑陋可怕之处一一揭示给人看，难怪多数人皆掩面而去。读《金瓶梅》，必须大智大勇，才能尽得此书之好处，又不至于走火入魔，否则便会如力量不够者欲使大兵器，反而伤了自己。然而正无怪《金瓶梅》不能如《红楼梦》一般取悦众生。

看陈敬济的下场，作者只消寥寥几笔，便把富家公子哥儿穷途末路、走下坡路之快、沉沦之凄惨写尽：

> 不消几时，把大房卖了，找了七十两银子，典了一所小房，在僻巷内居住。落后，两个丫头，卖了一个重喜儿，只留着元宵儿和他同铺歇。又过了不上半月，把小房倒腾了，却去赁房居住。陈安也走了，家中没营运，元宵儿也死了，只是单身独自。家伙桌椅都变卖了，只落得一贫如洗。

未几，房钱不给，钻入冷铺内存身。花子见他是个富家勤儿，生的清俊，叫他在热炕上睡，与他烧饼儿吃。有当夜的过来，叫他顶火夫，打梆子摇铃。那时正值腊月，残冬时分，天降大雪，吊起风来，十分严寒。这陈敬济打了回梆子，打发当夜的兵牌过去，不免又提铃串了几条街巷。又是风雪地下，又踏着那寒冰，冻得耸肩缩背，战战兢兢。

这部书写到此处，实在是彻骨的寒冷。难怪看官们要弃《金瓶梅》而就《红楼梦》：《红楼梦》后四十回续书写贾府败落，总是不肯写其一败涂地，总是要留下"兰桂齐芳"的一线希望，就是宝玉出家，虽然在大雪之中光头赤足，也还是披着大红猩猩毡斗篷，何等浪漫富贵，哪里像陈敬济，冻得乞乞缩缩，还吃巡逻的当土贼拶打一顿，"落了一屁股疮"乎。

二　杜子春的寓言

敬济在此回，两次得到一个善心的老人王杏庵帮助，但每次都把王老人给他的钱财挥霍得精光。第三次来见老人，老人送他去临清的晏公庙做了道士。这段情节，似从杜子春故事脱胎而来。杜子春故事载于

《太平广记》卷十六，子春"少落拓，不事家产"，后来资财荡尽，冬天衣破腹空，步行于长安市中，两次受到一位无名老人的周济——不过老人出手阔气，第一次给了他三百万钱，被子春挥霍干净；第二次给了他一千万，"不一二年，贫过旧日"；又遇到老人，"子春不胜其愧，掩面而走"，而老人拉住他，这次送给他三千万，并约他明年在华山云台峰老君祠双桧树下相见。杜子春这一回彻底改过，治理家业，第二年前往赴约，老人原是道士，要借子春之力炼丹，子春经历了重重考验，终因七情里面"爱"欲难除而失败。

对比敬济故事，我们可以看到对杜子春故事的借用与颠覆：敬济也是在寒冬腊月"冻得乞乞缩缩"之际遇到老人；老人"身穿水合道服"；老人因后园中有两株杏树而号"杏庵"，与杜子春故事中两棵桧树相应；又荐敬济做了道士。不过，杜子春是无意遇到道士，挥霍掉老人的赠金之后，颇有羞耻之心，见到老人掩面而走，不像陈敬济这样，自己主动走来磕头，花光了老人的钱，居然还厚着面皮一次次来。王老人虽然"在梵宫呼经，琳宫讲道"，又自号"杏庵居士"，毕竟是凡人，出手当然不像杜子春故事里的道士那样阔绰——虽然对陈敬济没有任何利用的企图，比道士要单纯和真实得多。老人第一次送敬济一件青布道袍，一顶毡帽，一双鞋袜，一两银子和五百铜钱；第二次

王杏庵义恤贫儿

是一条裤子，一领布衫，一双裹脚，一吊铜钱，一斗米——比第一次少了很多，而且给米不给银子，大概是怕陈敬济再花掉；第三次，明明看到陈敬济，却不主动叫他，还是陈敬济自己"到跟前，扒在地下磕头"，与杜子春故事里的道士正好相反。

敬济在王老人的介绍下，到临清晏公庙做了道士——没有什么升仙的机会，只是十分平凡地做收香火费之类的"道士业务"而已，与杜子春的经历相比，毫无浪漫可言。然而敬济不但不能根除爱欲，七情六欲全都没有丢掉。成为老道的大徒弟金宗明的娈童之后，便好似当初金莲之要挟西门庆、要挟玉箫一样，和道士约法三章，第一件居然是"不许你再和那两个徒弟睡"——这是俨然以妾妇自居了。第二件便是掌握大小房间钥匙，第三件是随他往哪里去。于是得以拿着道士的钱财，在临清谢家酒楼和冯金宝续上旧情。后来任道士因此气死，想是善心的王杏庵始料未及的：天下尽有一心为好反而落歹的人与事，但只能说杏庵不识人，任道士更不识人，却不能因噎废食，非议一心行善济人者，或者杜绝行善济人之心。善心虽难得，但心善又有智慧更难得，倘若二者得全，才能真正济世，否则徒然增加一个气死的任道士而已。

作者在写金宝与敬济相见时，特用"情人见情人不觉泪下"为言，但描写金宝，全为下文的韩爱姐陪衬，读者不可被瞒过。冯金宝待敬济——"昨日听见陈三儿说你在这里开钱铺，要见你一见"——尤非是图钱财，但就像孟玉楼、陶妈妈常说的，清自清，浑自浑，虽然同是卖身，却一有情而一无情也。

金宝自言：住在桥西酒店刘二那里。刘二者，周守备府亲随张胜的小舅子。一句话，已经埋伏下了后来的故事，敬济的结局。然则敬济处处规模不如子春，败于爱欲则一。

杜子春故事被清人胡介祉改编为《广陵仙》。安排杜子春为太宰之子，曾娶相国之女袁氏为妻。子春手头撒漫，耗尽万金家财，丈母爱女婿，却遭到相国儿子的嫉妒。相国奉命征海寇，家政由儿子主持，于是拒子春于门外，不复顾惜。子春窘迫，受到太上老君本人化成的老人赠金相助，第一次被相国儿子引诱赌博，全部花光；第二次子春出海经商，被海盗打劫；第三次，乃遍行善事，随后入山修道，遇魔障而不迷，终成正果云云。杜子春先是被丈母娘宠爱，后来遭谗被赶逐，以及他和相国之子在利益上的冲突，我们都在陈敬济的遭遇上窥见一些隐隐的重合。

《金瓶梅》喜欢"引文"（而且引自各种各样的文体）和善于"引文"已经是很多学者研究的对象，各人之间存在认同，也存在一些分歧。比如说，韩南认为《金瓶梅》作者依赖文学背景胜于自己对生活的观察。徐朔方则认为"引文"虽多，却都不构成《金瓶梅》的主体部分。诚然。此外，我们应该看到，虽然在分析者来说，似乎把"引文"适当地穿插在小说里是相当吃力的工作，但是对于一个极为熟悉当时的戏曲、说唱、通俗小说文化的作者说来，只不过是"随手拈来"而已，而且正因为这些引文不构成《金瓶梅》的主体，所以随手拈来还是要比自造更现成。比如陈敬济故事是对杜子春故事的回声，也顺便给知道杜子春故事的读者造成一种对比：因为敬济比子春要厚颜得多，也不知感恩得多。

浦安迪觉得作者的"引文"好像是高明的古代诗人之写诗用典：又是继承，又其实是与上下文相互生发的再创造，而不是被动机械地"拿来"。这个比喻十分恰当。这一点从作者"玩弄"杜子春故事就可以看出。我们可以想象，一个听说过杜子春故事的读者在看到陈敬济遭遇时，会发出怎样会心的微笑，又会怎样地为其智慧地改写感到惊喜。使用现成的戏曲、说唱、词曲、小说，是《金瓶梅》一个十分独特的艺术手段（比如用点唱曲子来描写人物的心理和潜意识，传情，预言结局，等等），也是具有开创性的艺术手段，在探讨《金瓶梅》的主要艺术成就时，这一点应该考虑在内。此外，《金瓶梅》使用资料来源时的灵活性、创造性应该得到更多的注意：比如说上述和杜子春故事的重叠与颠覆就是一例。这种创造性给读者带来的乐趣与满足感是双重的：既熟悉，又新奇。熟悉感是快感的重要源头，而一切创新又都需要"旧"来垫底。《金瓶梅》很好地做到了这一点，有足够的旧，更有大量的新，于是使得旧也变成了新。《红楼梦》就更是以《金瓶梅》为来源，成就惊人。熟读金瓶之后，会发现红楼全是由金瓶脱化而来。

三　泼皮、道士、娼妓、呆后生

本回有许多小像，寥寥几笔，写得极为生动。晏公庙的任道士"年老赤鼻，身体魁伟，声音洪亮，一部髭须，能谈善饮"。拐走敬济财物的铁指甲杨大郎的弟弟杨二风，"胳膊上紫肉横生，胸前上黄毛乱长，是一条直率光棍"。冯金宝见到敬济，诉说相思，张口便道："昨日听见陈三儿说你在这里开钱铺，要见你一见。"敬济则掏出手绢给金宝拭泪，说道："我的姐姐，休要烦恼，我如今又好了。"此时敬济在晏公庙做道士，每天晚上给金师兄做杀火的娈童，却取出袖中帕子为娼妓擦泪，一句"我如今又好了"，只觉得真是可怜的混人，醉生梦死地过日子，说呆话，把自己的生活，与周围人的生活，与真心爱他护他者的生活，都弄得乱七八糟。而这样人的可怜，正是鲁迅在小说《药》

里面写的"可怜可怜"——被可怜的人，反倒说"我如今又好了"，说不定反而觉得那可怜他的人是发了疯呢。

四　词话本与绣像本这两回的差异

词话本有很多插科打诨的夸张描写，绣像本一概无，因此绣像本显得比词话本更加写实。如上一回中，在描写拐带陈敬济货物的伙计杨大郎时，词话本道："他祖贯系没州脱空县拐带村无底乡人氏，他父亲叫杨不来，母亲白氏。他兄弟叫杨二风，他师父是崆峒山拖不洞火龙庵精光道人，那里学的谎。他浑家是没惊着小姐，生生吃他谎唬死了。"这一长串描述，借谐音做戏，以人名寓言，既有《西游记》《西游补》风味，又开《何典》的先河。但是杨大郎其人，却因此变成明显的寓言人物，不如没有这段描写更为实在。此回中，词话本在描写陈敬济如何假作"老实"以骗取任道士信任时，用了一个在民间流行的传统笑话，绣像本则无。

第九十四回

大酒楼刘二撒泼　洒家店雪娥为娼

（刘二醉殴陈经济　洒家店雪娥为娼）

　　绰号"坐地虎"的刘二在谢家酒楼殴打陈敬济，并导致敬济被带到守备府动刑，此时已经生子的春梅，从大堂屏风后面认出了敬济，谎对守备说敬济是自己的姑表兄弟。词话本写春梅本来要请敬济相见，"忽然想起一件事来，口中不言，内心暗道：'剜去眼前疮，安上心头肉。眼前疮不去，心头肉如何安得上？'于是分付张胜：'你且叫那人去着，等我慢慢再叫他。'"这段话绣像本作"忽然沉吟想了一想，便又分付张胜"云云。绣像本此处比词话本含蓄了许多，留给读者一个谜团，直到下文春梅想方设法找雪娥麻烦，方渐渐揭破原来不见敬济是为赶走雪娥，而赶走雪娥正是为了给将来安插敬济造成条件，以免敬济被雪娥识破。绣像本评点者在这里加上一句："满腔幽情冷思，欲行又止，任慧心人一时索解不来。"更使得读者意识到词话本的直露。

雪娥落在守备府仇人春梅的手上，已经不可谓不惨了，但是谁想到春梅定要把她卖入娼门。薛嫂行好心，把她卖给一个棉花客人做填房，奈何此人"姓潘排行第五"，读者一闻姓名便应知不祥，因为潘五儿者正是雪娥宿敌潘金莲的化身：金莲有瓶儿在时，在西门庆家的妾侍中排行第五，被西门庆称为"潘五儿"也。这个棉花客人实则在临清开妓院，雪娥到底阴差阳错地落入娼门。雪娥落入娼门，不可谓不惨了，但谁想到又碰到守备府的亲随张胜，受到张胜的宠爱，在临清码头所有妓院酒楼称霸的坐地虎刘二遂连房钱也不向雪娥要。雪娥的命运似乎借助张胜之力得到一线生机，但谁又想到这终于成为雪娥上吊自杀的契机。雪娥命运的起伏跌宕，祸福相倚，与敬济几番起落极为相似。

雪娥善烹调，因此每次倒运都与烹调有关，所谓瓦罐不离井上破、将军难免阵上亡者是也。又每次倒运都与春梅有关：雪娥此回的下场，在第十一回中已经伏下预兆。彼时西门庆早饭想吃荷花饼、银丝酢汤，金莲派春梅去厨房催，雪娥大怒，骂道："预备下熬的粥儿又不吃，忽剌八新兴出来要烙饼做汤！"春梅回去学舌，加上金莲的挑拨，激得西门庆打了雪娥一

洒家店雪娥为娼

顿。这次春梅装病，又是不肯喝下已经熬下的粥，要雪娥做酸笋鸡尖汤——"雏鸡脯翅的尖儿碎切"，加椒料、葱花、芫荽、酸笋、油酱之类做成汤。第一次做好，春梅嫌淡，雪娥只好重做，春梅又嫌咸：显然是有意找茬，的确是从鲁提辖拳打镇关西化来。于是终于逼得雪娥悄悄说了一句春梅等待已久的话："姐姐，几时这般大了，就抖搂起人来。"雪娥固然难逃此劫，但直接导火线还是这句不审时度势而说出的话。观此书每次有雪娥的文字，总是有丧亡败乱事情，必用雪娥与蕙莲争吵直接导致其上吊自杀，必用雪娥挑唆月娘发卖潘金莲。因为作者一直以鲜花比喻书中一干女子，其中唯独月娘是月，雪娥是雪，瓶儿是瓶，不入群芳之数。但月与花可以相配，瓶更是盛花之物，只有雪与花却决然不容，虽然雪与梅应该相得，无如是"春梅"何。抓住人物的姓名大做文章，以各色花朵比喻美人，以季节更换暗示炎凉，以唱曲、酒令寓人物心情、命运，这些文字的花巧，红楼主人自然也尽得真传。

张竹坡以为春梅之于雪娥，皆金莲成其仇，其实不然。第十一回中雪娥向月娘说："那顷，这丫头在娘房里，着紧不听手，俺没曾在灶上把刀背打他？娘尚且不言语。可今日轮到他手里，便骄贵的这等的了！"春梅一生，恐怕只挨过雪娥一个人的打，自然刻骨铭心。

　　雪娥被潘五买去，领到临清洒家店，进入一个门户，半间房子，里面炕上坐着一个五六十岁的老鸨子，炕沿上一个十七八岁的妓女弹弄琵琶：乍看似乎金莲转世，更哪堪这个妓女名唤潘金儿。

第九十五回

玳安儿窃玉成婚　吴典恩负心被辱

（平安偷盗假当物　薛嫂乔计说人情）

　　此回对写两个小厮、两个伙计、两副头面：平安
窃金头面被抓起来；玳安窃小玉，却适得其所。然而
玳安不窃玉，就不会有平安的窃金。一个旧日的伙计
吴典恩不忘恩负义，就不会有另外一个旧日的伙计傅
自新得病而死。当铺失去一副金头面，而春梅正从薛
嫂处买了一副金头面：是一支九凤甸儿，每个凤嘴衔
一溜珠子。这样的九凤甸儿，是第二十回中瓶儿刚进
门时打的第一件首饰，西门庆去银匠家时被金莲拦住，
一定要照着瓶儿所要的样子，用瓶儿的金子，给自己
也打一支九凤甸儿。当时瓶儿让西门庆拿她重九两的
金丝髻打一件九凤甸儿，一件玉观音满池娇分心。金
莲道："一件九凤甸儿，满破使了三两五六钱金子够
了。"想来春梅也心仪此物久矣，今天才如愿以偿。

吴典恩的恩将仇报，又和春梅的不念旧恶两相映照。许久不见西门庆热结的兄弟，此时吴典恩突然出现，而十兄弟忘恩负义的面目丝毫不改。小厮平安昔日为放进了白赉光而挨打，如今又为碰到了吴典恩而挨打，总是拜结义兄弟之赐。

丫鬟绣春出家为尼，颇为意外：在我们印象中，她还是那个头发齐眉、生得乖觉的小女儿，在第十回中被瓶儿差来，给西门庆、月娘送一盒朝廷上用的果馅椒盐金饼，一盒鲜玉簪花儿。瓶儿有两个丫鬟，一名迎春，一名绣春：迎者春之初，绣者春之盛。如今绣春出家，正如《红楼梦》中的惜春出家，都是三春已尽、生角出家的前兆。因此绣春出家必在西门庆众妾四散之后，孝哥出家之前；惜春出家也必在大观园分崩离析之后，宝玉出家之前。

绣春的性格模样，在小说里面很少描写，但我们应该记得瓶儿临死前嘱咐绣春出嫁，并说："我死了，你服侍别人，还像在我手里那等撒娇撒痴，好也罢，歹也罢了？谁人容得你？"绣春跪下哭道："我娘，我就死也不出这个门儿。"瓶儿道："你看傻丫头，我死了，你在这屋里服侍谁？"绣春道："我守着娘的灵。"瓶儿道："就是我的灵，供养不久，也有个烧的日子，你少不的还出去。"绣春道："我和迎春都答应大娘。"瓶儿道："这个也罢了。"又写"这绣春还不知什么，

吴典恩负心被辱

那迎春听见瓶儿嘱咐他，接了首饰，一面哭得言语都说不出来"。这一番对话，既写出绣春年纪小，还不完全懂得死别的深悲，也见得瓶儿向来宽厚待人，所以绣春虽是婢子，却的确十分娇痴，与瓶儿一问一答，如闻一个"撒娇撒痴"的小女儿之声。

后来绣春给了李娇儿，李娇儿回妓院时，一定要带走元宵、绣春两丫鬟，分明是为妓院招兵买马，月娘死生不与，绣春才借此逃过"色"劫。另一方面，我们要记得，后来东京翟管家来信索要西门庆的四个弹唱女子，迎春是"情愿要去"的一个，绣春则"要看哥儿，不出门"。月娘卖春梅、卖金莲，都使绣春去叫，可见送春消息。第九十二回，玉楼出嫁之前，要留下小鸾给月娘看哥儿，月娘推辞道："有中秋儿、奶子和绣春也够了。"这是最后一次提到绣春名字。可见迎春、绣春，实在是书中始终群芳之人。到了绣春，春光将逝，只好试图以"绣"留住。把花朵刺绣在锦缎上，以为庶几可以长久了，但如今竟然一总归于古寺缁衣，绣衣又成何用哉。

书中写瓶儿与西门庆初次云雨，迎春偷窥；西门庆与奶子如意儿偷情，次日又写"迎春知收用了他，两个打成一路"。迎春、如意儿都是财色世界中人，每有酒色、索要东西、闹气之事，总是和这两个相关，绣春从不在数内。无怪迎春求去，如意儿嫁了来兴，绣春独独出家：想这个娇痴的小女儿别有慧根，长大后并不贪恋红尘。

绣春跟了王姑子出家，没有跟薛姑子：王、薛二尼相比，王姑子还算厚道一些，而且薛姑子有两个徒弟妙凤、妙趣，绣春非其同侪。

绣春出家之后，月娘手下的使女只剩下中秋和小玉。中秋是月亮最圆满之时，小玉暗喻月之削弱，中秋过后的自然趋势。因此此回一起头，即写八月十五月娘生日，写叫中秋儿倒茶不应，写月娘亲自走来找，却看见玳安与小玉正"干得好"。

薛嫂为月娘说项，月娘本来许给薛嫂五两银子，后来只给三两；然而同回之内，西门庆当初借给吴典恩一百两银子，明明连文书也没收他的，月娘偏偏记得一清二楚。这些地方，处处看出月娘为人。

第九十六回

春梅姐游旧家池馆　杨光彦做当面豺狼

（春梅游玩旧家池馆　守备使张胜寻经济）

一　鬼王头，菩萨面

　　此回借春梅故地重游，悼亡感旧，写出西门庆花园的荒凉景象。花园者，是金、瓶、梅三人的栖身之地，是西门庆、金莲、瓶儿、蕙莲、桂姐、春梅、如意云雨欢会的所在。难怪春梅与月娘一席感叹兴亡盛衰的谈话，重点集中在"床"上：床是云雨之所在，也是艳情的象征。金莲的床、瓶儿的床，都在第二十九回中写出：彼时吴神仙刚刚相面完毕，春梅相得好，心中欢喜，西门庆扶着她的肩膀来找金莲，金莲正在那张新床上午睡。如今已经人去楼空。金莲的床陪送给了玉楼，可以想见玉楼与李衙内的春光旖旎。至此，第二十九回的预言已全部应验。

春梅来看园子，先走到李瓶儿这边，后来到金莲这边：料想金莲的房里必然野草荒凉，伤心惨目，所以似乎可以在瓶儿处先做一番心理准备；而越是到了跟前，越是心里有些畏惧，越是要想办法延宕一番。所谓近乡情更怯，不敢问来人，就是这个意思。

这样销尽人世炎凉念头的今昔对比，还是不能阻碍月娘"递酒安席""安春梅上座"的举动。园子的荒凉固然是十分悲哀的景象，但是庭院的荒芜与月娘炎凉举动之间的对比，还有春梅的"一朝得意"，其实比人去楼空的"千古伤心"更加令人觉得可哀。

此回花园一赋，与十九回花园刚刚建成时的一赋对比。众多地名，必定要特特点出卧云亭、藏春阁：藏春阁雪洞书房固然是一个重要的地点，卧云亭也是众妻妾常常下棋之处，又特与春梅相关：二十七回中，金莲在葡萄架下与西门庆云雨，春梅远远看见，便走到假山顶上卧云亭那里弄棋子耍子，映出少女的一腔不快。而西门庆大踏步去把春梅擒了回来，轻轻抱到葡萄架下，后来春梅直待西门庆睡着，才悄悄从藏春阁雪洞走开。如今，却都成为狐狸与黄鼠往来的去处了。然而十九回中的花园一赋以"芍药展开菩萨面，荔枝擎出鬼王头"二句结尾，似乎可以用作《金瓶梅》尤其是绣像本《金瓶梅》的小结：盖万紫千红之中，无不埋伏着鬼王的阴影，作者要求于读者的却不是菩

春梅姐游旧家池馆

萨面（如果是菩萨面，则作者在二十八回明言金莲打扮得犹如活观音一般），而是菩萨心。

敬济再次沦落，亏得一个"精着两条腿，靸着蒲鞋，阿兜眼，扫帚眉，料绰口，三须胡子，面上紫肉横生，手腕横筋竞起，吃得愣愣怔怔"名唤"飞天鬼侯林儿"的人物救济，安排在城南水月庵做土工，起盖迦蓝殿。敬济所做的工程，所遭遇的人物，正是菩萨、鬼王余意。

侯林儿直把敬济作为老婆相待："我外边赁着一间厦子，晚夕咱两个就在那里歇，做些饭打发咱们的人吃，把门你一把锁锁了，家当都交与你，好不好？"敬济立刻答说："若是哥哥这般下顾兄弟，可知好哩！"到这个地步，敬济只忧虑这工程做得长远不长远，唯恐哪一天工程做完了，又该流落街头了。而侯林儿把一间破厦子里的东西称为"家当"，郑重其事地把钥匙交给敬济掌管；又写在铺子里吃饭，侯林儿问陈敬济吃面还是吃饭，"面是温淘，饭是白米饭"。敬济答曰我吃面，遂叫了两碗面上来。这真是像绣像本评点者说的，穷话富说，说得可笑。而越是穷话富说，越显得彻骨地贫穷。

此书自始至终写吃酒，直到在这个小酒店里，量了两大壶"时兴橄榄酒"，两个说话之间，你一盅，我一盏，把两大壶都吃了。第三十八回中，西门庆在夏

763

提刑家吃酒，嫌他家自造的菊花酒馊香馊气的，没大好生吃，来到李瓶儿房里，特意命取葡萄酒来。同回又写在王六儿家，嫌她打来的酒不上口，特意带来一坛竹叶青。哪里想到昔日每餐陪侍的女婿，如今在小酒店吃橄榄酒乎？郑培凯在《金瓶梅词话与明人饮酒风尚》一文中考证《金瓶梅》饮酒种类极详审，可惜未谈到此处的橄榄酒。侯林儿只吃了一碗面，敬济倒吃两碗，正照第五十二回中，西门庆请应伯爵、谢希大吃面，两人登时狠了七碗，而西门庆两碗还吃不了的情形。善于效仿的《红楼梦》特意写出一个刘姥姥，正是为了借刘姥姥陪衬宁荣二府的豪华气象——每写贾母、宝玉、姐姐妹妹们吃饭，必以"油腻腻的，谁吃这个！"或"只用汤泡饭，吃半碗就不吃了"出之，而刘姥姥则动辄吃去半盘子。

水月庵头陀叶道为陈敬济相面，不仅补足以前只有陈敬济不曾被相过面的漏洞，而且再次与第二十九回相照应，造成结构上的和谐。

二　金八吉祥儿

春梅给孝哥儿一副金八吉祥儿做生日礼物。金八吉祥儿是佛家八种宝物，过去常常被当作织物上的花纹图案，取其吉祥之意。这八种器物分别是法轮、盘长（百结）、舍利壶、莲花、天盖、宝伞、金鱼和法螺。
法螺唤醒众生，提醒信徒祷告；金鱼取其"有余"；宝
伞与天盖都寓言保护；莲花出污泥而不染，也是西方
净土供佛的花；舍利壶或净瓶象征纯洁或生命之雨露；
盘长（百结）意谓长生不老，佛对人连绵不绝的关爱
慈悲……这种金八吉祥，想必是用金做成的八种小饰
物结在一起，佩戴在小孩子身上以求吉避邪。月娘好
佛，这种饰物可谓投其所好，是春梅颖悟的地方（因
为除了金八吉祥，还有普通的八宝或者道家的吉利物
八仙可以给），但是也预兆了孝哥出家的命运。

　　本书最后一回，写孝哥实则是西门庆转世，每读
至此，回味孝哥两次见到春梅，月娘要他唱喏便唱喏；
如意儿抱他去金莲坟上看望，回来就发热发烧；在印
子铺里见到敬济，便"哇哇的只管哭"：种种反应，都
不由得让人好笑起来。

第九十七回

假弟妹暗续鸾胶　真夫妇明谐花烛

（经济守御府用事　薛嫂卖花说姻亲）

一　真与假

春梅认敬济为姑表兄弟，瞒过丈夫周守备，这个
情节在绣像本里面有特殊的意义。因为绣像本以真假
兄弟开头全书，写到结尾，再次大书特书"真假"二
字，唤醒我们注意人与人关系里面的真与假。而如果
按照儒家思想来说的话，这一回又是对"正名"的翻
案：春梅与敬济，无姐弟之实，而有姐弟之名，有姐
弟之名，而行夫妇之实。绣像本回目以假弟妹对真夫
妇，自然是暗斥敬济、春梅乃假夫妇耳。对照敬济光
明正大、名正言顺地娶葛小姐，夫妇名实相符，实在
有天壤之别。玉楼再嫁、三嫁，都是光明磊落，从来
没有失去过尊严，特别为作者所赞许；雪娥嫁来旺本

766

身并无罪过可言，其作孽处在于采取了偷鸡摸狗的手段而已。

正如张竹坡所言："夫一回热结之假，冷遇之真，直贯至一百回内。"此书有假兄弟（绣像本之十兄弟是也），假父子（蔡京与西门庆，西门庆与王三官是也），假母女（月娘与桂姐，瓶儿与银儿），假夫妇（所有通奸偷情者），假姐妹（众妾呼月娘为大姐姐），此回再加上一个假姐弟，则众"假"一时俱足。

姐弟关系的对面就是兄弟关系：春梅与敬济认假弟妹，为《金瓶梅》这部对"兄弟"关系的寓言再次加上一笔。《金瓶梅》之前的小说如《水浒传》《三国演义》甚至《西游记》，无不围绕"兄弟"关系展开，因为兄弟既是五伦之一，而且兄弟关系泛指男人与男人之间的关系，除了君臣、父子之外，是一个父权社会里社会政治经济关系最主要的组成部分之一。但是，如果《水浒传》《三国演义》《西游记》都是从正面论述兄弟情谊，那么《金瓶梅》便是对这种正面论述的颠覆。因此，借着敬济娶真妻子，带出西门庆假兄弟中最主要的一个应伯爵的结局：薛嫂为敬济说媒，提到"应伯爵第二个女儿，年二十二岁"，春梅嫌应伯爵死了，其女在大伯手里聘嫁，没有什么陪嫁，不答应。按，第六十七回中应伯爵生子向西门庆告贷，顺便说出大女儿是依靠西门庆的帮助才嫁出去的，"眼见的这第二个孩儿又大了，交年便是十三岁，昨日媒人来讨帖儿，我说早哩，你且去着"。又说，"家兄那里是不管的"。这处伏笔至此有了下落。

二　应伯爵次女的年龄与此书日期的寓言性

春梅为敬济说亲，在西门庆死后第四年，这个女儿在西门庆死的那年才交十三岁，不可能长得这么快。正如张竹坡所说，此书在日期方面极细，在年代方面粗疏。然而这是小说，不是史书：此书最后结爱姐入"湖州"，湖州者，胡诌也。因此，凡年号、干支、时间错误处，应视为作者有意做作，不一定是谬误，更不能就把这个当成"累积型"写作过程的最好证明。不然，何以作者于此书前后细节，连一个小小的人名如刘学官都念念不忘，俾其遥相呼应，唯有对于有明显记号的年代却如此糊涂？对伯爵自称"家兄是不管的"这样的话，作者还注意照应，交待说伯爵的次女在大伯手里聘嫁，没有什么陪送，何以唯独对于"交年便十三岁"这样的话却有失照顾？张竹坡所谓"特特错其年谱"，《金瓶梅》正应作如是读。盖故意把人物年纪、生辰、年代写得模糊混乱，以突出这部书的"寓言"与虚构性质也。

三　绣像本词话之别

绣像本与词话本比较，绣像本此回有一大段话一百一十三字，解释周守备既然当初与西门庆相交，何以不认识陈敬济，词话本无。像这样的地方，如果不提，很多读者可能都不会注意，但解释一番，合情合理，一来见得绣像本细致，注意上下文逻辑，更有写实作风；二来也可以使得绣像本比词话本简洁是因为商业原因的说法不攻自破：我们知道绣像本并不是处处都比词话本简洁，而且，也不是只为了简洁而简洁耳。

又，此回开始，春梅见到敬济，道："有雪娥那贱人在这里，不好安插你的，所以放你去了。落后打发了那贱人，才使张胜到处寻你不着。"对于词话本而言，这话并无要紧；对于绣像本而言，却到此处才从春梅嘴里揭破撵走雪娥的动机。

四　端午节

这一回，是全书最后一次详写过节。读者应该记得，这部书所写的第一个节日便是端午节，那么此书最后一个节日是端午，固其宜也。

想那第一个端午，金莲与潘妈妈（彼时还不叫潘

姥姥）在家里吃酒。西门庆来看她,从岳庙上为她买
来珠翠首饰衣服。王婆为他们打酒买菜,被一场大雨
浇了个透。金莲第一次为西门庆弹琵琶,先微笑自谦:
"奴自幼粗学一两句,不十分好,官人休要笑耻。"真
是千般温柔,万种娇媚;随后低低唱了一支曲子,把
西门庆喜欢得"没入脚处"。我若是男子,也早已经心
动神移!

　　如今,却只有春梅,在西书院花亭置了一桌酒席,
和孙二娘、敬济吃雄黄酒,解粽欢娱——这也是此部
写了十数种酒的书里,最后一次明写出酒的名目。当
下,"直吃到炎光西坠、微雨生凉的时分,春梅拿起
大金荷花杯来相劝"。我喜爱"炎光西坠、微雨生凉"
这八个字,然而微雨比起第六回中的倾盆大雨,已是
少了多少的气势;至于大荷花杯,完全是为金莲生发
的——金莲却又在哪里呢?作者唯恐读者忘记了金莲,
特意再写端午(当然也是为了衬托爱姐的出现),写大
金荷花杯,但读者又怎么能够忘记金莲呢。

　　《金瓶梅》,只是一部书而已。一部书,只是文字
而已。然而读到后来,竟有过了一生一世的感觉。

第九十八回

陈敬济临清逢旧识　韩爱姐翠馆遇情郎

（陈经济临清开大店　韩爱姐翠馆遇情郎）

一　秉义

　　敬济见到昔日朋友陆秉义，二人吃酒说话。陆秉义先是问敬济："哥怎的一向不见？"这分明是当初应伯爵在街上看见一向在家避祸的西门庆，问他如何一直不见的"装不知道"的口气。敬济也与他称兄道弟，完全是西门庆当年对待结义兄弟的口气。敬济与其狐朋狗友宛然是"小结义"，只不过敬济没有西门庆的能力，所以一直不成气候而已。

　　敬济告诉陆秉义自己一船货物被杨光彦拐去，落得一贫如洗："我如今又好了，幸得我姐姐嫁在守备府中。"这句"我如今又好了"，可怜和九十三回中对冯金宝所说的话一模一样。敬济生涯几次大起大落，两次陷入牢狱，两次做要饭花子，一次做道士，但是无论如何不能醒悟，只是一个"我如今又好了"说过数次，其中有多少痴迷！

陆秉义告诉陈敬济，杨光彦拐走敬济财物之后，在临清码头上开了一家酒店，吃好穿好，"把旧朋友都不理"。只这一句话，我们便知道为什么他会如此积极地为陈敬济出谋划策对付杨光彦：陆秉义想必是杨大郎"不理"的旧朋友之一。又对敬济说"夺了这酒店，再添上些本钱，等我在码头上和谢三哥掌柜发卖。哥哥你三五日下去走一遭，查算账目"云云。陆二哥其人，活脱脱跳到纸上矣。《论语》里面所谓"为朋友谋而不忠"，就是指这等表面上是为朋友谋利，实则借机为自己谋利者。谁说《论语》所提倡的德行是容易做到的呢！都说中国社会是儒家社会，但是又有谁可以大言儒家的理想曾经有一天成为过社会的现实呢！

敬济以守备府的名义，向提刑所两位提刑告状。如今的提刑，一是西门庆昔日的同僚何千户，一是张大户的侄儿张二官，读罢状子，立刻"要做分上"，把杨氏兄弟下到狱里，为敬济追回数百两银子。这其实也是公平的，因为杨氏兄弟的确吞没了敬济的货物。然而，正如这部小说多次向我们展示的，在一个社会，最悲哀的事情，不是邪恶借助人情与贿赂得以施行，而是就连正义，也必须借助人情与贿赂才能施行。

陈敬济临清逢旧识

二　两个五姐与两个六儿

此回后半，开始韩爱姐的故事。这个故事与冯梦龙《古今小说》（《喻世明言》）中的《新桥市韩五卖春情》雷同，已经被很多学者讨论过，然而，通过仔细的对比，我们会发现两个文本存在许多的差异，而这些差异对于理解《金瓶梅》这部长篇与冯梦龙的短篇都是很重要的。

敬济自从夺来谢家酒楼，每隔三五天便来算账做买卖。三月清明这一天，敬济在酒楼上，"搭扶着绿栏杆，看那楼下景致，好生热闹"（一年前，敬济被张胜找回守备府也是在三月，当时敬济正倚着墙根向着太阳捉身上的虱子）。此书前半特写元宵与重阳，后半特写清明与端午：元宵是热闹趋于冷淡，重阳是西门庆与瓶儿聚散的契机；清明是冷淡中有盎然春意，端午是爱姐生日也。

敬济眺望景色时，遇到从东京逃难来的韩道国、王六儿夫妇和他们嫁给翟管家做妾的女儿韩爱姐。原来蔡京被劾，家产抄没，翟管家下落究竟如何书中没有交待，想必也是树倒猢狲散，非死即流放。韩道国必写其"掺白须鬓"——与第三十三回中"五短身材，三十年纪，言谈滚滚，满面春风"相对照，写出世事沧桑。而爱姐已经从一个"意态幽花闲丽，肌肤嫩玉生香"的十五岁天真少女成长为一个"搽脂抹粉，生的白净标致"，一双星眼顾盼生情的二十余岁的少妇了。

话本小说中的女子排行第五，故称韩五姐，本名赛金，又被父母叫作金奴。《金瓶梅》中韩道国与王六儿的女儿，因为出生在五月初五端午节，因此被称为五姐，又叫爱姐。这里的问题是，倘使《金瓶梅》借鉴了话本小说，则我们必须假设作者早在第三十三回韩道国第一次出现时，就已经想好将来要使用话本故事，故此特别安排道国姓韩，以便使得韩五姐的姓名与话本小说符合。此外，两个文本虽然时时有重合处，也时时有分离处，往往几句重合，下面几句又分离。那么，这样的做法，的确比作者本人凭空虚构还要费力。但是如果话本借鉴《金瓶梅》，一短一长，就不消像《金瓶梅》借鉴话本一样，提前数十回安排人名，以求后来的符合。而且短本摹长本，剪裁容易得多。那么我们为什么不可以假定话本小说借鉴了《金瓶梅》呢？我们从沈德符的《万历野获编》中知道，冯梦龙在1609年就看过《金瓶梅》的抄本，而且十分喜欢。当然，还有一种可能，就是二者都来自第三源泉。

两个文本的重合，在于敬济（话本中的吴山）看到一家人搬入自己酒店的空房，因为看中了其中的年小妇人而转怒为喜（有些像当初西门庆被金莲放帘子打到头，本来要发怒，看到金莲之后转怒为喜）。韩五姐与母亲都是暗娼，五姐以拔下敬济头上的金簪而勾引敬济（吴山），后来敬济（吴山）在家，五姐写来情书，送给礼物，敬济（吴山）回信赠银，后来借口酒店算账，再次相访。

两个文本在细节与文字上其实存在很多差异，举不胜举，只拣几样比较重要的。比如话本中的男主角吴山有苦夏之病，在家灸艾火，许久没有来看望五姐；但《金瓶梅》只言敬济被妻子留住不放，而且"一向在家中不快"而已，并以来找爱姐为"避炎暑"。如果话本小说真的来自《金瓶梅》，那么吴山灸艾火甚至还很有可能是从爱姐的名字以及敬济身体不快和避炎暑的说法而产生出来的联想。韩五姐赠送的礼物，《金瓶梅》作鸳鸯香囊一个，青丝一缕，则是话本所无。这个鸳鸯香囊敬济一直带在身上，敬济被杀后，他的妻子便把香囊也殓在棺里了，成为韩五姐爱情的象征。话本小说里，五姐所写的情书特地点出"兹具猪肚二枚"；但在《金瓶梅》中，五姐没有送猪肚，而送了"猪蹄、鲜鱼、烧鸡、酥饼"数样食品，在五姐的情书中略作"兹具腥味茶盒数事"，措辞比话本的情书典雅了许多。又《金瓶梅》中爱姐的情书有一新鲜比喻，道："君在家自有娇妻美爱，又岂肯动念于妾？犹吐去之果核也。"还有"不能顿生两翼而傍君之左右也"一语，也是话本之情书所无。但是加上这两句，精彩顿生，比话本中程式化的情书要生动了许多，陈敬济的答书反而大大不如。陈敬济的回书则较话本多了一首打油情诗，写在一只手帕上面，后来被爱姐拿出当作表记，以取得春梅和翠屏对她的信任。综上所述，我们可以看出，《金瓶梅》中的韩五姐，实在比话本中的韩五姐要更聪慧、更文雅风流。而且最关键的，是对敬济有真感情：虽然我们读者现在还不知道这是否又一个冯金宝，但观照后文，我们知道爱姐的情书与眼泪与相思都是真正从心上流出的。

《金瓶梅》中的韩五姐，与潘五姐潘金莲有很多相似之处：一方面作者明说在陈敬济看来，韩五姐会弹唱，能读书写字，"就同六姐一般，可在心上"（这里特用六姐称呼金莲，是为了和韩五姐区别）；另一方面，金莲是西门庆的众多女人里面唯一会读书写字，唯一给他写过情书的（第八回，第十回），后来又频频写情书给敬济以传情。至于送上青丝一缕，鸳鸯香囊一个，则又俨然得自金莲的镜像王六儿的传授：西门庆临死前，王六儿送给他的正是以青丝缠为同心结的两根锦带（映照潘六儿的白绫带）和一个鸳鸯紫遍地金顺袋儿。因此，《金瓶梅》中的韩爱姐，既是两个六儿的影像，也是她们的翻案：爱姐与陈敬济的遇合虽然和金莲与西门庆的遇合十分相似，也和王六儿依靠色相养家之目的相同，但是动了真情，爱上敬济。敬济在时，不肯接别的客人，敬济死后，一心为之守节，甚至不惜为此刺瞎一目，则不仅与两个六儿正好相反，也远远不同于话本小说里面的韩五儿了。

爱姐的名字颇有深意，但是首先是一个应节的名字：爱谐音艾，爱姐生在五月五日端午节，旧俗这一天家家户户以艾草扎为人形，悬在门上，以除邪气；或采艾草制成虎形饰物，佩带在身上除邪；或剪彩为虎，用艾叶贴在上面，这便是第五十一回中李瓶儿为官哥儿做的"解毒艾虎儿"。中医用艾炷熏灸穴位，称"艾灸""艾焙"，治疗疾病。因此，张竹坡认为爱姐的名字富有象征意义：以"艾火"治病，以比喻改过，而艾（爱）火尤可治疗淫佚，因为真正的爱情是之死矢靡他的。

韩道国在第三十三回首次出现时，也正是湖州丝绵客人何官人第一次出现时。当时，正因为何官人发卖给西门庆五百两丝线，西门庆才在狮子街开起绒线铺，用了韩道国做伙计。韩道国、王六儿、何官人、西门庆的命运，始终紧紧地联系在一起。在此回，王六儿认出陈敬济，依然以"姑夫"称之；何官人则勾搭上了王六儿。

按照词话本所说，王六儿已经"约四十五六"（绣像本作"年纪虽半"——将近半百之意），但风韵犹存，依然"描的大大水鬓，涎邓邓一双星眼，眼光如醉，抹的鲜红嘴唇"，"约五十余岁"的何官人看在眼里，便料定"此妇人一定好风情"，真是所谓的会家看门道者。六儿的年龄，在古典小说中所描写的放荡女人里，算是相当惊人（除了《如意君传》中的武则天之外），但是在实际生活中却根本不算什么。何官人与王六儿打得火热，以致下回遭地头蛇刘二的骚扰：这种中年的买淫与卖淫，又是找的私窠子，韩道国甚至在一边陪酒，还帮着去外面买果菜，全无少年公子在青楼寻花问柳的艳丽风流，极为暗淡和写实。作者真是能写，敢写。比起这部书来，无数才子佳人传奇小说都好似哄幼稚园小朋友的童话片。

第九十九回

刘二醉骂王六儿　张胜窃听陈敬济

（刘二醉骂王六儿　张胜忿杀陈经济）

一　敬济之死

　　那敬济光赤条身子，没处躲，只搂着被，吃他拉被过一边，向他身就扎了一刀子来，扎着软肋，鲜血就邀出来。这张胜见他挣扎，复又一刀去，攘着胸膛上，动弹不得了。一面采着头发，把头割下来。

　　这是何等惊心惨目的描写！作者必须有怎样的坚忍，怎样的笔力，才能把一个我们如此熟悉的人物，如此结果在张胜的刀下？虽然是一个像敬济这样混账的青年，这样的痴迷，这样的不知改悔、不知感恩，但是，这样的惨状，我们还是情不自禁要掩了脸，不愿意看它，不愿意想它，不愿意听它。

我不想加入猎求《金瓶梅》作者的行列，但是，在这样的时候，我情不自禁地想要知道《金瓶梅》的作者是怎样的一个人：一个有着神一样的力与慈悲的人。没有这样的力，也就不可能有真正的慈悲。一切没有"力"的慈悲，都是道学先生的说嘴，都是无用的，繁琐小器的，市井人的。

二 张胜

杀死敬济的张胜，本是十九回中因为大闹了太医蒋竹山的生药铺，被西门庆推荐到周守备府的。在十九回中，张胜伙同鲁华捣乱蒋竹山，两人一唱一和，但是明显看出张胜是耍嘴的，鲁华是出力的。张胜在守备府和李安一起干事，又处处显得比李安机灵有主意，比如为春梅安葬金莲的尸首，比如为春梅找回陈敬济，比如善于索讨贿赂，比如和为娼的孙雪娥续上旧情，纵容自己的小舅子在外打着守备府的招牌胡作非为。这些都是与李安不同处。但张胜聪明反为聪明误，杀死敬济之后，被李安只消一脚一拳便打翻在地——我们并不惊讶，因为张胜向来没有什么真本事，是动嘴不动手者。但就是这么一个小小的角色，金瓶作者也绝不马虎从事，而且写一张胜，便有鲁华、李安二人陪衬，三人性格摹写得各各不同。

刘二醉骂王六儿

三　其他

爱姐思念敬济，题诗抒情，绣像本只录一首："倦倚绣床愁懒动，闲垂锦帐鬓鬟低。玉郎一去无消息，一日相思十二时。"无题。词话本录四首，分别冠以"春、夏、秋、冬"四个题目，第一首与绣像本基本相同。与后面三首诗不同的是，第一首没有明显的季节标志，只能以"怀春"或"春困"勉强解释之。从这首诗里我们再次看到绣像本和词话本的不同倾向：词话本虽然在物质细节上比绣像本具体而丰富，自有其好处，但是这里爱姐题诗一首抒发相思，还比较合乎人物所处的情境与心理；题诗四首，又以春夏秋冬为题，则除了落入才子佳人传奇的恶套之外，并不能达到传神的目的。

敬济在爱姐房里睡觉，被刘二打闹惊醒，唤了两个主管来问。词话本作"两个都面面相觑不敢说，陆主管嘴快，说"云云，绣像本作"两个主管隐瞒不住，只得说"云云。不敢说，不敢得没有道理，因为刘二只不过是守备府虞侯张胜的小舅子，而敬济倒是守备本人的小舅子也。何况王六儿已经先向敬济诉过苦，这里敬济不过是证实其事而已。作"隐瞒不住"较近实。

守备周秀据说是"老成正气"的人，后来又在与金兵对敌时阵亡，饶是这样为国捐躯的忠臣，在济南做了一年官,"也赚得巨万金银":《金瓶梅》刻画人物,从不单薄。

春梅、翠屏在给敬济上坟时遇到爱姐,爱姐执意要跟着春梅、翠屏入守备府守节,妙在"翠屏只顾不言语",而春梅劝解说,怕你年轻守不住。春梅劝爱姐,而说出自己心事;翠屏不言语,因为见到丈夫有这么一个外室,一心要给丈夫守节,心里正如打翻了五味瓶也。

第一百回

韩爱姐路遇二捣鬼　普静师幻度孝哥儿

（韩爱姐湖州寻父　普静师荐拔群冤）

　　本回之中，全书一直酝酿的社会政治危机终于发作，靖康之难起，"官吏逃亡，城门昼闭，人民逃窜，父子流亡。但见烟尘四野，日蔽黄沙，男啼女哭，万户惊惶。正是得多少宫人红袖泣，王子白衣行"。韩爱姐怀抱月琴，一路上弹唱小词曲，向湖州找寻父母。《金瓶梅》到此，把国与家这两条一直并行的线索入到了一起，写国如何破，家如何亡，父子母女，不得相顾，使得这部大书有一个极为沉重苍劲的结局。

　　月琴，是孟玉楼擅长的乐器，第七回中，西门庆正因为听说玉楼会弹月琴而深受吸引，后来金莲又向玉楼学习月琴；二十七回中，正是以玉楼的月琴，伴奏众人合唱那一曲感叹光阴飞逝、人生几何的《梁州序》。弹唱，则是本书贯穿始终的娱乐形式。然而无论月琴，还是弹唱，都未有像这样悲哀凄惨的。爱姐走到徐州地方，投宿在一个老婆婆家，巧遇做挑河夫子的叔叔韩二，当时老婆婆给这些挑河夫所做的饭食是"一大锅秫稻插豆子干饭，又切了两大盘生菜，撮上一包盐"。在喜欢描写饮食的《金瓶梅》中，这是最后一次详写食物，而全书从未见过有如此粗糙恶劣的："爱姐呷了一口，见粗饭不能咽，只呷了半碗就不吃了。"那几个挑河汉子，"都蓬头精腿，裈裤兜裆，脚上黄泥"，全书描写衣饰，也从未有见过如此暗淡的。

绣像本《金瓶梅》的第一百回与第一回，在种种方面形成对照、接应，结构安排，极尽匠心。在此我要重复强调在前言中提出的观点：绣像本是一个非常独特的版本，它与词话本最大的差异：一是美学的，二是意识形态的。虽然第一百回在两个版本里面差距不大，但是绣像本第一回与词话本第一回的巨大不同，使得它的第一回与第一百回之间产生了完全不同的复杂联系，而这种复杂联系，又巧妙地成为绣像本《金瓶梅》与词话本《金瓶梅》不同的哲学思想的表达。

绣像本第一回，以一段叙述者的入话开始，开宗明义提出据说是道号纯阳子的吕岩也即吕洞宾写的一首诗，警告世人不要沉溺女色，随即缕陈世人对于酒色财气特别是财与色的沉迷，以及财色给人带来的伤害。入话最后得出结论是："只有《金刚经》上说得好，

他说道：如梦幻泡影，如电复如露。……到不如削去
六根清净，披上一领袈裟，参透了空色世界，打磨穿
生死机关，直超无上乘，不落是非窠，倒得个清闲自
在，不向火坑中翻筋斗也。"继此之后，我们看到西门
庆在吴道士主持的玉皇庙进行兄弟结义，去之前，从
谢希大口中，我们得知"咱这里无过只两个寺院，僧
家便是永福寺，道家便是玉皇庙"。西门庆认为"这结
拜的事，不是僧家管的，那寺里和尚，我又不熟"，于
是定下玉皇庙。第一回与最后一回在结构上的照应，
首先便表现在玉皇庙、永福寺的对峙：月娘逃难，被
普静和尚拦住，带往永福寺，在那里，普静超度亡魂、
点化孝哥。其实，详观第一回，我们在西门庆结义十
兄弟的疏文中，已看到永福寺幢幢的阴影："伏愿自盟
以后，相好无尤，更祈人人增有永之年，户户庆无疆
之福。"所谓有永之年、无疆之福，便是对于西门庆、
花子虚等寿命不永、繁华不常的讽刺性预兆，而其中
"永""福"二字，更是跃跃欲出，伏笔如伏兵，时机
一到便冲杀出来。

　　词话本《金瓶梅》的第一回，只强调女色对人的
戕害，因此以一个"虎中美女"的鲜明意象开头。但
是在绣像本《金瓶梅》中，因为有叙述者在入话中对
于这个如梦幻泡影的世界所做的一番哲学思考，使得
孝哥的出家不再仅仅是上天对西门家的惩罚（断绝其

后嗣），也不再是一个方便的叙事工具和结束手段，而成了作者对世界的严肃回答。红楼主人正是受到这种思想的激发，才给贾宝玉安排一个出家的结局，而且必要一僧一道与他并行。正如绣像本《金瓶梅》以吕洞宾的诗与玉皇庙开头，而以普静和尚的禅偈与永福寺结束也。

第一回，叙述者提出"酒色财气"四字的厉害，但是特别强调其中的"财"与"色"："请看如今世界，你说那坐怀不乱的柳下惠，闭门不纳的鲁男子，与那秉烛达旦的关云长，古今能有几人？……这财色二字，从来只没有看得破的。"然而在最后一回的开头，作者却写出一个李安——在春梅对他财与色的双重诱惑之下，能够听从母亲的话（作者特别点出"李安终是个孝顺的男子"），拒绝财色诱惑，远远离开是非之地。想到第一回中作者的感叹，李安这个少见的正面人物形象构成了全书结构的第二层照应，而且，李安是一个儒家的典范，他对母亲孝，对守备义（离开守备府，正是因为不想屈服于春梅而背叛守备），不为财色所迷。他与前文的王杏庵老人同是作者所心仪的为人处世的楷模。然而，读者了解李安的正面品质之时，也正是他的消失之日。于是我们想到《水浒传》一开头，便写出一个孝子：八十万禁军教头王进。这个王进受到太尉高俅的迫害，带着老母，远走高飞，从此消失于本书之中。《金瓶梅》中的孝子，则出现在全书之末，这个神龙见首不见尾的角色，与《水浒传》中的王进有异曲同工之妙。

此书的第一回，"西门庆热结十兄弟，武二郎冷遇亲哥嫂"，以兄弟、哥嫂之情开始，而最后一回，仍以兄弟、哥嫂之情结束。在第一回中，西门庆结义的十兄弟，对照武大、武松一对亲兄弟。西门庆的妻子月娘，对照武大的妻子金莲：西门庆和帮闲们对结义极为热心，月娘——也就是这些结义兄弟们的大嫂——却对他们的结义颇有微词；武氏兄弟相遇，似乎互相没有什么话说，但武松的嫂嫂金莲却对武松热情非常。在这最后一回中，十兄弟的传记终于全部写完，其他的兄弟都实写，唯有云理守是虚写：月娘携带家人，携带着从瓶儿处得来的一百颗胡珠去投奔云理守，但是在月娘那个预言性的梦里，云理守却杀了吴二舅、玳安、孝哥儿，逼迫月娘和他成婚，完全背叛了结义兄弟的誓言。不过，月娘携带的珠子，既然是瓶儿的遗物，那么这一点隐隐提醒我们西门庆当初如何对待自己的结义兄弟花子虚。月娘在梦中受到云理守的逼迫，其实云理守也不过是效法结义大哥西门庆而已。

另一方面，第一回的"冷遇"二字在第一百回里也得到照应，这反映在绣像本与词话本十分不同的回目里面："韩爱姐路遇二捣鬼"（而不是词话本的"韩爱姐湖州寻父")。绣像本把读者的注意，通过回目的大书特书，吸引到兄弟的关系（韩二与韩大）上，也吸引到叔侄的关系上，这是耐人寻味的。前面说过，韩家兄弟是武家兄弟的镜像，那么爱姐与二捣鬼的关系，其实也是武松与侄女迎儿关系的反照：武松待迎儿之无情，正衬托出二捣鬼对侄女爱姐的有情。武松当初弃迎儿而去，临走时迎儿说："叔叔，我害怕。"武松却说："孩儿，我顾不了你了！"又把王婆箱笼里面的银子全部拿走，并些钗环首饰之类，也"都包裹了"，完全没有给迎儿留下一点钱养赡自己，也不考虑哥哥武大唯一一点骨血的未来前途，还要靠邻居姚二郎将其遣嫁——必称姚二郎者，是为了刺武二郎之心也。武二只知道杀死金莲、王婆，发泄自己的仇恨（包括被西门庆流放他乡的仇恨），却不能抚养哥哥的遗孤，作者对此是颇有微词的。因此，为我们设计了韩二与爱姐相逢的场面："两个抱头哭做一处。"相互诉说各自的经历，韩二又"盛了一碗饭，与爱姐吃"。这样的话，这样的手势，蕴涵着许多的亲情与人情，远远比武松的残忍无情更加感人。作者借韩二与爱姐的路遇，再次向读者暗示了为什么与武家如此相似的韩家却独独能生存下来。同时，我们也不要忽略了作者的寓言：两个"捣鬼"，结于"胡诌"。作者明明在告诉读者：这是"满纸荒唐言"而已。于小说之中指出小说的性质，谁又能说，《金瓶梅》不是中国第一部自觉的"后设小说"（metafiction）？

爱姐割发毁目，出家做了尼姑，是绣春出家的延续，也是孝哥出家的前奏。

最后必须指出的一点，是一部《金瓶梅》以秋日起，仍以秋日结。盖人人皆知《金瓶梅》对时间和季节的叙述，十分地经意，十分地用心，因为《金瓶梅》是一部小型的史书。其中历史年代错乱颠倒处，与人物年龄的偶尔错落处，不足视为作者疏忽或者拼凑版本的证据：一方面作者欲造成亦真亦幻的效果，一方面读者看书，在日期方面也不宜过于呆滞，取其大意可也。绣像本《金瓶梅》一开始，就极其明确地标识出时序，我们要提醒读者，本书男主角西门庆所说的第一话，就是"如今是九月廿五日了"。九月二十五日，已经是深秋。第一百回则冬天开始。"一日，冬月天气，李安正在班房内上宿"云云。正月初旬，周统制搬取春梅母子到东昌任所；五月初七，周统制阵亡；六月伏暑天气，春梅"鼻口皆出凉气"而死（此书最后的一次炎凉对比）。从此以后，书中就不再明写时间，然而当我们读至永福寺中普静夜间念经超度屈死冤魂一节，我们看到八个字"金风凄凄，斜月朦朦"。金风，就是秋风，则时序非秋日而何哉！甚至当我们细看绣像本插图时，我们也会注意到在爱姐路遇韩二的绣像插图上，树叶零落，正是深秋景色。秋在五行里属金，正宜此时的金戈铁马，万物凋丧，然而普静超拔冤魂，书中所有的死者一一前来，化解冤孽，各自前去，投胎托生，则世道转回，转又生生不息。

《金瓶梅》是一部秋天的书。秋天是万物凋零的季节，却也是万物成熟丰美的季节。《金瓶梅》既描写秋天所象征的死亡、腐败、分离、凋丧，也描写成年人的欲望、繁难、烦恼、需求；它不回避红尘世界令人发指的丑恶，也毫不隐讳地赞美它令人销魂的魅力。一切以正面、反面来区分其中人物的努力都是徒劳的，《金瓶梅》写的，只是"人"而已。

那天晚上，在永福寺里，佛前烧着一炉香，点着一大盏琉璃海灯。三更时，便是佛前海灯也昏暗不明：这正是人世苦海的象征。《金瓶梅》是一部何等喧嚣的书，然而此时人烟寂静，万籁无声。《金瓶梅》是一部何等犀利无情的书，然而此时普静和尚发慈悲心，施广惠力，荐拔幽怨的魂灵。另一方面，月娘"睡得正熟"，梦见云理守杀死了吴二舅、玳安与孝哥，逼迫她成亲。当她因为孝哥的鲜血而大叫一声醒来，发现却是"南柯一梦"。普静和尚在禅床上高叫："那吴氏娘子，你如今可醒悟得了么？"

普静用禅杖向沉睡的孝哥头上一点，却是"西门庆项戴沉枷，腰系铁索"。绣像本评点者在此问道：

普静师幻度孝哥儿

"往沈通家为次子者是谁？"——然而一部《金瓶梅》，通是捣鬼、胡诌、小说而已，如果这么认真起来，是不是都好像那摇扇看电视的男子、妇女们，时而用扇子指点着屏幕，大叫"你怎么那么傻"呢。

"良久，孝哥儿醒了"，张竹坡评道："安得天下为人子者，皆有醒了之日哉。"张竹坡念念不忘他的"苦孝说"，其实这句话，就好像普静和尚问月娘的话，哪里局限于人子，而是作者以一部极是声色红尘的书，唤醒那沉迷于声色红尘的人而已。

月娘虽然不好色，但一生最好的是财物，最关心追求的便是后嗣，但是在最后一回，唯一的儿子被幻化而去，平时吝啬保守的家业反由玳安承继，月娘所有的，只是一个长寿和善终，但是夫死子亡，感情没有寄托，生活终无意趣。作者对那些淫荡贪婪的和尚姑子深恶痛绝，也并不喜欢月娘平时烧香拜佛而不能理解佛经真谛的愚昧，因此当作者说月娘的结局"皆平日好善看经之报"——这个报，应该理解为善报，还是恶报，抑或是"难言也"？实在耐人寻思。

月娘不是一个可爱的人物。但是，作者对这样一个人物，也还是有深深的慈悲。这种慈悲，并不表现在月娘的结局里（因为月娘的结局实在是模棱的），而表现在月娘不舍得孝哥出家的哀哀大哭中。我们记得王六儿在离开爱姐时，"哭了一场又一场"的深切悲伤，以及那一句"做父母的，只得依他"，有着身为父母对儿女的怎样无奈的爱与悲哀。

当我们能够同情韩道国与王六儿的时候，我们也就能够同情月娘——一个贪心的、小器的女人，在失去她的爱子的时候，是怎样因为白白"生受养他一场"而恸哭。作者把一个他可以写得如此不可爱的女人，写得如此令人哀怜，这正是《金瓶梅》最大的特色，我相信，这也是金瓶作者最希望他的读者领悟的地方。

最后，且让我们再一次对比一下绣像本与词话本。就比较一下第一百回的卷首诗。先看词话本的：

> 人生切莫将英雄，术业精粗自不同。
>
> 猛虎尚然遭恶兽，毒蛇犹自怕蜈蚣。
>
> 七擒孟获恃诸葛，两困云长羡吕蒙。
>
> 珍重李安真智士，高飞逃出是非门。

再看绣像本的：

> 旧日豪华事已空，银屏金屋梦魂中。
>
> 黄芦晚日空残垒，碧草寒烟锁故宫。
>
> 隧道鱼灯油欲尽，妆台鸾镜匣长封。
>
> 凭谁话尽兴亡事，一衲闲云两袖风。

　　诚然，我们不知道绣像本和词话本的作者，但是他们的不同，他们对《金瓶梅》这部小说整体结构与思想框架的不同构想，在这两首诗里看得再清楚不过了。

　　词话本的作者，用的是他一贯的忠厚口气，谆谆地劝告读者不要这样，不要那样——这里，把着眼点放在李安身上，以他的离开，劝戒读者不要逞强，要善于见机行事，及时脱出是非圈子，保得一己的平安。而绣像本的作者——他的口气却真个是大，他的境界真个是宽广，放眼看到整个一部书的前因后果，来龙去脉。我同情词话本的作者：他似乎还不能相信，这样的一部大书，就此完结了。他把李安提出来装幌子，因为抓住一个李安，似乎可以造成这最后一回和前面九十九回并无不同的假象；似乎只看细节与局部，不看全体，就可以忘记沧海桑田的悲凉。但是绣像本作者未曾有一时一刻是不睁着眼睛看现实的。于是在绣像本第一百回的卷首诗里，我们再次被提醒这部书是如何从豪华锦绣写到碧草寒烟。一篇七言律诗里，两个"事"字，两个"尽"字，两个"空"字，总括了《金瓶梅》的全部：我们中国的百姓，就在这"豪华事已空"的大背景下，一代一代生死，一代一代歌哭。

参考文献

一、原著

戴鸿森校点：《新校点本金瓶梅词话》，香港，中国图书刊行社 1986 年版。

齐烟、王汝梅校点：《新刻绣像批评金瓶梅》，济南齐鲁书社、香港三联书店 1990 年联合出版。

秦修容整理：《金瓶梅会评会校本》，北京，中华书局 1998 年版。

郑振铎等校勘标点：《水浒全传》，北京，人民文学出版社 1954 年版。

冯其庸纂校订定：《重校八家评批红楼梦》，南昌，江西教育出版社 2000 年版。

二、评论

1. 中文专著

蔡国梁著：《金瓶梅考证与研究》，西安，陕西人民出版社 1984 年版。

丁朗著：《〈金瓶梅〉与北京》，北京，中国社会出版社 1996 年版。

马征著：《〈金瓶梅〉中的悬案》，成都，四川人民出版社 1994 年版。

孙述宇著：《金瓶梅的艺术》，台北，时报文化出版事业有限公司
　　1978 年版。

王汝梅著：《金瓶梅探索》，长春，吉林大学出版社 1990 年版。

姚灵犀著：《瓶外卮言》，天津，天津书局 1940 年版。

朱星著：《金瓶梅考证》，天津，百花文艺出版社 1980 年版。

2. 中文评论文章集（包括翻译论文集）

蔡国梁选编：《金瓶梅评注》，桂林，漓江出版社 1986 年版。

胡文彬编：《〈金瓶梅〉的世界》，哈尔滨，北方文艺出版社 1987
　　年版。

黄霖、王国安编译：《日本研究〈金瓶梅〉论文集》，济南，齐鲁
　　书社 1989 年版。

王利器主编：《国际金瓶梅研究集刊》，成都，成都出版社 1990
　　年版。

徐朔方、刘辉编：《金瓶梅论集》，北京，人民文学出版社 1986
　　年版。

徐朔方编选校阅，沈亨寿等翻译：《金瓶梅西方论文集》，上海，
　　上海古籍出版社 1987 年版。

乐黛云、陈珏编选：《北美中国古典文学研究名家十年文选》，南
　　京，江苏人民出版社 1996 年版。

朱一玄编：《金瓶梅资料汇编》，天津，南开大学出版社 1985 年版。

3. 英文专著、文章、章节

Andrew Plaks, *The Four Masterworks of the Ming Novel*. Ch. 2. New
　　Jersey: Princeton University Press, 1987.

Katherine Carlitz, *The Rhetoric of Chin p'ing mei*. Bloomington:
　　Indiana University Press, 1986.

Martin W. Huang, *Desire and Fictional Narrative in Late Imperial China*, Ch. 4. Cambridge: Harvard University Press, 2001.

David Roy, trans. *The Plum in the Golden Vase. Vol. I*, "The Gathering". New Jersey: Princeton University Press, 1993.

三、金学研究专刊

中国金瓶梅学会编：《金瓶梅研究》，南京，江苏古籍出版社 1990 年版。

四、其他引用书目

陈鼓应注释：《庄子今注今译》，香港，中华书局 1995 年版。

董康编：《曲海总目提要》，上海，大东书局 1928 年版。

［唐］杜牧著，［清］冯集梧注：《樊川诗集注》，上海，上海古籍出版社 1962 年版。

［明］冯梦龙编：《古今小说》（《喻世明言》），北京，人民文学出版社 1984 年版。

［明］冯梦龙编：《醒世恒言》，北京，人民文学出版社 1984 年版。

［明］冯梦龙编：《情史》，上海古籍出版社 1990 年版。

［清］韩子云著，张爱玲注释：《海上花列传》，台北，皇冠出版社 1997 年版。

［南宋］洪迈著，何卓点校：《夷坚志》，北京，中华书局 1981 年版。

［明］洪楩编：《清平山堂话本》，上海，上海古籍出版社 1992 年版。

［南宋］皇都风月主人著：《绿窗新话》，台北，世界书局 1975 年版。

［唐］皇甫枚著：《三水小牍》，收于丁如明、李宗为、李学颖等校点：《唐五代笔记小说大观（下）》，上海，上海古籍出版社

2000 年版。

[明] 金圣叹评点：《金圣叹全集》第一、二卷，《贯华堂第五才子书·水浒传》，南京，江苏古籍出版社 1985 年版。

[南宋] 姜夔著，孙玄常笺注：《姜白石诗集笺注》，太原，山西人民出版社 1986 年版。

[北宋] 李昉等编：《太平广记》（全十册），北京，中华书局 1981年版。

[唐] 李复言著：《续玄怪录》，收于丁如明、李宗为、李学颖等校点：《唐五代笔记小说大观（上）》，上海，上海古籍出版社 2000 年版。

[北宋] 李清照著，王仲闻校注：《李清照集校注》，北京，人民文学出版社 1981 年版。

[明] 凌濛初著，章培恒整理，王古鲁注释：《拍案惊奇》，上海，上海古籍出版社 1986 年版。

[清] 刘鹗著：《老残游记》，北京，人民文学出版社 1979 年版。

[唐] 刘餗著：《隋唐嘉话》，收于丁如明、李宗为、李学颖等校点：《唐五代笔记小说大观（上）》，上海，上海古籍出版社 2000 年版。

逯钦立辑校：《先秦汉魏晋南北朝诗》，北京，中华书局 1995 年版。

屈万里著：《诗经诠释》，台北，联经出版事业公司 1983 年版。

[明] 沈泰辑编：《盛明杂剧》二集，台北，广文书局 1979 年版。

[明] 施耐庵著：《古本水浒传》，石家庄，河北人民出版社 1985年版。

[北宋] 苏轼著，庞石帚校订：《经进东坡文集事略》，香港，中华书局 1979 年版。

谭正璧著：《三言二拍资料》，上海，上海古籍出版社 1980 年版。

[五代] 王仁裕等著，丁如明辑校：《开元天宝遗事十种》，上海，

上海古籍出版社 1985 年版。

[清] 吴敬梓著：《儒林外史》, 济南, 齐鲁书社 1996 年版。

谢伯阳编：《全明散曲》, 济南, 齐鲁书社 1994 年版。

[陈] 徐陵编, [清] 吴兆宜注：《玉台新咏笺注》, 北京, 中华书局 1992 年版。

张爱玲著：《红楼梦魇》, 合肥, 安徽文艺出版社 1994 年版。

张爱玲著：《张爱玲小说集》, 台北, 皇冠出版社 1991 年版。

张爱玲著, 金宏达、于青编：《张爱玲文集》第四卷, 合肥, 安徽文艺出版社 1995 版。

[唐] 张鷟著：《朝野金载》, 收于丁如明、李宗为、李学颖等校点：《唐五代笔记小说大观（上）》, 上海, 上海古籍出版社 2000 年版。

[北宋] 周邦彦著, 吴则虞校点：《清真集》, 北京, 中华书局 1981 年版。

[清] 周亮工著：《书影》, 上海, 上海古籍出版社 1981 年版。

[南宋] 朱熹撰：《四书章句集注》, 北京, 中华书局 1995 年版。

原版后记

　　刚刚写完一部书的感觉，好像失恋：不甘心这么就完了，怎奈万般不由人。

　　《金瓶梅》里面卜龟儿卦的老婆子，对李瓶儿说：奶奶尽好匹红罗，只可惜尺头短些。这样婉转的比喻，我很是喜欢。但是红罗无休无尽，也未免惹人嫌，除非家里是开布店的，像孟玉楼的第一任丈夫那样。

　　《金瓶梅》里面的人物，男男女女，林林总总，我个个都爱——因为他们都是文字里面的人物，是写得花团锦簇的文字里面的人物，是生龙活虎的人物。这样的人物，我知道倘使在现实世界里面和他们遇见，打起交道来，我是一定要吃亏的。现在，他们被局限在书里，在我从小便熟悉的文字里，我可以爱得安心。

　　而且，现实生活诱人归诱人，却是混乱无序、万分无奈的。我并非悲观主义者，我其实相信只要人诚心地、坚持地祈求，神是会得赐予的；然而，我也知道，那得到的方式、过程与结果，却往往是"出乎意表之外"的。

但是在小说里就不同。一部好的小说，从开头第一个字到结尾最后一个字，都犹如一匹红罗上的花样，是精心安排的。《金瓶梅》里面的人物结局再凄厉，也有一种对称的、均匀的美感，好比观看一匹翠蓝四季团花喜相逢缎子，缎子上的花枝，因为是绣出来的，折枝也罢，缠枝也罢，总之是美丽的，使人伤感，却不悲痛的。

我从来不愿意买花插瓶，家里有鲜花的时候，往往是朋友送的（虽然看了下面文字的朋友，大概也断不肯再送我花了吧）。因为，姹紫嫣红的时候，固然是热闹惬意的，但是枯萎凋谢的时候，却拿它怎么办呢？学林黛玉葬花罢，也太肉麻了些，说来惭愧，只有把它扔进垃圾桶了事。我因此不愿买它，不愿插它，不愿想它凋残之后的命运——古诗不是说"化作春泥更护花"么，但这也是只限于文字的美，因为现实中的春泥，是令人难堪的。

像金莲死于武松的刀下，瓶儿死于缠绵的恶疾，两个美色佳人，死得如此血腥恶秽，就是在文字中看到，也是惊心动魄的，更哪堪在现实中亲眼目睹呢。

　　我常常记得，读大学的时候，一位教中国文学史的老师，在课堂上，皱着眉头，待笑不笑，用了十分悲哀无奈的调子，对我们说：《金瓶梅》，是镇日家锁在柜子里面的，因为，孩子还小啊。话甫出口，全体学生哄堂大笑了。

　　那时，我早已看过《红楼梦》不知多少遍，却没有好好地看过一遍《金瓶梅》。不是家里没有或者父母把它锁起来（何况我是最善于找到父母藏起来的书柜钥匙的），而是根本懒得看：打开一翻，真个满纸"老婆舌头"而已，而那些被人们神秘化的记述做爱的段落，没有一点点罗曼蒂克，在一个追求浪漫、充满理想的少年人眼中，无异罗刹海市——虽然，不是《金瓶梅》，而是有些人对待它的态度，令我觉得真正的污秽和厌倦。

　　如今，十年过去了，我也已接近而立之年，也成了大学老师了。两年前的一个夏天，在备课、做自己的专业研究之余，我打开一套绣像本《金瓶梅》消遣，却没有想到，从此，我爱上金瓶。

　　金瓶是"成人小说"。三X级的，这没有错。亦有很多性虐狂描写。但我说金瓶乃"成人小说"，却并不是因为它描写做爱之坦率，而是因为它要求我们慈悲。

　　这种慈悲，一心追求纯洁与完美的少男少女是很难理解，或者几乎不可能想象的，因为慈悲的对象，不是浪漫如曼弗雷德（拜伦笔下的悲剧英雄）的人物，而是西门庆、潘金莲、李瓶儿、陈敬济，甚至，那委琐吝啬的吴月娘。唐璜那样的浪子，还有其颓废的魅力，而西门庆，只是一个靠了做生意起家、官商勾结类型的俗人而已。

现下的金瓶版本，多是洁本，想是为了"孩子还小"起见，否则也就是太看不起大众读者。然而用禅宗的眼光看来，那心中有洁污之分别者，还是被所谓的污秽所束缚的。其实一部金瓶，不过饮食男女，人类从古到今，日夜所从事着的。这又有什么污秽可言呢。

如果抛掉自欺，哪一个女人，没有一点潘金莲、李瓶儿、吴月娘、孟玉楼或者庞春梅的影子？而今的时代，原也不少西门庆——得了利还想要权与名，被嘲为粗俗，但也不乏实在与（在女人面前与眼里）憨傻的男人；更不少陈敬济，那生长在父母宠爱之内、锦绣丛中，混账而其实天真的青年。

人们往往不喜欢金瓶后半部，觉得西门庆死了，小说变得苍白，似乎作者忽然失去了兴趣，过于匆忙地收尾。其实我想，真正的缘故，大概还是很少人耐得住小说后半扑面而来的灰尘与凄凉。小说有七十回，都是发生在西门庆的宅院之内，一个受到保护的天地；从七十九回之后，我们看到一个广大而灰暗的世界，有的是乞丐头、泼皮、道士、役夫、私窠子。小说中写李瓶儿做爱喜欢"倒插花",然而倒插在瓶中的花,它岂不是白白地娇艳芬芳了吗?瓶儿的先夫名叫花子虚,花既然是"虚",瓶儿终究还是空空如也。《金瓶梅》的作者,很喜欢弄这些文字的花巧,他写一部花好月圆的书,最后才给我们看原来无过是些镜花水月而已。

又有人说:《金瓶梅》没有情,只有欲;没有精神,只有肉体。这是很大的误解。是的,《金瓶梅》中的人物,没有一个有反省自己的自知自觉,这没有错;但是,小说人物缺乏自省,不等于作者缺乏自省,不等于文本没有传达自省的信息。《金瓶梅》的肉体与灵魂,不是基督教的,而是佛教的。《金瓶梅》的作者是菩萨,他要求我们读者,也能够成为菩萨。

据说,观音大士曾经化身为一个美妓,凡有来客,无不接纳,而一切男子,与她交接之后,欲心顿歇。一日无疾而终,里人为之买棺下葬。有一胡僧路过坟墓,合掌道:"善哉。善哉。"旁人见了笑道:"师父错了,这里埋的是一个娼妓呢。"胡僧道:"你们哪里知道,这是观音见世人欲心太重,化身度世的。倘若不信,可以开棺验看。"人们打开坟墓,发现尸骨已节节化为黄金。从此起庙礼拜,称之为"黄金锁子骨菩萨"。

这个故事,我一直很喜欢。其实这是一个很悲哀的故事：救度世人，看来没有别的什么办法，只能依靠美色与魔术。取得世人的虔信，也没有别的什么办法，只有把尸骨化作黄金。财与色，是绣像本《金瓶梅》最叹息于世人的地方，而就连观音大士，也只好仍然从财与色入手而已。

不过这个故事只提到超度男子，没有提到超度女人。欲心太重的女人怎么办呢，难道只好永远沉沦，或者祈祷来世化为男身么？这是我喜爱《金瓶梅》——特别是绣像本《金瓶梅》——的又一重原因：它描写欲心强烈的男子，也描写欲心强烈的女人，而且，它对这样的女人，也是很慈悲的。我请读者不要被皮相所蒙蔽，以为作者安排金莲被杀，瓶儿病死，春梅淫亡，是对这些女子做文字的惩罚：我们要看他笔下流露的深深的哀怜。

屡屡提到绣像本（也就是所谓的张竹坡评点本），是因为它与另一版本词话本，在美学原则和思想框架方面，十分不同。我写这部书，在很大程度上也是对版本的比较。但是，最初促使我动笔的，只是喜欢：就像恋爱中的人，或者一个母亲，喜欢絮絮地谈论自己的爱人，或者孩子，多么的好，多么的可爱。不过，被迫聆听的朋友，未免要心烦；写书就没有这一层顾忌：读者看厌了，可以随时把书放下，不必怕得罪了人。

　　另一件事，想在此提到的，是《金瓶梅》所写到的山东临清，那正是我的原籍。明朝的时候，临清"三十六条花柳巷，七十二座管弦楼"，是有名繁华的大码头。研究者们有人认为《金瓶梅》使用的是齐鲁方言，有人认为不是，个个证据凿凿，却也不能一一细辨。我只想说，我的父母，一鲁一豫，家乡相距不远，他们虽然因为从小远离家乡，都只讲得一口南腔北调的普通话，但是时时会说出一些词语来，我向来以为是无字可书，也只隐约知道大意的，却往往在读《金瓶梅》时骤然看到，隔着迢迢时空，好像在茫茫人海中忽然看见一个熟悉的面孔，令我又惊又喜一番。望着墙壁上祖父祖母的遗像，我常常想回临清，祭扫先人的坟墓，无奈还一直不能如愿。爱屋及乌，把追慕故乡的心意，曲曲折折地表达在对这部以山东清河与临清为背景的明代巨著的论说里。这是我想告诉本书读者的，区区的一点私心。

　　我祖籍不是天津，也不生在天津，但是，我长在天津。记得小时刚刚搬到天津，我总是称自己为哈尔滨人。现在，身居异国，真没有想到一住就是十二年。古人有诗云："客舍并州已十霜，归心日夜思咸阳。无端更渡桑干水，却望并州是故乡。"浮屠桑下不肯三宿，唯恐产生眷恋，我虽喜爱释教，却不是比丘尼，更何况天津是我从小生长了这么多年的城市呢。每次回家，我都喜欢感到踏在天津的土地上，喜欢打起乡谈，和出租车司机们攀话，喜欢听街头小贩们贫嘴和"嚼性"（又是只知有音而不知如何书写的方言）。感谢王华编辑，使这部关于金瓶的书，能够在天津出版，使我天津的父老可以先睹为快。人的故乡，不是只有一个的。

谢谢我亲爱的父亲与母亲，对我的爱与支持。感谢我深爱的丈夫宇文所安：在整个写作的过程中，他听我激动地讲说，和我热切地讨论，最后，又为这部书写序。没有所安，是不可能有这部书的。

再版后记

在旧人看新历之际,这部旧书也喜得新版。想2001年1月开始动笔写作此书,距今已经整整十八年了。当年逐日逐回评点金瓶,自娱自乐,百天足成百回之数,原未把它当成一部书来写。时至今日,因审阅再版校样而重读全书,觉得这真是自己写得最放荡自恣的文字,留下了许多自我沉湎的痕迹。多年来承编辑谬赏、读者厚爱,感愧交心。

审阅中,有时欣慰,有时惊讶,有时觉得书中一些观点,还可以剖析得更深入或全面。但我无法重新来过,也不想重新来过。时过境迁,无论工拙,这都是一本今天的我已经再写不来的书——对书、对作者来说,这都是好事。

又想到这些年来,凡涉及文章学术,哪怕多么德高望重的前辈，我都固执己见，从未因其年长位尊而假以辞色。这样的性情态度，在重视爵齿而且小视女性的东亚文化圈特别是学术圈里，诚为一弊。曾蒙良朋相劝，无奈本性难移。因此，在这里，特别想提到芝加哥大学的芮效卫教授（1933—2016）。我们素不相识，但 2006 年 3 月 14 日，突然收到他的一封电子邮件：

Dear Tian Xiaofei,

I have just finished reading your book on *Jin Ping Mei*, and wanted to tell you how much I was impressed by it. Despite the fact that we differ on the relative merits of the two versions of the text, I found your exegesis, chapter by chapter, utterly fascinating. What you have to say about the author's artistry and the sophistication of the rhetorical devices by which he achieves his effects is consistently perceptive and illuminating. I enjoyed it more than any other book I have read on the subject. In conclusion, let me say that I hope you will consider bringing out an English version, since I think it would be an invaluable companion to anyone reading my translation.

Yours admiringly, David T. Roy

致　田晓菲：

　　我刚刚读了你评《金瓶梅》的书，想告诉你它给我留下了深刻印象。虽然我们在对两个版本的优劣方面持有不同意见，但我觉得你的逐回评点十分引人入胜。你对于作者的写作艺术以及他借以达到其效果的精湛修辞技巧的分析，总是富有洞见、烛照幽微。阅读此书给我带来的乐趣，胜于我读过的任何其他相同主题的著作。最后总结为一句话：我希望你考虑出一部英文版，因为我觉得对于我的英译本的读者来说，它会是一个绝好的配合。

心怀赞赏的　芮效卫

　　芮教授穷三十余年时间精力，翻译并研究《金瓶梅》词话本，我却是绣像本的热烈拥护者，更在此书中几次明确提到和他意见不同。芮教授不但不以为忤，还给一个比他年轻近四十岁的作者写来这样一封信。在此抄录书信全文，是因为电子邮件远比竹木纸帛更为脆弱，故希望借此书一角，保存这一令我感动的文本，也让读者看到一位前辈学者的坦荡胸怀。此书新版，谨献给对芮效卫教授的记忆，对他诚恳亮直的风范表示敬意和怀念。只是自惟这样微末而又迟到的手势，不能烛照幽冥，其于亡者何有？天地悠悠，天寒地冻，良独怆然。

感谢理想国编辑倾心支持，以及许多年来许多读者的热情关爱。我不过是一个拨云探月人而已。一切的好，都须归于这部世界小说史上犹如沧海明月一般横空出世的奇书。

秋水堂主人
2019 年 1 月
识于马省新城

新版代后记：金瓶梅里的天气

对《金瓶梅》略有了解的读者，大概都知道这部小说有两个主要版本：词话本和绣像本，或曰崇祯本。后者是有清一代最为通行的版本，也是张竹坡评点的底本。五年前，我参加了哈佛大学为纪念已故校友和《金瓶梅》英译者芮效卫教授的学术研讨会，以下是我在会上的发言，抄录在此，作为新版后记。

我与芮效卫教授素不相识，从未谋面。2016 年 3 月，也就是他逝世的两个月前，我突然收到他的一封电子邮件。他告诉我，他刚刚读完了我的《秋水堂论金瓶梅》一书，他说："虽然我们在对两个版本的优劣方面持有不同意见，但我觉得你的逐回评点十分引人入胜。"他希望我考虑把这部书翻译成英文出版："因为我觉得对于我的英译本的读者来说，它会是一个绝好的配合。"

芮教授的来信所展现的胸怀，特别是他对这部小说的热爱，让我非常感动。虽然我大概不会把这部书译成英文，但我把它最近印行的版本献给对芮教授的记忆，以表示我对他的敬意与怀念。下面，我将从三个方面，讨论绣像本《金瓶梅》。

首先要谈的一个方面，是作为"后设小说"的《金瓶梅》。这部小说中含有大量的"信息"传递，及其不可避免的后果，也就是信息的扭曲。小说里，总是有某个角色在重述一个事件，或者重复别的角色所说的话。比如第十一回，展现了一个存在于春梅、金莲、雪娥、西门庆之间的错综复杂的信息回收网络，一个由言语、心情、饮食川环流转而构成的经济系统。种种情事，无不强调了感知和视角易受操纵的性质，和人际关系中事实与真相的易变性。它们所集中体现的，是"讲故事"的艺术。

全书亦在不断陈设和凸显"讲故事"的场景。绣像本第一回的独特开场便是一个好例。西门庆在一个道观里与他的帮闲兄弟结义，道观供养的玄坛赵元帅身边，"画着一个大老虎"。一个帮闲白赉光走过来说："你看这老虎，难道是吃素的，随着人不妨事么？"这话引出应伯爵的玩笑，把众位帮闲比作跟在西门庆身边想要"吃他"的老虎。听了应伯爵的笑话，吴道官走过来告诉他们说清河县出了一只吃人的老虎，县里悬赏五十两白银捕捉，这又引出应伯爵的另一个关于老虎的笑话：一个悭吝人落入虎口，他的儿子拿刀杀虎，那人从虎口里呼叫："省可儿的砍，怕砍坏了虎皮！"层层笑话之下，包裹着死亡、威力、贪欲、胃口的内核。几天之后，应伯爵来向西门庆报告有人赤手空拳打死了景阳冈上的老虎，西门庆斥之为"胡说"，应伯爵回道："等我细说！"似乎"细说"可以对抗"胡说"，增加故事的可信度。于是我们看到下面这段精彩描写：

> 于是手舞足蹈说道，这个人有名有姓，姓武名松，排行第二，先前怎的避难在柴大官人庄上，后来怎的害起病来，病好了又怎的要去寻他哥哥，过这景阳冈来，怎的遇了这虎，怎的怎的被他一顿拳脚打死了。一五一十说来，就象是亲见的一般，又象这只猛虎是他打的一般。

从一系列的"怎的怎的"中，我们读到的不是故事，而是故事的讲述。应伯爵成为说书人——也是《水浒传》小说作者——的幽默象征，他讲故事的"手舞足蹈"，和打虎英雄的"一顿拳脚"遥相呼应。接下来，我们在画虎之后，在笑话虎之后，在胡说与细说的虎之后，终于看到了"真正"的虎——它的模样"好像锦布袋一般，四个人还抬不动"。就这样，一直被重重叠叠在话语里再现的虎，因为被赋予重量和质地而终于"弄假成真"，虽然它只是一只死虎。《金瓶梅》作者在这里用的比喻，"锦布袋"，十分耐人寻味。它当然是应伯爵笑话里的悭吝人宁肯舍弃性命也要保护的虎皮。但这样一个锦布袋，装些什么东西呢？它好似我们经常在三国故事里看到的锦囊（西门庆十兄弟结义也明显是对《三国演义》和《水浒传》的双重影射），但是它装的是一个妙计，还是一个"虎中美女"，抑或只不过是一只话语之虎的虚无性质？崇祯本第一回中一层又一层关于"虎"的故事，是小说对自身虚幻建构性质的自我指涉。

第六十八回里玳安问路的情景，从话语中的话语到话语中的坐实，可以说是整部《金瓶梅》的最佳写照：

> 敬济道："出了东大街，一直往南去，过了同仁桥牌坊转过往东，打王家巷进去，半中腰里有个发放巡捕的厅儿，对门有个石桥儿，转过石桥儿，紧靠着个姑姑庵儿，旁边有个小胡同儿，进小胡同往西走，第三家豆腐铺隔壁上坡儿，有双扇红

对门的就是他家。你只叫文妈，他就出来答应你。"玳安听了说道："再没有小炉匠跟着行香的走——琐碎一浪汤。你再说一遍我听，只怕我忘了。"那陈敬济又说了一遍。玳安道："好近路儿！等我骑了马去。"一面牵出大白马来骑上，打了一鞭，那马跑蹄跳跃，一直去了。出了东大街径往南，过同仁桥牌坊，由王家巷进去，果然中间有个巡捕厅儿，对门亦是座破石桥儿，里首半截红墙是大悲庵儿，往西小胡同，上坡挑着个豆腐牌儿，门首只见一个妈妈晒马粪。玳安在马上就问："老妈妈，这里有个说媒的文嫂儿？"那妈妈道："这隔壁对门儿就是。"玳安到他门首，果然是两扇红对门儿，连忙跳下马来，拿鞭儿敲着门叫道："文妈在家不在？"只见他儿子文缠开了门，问道："是那里来的？"

陈敬济给玳安的是地图；当玳安骑上马循图渐进，地图（map）就变成了行程（itinerary）。一切路标都正如陈敬济所言，但一切都有所改变，被修正、调整、转化为"现实"：石桥成为"破"石桥，姑姑庵有了名字"大悲"并多出"半截红墙"，豆腐铺门首多了一个人物：晒马粪的老妈妈，与玳安一问一答。我们注意到玳安没有下马：一来是匆忙，二来是轻视与自大。

"你只叫文妈"这五个字，被敷演为生龙活虎的二十个字，有动作有形态，"文妈"亦变成了"文嫂"；"他就出来答应你"被敷演成了"他儿子开了门"，然而未曾答应，先反问是哪里来的，等等，不一而足，更毋论以下经过长长的一段周折才终于见到文嫂，又是一番周折，才终于说服文嫂骑上了那头据说是从隔壁豆腐铺借来的驴子。在这暗淡的图画中，唯一的色彩是大悲庵的半截红墙，掩映着为人做牵头买卖使女的文嫂家的两扇红对门：慈悲有多大，罪孽也就有多深。

为作者和读者带来快感的，是抽象的、非个人化的地图在"现实"中逐渐展开的过程，是具体的、个人化的体验与"地理"的反差。而这也是小说写作的原则：强调独一无二的个体经验，而不是道德说教或者政治寓言。玳安问路寻文嫂这幕场景是小说写作的寓言。

下面要谈的第二个方面，是《金瓶梅》对诗歌的使用。这里的诗歌概念是泛指，包括诗词曲在内。《金瓶梅》作者对小说和诗歌这两种文学体裁具有强烈意识，并利用诗歌来凸显"小说"之独特性质。在《金瓶梅》一书中，诗歌扮演的角色是大写的"艺术"与"抽象"（Art and Abstraction），从而把小说推入"生活"与"具体"（Life and Specificity）的范畴。小说不仅被充斥其中的诗歌所改变，诗歌也被小说改变。一首诗或者一支曲子在叙事语境里被"落实"。与此同时，因为填入了"真实而具体"的人物及其情感，诗歌本身也就变成了概括性的、可以通用的、抽象的物体，成为个人生活中的抒情瞬间，无论这个人道德与否。诗歌从而成为非道德性的（amoral），它在小说中的最大作用是向读者显示，即使是不道德的（immoral）人物，也具有和所有其他人同样的欲望、情感、本能。从小说的角度出发，我们可以说，使用诗歌赋予小说角色以心理与情感深度，使之人性化。如果从诗歌的角度出发，我们则可以说引用诗歌的效果是反讽性的，也就是说，叙事语境和诗歌的情感表达构成了带有反讽精神的落差。诗歌本身可以复杂微妙，但是一旦被引用在小说里，它就被压得扁平，好像一朵干花。小说作者通过对这两种视角的操纵，在人性化和反讽化之间建立起富有成效的张力。

　　有时候小说作者会非常巧妙地在小说内部指出引用诗歌的反讽效果。比如在第七十三回中，李瓶儿死后，西门庆在孟玉楼生日宴席上点了一首"忆吹箫"的曲子，借此抒发自己对李瓶儿的怀念，对西门庆的一举一动最为敏感的潘金莲感到不忿，等唱到"他为我褪湘裙杜鹃花上血"一句时，快嘴快舌一言点破："一个后婚老婆，又不是女儿，那里讨'杜鹃花上血'

来？好个没羞的行货子！"就此揭穿了西门庆对去世情人的浪漫化。这种小说内部的拆破创造出了层次分明的现实与非现实，引读者注意到诗歌的抽象普遍性和小说的具体特殊性。

今天要谈的最后一个方面，是《金瓶梅》里的天气。《金瓶梅》一书，充满云雨，云雨不仅是人间情爱与性爱的，也属于自然界的天气。纵观全书，天气不断发生于《金瓶梅》的角色：第二十一、三十八、六十七和七十七回中的雪，第六、二十七和八十三回中的雨，第四十六回里元宵夜的雪霰——"'头里下的还是雪，这回沾在身上都是水珠儿。'"第七十二回里从西门庆口中叙出的大风，等等。可以说全书有无数和天气有关的细节。在《金瓶梅》以前的叙事里，如果出现天气，一般来说总是服务于情节发展的需要，比如诸葛亮借东风就是一个著名的例子。但是我们且看第六回中的王婆遇雨：

且说婆子提着个篮儿，走到街上打酒买肉。那时正值五月初旬天气，大雨时行。只见红日当天，忽被黑云遮掩，俄而大雨倾盆。但见：

乌云生四野，黑雾锁长空。刷刺刺漫空障日飞来，一点点击得芭蕉声碎。狂风相助，侵天老桧掀翻；霹雳交加，泰华嵩乔震动。洗炎驱暑，

润泽田苗，正是：江淮河济添新水，翠竹红榴洗
濯清。

　　那婆子正打了一瓶酒，买了一篮菜蔬果品之
类，在街上遇见这大雨，慌忙躲在人家房檐下，
用手帕裹着头，把衣服都淋湿了。等了一歇，那
雨脚慢了些，大步云飞来家。

这是一个非常挥霍的细节：它完全不推动情节发
展。我们的注意力被吸引到老女人的身体上：手帕裹
头，浑身被大雨淋得透湿。虽然天良丧尽，她却也是
一个有血肉之躯的人。更令人瞩目的是此处作者使用
的诗性语言：她的云飞的脚步，超过了慢下来的雨脚，
最后结束于厨房里，一把火烘干了衣裳。这个为有罪
的情侣作成了云雨的邪恶老妇人，前回被西门庆戏称
为"只是风"的"风婆子"，在小说家的全盘考虑中，
也和所有其他角色一样，得到了一份充满爱意的关注，
几乎神性的恩惠。这种细心关怀，以及对书中一个负
面小角色的毫无歉疚的诗意化，最清楚不过地体现了
小说的视域：它包括所有男子和女子，好的，坏的，
混杂的，有局限的。张竹坡说得好：这是佛教的视域。
作者仿佛观音菩萨，化身为笔下的一切角色，从内到
外，占有了每个人的身体和声音。对于自己的化身，
当然只能有完全的理解，完全的"通情"。

天气是水的变化系统。数千年来，人类总是在试图预测天气，但即使是在科学如此发达的今天，我们所能做到的，也不过是"明天下午有百分之五十的降雨可能"这种预报而已。古代中国人对天气的理解，一方面是不可预料，所谓"天有不测风云"；另一方面是往复回旋：春暖、夏热、秋凉、冬寒。这种理解，也被编织进了小说的结构：一方面我们看到季节、节日的循环往复，另一方面又不时出现突然而来的雷雨和暴风。在风雨阴晴、生死转世无休无止的周而复始里，我们也看到独一无二的个性，看到偶然，看到惊讶。这样的小说视角与《三国演义》的讲史模式截然不同，与《水浒传》天星下凡的超自然决定性框架也有深刻的差异。"长篇小说"的英文单词 novel 本义是"新奇"，对这一称呼，《金瓶梅》确实是当之无愧的。

是为代后记。

宇文秋水

2024 年 6 月 2 日

于德国明斯特

彩色插图说明

本书彩色插图均出自《清宫珍宝皕美图》，馆藏纳尔逊—阿特金斯艺术博物馆（The Nelson-Atkins Museum of Art）。

图一 潘金莲激打孙雪娥

Pan Jinlian Pummelling Sun Xue'e in Rage, from the album Illustrations to the Plum in the Golden Vase (Jinpingmei)

清 潘金莲激打孙雪娥（金瓶梅插畫册），18th century, Qing Dynasty (1644–1911).

Album leaf, ink and color on silk, 15 1/2 × 12 1/2 inches (39.4 × 31.8 cm).

The Nelson-Atkins Museum of Art, Kansas City, Missouri.

Purchase: William Rockhill Nelson Trust through the George H. and Elizabeth O. Davis Fund, 2006.18.1.

Photo courtesy Nelson-Atkins Media Services / John Lamberton

图二 西门庆梳笼李桂姐

Master Ximen Accepts the Service of Courtesan Cinnamon Bud, from the album Illustrations to the Plum in the Golden Vase (Jinpingmei)

清 西門慶梳籠李桂姐（金瓶梅插畫册），18th century, Qing

Dynasty (1644–1911).

Album leaf, ink and full color on silk, 15 1/4 × 12 1/4 inches (38.7 × 31.1 cm). The Nelson–Atkins Museum of Art, Kansas City, Missouri.

Purchase: the Uhlmann Family Fund, F83–4/3.

Photo courtesy Nelson–Atkins Media Services / Jamison Miller

图三　潘金莲私仆受辱

Pan Jinlian Humiliated for Being Intimate with a Servant, from the album Illustrations to the Plum in the Golden Vase (Jingpingmei)

清 潘金莲私僕受辱（金瓶梅插畫冊）, 18th century, Qing Dynasty (1644–1911).

Album leaf, ink and color on silk, 15 1/2 × 12 1/2 inches (39.4 × 31.8 cm).

The Nelson–Atkins Museum of Art, Kansas City, Missouri.

Purchase: William Rockhill Nelson Trust through the George H. and Elizabeth O. Davis Fund, 2006.18.2.

Photo courtesy Nelson–Atkins Media Services / John Lamberton

图四　刘理星魇胜求财

Gold Lotus Forces the Astrologer–Magician, Liu Lixing, to Give Her a Potion that will Insure Ximen's Love, from the album Illustrations to the Plum in the Golden Vase (Jinpingmei)

清 劉理星魘勝求財（金瓶梅插畫冊）, 18th century, Qing Dynasty (1644–1911).

Album leaf, ink and full color on silk, 15 1/4 × 12 1/4 in. (38.7 × 31.1 cm).

The Nelson–Atkins Museum of Art, Kansas City, Missouri.

Purchase: the Uhlmann Family Fund, F83–4/4.

Photo courtesy Nelson–Atkins Media Services / Jamison Miller

图五　李瓶姐墙头密约

Li Ping'er's Secret Rendezvous at the Garden Wall, from the album
　　Illustrations to the Plum in the Golden Vase (Jinpingmei)

清 李瓶姐牆頭密約（金瓶梅插畫冊），18th century, Qing Dynasty
　　(1644–1911).

Album leaf, ink and color on silk, 15 1/2 × 12 1/2 inches (39.4 ×
　　31.8 cm).

The Nelson–Atkins Museum of Art, Kansas City, Missouri.

Purchase: William Rockhill Nelson Trust through the George H. and
　　Elizabeth O. Davis Fund, 2006.18.3.

Photo courtesy Nelson–Atkins Media Services / John Lamberton

图六　花子虚因气丧身

Hua Zixu Lies Dying of Mortification and Chagrin, from the album
　　Illustrations to the Plum in the Golden Vase (Jinpingmei)

清 花子虚因氣喪身（金瓶梅插畫冊），18th century, Qing Dynasty
　　(1644–1911).

Album leaf, ink and color on silk, 15 3/8 × 12 3/8 inches (39.1 ×
　　31.4 cm).

The Nelson–Atkins Museum of Art, Kansas City, Missouri.

Purchase: the Mrs. Kenneth A. Spencer Fund, F80–10/3.

Photo courtesy Nelson–Atkins Media Services / Jamison Miller

图七　李瓶儿迎奸赴会

Li Ping'er Inviting Adultery and Attending a Banquet, from the album

Illustrations to the Plum in the Golden Vase (Jinpingmei)

清 李瓶兒迎奸赴會（金瓶梅插畫冊）18th century, Qing Dynasty
(1644–1911).

Album leaf, ink and color on silk, 15 1/2 × 12 1/2 inches (39.4 ×
31.8 cm).

The Nelson–Atkins Museum of Art, Kansas City, Missouri.

Purchase: William Rockhill Nelson Trust through the George H. and
Elizabeth O. Davis Fund, 2006.18.4.

Photo courtesy Nelson–Atkins Media Services / John Lamberton

图八　西门庆择吉佳期

Ximen Selects a Lucky Day to Make Mistress Ping' er His Sixth
Wife, from the album Illustrations to the Plum in the Golden Vase
(Jinpingmei)

清 西門慶擇吉佳期（金瓶梅插畫冊），18th century, Qing Dynasty
(1644–1911).

Album leaf, ink and color on silk, 15 3/8 × 12 3/8 inches (39.1 ×
31.4 cm).

The Nelson–Atkins Museum of Art, Kansas City, Missouri.

Purchase: the Mrs. Kenneth A. Spencer Fund, F80–10/1.

Photo courtesy Nelson–Atkins Media Services / Jamison Miller

图九　应伯爵追欢喜庆

Ying Bojue in Pursuit of Pleasure and Celebration, from the album
Illustrations to the Plum in the Golden Vase (Jinpingmei)

清 應伯爵追歡喜慶（金瓶梅插畫冊），18th century, Qing Dynasty
(1644–1911).

Album leaf, ink and color on silk, 15 1/2 × 12 1/2 inches (39.4 × 31.8 cm).

The Nelson–Atkins Museum of Art, Kansas City, Missouri.

Purchase: William Rockhill Nelson Trust through the George H. and Elizabeth O. Davis Fund, 2006.18.5.

Photo courtesy Nelson–Atkins Media Services / John Lamberton

图十　李瓶儿许嫁蒋竹山

Li Ping'er Agreeing to Marry Jiang Zhushan, from the album Illustrations to the Plum in the Golden Vase (Jinpingmei)

清 李瓶兒許嫁蔣竹山（金瓶梅插畫冊）18th century, Qing Dynasty (1644–1911).

Album leaf, ink and color on silk, 15 1/2 × 12 1/2 inches (39.4 × 31.8 cm).

The Nelson–Atkins Museum of Art, Kansas City, Missouri.

Purchase: William Rockhill Nelson Trust through the George H. and Elizabeth O. Davis Fund, 2006.18.6.

Photo courtesy Nelson–Atkins Media Services / John Lamberton

图十一　见娇娘敬济消魂

Jingji Losing his Mind upon Seeing a Beautiful Maiden, from the album Illustrations to the Plum in the Golden Vase (Jinpingmei)

清 見嬌娘敬濟消魂（金瓶梅插畫冊），18th century, Qing Dynasty (1644–1911).

Album leaf, ink and color on silk, 15 1/2 × 12 1/2 inches (39.4 × 31.8 cm).

The Nelson–Atkins Museum of Art, Kansas City, Missouri.

Purchase: William Rockhill Nelson Trust through the George H. and Elizabeth O. Davis Fund, 2006.18.7.

Photo courtesy Nelson–Atkins Media Services / John Lamberton

图十二　傻帮闲趋奉闹华筵

Ximen Foolishly Presents His New Wife, Mistress Ping'er, to His Worthless and Bibulous Guests, from the album Illustrations to the Plum in the Golden Vase (Jinpingmei)

清 傻幫閑趨奉鬧華筵（金瓶梅插畫冊），18th century, Qing Dynasty (1644–1911).

Album leaf, ink and color on silk, 15 3/8 × 12 3/8 in. (39.05 × 31.43 cm).

The Nelson–Atkins Museum of Art, Kansas City, Missouri.

Purchase: the Mrs. Kenneth A. Spencer Fund, F80–10/4.

Photo courtesy Nelson–Atkins Media Services / John Lamberton

图十三　应伯爵替花邀酒

Beggar Ying Invites Cinnamon Bud to Drink in the Willow Garden of Mother Li, from the album Illustrations to the Plum in the Golden Vase (Jinpingmei)

清 應伯爵簪花邀酒（金瓶梅插畫冊），18th century, Qing Dynasty (1644–1911).

Album leaf, ink and color on silk, 15 3/8 × 12 3/8 inches (39.1 × 31.4 cm).

The Nelson–Atkins Museum of Art, Kansas City, Missouri.

Purchase: the Mrs. Kenneth A. Spencer Fund, F80–10/2.

Photo courtesy Nelson–Atkins Media Services / Jamison Miller

图十四 敬济元夜戏娇姿

Jingji, Ximen's Son-in-Law, Flirts with Gold Lotus During the Lantern
Festival, from the album Illustrations to the Plum in the Golden
Vase (Jinpingmei)

清 敬濟元夜戲嬌姿（金瓶梅插畫冊），18th century, Qing Dynasty
(1644–1911).

Album leaf, ink and color on silk, 15 1/4 × 12 1/4 inches (38.7 ×
31.1 cm).

The Nelson-Atkins Museum of Art, Kansas City, Missouri.

Purchase: the Uhlmann Family Fund, F83-4/2.

Photo courtesy Nelson-Atkins Media Services / Tiffany Matson

图十五 李瓶儿睹物哭官哥

Li Ping'er Crying over Guange on Seeing His Belongings, from the
album Illustrations to the Plum in the Golden Vase (Jinpingmei)

清 李瓶兒睹物哭官哥（金瓶梅插畫冊），18th century, Qing
Dynasty (1644–1911).

Album leaf, ink and color on silk, 15 1/2 × 12 1/2 inches (39.4 ×
31.8 cm).

The Nelson-Atkins Museum of Art, Kansas City, Missouri.

Purchase: William Rockhill Nelson Trust through the George H. and
Elizabeth O. Davis Fund, 2006.18.8.

Photo courtesy Nelson-Atkins Media Services / John Lamberton

图十六 李瓶儿病缠死孽

Li Ping'er in Grave Peril of Sickness, from the album Illustrations to
the Plum in the Golden Vase (Jinpingmei)

清 李瓶兒病纏死孽（金瓶梅插畫冊）18th century, Qing Dynasty (1644–1911).

Album leaf, ink and color on silk, 15 1/2 × 12 1/2 inches (39.4 × 31.8 cm).

The Nelson–Atkins Museum of Art, Kansas City, Missouri.

Purchase: William Rockhill Nelson Trust through the George H. and Elizabeth O. Davis Fund, 2006.18.9.

Photo courtesy Nelson–Atkins Media Services / John Lamberton

图十七　玉箫跪受三章约

Yuxiao Kneeling to Accept Three Conditions, from the album Illustrations to the Plum in the Golden Vase (Jinpingmei)

清 玉蕭跪受三章約（金瓶梅插畫冊）18th century, Qing Dynasty (1644–1911).

Album leaf, ink and color on silk, 15 1/2 × 12 1/2 inches (39.4 × 31.8 cm).

The Nelson–Atkins Museum of Art, Kansas City, Missouri.

Purchase: William Rockhill Nelson Trust through the George H. and Elizabeth O. Davis Fund, 2006.18.11.

Photo courtesy Nelson–Atkins Media Services / John Lamberton

图十八　书童私挂一帆风

The Page Boy Escaping by a Wind of Sail, from the album Illustrations to the Plum in the Golden Vase (Jinpingmei)

清 書僮私挂一颿風（金瓶梅插畫冊），18th century, Qing Dynasty (1644–1911).

Album leaf, ink and color on silk, 15 1/2 × 12 1/2 inches (39.4 × 31.8 cm).

The Nelson–Atkins Museum of Art, Kansas City, Missouri.

Purchase: William Rockhill Nelson Trust through the George H. and Elizabeth O. Davis Fund, 2006.18.10.

Photo courtesy Nelson–Atkins Media Services / John Lamberton

图十九　守孤灵半夜口脂香

Fragrant Mouth at Midnight While Watching over the Spirit, from the album Illustrations to the Plum in the Golden Vase (Jinpingmei)

清 守孤靈半夜口脂香（金瓶梅插畫冊）18th century, Qing Dynasty (1644–1911).

Album leaf, ink and color on silk, 15 1/2 × 12 1/2 inches (39.4 × 31.8 cm).

The Nelson–Atkins Museum of Art, Kansas City, Missouri.

Purchase: William Rockhill Nelson Trust through the George H. and Elizabeth O. Davis Fund, 2006.18.12.

Photo courtesy Nelson–Atkins Media Services / John Lamberton

图二十　黄真人发牒荐亡

Ximen Asks the Taoist, Huang, to Hold a Memorial Service for His Sixth Mistress Ping, from the album Illustrations to the Plum in the Golden Vase (Jinpingmei)

清 黄真人發牒薦亡（金瓶梅插畫冊）, 18th century, Qing Dynasty (1644–1911).

Album leaf, ink and color on silk, 15 1/4 × 12 1/4 inches (38.7 × 31.1 cm).

The Nelson–Atkins Museum of Art, Kansas City, Missouri.

Purchase: the Uhlmann Family Fund, F83–4/1.

Photo courtesy Nelson–Atkins Media Services / Tiffany Matson

图一　潘金莲激打孙雪娥

图二　西门庆梳笼李桂姐

图三　潘金莲私仆受辱

图四　刘理星魇胜求财

图五　李瓶姐墙头密约

图六　花子虚因气丧身

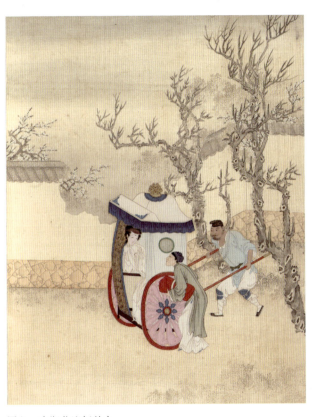

图七　李瓶儿迎奸赴会

图八　西门庆择吉佳期

图九　应伯爵追欢喜庆

图十　李瓶儿许嫁蒋竹山

图十一　见娇娘敬济消魂

图十二　傻帮闲趋奉闹华筵

图十三　应伯爵替花邀酒

图十四　敬济元夜戏娇姿

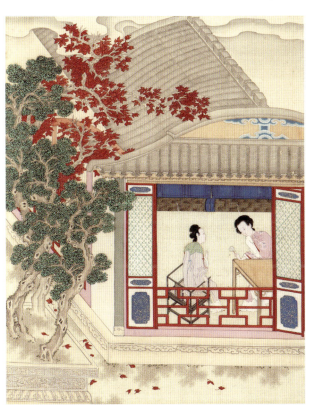

图十五　李瓶儿睹物哭官哥

图十六　李瓶儿病缠死孽

图十七　玉箫跪受三章约

图十八　书童私挂一帆风

图十九　守孤灵半夜口脂香

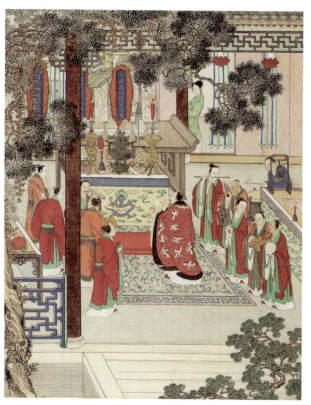

图二十　黄真人发牒荐亡

图书在版编目（CIP）数据

秋水堂论金瓶梅 / 田晓菲著．
-- 上海：上海三联书店，2025.1.（2025.2 重印）
ISBN 978-7-5426-8715-9

Ⅰ .I207.419-53

中国国家版本馆 CIP 数据核字第 2024RB6796 号

秋水堂论金瓶梅

田晓菲 著

责任编辑 / 苗苏以
特约编辑 / 田南山　周　玲
封面设计 / 陆智昌
内文制作 / 陈基胜
责任校对 / 王凌霄
责任印制 / 姚　军

出版发行 / 上海三联书店
　　　　　（200041）中国上海市静安区威海路755号30楼
邮　　箱 / sdxsanlian@sina.com
联系电话 / 编辑部：021-22895517
　　　　　发行部：021-22895559
印　　刷 / 山东临沂新华印刷物流集团有限责任公司

版　　次 / 2025 年 1 月第 1 版
印　　次 / 2025 年 2 月第 2 次印刷
开　　本 / 930mm×787mm　1/32
字　　数 / 428千字
印　　张 / 27
书　　号 / ISBN 978-7-5426-8715-9/I · 1913
定　　价 / 99.00元

如发现印装质量问题，影响阅读，请与印刷厂联系：0539-2925659